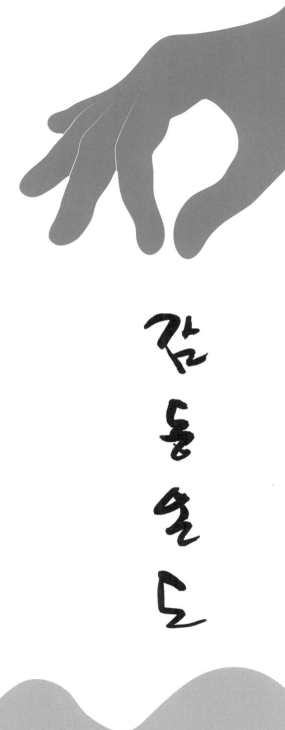

2021년 7월 26일 · 🌏

생물학을 공부할 때, 실험을 위해 수많은 생쥐를 죽일 때면 온몸의 털끝이 일제히 솟구칠 정도로 오싹했고 수억 개의 신경 세포는 두려움으로 바들거렸습니다. 반면에 글쓰기는 너무 좋았습니다. 밤새도록 글을 써서 몸이 둥둥 떠다니는 것 같아도 마냥 행복했습니다.

평생 옷 두 벌만 걸치고 나머지는 모두 팔아 수백 명의 가난한 제자를 훌륭하게 키우는 데 일생을 바쳤다는 어느 교사 부부의 삶.
언제부턴가 삶의 모퉁이에 잊힐 듯 아스라하게 얹힌 그런 이야기들을 수집하여 페이스북에 올리는 것이 취미가 됐습니다.

논문을 쓰기 위해서 손바닥만 한 흰쥐를 죽이려고 마취 주사기를 든 채로 동물 해부실에 들어가면서 치를 떨었던 그 오랜 세월을 보상받기라도 하듯 틈만 나면 하늘에서 뇌세포로 빨려 들어오는 영감들을 붙잡느라 서성거렸습니다.

댓글과 '좋아요'로 응원해 주시고 보잘것없는 이 책의 후보 제목을 수십 개나 보내 주신 페이스북 독자 여러분 진심으로 감사드립니다. 모두 다 채택하지 못해 정말 죄송합니다. 교정과 표지 디자인을 위해 고심해 주었던 하움출판사와 한국화가 최석진 박사, 삶의 소용돌이 속에서 날 지탱해 주는 가족들(정소연, 김지훈, 김명훈, 김남훈) 사랑하고 감사합니다. 특히 '감동온도'라는 제목에 대한 영감을 준 지훈에게 깊은 감사를 표합니다.

에세이집 출판 그 이상의 목표를 향해 지문이 닳도록 쓰고 또 쓰겠습니다. 고귀한 고지를 점령할 때 우리 모두 거기에 함께 오릅시다. 우리의 노력이 옳았다는 것을 세상에 증명해 보일 때까지 감동의 온도를 지니고 공감의 동아줄을 잡고 함께 나아갑시다.

광주 광산구 수완동 서재에서 목련을 내려다보면서

김광운

목 차

1. 지금도 이런 선생님이 계실까?

2020년 3월 30일 · 🌏

    산천이 새 세상으로 활짝 피어나는 3월의 마지막 날, 순천의 시내를 동서로 길게 가로지르는 동천 변의 가로수 길은 희고 붉은 벚꽃들로 그득하다. 새색시 같은 화사한 길을 지나는데 동천 변 뒤로 익숙한 아파트 단지가 보인다. 우리 부부와 친하게 지내며 늘 온화하게 대해 주시던, 안타깝게도 수년 전에 대장암으로 유명을 달리한 Y 여사가 살던 곳이다. 그녀가 생전에 우리와 부곡 온천 근처 어느 산동네를 지나갈 때, 자동차 안에서 어느 선생님에 대한 이야기를 들려주었다. 이야기하던 Y 여사는 눈물을 글썽거리기까지 하면서 그 교사에 대한 깊은 존경심을 보여 주었다. Y 여사 역시 이웃에 대단히 헌신적인 분인데, 그녀가 그토록 존경하는 정 선생이라는 분은 도대체 누구일까? 동쪽으로 빠르게 달리는 자동차 안에서 우리 부부는 몹시도 궁금해졌다.

    언젠가 Y 여사는 남편의 친구인 정 선생 집을 가 보고는 많이 놀랐다고 했다. 그 집엔 가구가 거의 없고, 옷이라고는 부부 모두 한두 벌이 전부였다고 한다. 정 선생은 재산을 모으는 대신 자신이 가진 모든 재물을 가난한 어린 제자들을 도와주는 데 사용하였던 것이다. 요즘 들어 그런 사람을 찾기 어려우므로 우리에겐 믿기지 않는 이야기였다. 그가 초등학교 교사로 있던 어느 날, 한 아이가 무더운 여름 오후에 혼자서 땀을 뻘뻘 흘리면서 운동장에서 공을 차고 있었다. 정 선생이 그에게 다가갔다. "얘야, 날씨가 이렇게 더운데 뭐 하고 있어?" 정 선생이 묻자 그 아이의 대답이 그를 감동하게 했다. "저 자신과 싸우고 있어요. 저는 저를 단련시키기 위해서 지금 더위와 싸우고 있습니다." 정 선생은 어린 초등학생인 그 아이를 매우 기특하게 생각하였고, 내심 그 아이를 키워야겠다고 결심했다. 그리고는 아이의 집 사정을 파악하기 위하여 함께 가정 방문을 해 보니 집안 환경이 참 담했다. 아이는 거의 쓰러져 가는 집에서 병약한 홀어머니와 단둘이서 살고 있었다. 그때부터 정 선생은 본인이 키워 주겠다고 한 결심대로 아이와 그 집을 돌봐 주기 시작했다. 자신의 급여를 털어서 학비와 먹을 것을 대주었고, 아이 엄마가 죽자 정 선생이 직접 거적에 그녀의 시신을 말아서 지게에 지고 동네 야산에 매장도 해 주었다. 무덤도 정 선생이 직접 삽으로 파서 만든 것이었다. 이제 아이가 아무도 돌보아 줄 사람이 없는 고아가 되자 정 선생은 아예 그 아이를 집으로 데려다 친자식처럼 돌보기 시작했다. 아이는 스승의 은혜에 보은하기 위해서 열심히 공부했다. 그 애가 고등학교를 졸업하고 은행에 시험을 보았는데 다섯 개 은행에 모두 합격할 정도였다. "선생님, 5개 은행 중에서 어디로 가는 것이 좋을까요?" 아이가 상의하자 정 선생은 우리나라에 있는 은행의 지주 격인 한국산업은행을 권했다. 어린 제자는 초등학생 때 그 무더운 여름 운동장에서의 결심대로 끊임없이 자신과 싸움을 계속하며 자신을 단련해 온 것이다. 그리고는 결국 누구의 도움도 없이 열심히 공부하여 자신의 길을 개척한 것이다. 그 제자가 한국산업은행에서 착실하게 근무하고 있을 때 우리나라 국가 부도 사태인 IMF가 터졌다. '외국의 IMF 심사관들에게 한국의 사정을 잘 설명해서 유리한 도움을 받아 내야 하는데 담당자로 누구를 보내는 것이 좋을까?' 한국산업은행의 간부들은 수많은 직원 명단을 앞에 두고 고심을 하게 되었는데 놀랍게도 정 선생의 그 제자가 대표로 선발되었다. 그리고 간부들은 얼마 지나지 않아 그 결정이 옳았음을 알게 되었다. 유학도 가지 않은 그가 실전에서 유창한 영어로 심사관들을 설득하여 거대한 외자를 유치하는 데 결정적인 역할을 해 우리나라를 IMF 사태로부터 구하기까지 한 것이다.

정 선생은 이런 학생들을 초등학교, 중학교, 고등학교까지 계속 자신의 재산을 다 바쳐서 키워 냈으니 얼마나 많은 학생이 그의 후원을 받았겠는가? "몇 년 전, 제자들이 스승인 정 선생을 모시는 행사를 했는데 정말 감동적이었어요." Y 여사는 눈물을 글썽거리면서 그 감동을 전했다. 전 세계에서 제자들이 몰려들었다. 영국, 미국, 유럽, 삼성, 한국산업은행 등등. 선생님을 모시려고 고급 승용차가 찾아왔고, 행사장에서는 그 어렵던 아이들이 여러 분야에서 하나같이 성공하여 선생님을 VVIP로 모신 영광스러운 파티였다. Y 여사와 남편도 그 자리에 초대되었고, 성공한 제자들의 모습 하나하나가 감동이었으므로 계속 눈물만 흘렸다고 했다. 이미 오래전에 퇴직한 정 선생은 요즘 제자들의 초청으로 주례만 하러 다녀도 시간이 부족할 정도로 바쁘다고 했다. 또한, 정 선생은 이제 갓 학교를 졸업하는 제자들의 취업을 위해 성공한 제자들과 연결해 주는 일을 주로 한다고 했다. 나는 그날 그 자동차 안에서 Y 여사로부터 스승의 사도가 어때야 하는지를 배웠다. 평생 잊지 못할, 그 어디에서도 배울 수 없는 위대한 가르침이었다. 2020년 3월, 전설적인 교사 정 선생도 그의 이야기를 들려준 Y 여사도 지금은 우리 곁에 없다. 순천의 동천이 인생이란 배에 실어 그들을 어디론가 데려가 버렸다. 난 무엇을 위해 이 세상을 살아왔는가? 무엇을 이루겠다고 이토록 허겁지겁 달리고 있는가? 후회하며, 반성하며, 깊이깊이 사색하고 있다. 목련이 진다. 곧이어 벚꽃도 저물 것이다.

💬 댓글 공감

혜ㅇ리

오우, 말로만 들어도 반가운 순천입니다.

유ㅇ선

그분들의 이야기를 글로만 읽어도 감동인데 제자들은 얼마나 감사하고 인생의 큰 가르침을 받았을까요? 그리고 이런 연결 고리가 우리 모두에게 주어진다면 세상은 얼마나 아름다울까요?

한ㅇ익

그 정 선생님은 이번 생을 정말 값지게 보내셨네요. 나는 뭐꼬?

이ㅇ준

이런 분들이 사회의 소금입니다.

조ㅇ완

정 선생님 부부의 참삶을 Y 여사에 의해 Brother K에게 전해진 이야기. 순천 자는 흥한다.

김ㅇ운

잘 읽고 저도 반성하고 갑니다.

이ㅇ원

감동적인 내용 저절로 눈시울이 젖어 오네요. 감사합니다.

A.S.

전해만 들어도 감동적입니다. 날씨가 무심히도 좋아서 하늘을 보며 잠시 생각합니다. 감사합니다.

곽ㅇ화

감동적입니다. 아주 좋은 영화 한 편 보고 나온 기분입니다. 가끔 좋은 글 감사하며 살맛이 납니다.

박ㅇ화

훌륭한 삶을 살아가신 분의 이야기를 어쩜 이리도 잘 전달해 주시는지 감동입니다. 감사합니다. 이웃을 위해 봉사하는 삶이 진정한 우리의 발전되고 축복된 삶이라는 것을 다시 한번 굳게 믿습니다!

박ㅇ원

정 선생님 얘기를 읽고 생각나는 분이 계십니다. 부산의 윤ㅇ자 선생님은 어려운 제자를 여럿 도와주셨습니다. 제가 글이 짧아 잘 표현하지 못하는데 정말 훌륭하신 분이라고 생각되어 그분의 허락도 없이 감히 댓글에 소개해 봅니다.

S.Y.

눈물이 날 만큼 감동 감동입니다. 이 세상은 정말 아름다운 이야기를 만들고 완성하는 정 선생님 같은 분들이 있군요. 저도 중국 선교하시는 목사님, 특히 가정이 불우해 학비를 내지 못하는 아이들을 위해 600불 지급했답니다. 1년 학비가 해결되는 액수라고 하네요. 좀 더 많은 아이를 도울 수 있기를 기도한답니다. 아름다운 멋진 삶을 살다 가신 정 선생님 감사합니다.

박ㅇ엽

감동적입니다. 글을 모아서 한번 출간을 하시지요.

👍 좋아요 공감

김ㅇ주, 이ㅇ우, 이ㅇ숙, 정ㅇ숙, 이ㅇ옥, 박ㅇ숙, 김ㅇ의, 전ㅇ민, 정ㅇ자, 박ㅇ원, 안ㅇ선, 박ㅇ화, 송ㅇ규, 이ㅇ영, 조ㅇ화, 김ㅇ운, 김ㅇ곤, 조ㅇ완, 황ㅇ철, 장ㅇ률, 정ㅇ열, 배ㅇ철, 김ㅇ경, 유ㅇ선, 최ㅇ우, 김ㅇ희, 김ㅇ균, 이ㅇ국, 김ㅇ선, B.N.

2. 미스코리아 며느리를 미워한 시어머니

2020년 2월 23일 · 🌐

  지방의 어느 경제인 단체 세미나에서 들은 내용이다. 초청 강사 K는 키가 훤칠하고 외모가 수려하여 겉으로는 고생 한번 안 해 본 공주같이 아름다운 여자였는데, 막상 그녀가 풀어 놓는 이야기보따리는 정반대였다. 그녀의 울분이 마이크를 통해 둑 터진 물처럼 쏟아져 나왔다.

  "저는 우리 지역 미스코리아 진 출신이에요. 24살에 대학을 졸업하고 시집을 갔어요. 미친년이었죠. 남자친구는 집이 부자고, 결혼하면 손에 물 하나 안 묻게 해 주겠다고 호언장담했죠. 귀신이 들렸을까요? 남자가 좋고, 그가 말하는 배경이 좋고, 설탕을 담은 듯한 그의 달콤한 혀가 좋았어요. 24살에 덜컥 결혼하였습니다. 고생 구렁텅이로 들어간 거지요. 시어머니는 학교 교사로 깐깐함의 대명사였죠. 부자는커녕 극히 평범한 집안이었죠. 덜렁 큰 기와 한옥만 한 채 있었어요. 저는 얼떨결에 8대 장손의 큰며느리가 되었어요. 종갓집 큰며느리. 모든 제사를 제가 맡아야 했어요. 시어머니는 교사였는데, 결혼하자마자 너는 이제 집에서 한 발짝도 나가지 말고 종갓집 살림을 배우고 살라고 했지요. 미스코리아 아시잖아요. 화려하고, 모델도 하고, 사람도 많이 만나고, 사랑받고. 당시에 광주 전남 미스코리아 진은 광주은행에, 선은 농협에, 미는 수협에 자동으로 취직이 되던 때였어요. 저도 광주은행에 발령이 났죠. 당시에 은행은 젊은이들이 가장 선호하고 들어가기 어려운 직장이었지요. 그 은행을 그만두어야 했어요. 결혼하기 위해서. 그리고 살림 속에 묻혔습니다."

  "머지않아 손아래 동서가 들어왔어요. 저보다 두 살 위였어요. 이년이 또 걸작이었어요." 갑자기 육두문자가 그녀의 고운 입에서 터져 나왔다. 한이

13

맺힌 욕설이었다. "이년은 정말 최악이었어요. 간호사를 하는데 늘 빨리 가고, 늦게 오는 년이었어요. 제사가 많은 집안이었지요. 제삿날이 되면 빨리 와야 하는데 그날은 늦장을 부리며 더욱 늦게 왔어요. 병원 일이 너무 많다고 갖은 핑계를 대면서요. 예쁜 옷을 입고, 화장을 하고, 온갖 엄살을 부리면서 들어오는 작은며느리를 시어머니는 유난히 예뻐했어요. 상대적으로 저를 미워했죠. 원래 남편의 결혼 상대는 제주도 출신의 아주 부잣집 딸이었대요. 몇만 평의 땅을 가진 부잣집이었대요. 저만 나타나지 않았다면 그 여자를 며느리로 맞으려고 준비하고 있었대요. 그런데 아들이 나에게 꽂힌 거지요. 죽어도 제가 아니면 결혼을 안 하겠다고 버틴 거지요. 그래서 시어머니가 저에 대해서 조사를 해 보니 저는 지지리도 가난한 집의 딸이고, 가진 것이라고는 아들을 홀린 반반한 얼굴과 잘빠진 몸뚱이밖에 없었던 거지요. 그래서 저를 그렇게 미워했어요. 그 구박 속에 외출도 못 하고 친정에 전화도 못 했어요. 핸드폰 없었어요. 어느 날 친정어머니가 너무나 보고 싶었어요. 목소리라도 들으려고 잠시 친구가 와서 집 앞에서 만난다는 핑계로 근처 공중 전화기로 달려가서 전화를 했어요. 몇 년 만에 친정어머니와 통화를 한 거지요. 처음부터 끝까지 둘이서 전화기를 붙잡고 얼마나 울었는지 모릅니다. 둘의 대화는 말이 아닌 눈물의 언어였어요. 그러다가 급히 집으로 들어갔지요. 시어머니가 안달복달 야단이 났어요. 빨리 들어오지 뭐 하느냐면서, 아버지 손님들이 오시니 빨리 청소나 하라고 그랬죠. 그런 시어머니였죠. 한결같이 동서에게는 늘 친절했어요. 친구들에게 우리 둘째 며느리는 간호사라고 자랑도 많이 했고요. 상대적으로 전 늘 찬밥이었지요. 어떤 때는 이랬어요. 기가 막혔죠. '애야, 너 작은 애 집에 가서 청소도 하고, 김치도 담가 주고, 반찬도 좀 해 주고 와라. 넌 하루 종일 집에서 할 일이 별로 없잖니. 저 애는 늘 피곤하니까.' 그래서 그년의 집으로 갔습니다. 청소도 하고, 김치도 담가 주고, 반찬도 해 주었지요. 그러면서 바닥에 퍼져 앉아서 내가 이 무슨 미친 짓을 하고 있나 생각했죠. 그래도 참아야지 어떻게 하겠어요? 설움과 분함을 꾹 참으면서 그 일을 마치고 집으로 돌아갔어요. 그런데 그년이 하루가 지나도, 이틀이 지나도, 고맙다는 말

한마디도 안 하는 거예요. 그래도 참고 또 참았지요. 사랑하는 남편 하나 보고요. 그런 세월이 흘러 흘러 벌써 결혼한 지 25년이 흘렀네요."

"사단은 또 났어요. 모두 그년 때문이었지요. 제삿날이었는데 아주 바빴어요. 여전히 그년이 느지막하게 옷을 멋지게 빼입은 채로 왔어요. 피곤하다고 온갖 죽을상을 하고 '어머니, 죄송해요. 오늘도 병원에 환자가 너무 많이 몰려와서요. 빠져나오기가 어려웠어요. 죄송해요.' 코맹맹이 소리를 하면서 그렇게 아양을 떨었어요. 순 거짓말이었죠. 수간호사인 그년은 얼마든지 빨리 올 수 있었지요. '그래. 너는 쉬어라. 푹 쉬어. 큰애야 뭐 하냐. 빨리 안 움직이고.' 그리고 시어머니는 방으로 들어갔지요. 한옥의 넓은 마루에 퍼질러 앉은 그년은 문지방에 기댄 채로 흐물거리고 있었고, 야비한 눈빛으로 부엌에서 정신없이 움직이는 나를 보며 웃음까지 지었어요. 약 오르지 그런 표정 있죠. 그때 고춧가루를 햇빛 좋은 마당에 말리고 있었어요. 반찬을 하는 데 급히 필요해서 '동서, 저기 마당에 고춧가루 좀 가져와.' 너무 바빠서 동서에게 부탁을 했지요. 그년이 들은 척도 안 했습니다. '동서, 고춧가루 좀 갖다 줘. 지금 겉절이를 만들어야 하고, 다른 반찬에 양념을 해야 하고 내 손에는 참기름이 묻어 있어.' 그러자 그년이 입을 열었어요. '시어머니 말씀 못 들었어요? 꼼짝 말고 좀 쉬라잖아요? 어른의 말씀을 그렇게 무시하면 쓰나요? 무식하긴. 얼굴만 반반해서는.' 그 순간 제가 폭발했어요. 앞치마를 입고 있었고, 손에서는 참기름이 흐르고 있었죠. 저는 그대로 마당으로 나가서 고춧가루가 든 바구니를 들고 와서 퍼질러 앉아 있는 그년의 면상에 쏟아부었어요. 패대기친 거지요. 그러면서 27년 만에 처음으로 그년에게 욕을 했어요. '이 씨×××! 넌 상전이고 난 개냐?' 얼마나 후련했는지요. 그러자 '어마! 어마!' 하면서 그년은 길길이 날뛰고, 온 집안이 난리가 났지요. 얼굴이 일그러진 시어머니가 뛰쳐나오고, 곱게 입은 그년의 옷은 온통 고춧가루 범벅이 되었고, 그년의 남편도 얼굴이 벌건 채로 달려들고, 조상의 제삿날이 완전히 그년의 제삿날이 된 거지요. 그렇게 엉망진창의 그날이 지나갔어요." 그 사건 이후로 미스코리아 K는 쫓아내든지 말든지 알아서 하라고 배

짱을 부리면서 그동안 집 안에만 틀어박혔던 것을 그만두고 외부로 나가 동기부여 관련 교육회사의 대표가 되었다.

그런데 그날 이후 흥미로운 일이 일어났다. "그래. 잘했다. 동서 사이에도 위계질서가 있어야지."라면서 시아버지가 오히려 K의 편을 들어 주는 등 시댁의 분위기가 많이 바뀌기 시작한 것이다. 지금은 시댁 눈치 안 보고 마음껏 세상으로 나가 날개를 펼치고 있다고 한다. 이제는 아무리 가족이라도 며느리를 억누르고 부리는 시대는 지났다. 그것을 견디고 고개를 숙이면서 "네. 네."만 하고 있을 여자는 없을 것이다.

어려운 시기다. 마이크로소프트의 창업주인 빌 게이츠는 「코로나19는 정녕 우리에게 무엇을 가르치는가?」라는 글을 통해 "코로나19는 가족과 가정생활이 얼마나 중요한지, 우리가 이것을 얼마나 무시해 왔는지를 가르치고 있습니다. 우리를 집으로 돌려보내서 우리 집으로 다시 만들고 가족의 유대를 튼튼하게 할 수 있게 해 줍니다."라고 했다.

코로나19가 세계를 휩쓸고 있는 지금은 어려운 시기이다. 인생의 폭풍우가 몰아쳐 올 때 가장 확실한 피난처는 가정이다. 시부모, 남편, 며느리 할 것 없이 서로를 존중함으로써 가정을 화목하게 만들 때 가정은 진정한 의미의 피난처가 될 것이다.

💬 댓글 공감

이ㅇ준

> 아! 좋아요. 가정에는 위계질서도 사랑도 있어야지요.

박ㅇ화

> 어쩜 이리도 글을 잼나게 쓰시는지 대단하십니다. 감사합니다.

곽ㅇ화

속이 후련합니다. 집안의 화목은 시어머니에게 달린 듯. ㅎㅎ

송ㅇ해

저두 시부모님과 20년 살아 봤는데 저런 시어머니 별로 없어요. 눈치 없는 동서가 문제지.
ㅠㅠ

유ㅇ선

너무 늦게 터졌네요. 진즉 질서를 잡았으면 25년은 안 걸렸을 텐데. 그래도 저두 속이 후련
하네요.

👍 좋아요 공감

이ㅇ경, 윤ㅇ채, 이ㅇ옥, 이ㅇ현, 임ㅇ준, 황ㅇ철, 최ㅇ현, 이ㅇ경, 최ㅇ숙, 한ㅇ옥, 김ㅇ완,
안ㅇ선, 전ㅇ민, 김ㅇ수, 김ㅇ경, 최ㅇ우, 김ㅇ남, 유ㅇ선, 정ㅇ자, 김ㅇ균, 박ㅇ화, 송ㅇ규,
김ㅇ환, J.K., K.S.

3. 공부하기 싫은 아이를 호텔 수석 요리사로 만든 선생님

2020년 4월 3일 · 🌏

　친구인 최 박사는 흥미로운 이력을 지니고 있다. 해남에서 고등학교를 졸업하고 육군사관학교에 입학했으나 중간에 중이염에 걸려 학교에서 퇴교를 당했다. 그 후 몇 개월간 미술 학원에 다니고는 지방의 모 국립대학 미술학과에 수석으로 합격했다. 대학 졸업 후 미술 교사로 있으면서 미술학 석사 학위를 받았고, 최근에는 한약학 박사 학위를 받았다. 지금은 수도권 학교 교장으로 있으면서 약초와 음식을 접합한 약선, 자녀 교육, 행복, 즐거움, 미학에 대해 대중 강의도 하는 수도권의 이름 있는 교육자다. 그의 전문 분야인 수묵화로 대한민국미술전람회 작가로서 이름을 날리고 있기도 하다. 얼마 전 서울에서 그를 만났다. 이런저런 이야기를 하다가 자녀들의 교육에 대한 이야기를 나누게 되었는데, 그 와중에 그가 자신이 경험한 보물 같은 이야기를 들려주었다. 또 다른 우리 시대의 사도가 바로 내 앞에 앉아 있었다.

　"내가 성남의 어느 고등학교 교사로 있을 때, 하루는 학부모 한 분이 나를 찾아왔어. 그 어머니는 나를 보더니 울먹거리는 거야. '우리 아들이 말입니다. 공부도 안 하고 몰래 야한 사진만 보고 그래요. 벌써 이러니 영 그른 아이겠지요?' 그러면서 눈물을 흘렸어. 나는 가만히 보고 있다가 웃으면서 한마디 했지. '어머니는 처녀 때 근육질의 남자 사진을 보면 가슴이 뛰지 않으셨어요?' 그러자 얼굴을 좀 붉히셨어. '어머니, 이것은 자연스러운 성장 과정의 호기심입니다. 지극히 정상적인 하나의 과정이라고 생각하세요.' 그러자 그녀는 얼굴이 조금 밝아지더니 물었어. '그러면 공부하기 싫어하는 우리 아들을 어떻게 도와주어야 할까요?' 그리고 내가 되물었어. '아들이 무엇을 좋아하던가요?' 그 물음에 학부모는 '라면은 기차게 잘 끓여요. 아들이 김치를 씻어서 버터에 볶아 라면에 넣어 끓이면 독특한 라면이 되고요, 라면을 끓여 차갑게 한 후에 데워서 먹으면 쫄깃함이 있고요. 아이가 요리를 아주 좋아합니다.' 얼굴 가득 미소를 지으면서 말했어." 최 박사는 그러고도 한참 이런저런 이야기를 나누고는 학부모를 돌려보냈다.

"그리고 다음 날 그 학생을 불러 상담을 했어. '너 자율 학습 시간 힘들지?' '예.' '공부하는 것 지겨워?' '예.' '그런데 너 요리 좋아한다며?' 뜻밖의 소리를 들은 아이는 눈동자가 초롱초롱해졌어. '선생님이 너 지겨워하는 자율 학습 빼 줄 테니까 선생님과 약속 하나 할까?' 아이는 지겨운 자율 학습을 빼 준다고 하니 몸을 앞으로 숙이면서 귀를 쫑긋 세운 채로 나를 쳐다보았어. '학교 앞에 요리 학원 많이 있지? 3달 안에 요리사 자격증을 따 오면 내일부터 자율 학습 안 해도 좋다.' 그때부터 그 애가 요리 학원을 열심히 다니기 시작했지. 놀랍게도 2달 안에 그 애는 한식 요리사 자격증을 땄어. 그리고는 계속 요리 공부를 한 거야." 거기까지 이야기하고 최 박사는 물 한 잔을 마시면서 흐뭇한 미소를 지었다. 치아가 고르고 호남형의 잘생긴 얼굴만큼이나 멋진 미소다. 추운 서울의 영하의 날씨와 상관없이 카페 안은 따뜻하고 아늑했다. 최 박사는 말을 계속 이어 나갔다. "몇 년 전 스승의 날에 그 아이가 우리 부부를 초대했어. 학교를 졸업한 지 수년이 지났어. 세월이 많이 흘렀지. 그 아이는 우리를 유명한 호텔 고급 레스토랑으로 초대했어. 그 아이가 마련한 식탁에는 엄청나게 큰 바닷가재가 있고, 그 표면에는 '스승님 은혜에 감사합니다.'라고 쓰여 있었지. 알고 보니 그 아이가 그 호텔의 수석 요리사가 되어 우릴 초대한 거야. 고급 요리 앞에 요리사 가운과 하늘로 치솟은 길쭉한 요리사 모자를 쓰고 그 아이가 눈시울을 붉히면서 '선생님 정말 감사합니다. 그때 선생님이 저를 이끌어 주셔서 이렇게 요리사로 성공했고, 대학교에서 교수로 강의도 합니다. 선생님이 제 인생을 바꾸어 주셨습니다. 정말 감사합니다.'라고 말했어." 카페에서 그 광경을 회상하면서 부드러운 미소가 퍼진 친구의 잔주름 진 얼굴을 보면서 난 깊이 감동하지 않을 수 없었다. 공부를 벌레처럼 싫어하던 제자의 숨겨진 재능을 발견한 친구가 고마웠고 즐겁게 열심히 노력하여 이제는 대학생을 가르친 교육자요, 유명한 요리사가 된 그 제자의 노력이 무척이나 고마웠다.

　최 박사는 이어서 핀란드 교육 기관을 방문한 이야기도 들려주었다. "교육청 연수 일환으로 핀란드를 방문한 적이 있었네. 어느 고등학교에 갔는데 그 학교 교장 선생님이 우리와 차를 마시면서 질문을 하였네. '한국에서는 어떤 아이들이 우수한 학생들인가요?' 그러자 나와 함께 간 장학사가 말하길, '한국은 1등급에서 9등급까지 아이들을 분류하는데 1등급 성적을 얻은 학생들이 가장 우수한 아이들입니다.'라고 했어. 그러자 그 핀란드 선생님이 고개를 갸웃거리더라고. 그러면서 물었어. '그러면 한국에서는 운동을 좋아하는 아이들은 성적이 우수한 아이는 안 되나요?' 장학사가 성적에서는 그렇다고 하자 핀란드 교장은 여전히 갸우뚱거리면서 '저기 하키를 연습하는 아이들은 우리나라에서 아주 우수한 학생들이고, 저기 전자 기타를 연주하는 아이들은 전국대회에서 입상한 아주 우수한 아이들입니다.'라고 하였지. 그분의 요지는 결국 학생의 우수성은 학교 성적으로 결정되는 것이 아니라 학생들의 재능 발휘로 결정된다는 것이었어." 그리고 최 박사는 핀란드의 교육자가 자신에게 해 주었다는 아주 결정적인 조언을 나에게 전해 주었다. 그것은 지금도 나의 뇌리에 강하게 박혀 있다. 아마 살아 있는 동안 내 뇌리에서 절대 떠나지 않을 듯하다.

　교육이란 학생 개개인이 좋아하는 것을 더 잘하도록 가르쳐 주는 것이다.

─────────────────────────────────

💬 댓글 공감

최ㅇ

공감되는 이야기입니다.

김ㅇ리

진짜 와닿네요.

유○선

저는 그걸 우리 아이들에게만 해 준다는 게 무척 아쉽습니다. 우리나라 학부모들이 전부 이렇게 바뀌어야 한다고 생각합니다.

조○완

다양성이 인정되고 존중받는 사회가 건강하다는 생각이 듭니다. 공부하는 이유목적가 무엇인지를 알게 하는 것도 필요하다는 생각.

👍 좋아요 공감

윤○채, 김○경, S.S., 김○수, 조○완, 차○, 전○민, 김○균, 김○희, 최○우, 홍○빈, 송○규, 최○현, 유○선, 김○리, 김○만, 최○덕, 이○옥, 송○해, 최○, 김○숙

4. 중국인 유학생 동우베

2020년 4월 25일 · 🌏

20년도 지난 오래전의 일이다. 대학 연구원으로 있다가 우리 몇 사람은 대학에서 배운 기술을 이용하여 벤처기업을 만들었다. 실험실과 사무실은 대학 내 창업보육센터에서 임대료를 지급하고 빌릴 수 있었다. 우리는 해양 생물에서 천연 물질을 추출하여 질병을 예방하거나 치료하는 제품을 개발하는 일을 했다. 교수가 되는 길에서 벗어나 기왕에 사업하기로 마음먹었으니 거창한 성공은 둘째 치고라도 가족을 먹여 살릴 생활비는 벌어야 했다. 하지만 천연 물질에서 약품을 개발한다는 것은 만만한 일이 아니었다. 오늘 TV를 보는데 쿠바에서 사탕수수의 껍질에서 추출한 8가지 지방족 알코올을 이용하여 천연 고혈압 치료제인 폴리코사놀을 개발하여 오랜 세월 동안 사람들에게 큰 도움을 주고 있다고 했다. 그런 경우는 정말 운이 좋은 케이스다. 2000년 초 어느 무더운 여름날이었다. 그날도 우린 사무실에서 하루 종일 일에 매달리다가 밤 11시경이 되어서야 귀가하려고 엘리베이터를 타고 내려오던 중이었다.

한 여학생이 엘리베이터 안에서 어깨를 들썩거리고 눈물을 줄줄 흘리면서 울고 있었다. 동료와 나는 그냥 내려오려다가 이상해서 왜 울고 있느냐고 물어보았다. 그러자 그녀는 눈물범벅이 된 채로 얼굴을 들고 우리를 바라보았다. 얼굴도 코도 둥근형이었는데 외국인 같은 인상이었다. 몽고? 조선족? 머릿속에서 국적을 생각하고 있는데 그녀가 입을 열었다. "저는 중국인 유학생 동우비라고 합니다. 한국어를 전공하기 위해 여기에서 대학원을 다니는데, 지도 교수님이 석사 과정 2년간 저를 그렇게도 냉정하게 대하셨습니다. 이유 없이. 그런 와중에 내일 석사 학위 요약본을 제출해야 하는데 컴퓨터 작업을 하다가 그만 파일이 날아가 버렸습니다. 그래서 논문

제출을 못 하게 되었습니다. 흑흑." 그녀는 미처 말을 잇지 못하고 다시 눈물을 흘렸다. "아니 그러면 지도 교수님께 말씀드려서 연기해 달라고 하지?" "오늘 교수님께 사정 이야기를 하자 안 된대요. 1년 더 다니든지 알아서 하라는 것이었습니다. 이 저녁에 누구에게 부탁하여 한국어학 석사 논문의 초본을 새로 쓰겠어요. 흑흑." 그러면서 그녀는 다시 서럽게 울고 있었다. 고약한 교수였다. 발표하지 못할 특별한 사정이 있으니 그냥 그 학생만 준비할 시간을 조금 더 주고 별도로 심사해도 충분할 일이었던 것이다. 참 딱한 일이었다. 엘리베이터 1층에서 일단 내린 나는 잠시 생각에 잠겼다. 비록 나는 생물학을 전공했지만 글을 쓰는 것이 취미였다. 나는 사실 내가 글을 쓰는 재능이 미미하게라도 있는 줄 잘 몰랐다. '내가 조금 쓰는 것 같은데?'라고 느낀 것은 몇 번의 경험 때문이었다. 어느 날 타임스지에서 「산불이 나면 생태계에 어떠한 영향을 미치는가」라는 글이 실린 것을 보았다. 나는 그 기사를 인용하면서 숲에 불이 나면 토양 미생물의 변화가 생기면서 어떻게 산림이 미생물적 황폐화를 겪는가에 대한 글을 써서 광주일보에 보냈는데 놀랍게도 글자 하나 안 틀리고 그대로 활자화되었다. 그때부터 나는 일간지에 기고를 시작하였고, 일간지에 나의 글이 자주 실리기 시작하였다. 딱한 처지의 동우비를 만났을 때, 혹시 나의 그런 조그마한 재능이 그녀를 도울지도 모른다는 느낌이 들었다.

동우비를 바라보면서 물었다. "논문 제목이 뭐였지요?" "중국과 한국의 속담 비교학입니다." "그래요? 그러면 오늘 저녁에 그 논문을 한번 써 볼까요? 우리 사무실에서?" 그러자 동우비의 눈이 갑자기 빛나기 시작했다. 동우비는 지푸라기라도 잡아야 할 다급한 상황이었으므로 고개를 끄덕였다. 우린 다시 엘리베이터에 오른 채로 8층으로 올라갔다. 그리고 사무실 책상에 앉았다. 동우비는 먼저 걱정하고 있는 중국의 부모와 연락을 취했다. "동우비야 논문은 어찌 되었니?" "네, 아빠. 교수님은 안 된다고 했는데 학교의 어느 선생님이 도와주신다고 하여 지금 시작하려고요." 전화로 느껴지는 근심이 가득한 목소리의 아버지는 동우비의 통역을 통해서 우리에게 무척이나 고마워하셨다. 나중에 안 사실이었는데 동우비의 아버지는 판사였고 어머니는 세무서 고위직 공무원이었다. 그녀는 유복한 가정의 1남 1녀 중 큰딸이었다. 그렇게 난 엉뚱하게도 국문학 논문을 쓰는 것을 도와주기 시작했다. 그녀가 먼저 중국의 속담을 이야기하면 난 유사한 한국의 속담을 찾아내서 둘 사이의 언어적, 문화적, 역사적인 의미를 연결하는 일을 도와주었다. 우린 밤을 꼬박 지새웠고 새벽에야 작업을 마칠 수 있었다. 동이 트고 창문으로 해가 비쳐 올 때 동우비의 얼굴은 환희로 빛나고 있었다. 전날 밤의 그 우울하고 눈물 젖은 얼굴은 온데간데없이 사라지고 발랄하고 아름답고 앳된 여대생이 그 자리에 앉아 있었다. 동우비는 몇 번이나 감사를 표하고 원고를 들고 사무실을 나갔다. 피곤으로 눈꺼풀이 닫히기 직전이었지만, 통통거리며 달려가는 제자(?)의 모습을 본다는 것은 얼마나 보람찬 일이었는지. 그리고 그날 저녁에 연락이 왔다. "무사히 마감 시한 안에 논문 초본을 제출했습니다. 사장님 감사드립니다." 그리고 한 달 후에 또다시 연락이 왔다. "한 달간의 발표 준비 후 정식 논문 발표가 있었습니다. 사장님 놀라지 마세요. 우리 논문이 아주 우수한 성적으로 학위 심사를 통과하였습니다. 정말 감사해요. 이제 곧 중국으로 돌아갈 예정입니다. 가기 전에 인사드릴게요." 놀라운 소식이었다. 내심 비전공인 내가 도와준 논문이 혹시 탈락하는 것은 아닌지 혼자 속을 태우고 있던 터였으므로 그만큼 기쁨은 더 컸다. 내 인생에서 가장 멋진 성공들이 있었다면 이 일도 그중 하나일 것이다.

그녀가 한국을 떠난 지 몇 개월 후에 퇴근하여 집에서 이메일을 열어 보는데 반가운 편지 한 통이 도착해 있다. 'yufei'라는 아이디를 쓰는 동우비가 보내온 멋진 소식이었다. "사장님 오랜만입니다. 저는 지금 대학교 교수가 되었어요." 이메일은 그렇게 시작되었다. 그녀를 처음 보았을 때는 어려 보이는 학생이었지만 지금은 중국에서 당당히 교수로 활동 중이라는 것이었다. "저는 대학에서 한국어를 가르치고 있는데, 이번에 정식으로 한국어과가 생겨 일주일에 12시간이나 가르치므로 바쁩니다. 최근에 저희 대학과 서울시립대학이 자매결연을 했고, 한국 총장님이 지난달 중국을 다녀가셨습니다. 저희 총장님도 내년에 서울을 가시는데, 그땐 저도 통역으로 갈 겁니다. 도착하면 꼭 연락드리겠습니다.”

동우비와의 만남은 우연이자 필연이었던 같다. 지금도 보이지 않는 그런 인연들이 세상 구석구석에 여전히 존재하는가 보다.

💬 댓글 공감

최○철
와~^^ 멋진 좋은 일 하셨군요. 박수를 보냅니다.~~

이○훈
대단한 일을 하셨네요. 대단한 성역입니다. 존경합니다.

황○식
와~ 그런 성역을!!!

김○의
대한민국을 빛낸 자랑스러운 한국인이십니다. ♡♡♡

김○애
선생님의 글솜씨가 이미 옛날부터 수준급이셨네요. 그 글솜씨 길이길이 살려 계속 좋고도 재미있는 글 올려 주세요.~

김○희
정말 위급한 순간에 도움의 손길을 주신 선생님의 그 순수하신 인간애가 너무너무 아름답습니다. 그 중국 여학생은 인생에서 가장 큰 은인 중의 한 분을 만났군요. 우리에게 언제나 주님의 자비의 손길을 베풀 수 있는 사랑이 있군요.

김○운
보이지 않는 곳에 그리스도의 사랑이 숨 쉬고 있네요. 잘 읽고 가슴으로 느끼고 갑니다. 감사합니다.

👍 좋아요 공감

윤ㅇ채, 박ㅇ화, 양ㅇ섭, 전ㅇ민, 정ㅇ환, 안ㅇ진, 김ㅇ균, 유ㅇ선, 오ㅇ근, 김ㅇ의, 황ㅇ식,
김ㅇ경, 고ㅇ실, 황ㅇ철, 송ㅇ규, 박ㅇ준, 최ㅇ덕, 최ㅇ우, 차ㅇ, 최ㅇ철, 최ㅇ우, 차ㅇ,
최ㅇ철, 김ㅇ태, 정ㅇ련, T.P.W.

5. 맹인 아내에게 남긴 아름다운 유언

2020년 4월 28일 · 🌐

26세 여자와 30세 남자가 서로 사랑하여 결혼했다. 알콩달콩 잘 살고 있는데 어느 날 그들의 신혼집에 불이 나 아내가 그만 실명을 하고 말았다. 답답해진 아내는 짜증을 내고 화를 자주 냈다. 남편은 그런 아내의 응석을 모두 받아 주었다. 불에서 아내를 구해 내지 못하여 아내의 아름다운 눈을 잃게 만들었다고 자책하며 늘 미안했기 때문에 스스로 그 모든 것을 다 감수한 것이다.

아내를 사랑하는 남편은 헌신적으로 그녀의 손발이 되어 주었다. 집에서나 외출할 때나 마찬가지였다. 아내는 장님이 되었지만 직장 생활을 계속할 수 있었는데 이것 역시 남편의 헌신적인 도움이 아니었으면 어림없는 일이었다. 그런데 어느 날 갑자기 남편이 그녀를 불러 놓고는 청천벽력 같은 선언을 한다.

"여보. 이젠 나도 지쳤어. 앞으로 당신을 도와줄 수 없으니 이제부터는 당신 할 일은 스스로 알아서 하세요. 외출을 하든지, 옷을 갈아입든지, 집안일을 하든지, 버스를 타든지, 직장 일을 하든지 당신이 직접 다 알아서 하세요."

아내는 그 말이 야속해서 눈물을 한없이 흘렸다. 그러면서도 내심 '설마, 아니겠지.'라고 생각했다. 다음 날 아침, 남편의 도움을 기대하면서 그의 눈치를 살폈지만 한번 변한 남편의 마음은 돌아설 줄을 몰랐다.

아내는 어쩔 수 없이 수많은 시행착오를 거치면서 혼자서 그 모든 일을 해내야만 했다. 1년, 3년, 5년이 지나도 남편은 그녀를 도와주려고 하지 않았고, 그녀 역시 남편의 도움을 잊고 서서히 자립해 나가기 시작했다. 그리 지 낸 지 10년이 되자 이제는 버스 터미널을 찾아가는 것은 너무 쉽고 버스의 엔진 소리, 덜컹거리는 소리만 들어도 그것이 어느 버스인지 그녀가 탈 버스가 어떤 것인지를 정확히 알아냈다. 그리고 새로 일할 회사도 생겼고 그 회사를 찾아가고 회사 일을 하는 것도 아주 익숙하고 능숙한 일이 되었다.

그러던 어느 날, 남편은 갑자기 머리의 통증을 호소하면서 고혈압으로 병원으로 실려 갔다. 머리의 실핏줄이 터지면서 사망한 것이다. 남편은 죽기 직전에 아내에게 각막 이식을 해 달라고 부탁했다. 그래서 남편이 사망하자마자 수술을 하였고 드디어 아내는 눈을 뜨게 되었다. 아내는 눈을 뜨고서 남편의 유언이 담긴 편지를 읽었다.

"여보, 더 젊었을 때 내 눈 하나를 당신에게 주어 세상을 볼 수 있게 해 주고 싶었는데 실은 그때 각막 이식을 하지 못한 것은 불이 나서 화상으로 일 그러진 나의 괴물 같은 얼굴을 당신에게 보여 주고 싶지 않은 나의 이기심이었어요. 정말 미안해요."

아내는 남편의 진심과 선물에 감동하여 눈물로 편지가 흥건히 적셔졌다. 그리고 새로운 사실을 하나 더 알게 되었다. 그녀가 회사에 중요한 서류를 두고 온 것이 기억나서 급히 회사를 갔는데 입구에서 경비 아저씨가 그녀를 불러 세웠다.

"당신은 참 행복한 여자입니다."

그는 다짜고짜 그녀에게 그리 말했다. "예?" 의아해하는 그녀에게 경비 아저씨는 한마디 덧붙였다.

"당신의 남편은 10년이나 당신이 회사에 안전히 도착해서 입구에 들어가는 것을 보고 나서야 돌아가고는 했습니다. 당신을 그처럼 사랑해 준 남편이 있으니 당신은 얼마나 행복한 아내입니까?"

계단을 오르는 아내는 흐르는 눈물 때문에 제대로 걸을 수가 없었다. 남편은 언제 자신이 먼저 세상을 떠날지 몰라서 아내가 스스로 자립하도록 훈련을 시켰고, 그러면서도 늘 아내의 뒤를 몰래 따라다니며 여전히 아내를 돌봐 주고 있었던 것이다. 그뿐만 아니라 자신의 생명이 다할 때를 기다려 자신의 안구를 내주어 아내에게 빛을 선사하기까지 했다.

그가 남긴 서신은
이 세상 그 어떤 것보다도
가장 아름다운 유언이었다.

💬 댓글 공감

유○선

영화로 만들면 좋겠습니다.

곽○화

울면서 읽었습니다. 너무 아름다운 사랑 얘기입니다.

장○

오늘은 남편을 잡아야겠네요.

김○희

자립하게 도와주는 것이 진정한 사랑이네요.

박○기

모든 분께 자립이 너무나도 필요한 시기입니다. 익숙하지 않은 일들이 익숙해질 때까지 사람이라는 것이 참으로 고통으로 다가옵니다. 익숙해질 때까지.

정○옥

너무 아름답네요. 그만한 희생, 사랑이 있는지 확인해 보고 싶네요. 아님 어떻게 하지요? 나도 그렇게 할 수 있을까 싶네요. 가슴 찡한 하루를 시작하네요.

정○옥

너무 아름다운 이야기라 공유해요.

송○해

눈물 나게 하시네요.

6. 한국에도 이런 학과가 있다니

2020년 5월 2일 · 🌐

 내가 이 학과를 알게 된 것은 이웃에 살았던 모 대학의 교수 덕분이었다. 아무리 자기가 졸업한 학과라도 그렇게까지 입에 침이 마르도록 칭찬한 경우는 처음이었으므로 나도 모르게 그 학과에 매료되기 시작했다. "이번에 세미나가 있습니다. 제가 말씀드린 그 학과의 학과장이 강사로 오십니다. 함께 참석해 보지 않으실래요?" 마다할 이유가 없었다. 난 그의 초대에 기꺼이 응했고 마침내 전설처럼 들리는 그 학과장을 직접 만나게 되었다.

 학과장 김 교수는 50대 후반으로 보이는데 미소가 아름답고 맑은 성품의 소유자였다. 체격도 호리호리하여 몸이 날렵해 보였다. 강의가 시작되자 그를 초대해 준 주최 측에 감사를 표하고 나서 자신의 학과를 소개하기 시작하는데 하나하나가 진주같이 값지고 귀한 사례들이었다. 난 온몸의 세포까지도 쫑긋 세워서 그의 이야기를 듣고 그의 숨소리까지도 기록했다. 그에게서 공주대학교 수학교육학과를 한국 최고로 만든, 세상에 별로 알려지지 않은 스토리가 거미줄처럼 술술 풀려나오기 시작했다.

 불과 인구 5만 명 정도의 공주라는 작은 도시에 있는 공주대 수학교육학과는 한국에서 임용고시 합격률이 1위다. 학생의 75%가 합격하는데 지금은 100%를 목표로 하고 있다. 그런 실적이 한두 번이 아니고 매번 그렇다. 학과에서는 160명의 전체 학과생에게 교과서를 무료로 제공한다. 또한, 학과에서 자체적으로 장학금을 지급하는데 현재 전체의 50%가 4년 전액 장학생이다. 5년 이내에 학과생 100%에게 4년 전액 장학금을 지급할 예정이다. 이 학과는 담배를 금지한다. 계속 피우면 불이익을 준다. 졸업생 AS 제도라는 것도 있다. 학생이 졸업하여 교사가 되면 교수들이 그 학교를 방문하여 학교 측과 대화를 나누고 출신 교사들과 상담을 하여 어려움을 해결해 준다. 임용고시 재수생은 학교로 불러 임용고시 캠프를 열어 시험의 노하우를 가르쳐 준다. 신입생은 학과 입학식을 별도로 열어 교수들이 선언을 한다. 선언문 내용은 이렇다. "제자를 내 몸과 같이 사랑하겠습니다. 여러분 앞에서 다짐합니다." 그의 스피치 하나하나가 너무 뜻밖이고, 세상의 교육기관에 보내는 놀라운 선언이다시피 했다. 세상에, 지금 우리나라에 그것도 지방대학에 이런 학과가 있다니. 학과장 김 교수의 선언은 계속됐다. 교수들은 학과 자체적으로 ㄱㄴㄷ 리더십, 즉 ㄱ(감사), ㄴ(나눔), ㄷ(디딤돌)이라는 개념을 개발하여 지식 이전에 학생들의 인성을 교육한다. 학생들은 방학이면 수학교육 자원봉사캠프에 참여하여 봉사한다. 학과장은 14년째 판공비 등 수당을 받지 않고 무료로 학과장으로서 봉사하고 있다. 일관된 정책을 갖추어야 전통이 지속된다는 일념으로 자청하여 봉사하는 것이다. 6명의 학과 교수들은 매년 대학 600명의 교수 중 평가 최고점을 받는다. 교수들은 사은회 날도 보강을 하는 성실성을 보인다. 학생들은 매년 부모, 스승, 선후배에 대한 감사 보고서를 쓴다. 교수들은 의사 결정을 만장일치제로 한다. 학과 자체에는 명예의 전당이 있어 학과에 헌신하는 분들을 기린다. 졸업생들은 300명 이상이 매달 1만 원 이상의 기부금을 자발적으로 학과에 보낸다. 매년 3천만 원 이상이 들어오고 현재 1억 원이 적립되어 있고 향후 기금 목표는 10억 원이다. 그 돈이 재학생들의 장학금이 되는 것이다.

이 대학 졸업생이고 현재 UC Berkely의 박사 과정인 KHJ는 학과 홈페이지에 자신의 학과에 대해 이렇게 표현했다. "저는 우리 사대 수학교육과에 다니면서도 너무나 행복했습니다. 세상에, 대한민국에 어느 과의 교수님들이 이렇게 아빠같이 다정하고, 학생들을 먼저 생각해 주시고, 과를 위해, 학생들을 위해 이렇게 헌신적이란 말씀입니까! '정말 세상에 이런 과는 둘도 없을 거야!'라고 생각합니다." 내가 이 이야기를 학과장에게 직접 듣고 기록으로 남긴 것은 2010년 2월 2일이다. 지금 그 학과장 김 교수는 퇴직하였을 것이다. 다음 바통을 받은 멋진 학과장은 누구일까? 누가 그의 뒤를 이어도 그들의 놀라운 전통을 계속해 나가는 데는 큰 차이가 없을 것 같다. 왜냐하면 그 역시도 그러한 기적의 팀 일원일 것이니까. 지금도 이런 전통이 계속 이어지고 있다면, 한국 최고의 학과는 서울이나 포항이나 대덕 연구 단지에 있는 것이 아니라 바로 백제의 고도 공주에 있는 것이다. 공주대학교 수학교육과! 이런 학과가 있는 한국 교육의 미래는 밝을 것이다. 지방대학의 한계를 얼마든지 극복할 수 있다는 멋진 사례이다. 글을 마치면서 나에게 그리고 우리 모두에게 한 가지 강한 의문을 남긴다.

왜 이런 학과가 다른 대학에서는 나올 수 없는 것일까?

💬 댓글 공감

황○

공주대학교 수학과 교수님들은 참 훌륭하시네요. 우리나라에도 이렇게 좋은 학과가 있다는 게 놀랍습니다. 많은 대학이 본받으면 참 좋을 것 같아요. 주위 분들에게 알려 드려야겠네요.

김○현

그렇군요. 새로운 사실을 알았네요.

곽○화

와~ 정말 그렇게 멋진 학교가 우리나라 학교 맞나요? 모처럼 좋은 학교 소식에 희망이 보이네요. 매번 성추행, 성폭력, 인사 비리, 부정 입학 등등 듣다가.

다○엘○

좋은 소재, 좋은 정보, 좋은 글 감사합니다. 나는 이미 은퇴하였으나 이 정보를 현재 학과장에게 보내겠습니다. 잘 읽고 되새기고 갑니다.

김○운

공주사대 수학교육과 하니깐 이 과를 졸업하고 미국에서 박사 학위를 받았던 고대 수학교육과 교수였던 정직하고 촉망한 우리들이 잃어버린 친구가 생각이 납니다. 대학 1년 후배였습니다.

황ㅇ

공주대학교 수학과 교수님들은 참 훌륭하시네요. 우리나라에도 이렇게 좋은 학과가 있다는 게 놀랍습니다. 많은 대학이 본받으면 참 좋을 것 같아요. 주위 분들에게 알려 드려야겠네요.

박ㅇ화

와 멋진 공주대학교 수학교육과입니다. 수학을 잘하려면 이해력이 필요하다고 했는데 과연 인성이 훌륭합니다. 크게 응원합니다.

한ㅇ아

너도 그랬어?

김ㅇ겸

어, 이미 다닐 때부터 저런 것들이 있었지.

설ㅇ환

김 모 교수님을 만나셨군요?

7. 남파 무장간첩에서 청소년들의 영웅으로

2020년 4월 28일 · 🌐

1920년생인 조용태 선생 고향은 호남평야 북단에 위치한 전라북도 익산시 함라면 함열리이다. 가정에서 기독교를 종교로 가졌기에 어려서부터 기독교 가정의 가르침을 받고 성장했다. 그가 탄생한 곳은 부친의 고향이고, 동네 뒷산 너머 금강 하류에 있는 군산으로 이사할 때까지 그곳에서 자랐다. 가업인 농사를 짓다가 장사를 시작한 부친을 따라 군산으로 이사한 것이다. 그러다가 다시 목포로 옮겨 와서 북교초등학교를 15세에 졸업하고, 목포상업고등학교에 진학하여 1940년에 졸업해 한성은행(현 한국은행)에 입행했다. 그리고 1944년 4월 22일, 24살에 수원에서 장정애와 결혼했다. 슬하에 아들 2명과 딸을 두었다. 1950년 6·25가 일어나자 피난을 가지 못하고 그대로 직장인 서울 흥업은행에서 인민군 점령하에 근무하다가 9·28 수도 탈환으로 인민군이 후퇴하자 그들과 같이 이북으로 후퇴, 입북했다.

1950년 11월 만주 장춘으로 가서 그곳에서 조선민주주의인민공화국 내각 직속 중앙간부학교에서 수학하고 1951년 4월에 졸업해 평양으로 돌아왔다. 그리고 다시 황해도 서흥군 금강정치학원에서 유격 전술과 지하공작술을 배워 1952년 11월 수십 명과 함께 간첩으로 남파되어서 서울에 잠입했다. 그러나 종로에서 한국 경찰들과 총격전을 벌이다가 체포되어 서울 6관구 계엄사령부 고등군법회의에서 징역 20년을 언도받아 서대문형무소, 마포형무소, 안양형무소, 전주형무소, 마산형무소에서 복역하다가 1968년 1월에 수원에서 복역 중 고혈압으로 반신불수가 되어 출소했다. 그러고 나서 서울에 있다가 1972년 3월에 목포로 가게 되었다.

내가 그를 만난 것은 1980년대 초반이므로 그가 60이 넘어서였을 것이다. 이범태 선생을 통해 종교를 갖게 된 그는 목포에서 직업적으로는 교회의 관리인이었고, 직책상으로는 목포교회의 지도자였다. 그는 늘 미소를 지으면서 자애롭게 말하는 편이었는데, 그럴라치면 앞니가 합금으로 덧씌워져서 그 부분이 늘 햇볕에 반짝거렸다. 사람과 대화를 할 때는 상대방의 눈을 바라보면서 깊은 관심을 보였는데, 그럴 때마다 그의 눈동자는 별처럼 반짝거렸다. 반신불수이므로 나머지 팔과 다리로 절뚝거리면서 이동하고는 하였는데, 그는 항상 당당하고 쾌활하여 그가 장애인인 것을 잊게 하는 경우가 많았다. 그 주변에는 늘 청소년들이 함께했는데 그는 그들의 영웅이었다. 어느 겨울에 전세로 든 2층 예배당의 수돗물이 터져서 그가 성한 한 손으로 그곳을 틀어막고 있었는데, 마침 그때 교회를 찾아왔던 그 청소년이 없었다면 그는 그 겨울에 어찌 되었을지 모를 일이었다. 그의 충직함은 청소년들에게 깊은 감명을 주었다. 그는 관리인이었으므로 늘 교회를 청소했는데, 청소년들은 그의 청소 동업자가 되어 늘 함께했다. 늘 배고픈 아이들을 집으로 불러 항상 든든하게 먹이는 것도 그 부부의 일이었다. 아이들이 그의 집에서 늘 북적거렸다.

광주, 순천, 여수, 나주, 목포의 교회들이 모여 청소년 경전 퀴즈대회를 하면 아이들을 합숙을 시키다시피 공부를 시켜 주요 상을 목포가 휩쓸어가게 하는 훌륭한 교사이기도 했다. 그는 목포의 청소년들이 늘 승리하게 도와주는 승리의 설계자였다. 1980년대 중반, 퀴즈대회가 열리던 어느 여름 청소년대회(순천 송광면 이읍초등학교로 기억) 때 당시 나는 청소년회장이었는데 그가 지도한 청소년들은 퀴즈대회의 상을 모두 휩쓸었다. 청소년들과 온 힘을 다해 공부한 팀워크의 결과였다. 퇴직하고 나서 그는 서울 아들네 집으로 갔다고 들었다. 그 후 그가 사망할 때까지 난 그와 만나지 못했다. 우린 그 당시 그 누구도 그가 간첩 출신이라고 생각하지 못했다. 개심하여 선한 기독교인으로 살고 있던 그의 영혼에서는 이미 간첩의 흔적은 사라진 지 오래였다. 그의 삶은 고난의 여정이었지만 그의 마지막은 평온했다고 한다.

💬 댓글 공감

김ㅇ희

저녁에 식사 잘하시고 주무셨는데 아침에 안 일어나시고 돌아가셔서 많이 서운했지만, 그것이 그분의 복이라고 사모님이 말씀하셨어요.

김ㅇ윤

목포 출신들! 그리고 그분을 기억하시는 분들, 남파 간첩이었다가 한국으로 전향하여 목포 청소년들의 영웅이 되신 조용태 선생에 대한 추억, 에피소드 등이 있으면 댓글 부탁드립니다.

김ㅇ완

감동이 있는 삶의 이야기가 있을 것 같습니다.

곽ㅇ화

와, 눈물이 나네요. 그런 분이 계셨었군요. 감동입니다. 늘 좋은 소식, 감동적인 글을 주시려고 애쓰셔서 너무 고맙습니다. 정직하지 못하셨던 그 일도 그분은 용서하셨을 겁니다. 그 대목이 너무 재미있었습니다. ㅎㅎㅎ

승ㅇ현

오늘 이 글을 통해 시간 여행을 하게 되네요. 늘 엄격한 신권 지도자이셨고 항상 옆에 계시고 함께해 주셨던 신앙의 선배였으며, 외로운 청소년과 독신들의 신앙의 부모이셨지요. 늘 어디든 저희가 있는 곳에는 함께해 주셨던 감독님이 지금 생각해 보면 얼마나 큰 사랑과 헌신이었는지. 감독님의 사랑스러운 미소가 떠오르네요~~

이ㅇ준

1990년대에 서울 노량진에서 살 때 조 감독님께서 따님의 주소를 주시어 가깝게 지냈는데 우리가 화곡동으로 이사 간 뒤에 자주 만나지 못하고 지금은 가끔 그 가족이 생각납니다.

박ㅇ준

그분을 직접적으로 뵙는 일면식은 없지만 그분에 대한 이야기는 전설적으로 들었습니다. 먼 발취에서 지팡이 짚고. 아무튼, 그 모습이 아련한 기억에 있네요. 멋진 인생을, 값진 인생을, 개척자의 인생을 사신 신앙의 선조네요.

한ㅇ익

저도 처음 알게 된 내용입니다. 제 첫 선교 지역이 목포였기에 잘 알고 존경하던 분이었습니다.

최o동

그분은 청소년들의 아버지였지요. 평생 잊을 수 없는 분이지요. 그분 집에서 가정의 밤, 교회에서의 추억을 이루 말할 수가 없네요. 서울로 가셨을 때 몇 번 찾아뵈었는데 아쉽습니다. 먼저 돌아가시고 사모님(장정애)은 중풍으로 고생하시다 요양원에서 작고하셨습니다. 마지부에 다니셨는데 지부장이던 오성범 형제님이 추억을 얘기해 주었습니다. 그분이 송파와드 감독단이고 제가 감독을 6년간 했는데 영동스테이크 회장으로 김창호 형제님이 오랫동안 봉사했습니다. 모두 목포와드 조용태 감독님의 지도를 받던 청소년들입니다. 그분에 대한 추억을 올려 주셔서 감사합니다.

안o진

제가 고3 때 재정 보조 서기를 했었는데 일요일 서기 일을 마친 오후 해 질 녁 감독실에서 그분의 일생에 대해 들었지요. 남파 당시 어떻게 체포되었는지 영화 제작하듯이 말씀하시고 감옥살이와 각고 끝에 침례 받으신 간증을 경청하는 동안 주님의 영이 함께 함을 느꼈습니다. 기억은 그리움을.

김o희

조용태 지부장님과 사모님은 목포교회를 상징하는 인물이십니다. 제가 청소년 시절부터 결혼 전까지의 시간을 조 지부장님 부부의 신앙과 사랑의 모범 속에서 성장하였습니다. 광주에서 지방부 대회가 있으면 목포역에서 송정리역까지 기차를 타고 청소년 및 회원들과 함께 오시고 송정리에서 광주 충장로까지 버스를 타고 오는데 버스가 만원일 때는 거동이 불편하신 가운데에서도 겨우 기둥에 기대면서 허허 웃으시던 모습을 생각하니 너무 그리워서 눈물이 납니다. 목포의 열악한 가정 형편의 청소년들과 함께 가정의 밤을 하시며 서울 출신의 장자매님은 맛있는 찐빵과 음식들을 해주시며 기뻐하셨습니다. 조 지부장님은 목포에서 교회 관리를 맡으시는 동안 사모님은 선창 근처의 대형 상가에서 회계 일을 아르바이트로 하시기도 하셨습니다. 언젠가 여름에 서울 사는 아들이 내려온 적이 있었는데 아버지 때문에 공직의 자리에 오르는 길이 모두 막혀서 진로를 바꾸고 상심했었다고 합니다. 자녀를 1남 2녀를 두셨는데 반공법 때문에 외국에도 못 나가고 불이익이 많았다고 미안해하셨어요. 지부장님은 교회 관리와 청소년들을 보살피고 교회 계명을 지키는 일에 철저하셔서 그 당시 그 밑에서 자랐던 많은 회원이 다른 지역에 가서도 지도자로 활동하셨지요. 또 같은 지부에서 결혼한 커플도 많았구요. 화가 나시면 갑자기 극존칭의 언어를 사용하셔서 분위기를 감지할 수 있었어요. 저녁에 식사 잘하시고 주무셨는데 아침에 안 일어나시고 돌아가셔서 많이 서운했지만, 그분의 복이라고 자매님이 말씀하셨어요. 아~~! 벌써 우리가 그분의 나이가 되었다니 그분이 보여 주신 모범과 사랑이 얼마나 대단한 것이었는지 반추하게 됩니다. 이렇게 좋은 글을 올려 주셔서 너무 감사합니다.

안ㅇ

아, 청소년기(초등5~고3까지 1983~1989)에 와드의 아버지셨고 아버지가 일찍 돌아가셨던 저희 가족에게는 아버지나 다름없으셨는데 그땐 어려서 아무것도 몰랐네요. 누가 이런 자세한 얘기를 해 준 사람이 없었는데. 아무래도 그때는 군부가 통치하던 시절이라. 그분 감독이셨을 때, 성찬식 끝나고 성찬기 씻고 물을 잠그지 않아서 목포교회가 물바다가 되었는데, 그걸 어떻게 다 정리하시고 그다음 주 일요일 꾸중 한 번 안 하시고, 너털웃음 지으시던 모습이 어제처럼 생생합니다. 중2 이읍초등학교 청소년대회 마지막 날 간증 모임 때, 제가 간증을 하는 모습을 사진에 담아 잘 간직하라고 코팅해 주시면서 정말 즐거워하시고 흐뭇해하시고 행복해하시는 모습이 또한 어제 일처럼 생생합니다. 큰 거 두 가지 기억나게 해 주셔서 감사합니다. 그분 바람대로 되지 못한 게 참 죄송스럽네요. 미안해서 눈물이 납니다. 뭔가 하나가 치유되는 느낌이 드네요. 감사합니다.

👍좋아요 공감

김ㅇ현, 박ㅇ화, T.P.W., 장ㅇ륜, 이ㅇ우, 안ㅇ, 김ㅇ경, 이ㅇ신, 차ㅇ, 박ㅇ용, 황ㅇ철, 최ㅇ숙, 이ㅇ숙, 조ㅇ완, 장ㅇ길, 최ㅇ동, S.N., 유ㅇ선, 윤ㅇ채, 김ㅇ현, 최ㅇ경, 승ㅇ현, 최ㅇ철, 곽ㅇ화, 김ㅇ균

8. 어느 날 내가 천재를 이기고 있었다

2020년 6월 3일 · 🌐

···

오늘은 일단 만화가 이현세 씨의 이야기로 시작한다. 작년이었을 것이다. 신라 천 년의 수도 경주에 대해서 관심이 많았다. 역사책을 보다가 '연분(납가루가 포함된 화장품)'이 신라에서 개발되어 인접 국가로 기술이 전해지기 까지 한 사실을 읽었다. 천 년 전 한반도에서 최초로 개발된 연분 화장품, 거기에 매료되어 자료 조사차 경주를 자주 들락거렸다. 그때 우연히 고속버스 터미널 근처의 경주 전통 빵집에서 이현세 씨의 친구를 소개받았다. 그리고 그를 통해 이현세 씨와 통화를 했다.

통화 내용은 경주에서 무엇인가 일을 해 보려고 하고 신라 전통을 살려서 현대로 연결하는 어떤 프로젝트를 기획하고 있는데 선생님의 도움이 필요할 것 같다는 것이었다. 그러자 그는 자신이 경주 출신인데 고향을 위해 도움이 된다면 협력을 하겠다고 서울에 오면 한번 만나자고 했다. 그날 일을 마치고 4시간 정도의 여정으로 광주로 돌아오는데 난 무척이나 흥분하고 있었다. 와! 내가 우리들의 우상 만화가 이현세와 통화를 하다니! 그리고 만날 수도 있다니!

이현세를 모르는 사람이 없을 것이다. 그가 탄생시킨 '까치'라는 캐릭터는 만인의 친구요, 동생이었다. 이현세는 우리들의 우상이었다. 나는 그의 만화를 안 본 것이 없을 정도였다. 초등학생 시절 산수동 깃대산 아래 만화 가게에 가면 가운데에 오뎅이 끓고 있었다. 오뎅은 한두 개 먹으면서 주인의 눈총을 느끼면서도 오뎅 국물은 가득가득 마시며 해가 저무는 줄도 모르고 읽었던 까치와 야구 이야기, 까치의 풋사랑 이야기, 국경의 갈가마귀 등등. 어린 시절의 책에 대한 몰입은 흥미롭게도 이현세의 만화로부터 시작되었다. 그의 깔끔한 선 터치와 흥미진진한 이야기는 이현세를 천재로 단정을 짓지 않을 수 없었다. 그런데 어느 글에서 그는 정반대의 이야기를 했다. "초등학생 시절 내가 살던 동네에서는 내가 만화를 최고로 잘 그렸습니다. 그런데 성장하면서 본격적으로 만화가 세계로 들어가 보고는 절망했습니다. 만화의 천재들이 수두룩했습니다. 하루에 2~3시간만 자고 그렸는데도 그 천재들을 이길 수가 없었습니다. 모든 것을 포기하고 고향으로 내려간 적이 있었습니다." 그랬던 그가 심기일전의 기회를 잡아 새로 시작하면서 한 가지 결심을 했다. 어느 날 그는 깨달았다. '천재들은 앞서가도록 그냥 보내 주자. 나는 오로지 나만의 것을 향해 나아가자.' 그 후 한 걸음한 걸음 걸어갔다. 매일 꾸준히 걸어갔다.

"나는 그림이 미치도록 좋았다. 잠들기 전에 한 장만 더 그리고 자자고 스스로 채근했다. 그러다 보니 어느 날 내가 천재들을 이기고 있었다."

주변에 분명 천재들은 존재한다. 그런데 천재를 이긴 수많은 보통 사람이 학문, 예술, 경제, 정치, 체육 등등의 분야에서 이 세상을 이끌어 가고 있다. 이현세의 경험이 우리 같은 보통 사람들에게 희망이 된다. 천재는 분명 이길 수 있다. 이제 우리들의 행동만이 남았다.

👍 좋아요 공감

홍ㅇ민, 이ㅇ신, 조ㅇ현, 이ㅇ우, 황ㅇ식, 양ㅇ섭, 차ㅇ, 이ㅇ준, 김ㅇ연, 유ㅇ선, 윤ㅇ채, 김ㅇ수, 정ㅇ균, 곽ㅇ화, 박ㅇ화

9. 교수가 되고 싶으면 아내 말을 따르라

2020년 6월 3일 · 🌐

　매일매일 그림 같은 도시, 언덕을 따라 내려가는 길의 끝에 펼쳐진 워싱턴호에 담긴 숨 막히는 아름다움, 겨울에도 마르지 않는 대학 캠퍼스의 푸른 잔디, 그 위를 덮는 골드빛 단풍, 도시 중의 도시, 아름다운 시애틀. 그곳 항구 도시에 광주 출신의 친구 이 교수가 살고 있다. 그는 유타의 BYU(브리검영대학교)에서 MBA를 받고 컴퓨터 회사에서 일하고 있었다. 어느 날 우연히 회사에서 동료가 C++코드를 자바코드로 바꾸는 것을 보았는데 잘 모르는 분야였다. 그리고 이 프로그램을 언젠가 제대로 공부해 보고 싶다는 욕심이 생겼다. 얼마 후 그는 진짜로 회사를 그만두고 다시 대학에 들어가서 컴퓨터 사이언스 학사 공부를 새로 시작했다. 40세의 일이다.

　그는 컴퓨터 사이언스 학부를 마칠 무렵에 직장으로 가야 할지 아니면 계속하여 박사 과정을 공부할지 고민하고 있었다. 하루는 머리를 식힐 겸 아이들과 근처 공원으로 갔는데, 입구에서 어느 한국인 부부를 만났다. 남편은 아이다호주립대학교 토목과 교수로 이곳에 왔다고 했다. 어떻게 교수가 됐냐고 묻자 "어려웠지만 꿈을 잃지 않으니까 됐네요."라고 했다. 친구는 그들과 헤어지고 공원으로 올라가서 2시간 정도 트레킹을 하고 입구로 내려왔는데 그 부부가 더 이야기를 나누고 싶었다면서 아직도 거기에 있었다. 그날 처음 보는 사람들이었다.

　그들 부부와 이런저런 이야기를 나누다가 친구는 박사 과정을 가야 할지 말지 생각 중이라고 고민을 털어놓았다. 그러자 그 교수는 박사 과정 두 번을 했는데 정말 힘들었는데도 결국 해냈다고 했다. 그 말을 들으면서 친구는 늘 인생에서 내가 진정으로 원하는 것을 해 보고 싶다는 생각했던 자신을 기억했다. 그날 친구는 공원에서 만난 교수의 노력과 도전의 스토리를 들으면서 다시 마음을 추스르고 박사 과정에 도전할 힘을 얻게 되었다. 그리고 47세에 물류 공급 체인 관리 전공, 즉 물류와 제품 생산 관리, 서비스 시스템 관리로 박사 학위를 받았는데, 그 전공이 결국 그를 대학교수로 만들어 주었다. 교수가 된 데는 또 다른 스토리가 존재하는데 그 중심엔 그의 아내가 있었다.

친구가 교수직을 알아보고 있을 때, 어느 대학교에서 면접시험 연락이 왔다. 그런데 그가 가고 싶었던 지역이 아니었다. 그에 대해서 아내와 상의했다. "여보, 교수 인터뷰 연락이 왔는데 버지니아나 캘리포니아가 아니야." 그런데 아내의 반응이 뜻밖이었다. "여보, 걱정하지 마. 그 학교가 바로 당신이 일할 곳이야." 아내의 확신에 찬 말을 듣고는 오히려 그가 당황스러웠다. 아내는 남편이 이 학교에 반드시 합격할 거라고 굳게 믿고 있었던 것이다. 그것을 어떻게 안다는 말인가? 친구의 아내는 자신의 꿈 이야기를 들려주었다.

꿈속에서 아내는 남편과 어느 들판에 서 있었다. 둘은 야채를 들고 있었고, 다른 두 사람이 벼를 베고 있었다. 그 사람이 남편을 보더니 옆 사람에게 이렇게 말했다. "저 사람이 풀먼에서 온 사람이야. 이번에 우리 대학에 오는 새로운 교수야." 친구는 그 이야기를 되새기면서 교수 면접 장소에 갔는데 거기에는 놀랍게도 꿈속에서 아내가 본 그 벼를 베던 사람들이 그대로 면접관으로 앉아 있었다. 그들은 아내가 묘사한 인상착의 그대로였다. 당시 지원자는 미국 전역에서 몰려든 100명의 박사였다. 경쟁이 너무 치열하였으므로 친구는 사실 자신이 없었다. 합격하리라 생각하지 못했다. 그런데 기적의 라운드는 꿈같이 그렇게 시작되었다. 1라운드에서 100명 중에 전화 인터뷰 대상자 7명이 선정되었는데 친구도 그 리스트에 포함되었다. 기적의 시작이었다. 이제 2라운드였다. 전화 인터뷰가 끝나고 나서 7명 중 3명이 면접을 보러 학교로 오라는 통지를 받았는데 이번에도 그가 살아남았다. 여비를 지원하니 대학으로 오라는 연락이었다.

정문을 들어서자 이제 기적의 마지막 라운드가 기다리고 있었다. 아내가 꿈속에서 본 그 두 명의 면접관과 인터뷰를 무사히 마치고 집으로 돌아왔고 며칠 후 학교로부터 교수로 채용되었다는 통보를 받았다. 행정직원의 축하 인사를 받는 것이 미국으로 간 지 무려 20여 년이나 걸린 셈이다. 믿을 수 없었지만 결국은 아내가 꿈꾼 대로 되었다. 아내의 꿈 스토리는 거기서 그치지 않았다. 집까지도 꿈속에서 봐 두었던 바로 그 집을 구입하였으니. 친구는 그 대학에서 경영학과 부교수를 거쳐 지금은 종신교수로 선임되었다. 그리고 해고되지 않을 꿈의 직장에서 열심히 연구하고 있다. 친구는 청년들에게 이 말을 전하고 싶다고 했다. "자기가 원하는 것을 포기하지 마라. 가슴 뛰는 것을 포기하지 마라. 늦었다고 생각할 때가 가장 빠르다. 컴퓨터 사이언스 학부를 선택하는 것이 내가 정말 원하는 것인데도 이 힘든 일을 꼭 해야 하나 몇 번을 생각했다. 가장 늦었다고 생각할 때가 가장 빠르다고 생각한다. 40세에 학부를 시작했는데, 47세에 박사 학위를 받았다. 평생 안 하면 후회할 것 같았다. 가장 잘한 결정 중의 하나가 바로 그 전공이다. 대학에서 연구하는 지금도 그 시절 배운 컴퓨터 프로그램을 잘 사용하고 있다."

나는 친구의 조언 위에 한마디를 더 얹고 싶다.

"아내 말대로 해라. 자다가도 떡이 생긴다."

💬 댓글 공감

장ㅇ호

항상 좋은 글 감사합니다. 칼럼에 지난 시절 후배들의 이름이 많이 등장합니다. 그리운 얼굴입니다. 앞으로도 좋은 글 계속 부탁합니다.

김ㅇ애

김 박사님의 에세이는 항상 생동감이 넘쳐요. 사실을 기술했지만 논리와 표현력이 너무 와 닿아요. 저는 이야기 속의 부부를 잘 알고 좋아하는데 아내의 꿈 이야기는 일종의 하나님이 보여 주신 계시 같아요. 그분들은 지금 그곳 한인지부에서 회장으로 봉사하시며 많은 수고를 하고 계시지요.

👍 좋아요 공감

곽ㅇ화, 홍ㅇ민, 박ㅇ화, 조ㅇ준, 이ㅇ신, 이ㅇ빈, 오ㅇ근, 김ㅇ곤, 김ㅇ경, 김ㅇ숙, 장ㅇ길, 황ㅇ식, 김ㅇ연, 이ㅇ우, 김ㅇ균, 이ㅇ준, 김ㅇ완, T.P.W., 정ㅇ균, 최ㅇ, 박ㅇ화, 김ㅇ현, 최ㅇ숙, 한ㅇ익, 홍ㅇ민, 유ㅇ선, 한ㅇ익, 홍ㅇ민, 유ㅇ선, 윤ㅇ채, 이ㅇ납, 곽ㅇ화

2020년 6월 26일 · 🌏

갈비뼈가 불편하여 집 안에 박혀 있으니 갑자기 회가 생각난다. 제주시의 일도 체육공원 근처에 있는 풍어회센타는 5시에 오픈하는데 그 시간에 안 가면 자리를 잡기가 쉽지 않다. 조금만 늦어도 식사를 하지 못하고 돌아오는 일이 왕왕 있다. 아주 조용한 주택가에 자리 잡은, 외관상으로 아주 검소한 이 식당은 매일같이 손님으로 미어터지고, 지각하여 뛰어오는 손님들은 애간장이 탄다.

자연산 횟집

자연산만 취급한다. 그것도 딱 세 종류. 여름엔 한치, 가을엔 병어, 겨울엔 방어. 다른 어류는 전혀 취급하지 않는다. 특이한 횟집이다. 지금은 한치 철이다. 제주 한치를 접하려는 도민들, 관광객들이 홀 7개, 온돌방 6개로 세팅이 된 풍어회센타로 몰리고 있다.

재료가 소진되면 문을 닫는다

우린 처음 이 횟집을 제주도 지인으로부터 소개를 받았다. "5시에 열어요. 빨리 가셔야 합니다."라고 해서 보통 식당처럼 생각하고 7시경에 간 적이 있었다. 직원이 "오늘은 모든 제품이 소진되었어요. 클로즈합니다."라고 했다. 무슨 소린가 했더니 물고기는 매일 바다에서 잡아 오는 것만 사용한다는 것을 원칙으로 하는데 제품이 소진되면 식당은 영업을 중단한다는 것이다. 실제로 그래서 우린 처음엔 몇 번 낭패를 보았다.

예약이 없는 식당

이곳은 예약을 받지 않는다. 전화해서 "저 6시 30분에 예약합니다."라고 하면 100% 돌아오는 대답. "예약 없습니다. 직접 오셔야 합니다." 그렇다. 빨리 가서 줄을 서야 한다. 선착순으로 자리를 잡을 수 있다는 말이다. 횟집을 중심으로 형성된 가게들 「승쁨당」, 「천도 두루치기」, 「참다랑어·생연어 호프집」, 「GS25」, 「동우네 즉석김밥」, 「하영미 헤어갤러리」를 구경 삼아 보면서 언제 내 이름이 불리나 목을 길게 빼고 기다리고 있는 것이 여기 골목의 또 하나의 문화다.

5시에 오픈한다

정각 5시에 문을 연다. 아침도, 점심도 장사를 하지 않는다. 오직 초저녁 장사. 5시에 문을 열면 7시경이면 영업이 거의 끝난다. 그러니 초저녁 장사라고 할 수밖에 없다. 하루에 고작 2시간 영업하는데도 이곳은 손님으로 미어터진다. 식당 측의 자신감이다. 손님에게 최대한의 가치를 제공하고 우린 쉰다.

재료가 나쁘면 그날 장사는 없다

이곳을 찾으려면 반드시 전화해서 확인을 해야 한다. 예약이 아니라 문을 여는지 물어보아야 한다. 그날 생선이 싱싱하지 않으면 아예 문을 닫아 버리니 무턱대고 5시에 가야 한다고 달려가 봤자 헛수고가 될 것이다. 우리 역시 그런 실수를 한 적이 있다. 보통 식당은 식당이 손님을 늘 기다리나 여기는 전혀 그렇지 않다. 파격적이다.

가성비가 횟집 중 최고다

세 사람이 가면 30,000원짜리 회 한 접시를 시킨다. 그래도 충분한 양이다. 회를 먹고 나면 1인당 2,000원인 야채 비빔밥이 나오는데 대박 맛있다. 결국 1인당 12,000원을 주고 충분한 회와 비빔밥까지 먹으니 대한민국에 이런 횟집이 또 있을까?

쌈장 맛이 다르다

회와 상추, 깻잎 가늘게 썬 것이 나오는데 세 개를 상추에 넣고 쌈장을 얹어 먹는데 맛이 아주 다르다. "여기 보세요. 아주 많은 양념이 섞여 있죠? 그것들이 어울려서 독특한 쌈장 맛을 만들어요." 아내의 말이었다. 쌈장의 양념이 이 식당의 또 다른 강력한 경쟁력이다.

고기 맛이 특별하다

어찌 이리 고기 맛도 다를까? 입에서 살살 녹는다. 무엇 하나 나무랄 것이 없다. 지인은 이 집의 칼 솜씨가 회 맛을 특별하게 하는 이유 중 하나라고 한다. 정말 그럴까? 알아보고 싶은 욕심이 생긴다. 고기 맛이 항상 좋은 것만 잡아 오나? 아니면 다른 이유가 있을까?

스끼다시가 없다

세 명이 갔는데 소위 스끼다시라는 것이 없었다. 굳이 있다면 딱 전복 1개, 톳, 홍당무, 오이 정도. 그러니 스끼다시 없음이 회 값을 낮추는 데 기여한다.

식사하고 나오는데 날이 저물려고 한다. 그래 봤자 6시 55분. 식당이 문을 여는 오후 5시까지 전국노래자랑 좋은 자리 잡듯이 쏜살같이 달려가야만 구석에 한 자리 잡을 수 있을까 말까 한다. 9가지 비결이 이곳을 그리 만든다. 전국의 횟집은 왜 이렇게 안 할까?

💬 댓글 공감

정○옥

> 와~ 생생하게 잘 읽을 수가 있네요. 지난 3월 말 해물 라면 맛보는 데도 한 시간 기다린 적이 있네요. 제주 자체가 다 힐링이 되는 곳 같아요. 전 바다를 좋아하다 보니 다 좋았고 추억이 되는데, 한림숲이 참 기억에 남네요. ㅎ

조ㅇ관

제주도 가면 가보고 싶은데 자신은 없네요. 저는 항상 대안을 찾아서 행동해서요. 그래도 도전해 보고 싶네요. 김 박사님 글에 반해서요.

E.J.

오~~ 정말 신선한 식당이네요. 나중에 제주도 여행을 가면 운을 빌어 봐야겠습니다.

박ㅇ준

대박이 보여도 주변 환경이 특히 싱싱한 물 좋은 자연산이 귀해서, 또 그런 이유에서 자신감을 가질 수 없을 거예요. 전국 횟집이 그렇다면 그곳이 그렇게 유명하지 않겠지요. ㅎㅎ

박ㅇ화

대단한 횟집입니다. 꼭 한번 가고 싶어요. 침 꼴깍. 좋은 거 많이 드시고 빠른 쾌유를 바랍니다.

H.H.

표선이 생각납니다.

S.K.

많이 배우고 갑니다. 예수 그리스도의 가르침에 저렇게 많은 사람이 늙지 않으려고 줄을 섰으면 하는 생각이 스쳐 지나갑니다.

김ㅇ자

전화번호도 주셔야죠. ㅋ 꼭~♡ 가 봐야지~♡

👍 좋아요 공감

유ㅇ선, 이ㅇ숙, 임ㅇ웅, 김ㅇ균, 박ㅇ종, 김ㅇ숙, 최ㅇ동, 김ㅇ자, 윤ㅇ채, 박ㅇ영, K.S.H., 김ㅇ규, 정ㅇ련, 김ㅇ남, 김ㅇ연, 최ㅇ우, S.D.C., 이ㅇ우, 최ㅇ칠, 원ㅇ석, M.G.Y., 최ㅇ승, 전ㅇ민, B.Y.K., 김ㅇ일, 양ㅇ옥, 김ㅇ호, 김ㅇ경, H.K., H.H., K.S., 이ㅇ영, 박ㅇ화, 윤ㅇ주, J.S.H., 김ㅇ희, K.S.C., C.C., 최ㅇ숙, E.J., 이ㅇ호

11. 이 놀랍도록 너그러운 아이들은 더 이상 아이들이 아니다 ...

2020년 6월 29일 · 🌏

　새벽 4시 반이다. 화장실을 가려고 눈을 떴다가 시간을 보려고 잡은 핸드폰으로 우연히 페이스북을 열었는데 순천에 사는 어느 엄마의 감동적인 글이 올라와 있었다. 읽고 또 읽으면서 나는 더 이상 잠들지 못했다. 이제 곧 시작될 여명을 등에 업고 핸드폰의 자판을 두드리며 이 글을 쓴다.

　페이스북의 엄마는 세 아들의 어머니다. 장남은 청년인데 지적 장애고, 둘째와 셋째는 둘 다 피아노에 능숙하고, 선하고 너그럽고 따뜻한 눈동자를 지닌 학생들이다. 장남은 소만 한 덩치인데 끊임없이 달리고 걷고 움직여서 모임 중인 교회의 교실들이 한시도 닫혀 있지 못했다. 두 동생과 부모는 아들을 따라다니면서 사람들에게 피해는 주지는 않나 눈치를 보느라 노심초사하는 모습이 나를 늘 눈물짓게 했다. 그들의 심정이 나에게 감정 이입이 되면 마음속에 눈물이 흐르고는 했다. 페이스북에는 동생들이 네 살 때부터 얼마나 따스한 아이들이었는지 엄마는 감동적으로 묘사하고 있다.

　지금은 고등학생일 막내아들 이야기다. "잠깐 아래층에 물건을 내놓고 돌아와 현관문을 열고 들어가는 순간, 네 살이 된 막내아들이 고사리 같은 손으로 수건을 잡고 거실 바닥의 물을 닦아 보려고 이리저리 쓸고 있었습니다. 욕실에서 물놀이를 하고 있던 큰아들이 수돗물을 켜 놓은 채 손바닥으로 막아 거센 물줄기가 열려 있던 문을 지나 거실 바닥을 강이 되게 만들었습니다. 모노륨 밑으로 물이 들어가 바닥이 뜨고 손으로 살짝만 눌러도 퐁퐁 물이 새어 나왔습니다. 막내아들이 저를 보자마자 울먹이며 '엄마~ 형이 형이 형이~' 말을 잇지 못하고 어깨를 들썩이며 통곡하기 시작했습니다. 많이 놀라고 눈물 나게 외로웠을 막내아들을 안아 주며 '내가 닦을 테

49

니 염려하지 마라. 괜찮다.'라고 토닥였습니다. 아! 그때부터 지금까지 수 없이 맞닥뜨린 엄청난 사건 앞에서, 막내아들은 항상 회피하지 않고 부딪 쳤습니다. 자기에게 너무나 두렵고 버거운 일임에도 불구하고 어떻게든 해 결해 보려는 태도를 바꾸지 않았습니다. 특히 어려운 사람을 보면 그냥 지 나치지 않았습니다. 상대방이 상심할 것 같으면 가슴 아프게 하는 말을 하 지 않았습니다. 자신은 속으로 피눈물을 삼켰습니다. 매우 어릴 때부터 엄 마가 속수무책일 때 형을 돌보아 줄 테니 다녀오라고 했습니다. 그 일은 그 아이에게 너무나 두렵고 힘든 일인데 정말 잘해 주었습니다. 끊임없이 쫓 아다니며 먹이고 입히고 씻겨 주고 온갖 뒤처리를 감당했습니다. 그러다 다친 적도 많았습니다. 내색하지 않았습니다. 형을 가르치기도 했습니다. 형이 원하는 한 끝없이 피아노를 쳐 주었습니다."

이번에는 대학생이 된 둘째 아들에 대한 이야기다. "둘째 아들이 세 살 때, 장난감을 정리하며 놀고 있는 것을 바라보다, 유리창을 통해 들어오는 따뜻한 햇살에 못 이겨 잠시 누워 눈을 감고 있었더니 아이가 곁에 있는 담 요를 펴 저를 덮어 주었습니다. 한참 이쪽저쪽을 다니며 사방에서 담요를 정갈하게 잡아당겨 반듯하게 펴 주었습니다. 저를 깨우지 않고 조용히 기 다리고 있던 부드러운 모습이 지금도 눈에 선합니다. 눈을 뜨고 바라보자, 더 자라고 말하던 옥구슬 같은 목소리가 지금도 들리는 듯합니다. 멀찍이 떨어져 반대 방향으로 가는 형을, 옷에 붙은 모자를 잡아당겨 엄마에게 데 려다주던 세 살배기가, 커서도 형의 발을 씻겨 주며 깨달음을 전해 줍니다. 순종적이고 타인의 마음을 상하지 않게 하려고 애쓰던 사려 깊은 아이였는 데 이제 더 이상 아이라고 할 수가 없습니다. 저에게 그리스도의 마음을 가 르치는 선생님이 되고 있습니다. 그리스도의 모범을 보여 주며 사람들을 서로 사랑하게 만들고 있습니다. 고통을 삼키며 미소 짓고 무던한 인내심 을 발휘하고 있습니다. 그는 순종하고 있습니다. 그는 소망을 가지고 있으 며 믿음을 전하고 있습니다. 늘 그러한 저의 아들로 인하여 감사합니다."

장애가 있는 장남에 대해서도 언급했습니다. "매우 어릴 때부터 동작이

엉성하면서도 너무 빨라 다칠까 봐 노심초사하여 눈을 뗄 수 없었던 아들이 어느 날은 제동하기 힘든 속도로 달려가다 누워 있는 갓난아기를 발견하고 순간 밟지 않고 넘어 발을 디뎠습니다. 아찔했으나 이 아이도 다른 사람을 다치지 않게 하려고 최선을 다하는 경이로운 능력이 있으며, 그보다 놀라운 것은 그 능력을 행사하려는 아름다운 마음씨를 가지고 태어났다는 사실을 깨닫게 된 것이었습니다. 다른 사람들을 아끼고 사랑하는 이 사랑스러운 아이가 저의 아들인 것이 늘 감사합니다." 엄마를 견디게 하는 힘은 어디에서 발원하였을까? 그녀에게는 사랑이 많은 강원도 고향에 부모가 있었다. 그 감성과 사랑이 내리사랑의 힘을 만든 것이다. "내가 네 살부터 다섯 살 나이에 살던 강원도 인제군 원통면 산골 마을은 드나들기 수월한 곳은 아니었으나, 마을 앞으로 매우 맑고 풍부한 시냇물이 햇빛에 반짝이며 도도하게 흐르고 뒷산에는 예쁜 꽃들이 피는 아름다운 곳이었습니다. 물가에서 바라보던 그때의 산과 돌과 물에 대한 감동 때문에 지금도 지구는 아름다운 곳으로 기억되고 있습니다. 드넓은 우주 공간 중에서도 숨 쉴 수 있고 아름다운 지구가 나의 삶의 터전이 된 것에 항상 감사하고, 나를 사랑하시는 나의 아버지와 어머니의 품에서 보호를 받으며 부족함 없이 양육된 것에 항상 감사합니다. 엄마를 견디게 하는 힘은 또한 그리스도에서 발원되었습니다. 많이 아프고 힘들었지만, 곧 '이 또한 지나가리니'라는 말씀이 지금까지 셀 수 없이 이루어져 왔음을 알고, 견디면 된다는 희망과 나의 사랑하는 사람들을 다시 만날 수 있다는 희망을 품을 수 있어 감사합니다. 이 희망이 나의 삶의 동력이 되고 있습니다."

"엄마는 마음 놓고 자 본 적이 없었습니다. 하지만 두 아들은 그런 엄마와 아빠의 헌신을 행동으로 깨우치면서 그 사랑을 주변으로 흐르게 하였습니다. 아이들이 어릴 때는 잠이 부족했으나 마음 놓고 자 본 적이 별로 없었습니다. 아이들은 아이들이 아니었습니다. 다른 사람들의 무거운 짐을 들어 주느라 수고한 나의 아들! 고맙고 슬프기도 합니다. 이제는 주님께서 그들을 위로해 주시길 바랍니다. 큰 덩치의 장남은 한시도 쉬지 않고 움직입니다. 엄마와 아빠 그리고 동생들은 늘 비상 대기조였습니다. 그런 생활을 10년, 20년을 하고 있었습니다."

나는 모성애, 가족애가 그렇게 큰 가족을 처음 보았다. 순천 엄마의 글을 읽으며 그 헌신적인 가족들을 직접 보고, 만나고, 대화한 귀한 날들을 생각한다. 늘 오르지 못할 더 높은 지위, 더 많은 자산, 더 많은 대우를 갈망해 온 어리석은 나는 이제는 후회와 반성의 눈물이 흐른다.

시간은 이른 아침으로 흐르고 창밖에서 이름 모를 새가 지저귄다.
휘이 휘이 휘이
"지금이라도 늦지 않았다."
미물이 그리 가르치는 것 같다.

💬 댓글 공감

H.H.

지금이 가장 빠른 때라고 하지요. 그러나 알면서도 못 하는 자신에게 회초리를 들어야겠습니다. 여명에 적으신 감동적인 글을 읽으면서 생각에 잠기도록 해 주셔서 감사합니다.

H.S.L.

글 잘 읽었습니다. 마음으로 읽었습니다. 주위에 불편하신 분들, 새로운 마음으로 대하겠습니다.

이ㅇ영

희생과 사랑, 헌신, 우리의 모형~! 우리 주님처럼 우리도 GO GO GO.

박ㅇ준

주님께서 주신 사랑, 내리사랑의 모범을 보네요. 견딜 만한 시련을 주신다고 했는데 다른 자녀들이 더 큰 사랑을 지니고 함께하네요. 그리고 아픈 자녀도 그가 지닌 만큼의 사랑을 가지고 살아가니 힘들지만 참 보기 좋은 가족이네요. 행복이 느껴지네요.

조ㅇ관

가족이란 끈으로 맺어진 힘은 위대한 것 같아요. 사랑의 바탕에서 나오는 진한 무언가로 연결된 그런 것. 그 사랑을 그려 낸 김 박사님의 마음이 진하게 스며듭니다.

정ㅇ경

선생님의 이야기보따리는 항상 마음속에 남아 있게 하네요. 오늘도 감사합니다.^^

박ㅇ화

이 생애에서 하늘이 주신 값진 선물인 가족을 주심을 감사드립니다. 훌륭한 배움 주셔서 마음에 따뜻하고 뭉클한 감동을 안겨 주십니다. 가족의 사랑은 아름답습니다.

홍ㅇ성

감동적인 이야기 감사합니다~

곽ㅇ화

제가 몇 년 전 순천지부 참석했을 때 예배 보는 환경과 똑같네요. 맞는지는 몰라도 저는 첨에 놀랐는데 회원들은 익숙한 듯 아무렇지도 않단 듯이 앉아 있더라고요. 그때 제 생각엔 부모님이 힘드시겠다는 생각 정도만. 왠지 송구하네요.

오ㅇ숙

저의 영의 고향 곁에서 함께 지냈던 그 아이들에 대한 얘기를 이리 들으니 새삼 감사하네요! 장애아가 아닌 그냥 주님의 아들로 돌보는 가족의 노고와 지부 회원들의 무심한 듯 주의 깊은 돌봄이 기억납니다.

S.K.

참 감동적인 말씀입니다. 사랑과 배려, 가족 간의 안내를 배우고 갑니다. 부모님의 끊임없는 희생 그러한 가운데 아들들 성품이 더욱 성숙해졌습니다. 좋은 글 감사합니다.

정ㅇ옥

저는 아름답게 익숙한 듯 읽었습니다. 주변의 삶을 보며 역경 고난을 주님의 방법으로 극복해 나가는 모습이 참 대단하고 안쓰럽고 위대해 보이기까지~ 인간의 삶은 고뇌 그 자체. 희망과 용기를 주는 아름다운 글 잘 읽었습니다~

👍 좋아요 공감

김ㅇ균, 김ㅇ남, 백ㅇ화, 박ㅇ환, 원ㅇ석, 이ㅇ옥, J.S.H., J.L., 김ㅇ경, L.P., 김ㅇ균, 이ㅇ호, K.S., 전ㅇ민, 임ㅇ웅, 김ㅇ연, 최ㅇ우, S.L., 최ㅇ칠, 류ㅇ한, 김ㅇ호, 오ㅇ숙, 이ㅇ우, 김ㅇ곤, 김ㅇ주, E.J., 박ㅇ종, 윤ㅇ채, 박ㅇ화, 장ㅇ희, 최ㅇ숙, 김ㅇ희, 김ㅇ배, K.S.H., B.Y.K., 최ㅇ승, 김ㅇ, 최ㅇ동, H.K., 김ㅇ자, 유ㅇ선, J.M.K., H.H., 이ㅇ호

12. 우리 아들 직속상관은 여자 소대장

2020년 7월 1일 · 🌏

"아빠, 우리 소대장이 전역하는데 후임으로 여자 소대장이 온대요." 계룡대에서 복무 중인 아들은 몇 주 전부터 여자 소대장에 대해 흥미로워했다. 그리고 드디어 오늘 그녀가 왔다. 장교 훈련을 마치고 처음으로 소위 계급장을 달고 첫 부임지로 온 것이다. 여자인 장교가 사나이들의 병영에 그들의 리더로서.

나는 경기도 원당에서 중대본부 서무병으로 복무했다. 우리가 모시는 중대장은 대위였으므로 처음으로 오는 소위들을 우습게 보았다. 마치 내가 대위라도 되는 것처럼. 저녁을 먹고 막사 앞을 걸어가는 내 복장이 불량했다. 슬리퍼를 끌고 양손은 주머니에 넣은 채로 영내를 어슬렁거리면서 걸었던 것이다. 그 모습을 처음으로 소대장이 되어 부임한 1소대장 전 소위가 보았다. "야. 너 잠깐 서 봐!" "예? 왜요?" 중대장을 믿고 간이 부은 것이다. "왜요? 복장과 태도 불량. 너 오늘 일직 시간에 본부에서 보자."
그날 저녁 일직사관인 그는 날 호출하여 중대본부 행정반의 시멘트 바닥에 무릎을 꿇게 하고 군화 뒤꿈치로 무릎을 내려치기 시작했다. 무릎과 발목이 끊어지도록 아팠지만 참고 또 참았다. 1시간을 그리하더니, "김광윤! 넌 남자야. 잘 참았어." 그러고는 풀어 주었다. 그 후, 그 신참 소위와는 오히려 친해진 경험이 있었다.

아들의 신임 여자 소위는 어떤지 무척 궁금했다. 저녁 8시에 전화를 걸어온 아들은 여자 소대장에 대해서 말하기 시작했다. "전남 순천이 고향이다. ROTC 출신이다. 청소하길 좋아한다. 나이가 아들 자신과 같다. 대박이다. 단호하고 다부져 보이고 무척 친절하다. 영리해 보인다." 소령인 지원대장이 주관한 소대장 이취임식이 풋살장에서 있었다. 두 명의 소대장이 차례로 소감을 발표했다. 전역하는 남자 소대장은 소대를 떠나는 것을 아쉬워하고 오열하며 눈물을 흘렸다. 아들은 그를 보며 덩달아 눈물이 났다고 한다. 슬픔의 눈물이 아니었다. 그에게서 소대원을 사랑한 진심이 느껴졌다고 한다. '이 사람이 이곳에서 최선을 다했구나.'라는 생각이 들었다고도 한다. 그 모습에서 감동을 하였고 영감을 받았다고 한다. 이어서 앞에 선 여자 소대장은 말했다. "나를 믿고 잘 따라와 달라, 여러분을 사랑하려고 최선을 다하겠다."

내일이면 아들은 상병이 된다. 이제 중고참으로서 신임 소대장과 협력하여 소대를 잘 이끌어야 한다. "아빠, 소대장이 친절하고 다부져서 저는 마음에 들었어요." 아들도 나도 친절하고 상냥한 여자 소대장에게 거는 기대가 크다.

아들은 내일 급여 55만 원을 받는 상병으로 진급한다.
세월은 가고 인생은 남는 것, 국방부 시계는 오늘도 잘 돌아가고 있다.
여자 소대장, 그녀도 소대장으로서 첫 임무를 멋지게 수행하길 기대해 본다.

💬 댓글 공감

정ㅇ옥

재밌게 읽었어요. 더구나 군대 이야기. 전 아들이 없어서.

김ㅇ자

인생 스토리를 듣고 아들의 군대 스토리 남자들은 군대 이야기 빼면 없다고 하던데. ㅋㅋ 재밌게 이야기 옆에서 해 주는 양~♡ 재밌게 보았습니다. 형제님은 재주가 있나 봅니다. 하하하.

김ㅇ일

병장 월급 3,900원 받고 제대했는데.

H.H.

놀랍습니다. 김 박사님의 글은 늘 놀라움과 감동을 선물합니다. 55만 원? 와! 대단합니다. 여자 소대장? 군대 다시 가고 싶습니다. 저는 김해 공병학교에서 번역병으로 근무를 했는데 30년 전 추억을 소환해 주셔서 감사합니다.

사라지는 긴장감

훈훈한 군대 얘기 잘 들었습니다. 참 훌륭한 국군 장병들입니다. 그들이 있어 희망과 사랑의 연주가 이어지는 인생입니다. 감사합니다.

정ㅇ경

저희 집도 군대에 가 있는 아들이 있는데, 매일 아빠와 전화로 군대 이야기를 합니다. 남편은 군대가 많이 좋아졌다고 하네요. 이렇게 국방부 시계는 가고 있네요.

조ㅇ화

우찌 나이가 단가요? ㅎㅎㅎ

조ㅇ관

좋은 세상에서 근무하는 요즘 군인들~~ 그래도 나름대로 어려움이 많겠지만 세대를 거슬러 '라떼'보다는 훈훈한 분위기가 느껴지네요.

임ㅇ하

상병 소대장과 급여도 참 좋다.

👍 좋아요 공감

오ㅇ용, 안ㅇ진, E.R., M.G.Y., M.P., E.C., 김ㅇ규, 김ㅇ희, 최ㅇ배, M.K., J.S.H., H.J.H., 최ㅇ동, 김ㅇ경, J.L., J.H.P., 박ㅇ환, 조ㅇ희, H.S.C., 최ㅇ현, J.H.J., 최ㅇ칠, 이ㅇ호, 윤ㅇ채, 김ㅇ균, 김ㅇ주, 박ㅇ희, 김ㅇ호, 조ㅇ화, 박ㅇ순, 이ㅇ옥, 최ㅇ승, 박ㅇ화, 백ㅇ화, 원ㅇ석, L.P., H.C.C., D.U.K., 조ㅇ완, J.G.C., 이ㅇ연, 박ㅇ종, 최ㅇ숙, 유ㅇ선, 전ㅇ민, 임ㅇ웅, K.S.H., J.M.K., 김ㅇ연, 정ㅇ온, B.Y.K., 곽ㅇ화, 정ㅇ련, 최ㅇ우, 김ㅇ일, 김ㅇ, 김ㅇ자, 이ㅇ영 김ㅇ배, K.S., 이ㅇ호

13. 조폭과의 한판

2020년 7월 1일 · 🌍

> 지난 6월 9일 광주광역시 학동 4구역 재개발 공사 현장에서 철거 중인 건물이 무너지며 운행 중인 시내버스를 덮쳐 승객 9명이 숨지는 사고가 발생했다. 지역 언론에서는 이러한 허술한 불량 공사 뒤에는 기획 부동산, 지역 유지, 조폭 연계 철거 업체가 깊이 관여해 있다고 보도했다
>
> — 2021. 6. 30. 『한겨레』 —

아버지의 연립 주택이 재개발 대상이 된 것은 수년 전이었다. 아버지는 재개발 조합의 부회장이기도 했는데 하필이면 그때부터 아파트 재개발과 기존 건물 철거의 이권에 조폭의 그림자가 깊이 드리워지기 시작했다. 조폭은 아침부터 술 취한 상태로 조합으로 가서 조합 간부들을 협박하고 아버지뻘 되는 사람들에게 반말을 하면서 욕을 해 대고 멱살을 잡아 흔들고는 했다. 자신들이 원하는 방향으로 이권을 가져가려는 무력행사였다. 이런 날이 계속되자 조합과 조폭의 충돌이 있었고, 아버지가 조폭에 의해 구타를 당하는 상황이 벌어졌다. "야, 야. 큰일 났다. 네 아버지가 나쁜 놈들에게 두들겨 맞았다. 나쁜 놈이 우리 집까지 와서 지금 협박하고 있다. 아이고, 무서워 죽겠다." 나는 어머니의 전화를 받자마자 쏜살같이 달려갔다. 집에 가 보니 난리가 나 있었다. 구타를 당한 아버지가 방에 앉아 있고, 그 앞에 앉아서 조폭이 자기 집 안방처럼 방을 점령한 채로 히죽거리고 있었다. "아! 어르신이 자랑하는 아드님이 와 부렀네? 워매, 무서워 부네." 나를 보자 왼쪽 입술을 올리면서 조롱하고 비웃었다. 살이 떨려 왔다. 64킬로의 마른 체형의 내가 이때 어떻게 해야 하나? 순간 두려움이 몰려왔지만 부모

님의 일이었다. 즉시 경찰을 불렀다. "하하, 경찰이요? 우리한테는 필요 없당게요." 조폭이 전화를 거는 나에게 다가오면서 이죽거렸다. 그러는 몇 분 사이에 경찰은 빠르게 달려왔다. 나는 아버지를 즉시 병원에 입원을 시켜 드리고 대신 조사를 받으려고 경찰서로 갔다. 경찰서에서 조사를 받는데 술 냄새가 진하게 풍기는 패거리들이 여기저기를 지나면서 욕을 해 대고 있었다. 경찰들도 오히려 그들을 피하고 "어허, 저리 가 저리."라면서 살살 비위를 맞추는 것 같았다. 그 사이에 경찰이 나를 조용히 부르더니 "그냥 적당히 합의하고 끝내세요. 골치 아프니."라고 했다. 당장 연루된 조폭을 체포하지도 않고 오히려 합의를 종용하는 경찰에 대해 큰 실망과 분노를 느낀 나는 어찌할지 결심을 하지 못했다. 경찰은 내일 양측을 다시 부르기로 하고 집으로 돌려보냈다. 집에 오니 앞이 캄캄했다. 믿었던 경찰도 조폭의 눈치를 보니 누구에게 기대야 할지 영 막막했다. '아무리 경찰이라도 인생 막판으로 보이는 조폭이 어두운 데서 해코지라도 하면 어떻게 할 것인가? 그래서 그러겠지? 그러면 우린 뭐야?' 등등 별생각이 다 들었다. 그러다 우연히 서울의 친구와 전화를 하다가 이런 답답한 상황을 하소연했다. "그래? 가만있어 봐." 그리고 친구는 조금 생각하더니 "그 조폭의 이름을 알려 주게."라고 했다. 경찰서에서 조사를 받으면서 언뜻 보았던 그의 이름을 불러 주었다. 친구의 전화를 끊고, 나는 이 일을 어떻게 해결해야 하나 뜬눈으로 밤을 새웠다. 그런데 다음 날 아침 놀라운 일이 벌어졌다.

조폭이 새벽같이 나를 찾아온 것이다. "아니 우리 큰형님을 어찌 안다요? 연락받았어라. 미안해 부요. 어르신 그런 거 용서하시오. 아따, 미안해라." 이게 무슨 일이지? 그 기세등등하던 조폭이 꼬리를 사정없이 내리자 내가 오히려 어안이 벙벙했다. 다시 연락하자고 조폭을 서둘러 돌려보내고 친구에게 전화를 했다. "혹시 무슨 일이 있었나? 조폭에 관해서?" "응. 내 직장 상사의 형님이 거기 지역의 주먹 대가리야. 상사가 그에게 전화를 했으니 무슨 연락이 올 거야." 그랬다. 주먹은 법보다 빨랐다. 경찰이 아버지를 보호하는 데 망설일 때 조폭 우두머리의 한마디가 가해자 조폭을 한 방에 머리를 숙이게 한 것이다. 친구에게서 자초지종을 들은 난 조폭에게 다시 연락을 했다. 그는 후다닥 달려왔다. "아따, 근디 우리 큰형님과 어떤 사이시오. 발이 겁나게 넓어 부요잉. 용서해 주시오." 두 손을 접고 고개를 조아리는 그에게서 험한 조폭의 모습은 보이지 않았다. 난 배에 힘을 주고 말했다. "그나저나 당신은 학교를 어디 졸업했소." "아, 예. 저는…" 그러면서 초중고를 말했다. 고등학교에서 딱 걸렸다. "내가 고등학교 5년 선배 되는구먼." "아이고, 형님. 죄송해 부렀어라. 그러면 아무개 형님 잘 아시것네요." 그러면서 우리 동기 이름을 들먹였다. 이제 난 녀석에게 말을 아예 놔버렸다. "야! 자식아! 아무리 그래도 네 아버지뻘 되는 어르신을 발로 차고, 반말을 하고, 멱살을 잡고 그러면 되겠어? 이 자식아?" 조폭 두목도 뒤에 있고, 학교 선배이기도 한 나는 한껏 허세를 부리면서 조폭을 꾸짖었다.

나의 훈계를 듣고 나서 조폭은 과일을 사 들고 입원해 계시는 아버지의 병원으로 달려갔다. 그리고 무릎을 꿇고 머리를 조아렸다. "형님의 아버님이신지 모르고 큰 실수를 저질렀구먼요. 용서해 주시오, 어르신." 그는 내가 하라는 대로 다 하였고 아버지는 "다시는 이런 짓 하지 말게."라면서 훈계까지 하셨다. 녀석을 돌려보내고 나서 병원을 찾은 나에게 아버지는 환한 얼굴을 한 채로 "광윤아, 이렇게 시원할 수가 없다. 고맙다. 10년 묵은 체증이 한 번에 확 내려져 분다. 네가 수고가 많아 부렀다."라고 하셨다. 며칠 후, 친구와 난 우리를 도와준 그 조폭 두목을 만났다. 무등산으로 가는 입구의 모 호텔의 커피숍이었다. 양복을 입은 중간 체형의 그는 전혀 조폭의 냄새가 나지 않았다. 뉴스에 나오는 50대 중반의 지역 최고의 우두머리를 직접 보니 신기할 따름이었다. 근육이 단단해 보이는 그가 악수를 하면서 친구에게 인사를 했다. "말씀 많이 들었습니다. 형님이 잘해 드리라고 했는데 동생들이 어쨌는지 모르겠습니다." "아이고 덕분에 잘 해결되었습니다." 나 역시 그에게 고맙다고 인사를 했다. 친구는 선물 하나를 그에게 전해 주었다. 차를 마시고 잠시 후 우린 헤어졌다. 내가 친구에게 다시 한번 그와 만나 식사라도 대접하겠다고 하자 손사래를 쳤다. "아니야. 아니야. 네가 저런 세계 사람과 만나서 좋을 것 하나도 없으니 지금부터 그냥 잊어버려라. 아예 이 일을 생각도 하지 마." 그리 충고했다.

그 일이 있고 나서 조폭은 다시는 조합이나 아버지 근처에도 나타나지 않았으므로 나의 뇌리에서도 그 사건은 점점 희미해져 갔다. 하지만 수년이 지난 지금 뉴스를 보니 조폭과 재개발은 여전히 맞물려 돌아가고 있었다. 안타깝지만 여전히 법보다는 주먹이 가까운 곳에 있는 것이다. 비록 친구의 도움으로 조폭과의 한판에서 승리했지만, 그 사건은 쓸쓸한 기억으로 나의 뇌세포 속에 깊이 박혀 있다.

💬 댓글 공감

박○엽

대단하십니다. 그럴 일이 있을지 모르겠지만 혹시 그런 일이 생기면 저도 잘 부탁합니다.

조○관

소설과 현실이 혼동될 정도로 기막힌 내용이네요. 학동 사고 현장을 자주 지나다니면서 느낀 답답함이 김 박사님 글을 읽고 대리로 풀리네요.

박○화

지금 현실이 그때 그 상황과 다름없는 재개발 지역에 살고 있습니다. 이런 비화가 또 어디 있겠습니까. 사람은 죄짓고는 못 삽니다. 선한 영향을 주는 삶을 살기를 소망합니다. 마음고생 많이 하셨네요.~~^^ 감사합니다.~~♡

김○곤

자녀들에게 조폭 친구를 사귀어 두라고 해야겠네요.

정○련

멋진 드라마 한 편 봤네요.

S.D.C.

경찰도 업무가 늘어나는 거 싫어하지요. 직업별로 가져야 하는 윤리, 책임 및 사명감이 무엇인지 가슴으로 느끼고 직업 선택이 중요해요.

정ㅇ균

맘고생이 심했겠습니다.

👍 좋아요 공감

T.P.W., D.U.K., 영ㅇ김, 이ㅇ영, 이ㅇ옥, 최ㅇ칠, 김ㅇ경, 백ㅇ화, 윤ㅇ주, H.S., C.E., 임ㅇ웅, 김ㅇ규, 박ㅇ환, 양ㅇ옥, 윤ㅇ채, M.G.Y., S.L., 김ㅇ곤, 김ㅇ, B.Y.K., 박ㅇ화, 원ㅇ석, 김ㅇ희, 전ㅇ민, 유ㅇ선, KSH, 김ㅇ연, 최ㅇ승, 김ㅇ균, J.S.H., 김ㅇ배, 정ㅇ련, 최ㅇ동, 김ㅇ일, J.L.H.K., K.K.S., L.P., 최ㅇ우, 곽ㅇ화, 김ㅇ호, 이ㅇ호

14. 제주 해변에서 보말(바다 고둥) 잡기

2020년 7월 11일 · 🌍

    지난주 내내 제주 집에 손님 가족이 온다. 그중에는 신혼부부인 딸네도 있다. 안방 화장실 샤워기가 고장이다. 옆집 아저씨에게 전화해서 좀 고쳐 달라고 해라. 아내의 특별 강조 사항이었다. 그 아저씨는 여러 번 전화를 했지만 통화가 안 되고 주말이 다가왔다. 손님은 당장 월요일에 들이닥친다는데. 할 수 없다. 내가 욕실 샤워기 헤드 하나 고치려 제주로 직접 가는 수밖에. "당신 갈비뼈 골절인데 가도 될까?" 아내는 걱정하는 척을 하면서도 말리진 않는다. 앓느니 죽지. 그래, 해결사인 내가 간다. 광주에서 제주 30,000원, 월요일에 올 때는 11,000원. 가격은 정말 저렴하다. 버스비인지 비행깃값인지. 표선 읍내에 도착하자마자 철물점에서 샤워기 헤드를 구입하여 집으로 달려가 안방의 고장 난 것을 고쳤다. 단 3분. '아, 이것을 하려고 여기까지 오다니.' 하지만 생색은 내야지. "아, 여보. 제주도인데 집에 막 도착했어." "안방 것 고쳤어요?" "응. 날도 무지 덥고, 갈비뼈도 아프고, 시간도 좀 걸리고, 조금 힘든 작업이었는데, 잘 해냈어." "와! 큰일 하셨네요. 수고하셨어요. ㅎㅎ" 오케이. 이제 의무는 다했고. 주말을 어찌 보내지? 혼자서? 나는 자전거를 타고 근처 표선해수욕장으로 갔다. 200여 명의 관광객이 바다로 뛰어들고 있었다. 자전거를 입구에 두고 열 측정을 하고 나도 바다로 들어갔다. 가족끼리, 연인끼리 해변은 축제였다. 혼자 움직이는 무인도처럼 나는 호주머니에 넣어 둔 핸드폰의 음악을 들으면서 맨발로 잔파도를 마중 나가서는 모래 바닥 사이를 이리저리 거닐었다. 밀물이 되면서 파도가 출렁거릴 때마다 반바지가 자꾸 물에 젖었다.

    거기에만 있을 수는 없었다. 이제 자전거로 해비치 리조트로 이어지는 해변가를 달리기 시작했다. 바다는 시원함이자 스트레스로 연을 날릴 수 있는 멋진 곳이다. 5분 정도 가자 우리가 늘 낙조를 관망하는 뷰포인트가 나타났다. 난 야자수 그늘에 자전거를 걸쳐 두고 검은 돌 해변으로 내려갔다. 사람들은 여기에 보물이 있다는 것을 잘 모른다. 파도를 가슴을 받아 내는 검은 바위들 사이에 보말이 자라고 있다. 일명 바다 고둥이다. 오늘 이 녀석들을 사냥하여 저녁의 성찬 재료로 쓸 것이다. 예상대로 천지가 보말이었다. 표선은 보말 국수가 유명한데 한 그릇에 1만 원이다. 자. 이제 여기서 돈을 벌어 보자. 한 끼면 100마리 정도. 얼마를 사냥하느냐에 따라서 오늘 난 부자가 될 수도 있다. 보말 부자. 주머니에 미리 준비한 일회용 비닐이 손에 잡혔다. 여기에 놈들을 넣으리라. 거창하게 말해 사냥이지 바위에 붙어 있는 것을 그냥 떼면 된다. 이제부터는 빠른 손놀림이 곧 돈이다. 갈비뼈 금이 간 게 걱정이지만, 오늘 조금 갈라지면 내일부터 붙이지 뭐. 자, 가자. 검은 돌 해변으로! 오늘 난 400개 정도의 보말을 주우리라. 약은 녀석들이 검은 돌에는 검은색으로 보호색을 만들고 회색빛 바위에는 회색으로 보호색을 만들고 있다. 예리한 나의 눈은 녀석들을 순식간에 발견하고 손을 뻗어 사냥을 시작한다. 녀석들은 적이 와도 도망을 갈 줄 모른다. 그저 이동하지 않고 숨죽이고 있다. 그러면 잡기 더 쉬운데? 해가 저물어 간다. 209, 309, 350 드디어 목표한 400개를 채취했다. 식당에 가져다주면 수제비에 섞어 40,000원어치가 될 것이다. 풍작이다. 녀석들을 배낭에 넣고 자전거에 올라타 집으로 향한다. 해변 도로에 노을이 짙고 해풍이 시원하게 나의 만선을 축하한다.

우연일까? TV를 켜자 다슬기 수제비 요리가 나온다. 다슬기를 끓인 후 작은 절구통 같은 데 빻아서 그릇에 옮겨 물을 채우니 알맹이는 뜨고 껍질들은 가라앉는다. 그렇게 무게 차이로 골라내어 살덩어리를 수제비와 섞어 다슬기 수제비를 만든다. 오케이! 수제비 대신 보말로 오늘 나만의 요리를 하리라. 자! 시작이다. 일단 400개의 보말을 냄비에 넣고 끓였다. 그리고 우러난 물을 잘 보관하고 보말만 꺼낸다. 그런데, 이런! 작은 절구통이 없다. 그렇다면? 안 되면 되게 하라. 군인 정신. 밖으로 나가 제주도 넓적한 현무암에 작은 돌로 보말을 두드려 껍데기를 깬다. 400개를 해야 하나? 그렇다. 방법이 없다. 바늘도 없어 찍어 뺄 수도 없으니. 테라스 나무 난간에 걸터앉았다. 바로 옆 나대지엔 갈대들이 빽곡하다. 그 뒤로 활엽수 푸른 나무들이 숲을 이룬다. 바다와 육지의 바람이 섞여 얼굴에 번져 오는데 이런 호사가 없다. 한 시간이 걸릴 작업을 시작한다. 작은 돌로 보말의 껍질을 때려 알맹이를 뽑아낸다. 지루한 작업이다. 구석기 시대 방식이다. 핸드폰으로 영화를 켠다. 쌍둥이 남학생 둘이 아름다운 여고생과 사랑하는 풋풋한 스토리다. 몇 달 후면 50대를 마무리하지만 난 늘 청춘 스토리가 좋다. 늘 청춘이고 싶다. 생각도, 열정도, 미래에 대한 희망도 여전히 그 시대에 서 있길 갈망한다. 한 여학생을 사랑하는 형제들의 이야기는 비극으로 마무리될 수밖에 없다. 영화가 그렇게 예상대로 흘러갈 때 나의 보말 알맹이 추리기도 끝이 났다. 시간 한번 잘 보냈다. 자, 이제 본격적인 보말 요리의 시간이다. 가자! 부엌으로. 보말을 바가지에 넣고 물을 부은 후 손으로 저어 가며 위로 뜬 알맹이 살을 그릇에 담는다. 남은 물은 모두 보관한다. 보말 창자까지 으깨진 물이라 진하고 국물로 사용하기 좋다. 보말 400개의 절반은 보말 고추장 비빔밥용으로 프라이팬에 넣고 밥과 고추장과 참기름을 넣어 불을 켠다. 보말과 참기름과 고추장이 어우러진 식욕을 돋우는 냄새다. 바닥이 바작거리자 불을 끄고 수저로 떠서 입으로 가져가느라 정신이 없다. 신 김치와 함께 스탠딩 식사를 하고, 두 번째 요리인 보말 너구리 라면을 시작한다. 보말 우린 물을 다시 끓이고 거기에 보말 200개를 넣는다. 물이 끓자 그대로 너구리 면과 스프를 넣는다. 3분 후 맛을 본다. 해물 라면 아니 보말 라면 그대로다. 멋진 나만의 정찬이었다. 바다는 풍경이자 식량의 보고다. 바다에 살리라. 배고플 일은 없을 것이다.

아내의 특별한 제주 심부름, 다음에도 부탁하면 달려가리라. 표선해수욕장이, 표선 검은 돌 해변이, 표선 보말 녀석들이 다음 한 달 내내 나를 부를 것이다. 까치발 디디고 달력의 그날을 쳐다보고 바라보고 그리워할 것이다.

💬 댓글 공감

H.H.

Listen to your wife. 대단합니다. 수고 많으셨습니다. 보말이 보물이군요.

곽○화

저도 보말 좋아해요 목포에서 공수해 먹을 정도로요. 비싸요. 선생님은 복이 터지신 거예요. ㅎㅎ

이○원

최고의 건강식! 축하드립니다. 아내의 말을 잘 들으면 잠을 자다가도 떡이 생긴다는데~~

아기해달

양파랑 볶아도 밥반찬으로 좋아요. 향수병 생길 듯.

조○관

마치 표선 해변에서 보말 잡고 있는 기분이네요. 보말 요리법은 신기하고 너구리 보말 라면은 신의 한 수~~ 글 속으로 빨려 들어가다 보니 보말 칼국수가 그리워집니다.

조○화

제주에 집이 있으시군요. 멋집니다.

류○한

바다 보말 = 보물!!

Y.O.L.

당신은 조개를 추락시킬 좋은 아이디어를 가지고 있습니다. 그리고 그 조개로 요리하기. 고둥 깨는 아이디어와 고둥 적응력이 대단하시네요.

김○자

저도 보말 칼국수 좋아합니다. 또 먹고 싶어지네요. 보말 죽도 맛나는데. 하하. 그립네요.

김○운

부럽습니다. 제주에서 아내 도와주시고 즐기시고. 그곳에도 집이 있으세요?

김○연

제주에 여러 번 가서 특산품을 다 먹어 봤는데 제 입맛에는 보말 칼국수가 최고였어요.

박○화

바다의 식량 보말 맛나게 드셔서 흐뭇하시군요. ㅎㅎ 특별히 가족을 위한 봉사의 축복입니다.

👍 좋아요 공감

I.K., 김○균, H.K., 정○련, M.M.B., 최○우, 구○덕, 류○한, 김○호, 조○화, D.B.,
김○경, 정○황, 김○주, 송○섭, 김○영, 서○경, 박○기, G.Y.L., M.G.Y., B.G., 원○석,
김○일, B.M., 박○종, 최○승, 윤○주, 김○연, 이○자, Y.R., B.Y.K., H.K., S.L.,
J.S.H., 전○민, 유○선, K.S.H., 최○애, 최○경, 김○희, H.S.C., 김○수, H.H., E.R.,
오○준, 곽○화, 임○웅, 김○희, 송○규, 최○숙, 김○, 박○환, 최○철, 김○자, 이○우,
H.K.C., T.P.W., 이○옥, 임○, 김○연, 김○숙, 박○화

15. 살아남으려면 퓨마를 감동하게 해야 한다

2021년 7월 12일 · 🌐

    어느 영화 스토리다. 미국에서 강아지 한 마리가 도심의 변두리에 버려졌다. 강아지는 어쩌다 고양이 무리에 섞이게 되었다. 배고픈 녀석은 염치없이 어미 고양이의 젖을 빨게 되었다. 고양이는 모른 체하고 거두어 주었다. 강아지는 고양이를 어미처럼 따랐고, 어린 고양이 형제들과도 장난치면서 잘 지냈다. 그들에게 먹이를 주기적으로 와서 주고 가는 한 남자가 있었다. 중력 같은 끌림일까? 강아지는 점차 고양이보다 그 사람에게 정을 더 느끼기 시작했고, 어느 날은 아예 그를 따라나섰다. 강아지는 남자의 집에서 부부의 사랑과 귀여움을 독차지했다. 하지만 어떤 일로 더 이상 개를 키울 수 없게 되어 강아지가 남자의 친척 집으로 보내졌다. 서울과 부산 정도의 먼 거리였다. 강아지는 그곳에서 따스함을 느끼지 못하고 항상 원래의 주인을 그리워했다.

    그리움이 사무치던 어느 날, 이제는 비교적 큰 개가 된 녀석은 그 집의 담을 훌쩍 뛰어넘어 사랑 많은 남자 주인을 찾아 달리기 시작했다. 중간에 고양이처럼 생긴 어린 녀석을 만났는데 녀석이 개를 따라왔다. 개는 녀석을 거두어 주었다. 같이 여행을 시작했고, 먹이도 나누어 주고, 들개에게 쫓기면 앞장서서 보호해 주었다. 그 녀석도 그러면서 점차 덩치가 커졌고 어느 시점에 서로 헤어지게 되었다. 개는 놀라운 감각으로 남자의 도시를 향해 달려가고 있었다. 그러던 어느 날, 저녁에 늑대 떼의 공격을 받게 되었다. 물어뜯기고, 내팽개쳐지고, 죽기 일보 직전으로 치닫고 있었다. 그런데 그때 천둥 같은 함성을 지르는 동물이 나타났다. 바위에서 하늘을 날아 온 녀석은 순식간에 늑대들을 제압하여 쓰러뜨렸다. 녀석을 본 개는 몹시 놀라워했다. 그 동물도 마찬가지였다. 둘은 서로의 입을 비비면서 반가워 어쩔 줄 몰라 했다. 녀석은 다름 아닌 개가 여행하면서 만난 작은 고양이 같은 아이였고, 자신이 엄마처럼 돌봐 주었던 녀석이었다. 지금은 거대한 덩치의 퓨마가 되어 있었다. 어린 자신을 엄마처럼 돌봐 준 개에게 제대로 보답을 한 것이다.

오늘 퇴근하기 직전에 갑자기 전화가 걸려 왔다. "경기도의 A 회사입니다." 기억이 잘 나지 않는다. "그런데요?" "네. 작년 6월에 이코바이오에서 제품을 구입하였는데 성적서와 제품 제조 신고서가 누락되어 있습니다. 오늘까지 꼭 보내 주셔야 하는데 부탁드립니다." 황당했다. 퇴근 직전인데. "예? 직원들도 지금 막 퇴근했는데 어떻게 할 수 있겠어요? 저도 나가기 직전인데." "어머나, 큰일입니다. 오늘까지 꼭 받아서 보고해야 하는데요." 직원은 무척이나 심각해 보였다. 그녀는 QC 팀의 여직원이었다. 잠시 후 그녀의 상사인 영업 팀에서 남직원이 전화를 해 또다시 다급함을 호소했다. "혹시 제품을 또 주문하려고 하시는 건가요?" "그건 아닙니다. 그냥 오늘까지 꼭 서류를 갖추어야 합니다." 1년이 지나도 재주문을 안 한 거라면 사실은 다음 주문을 기대하기는 어려운 고객이었다. 그렇다면 굳이 내가 오늘 저녁에 그들을 위해 무리하게 서류를 준비할 필요까지는 없었다. 실제로 일을 할 만한 직원은 퇴근해서 확실한 핑계도 있었다. 순간 내 머릿속에 단어 하나가 떠올랐다. '감동.' 그들에게 감동을 주자. 그리하여 다시 우리의 고객이 될지 누가 알겠는가? 마음을 고쳐먹고 상급자 같은 남직원에게 말했다. "저는 이 회사 사장인데 지금부터 늦게까지라도 준비해 보겠습니다." "아이고, 죄송합니다. 그러면 부탁드리겠습니다." 그러고 나서 나는 서류 준비를 시작했고 거의 3시간이 걸려서 일을 마무리할 수 있었다. 내가 직접 하지 않던 분야라서 시간이 오래 걸렸다. 일을 마치고, 프린트하고, 회사 도장을 찍고, 스캔하여 이메일로 보내고, 핸드폰으로 문자를 두 곳에 발송했다. "부탁하신 서류를 보내 드립니다. 혹시 부족한 점이 있으시면 내일 아침에 다시 연락해 주십시오. 감사합니다. 이코바이오 대표이사 김광윤 드림" 두 사람에게 즉시 답장이 왔다. "사장님, 너무나 감사드립니다."

난처함을 벗어날 바이어 회사의 직원들을 생각하니 퇴근하는 발길이 몹시 가볍고 경쾌했다. 어린 퓨마를 보호해 준 개처럼, 그 개를 사랑해 준 남자 주인처럼, 강아지를 보살펴 준 고양이 엄마처럼, 작은 회사인 우리는 누군가를 늘 감동하게 해야 한다. 그렇지 않으면 거칠고 황량한 이 비즈니스 세상에서 결코 살아남을 수 없을 것이다.

💬 댓글 공감

H.H.

오늘도 감동입니다.

조○관

감동 그 자체네요. 저는 항상 "있을 때 잘하자."라고 가능한 한 '갑'의 위치에서도 진심으로 대하려고 했는데 이제 '을'로 살아 보니 세상은 돌고 도는 모양입니다. 인연으로 감동으로 함께 이어집니다. 개와 퓨마, 고양이, 김 박사님의 감동의 수고로움이 빛으로 크게 밝아집니다.

강○인

감동 그 자체입니다.

S.K.

또 많이 배우고 갑니다.

H.C.C.

멋지십니다.

S.D.C.

누구나 할 수 있는 일은 아니네요. 존경합니다.

김○자

재미있어요. 모성애는 사람이나 동물이나 자연의 이치가 신비롭네요.

이○준

정말 감동입니다. 그러니까 회사가 발전할 수밖에.......

최ㅇ우, 박ㅇ화, 원ㅇ석, H.C.C., 김ㅇ호, 김ㅇ연, 김ㅇ영, 최ㅇ인, 최ㅇ칠, 김ㅇ경, B.S.A., P.J.W., 송ㅇ규, 김ㅇ주, 최ㅇ덕, 김ㅇ수, EH, 이ㅇ옥, 박ㅇ순, 김ㅇ배, 윤ㅇ주, 박ㅇ환, 하ㅇ숙, 김ㅇ희, 유ㅇ선, 최ㅇ숙, 정ㅇ련, 조ㅇ관, 최ㅇ동, 박ㅇ종, 허ㅇ환, B.Y.K., 최ㅇ승, 임ㅇ웅, 김ㅇ희, 이ㅇ영, 홍ㅇ성, 윤ㅇ채, 황ㅇ식, 여ㅇ구, 백ㅇ미, 임ㅇ, 이ㅇ우, 김ㅇ균, 김ㅇ자, 이ㅇ옥

16. 안타까운 뇌물, 정읍 씨암탉

2021년 7월 13일 · 🌏

　나의 페친인 최전승 교수는 며칠 전 감동적인 글을 올렸다. 이른 새벽에 그 글을 읽었는데 음미하고 음미하느라 동이 터 오는지도 몰랐다. 중략하면 이렇다.

　80년대 8월 중순, 여름 방학 어느 일요일이었을 것이다. 초인종 소리에 문밖으로 나와 보니, 내가 지도교수로 있는 사범대학 어문 교육 계열 1학년 여학생이 온 얼굴에 땀을 흘리고 서 있었다. 튼실하게 생긴 그녀는 왼쪽 팔로는 전형적인 시골 씨암탉 한 마리를 보자기에 싸서 거추장스럽게 끼고, 다른 팔로는 바구니에 가득 찬 나물과 채소를 안고 어색하게 서 있었다. 그녀가 집에서 기르던 씨암탉 한 마리와 텃밭에서 정성스럽게 뜯어 온 채소와 나물을 양손에 꼭 껴안고 고향인 정읍에서부터 두 시간가량 시외버스를 타고 나를 찾아온 사연은 대략 이러했다. 그녀 집안의 유일한 기둥이요, 희망인 큰오빠가 군 복무를 마치고 전주에 있는 국립대학 법학과에 합격해서 다니게 되었다고 한다. 그러자 농사꾼인 아버지는 집안에 경사가 났다고 좋아하면서 고등학교 졸업반인 그녀에게 같이 전주에 가서 공부하는 오빠 시중을 들며 밥이나 해 주라는 지시를 내렸다는 것이다. 그녀는 아버지의 엄명에 따라 전주에 방을 구해 오빠랑 자취하면서 자신도 대학에 가고 싶어, 틈틈이 시험공부를 했다고 한다. 그리고 몇 번의 실패 끝에 이번 봄에 드디어 입학시험에 합격했다고 한다. 나중에 훌륭한 선생님이 되고 싶어서 사범대학에 지원했다고 한다. 자신에게 대학 입학금이 마련될 수 없는 집안 형편을 잘 알면서도 그녀는 아버지에게 합격 통지서를 앞에 놓고, 울면서 통 사정을 했다고 한다. 한 번만 이 딸자식에게 입학금을 대어 주면 그다음부터 대학은 자신이 알아서 다니겠노라고. 처음엔 펄

쩍 뛰었던 아버지도 나중에는 할 수 없이 허락을 하면서 기회는 단 한 번이
고, 나중에 등록금을 댈 수 없으면 학업을 미련 없이 포기해야 한다는 약조
를 자신과 단단히 했다는 것이다.

이런 우여곡절을 거쳐 대학에 들어와서 당장 아르바이트를 시작하였으
나, 상황은 자신이 생각했던 것보다 녹록하지 않아서 이제 2학기 등록일이
다가오는데 아직 등록금이 부족하다고 했다. 그리고 등록금이 부족해서 학
업을 그만두어야 한다고 생각하니 밤잠이 오지 않더라는 것이다. 그러다가
우연히 같은 반 친한 친구에게 이런 고민을 털어놓자, 그 친구가 지도교수
를 한번 찾아가서 사정을 알리고, 농촌 장학금 수혜 가능성을 타진해 보라
고 했다는 것이다. 아버지에게는 말을 못 꺼내고 어머니에게만 2학기 등록
금 때문에 지도교수와 면담하러 전주에 간다고 말했다고 한다. 그러자 어
머니는 나가는 딸을 불러서 선생님께 드리라고 씨암탉 한 마리를 아버지
몰래 보자기에 싸 주었고, 자신은 앞마당에 있는 텃밭에서 채소와 나물 몇
가지를 더 보태서 들고 왔다는 것이다.

그 자리에서 나는 그 학생을 안심시키고, 가능한 한 장학금 수혜 혜택을
볼 수 있는 쪽으로 노력을 해 보겠다고 하면서 여기에 한 가지 조건을 붙였
다. 나에게 들고 온 것 가운데 채소와 나물은 고맙게 받겠으나 씨암탉은 집
안의 재산이니 다시 들고 가서 어머니께 돌려 드리라고 했다. 그리하여 우
리 둘이서 한참 동안 씨암탉으로 실랑이가 벌어졌으나, 학생이 정읍에서
씨암탉을 들고 오면서 시외버스 차장한테 받았던 구박을 다시 받을 수 없
다고 우기는데 나는 당황스럽기만 했다. 그 학생이 돌아간 다음, 내가 당
시에 살고 있던 13평 주공 아파트에 불청객인 이 씨암탉이 우리 식구의 큰
두통거리가 되었다. 아내는 여기서 닭을 키울 수는 없는 노릇이고, 당신이
한번 잡아 보라고 했으나 도저히 그럴 용기는 나질 않았다. 생각다 못해 아
내는 마침 김제에서 농사를 짓다가 손주를 돌봐 주려고 잠시 아들 집에 와
있던 3층 할머니에게 잡아서 드시라고 양도를 하게 되었다.

2학기가 시작되면서 나는 마음을 졸이면서도 그 여학생이 무사히 장학금 혜택을 받도록 진력했다. 내가 그 학생에게서 씨암탉 뇌물을 받았기 때문이었을까? 그 여학생은 2학년 학과 진입 때 영어교육과를 선택하였고, 지금은 교사가 되어 경기도에서 후학들을 위한 영어교육에 매진하고 있다.

최 교수는 뇌물의 부담을 이겨 내면서 훌륭한 미래의 교육자 한 명을 구제했다. 뇌물은 이렇게 바치고, 이렇게 받아들여져야 한다. 그것은 이미 뇌물이 아닌 세상의 모든 의로운 은사께 드리는 선물이 되었다.

💬 댓글 공감

H.H.

오늘도 감동입니다.

최ㅇ승

김 선생님, 저의 졸문을 이렇게 좋게 평해 주셔서 정말 영광입니다. 희미한 기억이 사라지기 전에 기록을 어설프게 해 본 것에 불과합니다. 김 선생님을 통해서 저의 글이 새롭게 옷이 입혀진 것 같군요. 장마철 삼복더위에도 시원함을 느낍니다. 다시 한번 진심으로 감사를 올립니다. 오늘 새벽 동네 저수지 찬바람을 보냅니다.

강ㅇ인

나중에 묶어서 책으로 출판하는 건 어떠실지^^~~~ 감동이요.###

조ㅇ관

당연히 혜택이 주어져야 하는 사정에서 훗훗한 정이 오가는 우리의 아름다운 풍속이네요. 모든 것을 법으로 평가하는 요즘에 비하면 옛날이 더 인간적인 것 같네요. 작은 도움이 사회에 큰 에너지원이 되었네요. 좋은 글에 또 감사하며~~^^

김ㅇ자

오늘도 재미있게 읽었습니다.

S.K.

너무나 감동적이어서 가슴이 먹먹하면서도 따뜻해져 옵니다. 너무 감사합니다.

김○숙

감동적이며 아주 훈훈한 글 정말 잘 읽었습니다~~^^

백○화

70~80년대는 공부를 잘한다고 대학에 가는 시대가 아니었죠. 식구를 위해 희생을 할 수밖에 없었던 시절이었습니다. 좋은 글 잘 읽었습니다.

👍 좋아요 공감

서○경, 김○경, 허○환, 이○원, 백○화, 최○철, 박○화, 박○욱, 김○수, 양○옥, 김○자, 최○우, 김○경, 김○희, 김○곤, 원○석, 박○환, 김○곤, 김○호, 김○연, 최○승, 조○현 최○숙, 정○석, 오○열, 김○, 송○규, 장○희, 곽○화, 전○민, 류○한, 조○우, 이○우, 여○구, 임○, B.B., Y.K., 이○옥, J.S.H., B.G., T.P.W., K.S.H., 임○웅, 김○균, 윤○채, 김○배, S.L., P.J.W., H.K., 곽○화, H.H.

17. 설거지 경영학 개론

2021년 7월 18일 · 🌍

　아내가 나에게 일을 부탁할 때 가장 짜증이 날 때는 아침 출근 시간이 다 되어서 집안일을 시킬 때이다. "여보, 설거지 좀 해 줄래요?" 오늘 아침도 아~ 짜증이 샘솟는다. 하필이면 꼭 이렇게 바쁠 때 이래야만 한다는 말인가? 하지만 그런 내색을 숨긴 채로 싱크대로 뚜벅뚜벅 향했다. 잘못 말하면 그다음 말이 무섭기 때문이다. "그릇이 싱크대에 쌓여 있으면 요리할 맛이 안 난다니까요. 알아서 먹고 갈래요?" 음, 아니다. 어떤 수모를 당하더라도 아내의 음식을 놓쳐서는 안 된다. 아내의 두부셰이크는 대박이다. 우리 집에 놀러 와서 그 맛을 본 데릭(지금은 영국에서 공부하고 있는 미국인 청년)은 수년이 지났지만 지금도 그 맛을 그리워한다. "올해 한국에 갈 텐데 그때 그 두부셰이크를 꼭 먹고 싶습니다."

　그다음은 카레라이스다. 맛의 비밀은 양파를 어디에다 볶았더라? 식용유인가? 참기름인가? 마요네즈인가? 아무튼 1시간을 나무 국자로 저어 주는 데 있다. 양파가 실처럼 가느다랗게 되어 물처럼 흐물거리고 맛은 고소해지는 그 시점까지 땀을 흘리면서 비밀의 맛에 대한 대가를 지불해야 한다. 카레라이스를 완성하고, 농부인 아내의 친구가 강원도 철원에서 가져다준 그 햅쌀에다 비벼서 생김치를 얹어 입에 넣을 때 나오는 그 놀라운 맛은 뭐라고 표현해야 할까? 1시간 노동을 할 때는 입이 수없이 튀어나오지만 상황 종료 후의 그 맛은 정말 놓치고 싶지 않다.

　그다음 대박은 흑임자 드레싱이다. 막 따온 양배추에 아내가 만든 흑임자 드레싱을 얹어 먹으면 아~ 깨처럼 고소한 맛도 있고, 우유와 꿀의 조합 같은 감칠맛도 있고, 내 언어의 한계로 다 표현을 못 하지만 그 맛은 분명 장

난이 아니다. 아내의 손끝에서 탄생한 드레싱에는 살아 있는 그 무엇인가가 있다. 주변에서 제발 드레싱을 만들어 팔아 달라는 여자가 50명은 족히 될 것이다. 흑임자 드레싱 장사를 하면 이 어려운 시국에 가계에 큰 도움이 될 텐데. 언젠가 내가 그 말을 했다가 본전도 못 찾았다. "아니 나 같은 고급 인력을 그런 노가다에 쓴다는 말이에요?" 할 말이 없다. 자기의 가치는 자신이 매기나? 남이 매겨 주나? 잘 모르겠다. 아무튼 오늘 아침 아내의 특명을 실천하기 위해 난 외부로는 한 톨도 드러나지 않은 못마땅한 표정을 감춘 채로 싱크대 앞에 섰다. 핑크빛 고무장갑을 끼고 우리가 먹다가 쌓아 둔 수많은 빈 그릇을 바라보았다. 이런 말을 하면 여러분은 놀라겠지만 난 일단 그 자리에 서면 그때부터는 설거지를 즐긴다. 나에게는 나름대로 설거지 개통철학이 있다.

설거지는 경영학이다. 그렇다. 설거지에는 심오한 경영학의 원리가 숨어 있다. 오늘은 미국의 저명한 작가이자 동기부여가인 데일 카네기의 가르침을 적용했다. "큰일을 먼저 하라. 작은 일은 저절로 처리될 것이다." 싱크대에는 크고 작은 그릇들이 잔뜩 쌓여 있는데, 나는 그중에 냄비와 큰 접시를 가장 먼저 씻는다. 그리고 녀석들을 즉시 마른 수건으로 닦아서 찬장에 넣어 버린다. 그러면 싱크대의 그릇이 확 줄어든다. 일의 양이 줄어드는 것을 피부로 바로 느낄 수 있으니 일할 맛이 난다. 그다음에는 중간 크기의 국그릇 등을 씻어서 역시 마른 수건으로 닦아서 찬장에 넣는다. 이제 마지막으로 컵과 수저, 양념 그릇을 씻어서 비어 있는 건조대에 올려놓는다. 그리고는 싱크대와 아일랜드 테이블의 주변 정리를 마치고 손을 씻은 후 생색을 내는 말을 뒤로 남긴 채 유유히 걸어 나온다. "아이고, 이거 큰일 났네. 출근 시간이 다 지나가네. 허리도 조금 아프고. 오늘 졸려서 일이나 제대로 하는지 모르겠네." 오늘의 설거지도 시작은 여전히 짜증이 났지만 언제나처럼 설거지 경영학을 발휘하면서 일을 마무리했고, 마지막은 내심 환하게 웃고 나올 수 있었다. "수고하셨어요." 입바른 아내의 칭찬은 하나의 전리품이다. 설거지와의 전쟁에서 얻은 전리품.

정○숙

두부셰이크와 흑임자 드레싱, 귀가 솔깃하네요.

한○권

내 이야기 같은 생활 이야기를 재미있게 써 주셔서 순식간에 읽었습니다. 페북에서 만나도 가까이에서 보는 듯 반갑습니다.

최○덕

어제도 잠을 자려고 누웠는데 프린트를 좀 해 달라고 해서 이전에는 화를 내었을 것인데 참고 프린트를 해 주었습니다. 언제 혼자서도 잘 할지. ㅋㅋㅋ

정○옥

재미있네요. 설거지 경영학. 나도 흑임자 드레싱이 있는 식당에 가서 한번 먹어 봤는데 참 맛있더라고요. 여기 미국에서는 찾기 힘들 것 같네요. 레시피가 있으면 공유해 주시면 감사하겠네요.

김○애

언제나 글을 솔직하게, 그림처럼 너무 재미있게 쓰시니 읽으면서도 계속 웃음이 나와요. 남편들은 아내를 위해 설거지를 해 줄 때 점수를 많이 따니까 명심하세요!! ㅎㅎㅎ

박○화

설거지 경영학 멋집니다. ㅎㅎ

장○

요즘 같은 때 방문하면 부담이니 레시피 한 명 추가요.

이○아

ㅋㅋ 현명한 남편이시네요. 잠깐의 인내가 가져다주는 가정의 평화, 아내로부터 사랑받으실 거예요. Keep Going!!!

박○화

설거지 경영학 멋집니다. ㅎㅎ

김○운

살아 있는 글로 아내에 대한 사랑을 가슴으로 읽고 갑니다. 감사합니다.

정ㅇ옥

가장 행복한 고민을 하시네요. 부럽~ 음식 잘하는 아내도 부럽구요. 설거지의 경영학도 재미납니다.

데렉드릭스

ㅎㅎㅎ 두부셰이크가 진짜로 대박입니다.

이ㅇ학

저는 안 합니다. 나는 행복한 사나이.

박ㅇ옥

아이고, 울 남편은 황제 대접을 받고 있네요. 어떻게 하면 그렇게 해 줄까요?

👍 좋아요 공감

J.O.P., 최ㅇ승, 전ㅇ민, 구ㅇ연, 유ㅇ선, 홍ㅇ성, 김ㅇ의, B.L., D.D., 이ㅇ준, 김ㅇ남, 박ㅇ화, 김ㅇ진, 이ㅇ아, 박ㅇ기, D.U.K., 윤ㅇ채, 김ㅇ균, J.S.H., 이ㅇ영, 조ㅇ연, 최ㅇ우, J.H.C., 차ㅇ, 김ㅇ경, 최ㅇ경, 이ㅇ우, 최ㅇ철, 김ㅇ수, 정ㅇ련, 곽ㅇ화, 이ㅇ납, B.T., 김ㅇ현, 정ㅇ숙, 박ㅇ홍

18. 8명의 아이를 낳은 세탁소 둘째 딸

2020년 6월 7일 · 🌐

    광주 광산구 지산동 법원 근처 세탁소 둘째 딸 최보경. 한때 나도 근처에서 살았다. 존경하는 그녀의 아버지를 뵈러 자주 갔고 가족들과도 가까워졌다. 어리던 그녀가 결혼을 하고 전주로 터전을 옮겼다. 시간이 많이 흐르도록 왕래가 없었는데 어느새 8명의 아이를 낳은 잔 다르크 같은 용감한 엄마가 되어 있었다. 페친으로 대화를 나누다가 그녀의 페이스북을 살펴보면서 그녀의 희로애락을 조금이나마 이해했다.

    넷째 아이는 집에 「나의 10가지 행복」이라는 글을 붙여 두었다. "앞에서나 뒤에서나 듬직한 우리 아빠, 내 인생 최고의 우상 우리 엄마, 다투기도 하지만 힘이 되는 정은설 나 자신, 너무 착하고 날 도와주는 회현이, 개구쟁이로 웃음 주는 회건이, 날 볼 때마다 웃어 주는 회준이, 너무 착한 공주 윤지, 훌륭한 사람 윤아, 귀염둥이 막내 회윤이. 모두가 내 행복이다."

    그녀가 남편에 대해서는 이렇게 기록한다.

> "상상 이상의 일들을 하고 있는 신랑. 계속 배우고, 계속 발전하고, 계속 도전하고, 계속 봉사하는 신랑. 침대 만들기, 수납장 만들기, 전기 공사, LED로 등 바꾸기, 30년 된 욕실 리모델링. 정말 놀라운 재능의 남편이다. 지인인 박성률은 이렇게 거들었다. '이사하는 이웃마다 집을 수리해 주는 엄청난 봉사를 실행하고 있는데 몸 관리 잘하시길.'
>
>   – 2020. 4. 5. –

이러한 남편으로 복이 많다고 생각한다. 가족사진을 찍을 때면, '이 상한 가족이네. 아빠가 제일 잘 웃어.'라고 하는 사진작가님의 이야 기를 늘 듣는다. 지난 주말 갑자기 친정을 다녀왔다. 돌아오는 길에 피곤이 몰려와 눈을 붙이려는데 남편은 음악을 틀어 놓고 노래를 부 르며 감상을 한다. 노래를 참 잘한다. 잘 웃고, 음식 잘하고, 고치고, 만들고 뭐든 잘하고, 배움을 즐거워하고, 운동도 뭐든 잘하고, 달리 기 잘하고, 쇼핑 좋아하고, 싹싹하고, 붙임성 좋고, 난 복이 많구나."

– 2020. 4. 29. –

그녀는 아이들이 개학하던 날 자유를 느꼈음을 고백했다. "드디어 다섯 명 모두 개학. 온라인. ㅋㅋ 나는 중학교 선생님, 초등학교 선생 님, 급식 아줌마, 나머지 아이들 돌봄 선생님, 그리고 엄마. 생각보다 능력 있네."

– 2020. 4. 20. –

그녀에게 용기를 준 이웃의 어느 아들의 편지는 이렇다. 조그마한 여유도 그녀에겐 사치였다.

"2019년 8명의 아이를 가정 보육하면서 14년 동안 때론 넷, 때론 셋, 때 론 둘, 그리고 한 명을 기관에 보내지 않고 집에 함께 있었다. 2019년 겨 울, 막내가 2020년 유치원 입학이 당첨되면서 '이 겨울만 지나면 2020년 봄부터 드디어 자유다~'라고 생각했고 마지막 이 순간을 기쁘게 보내리라 다짐했다. 2019년 겨울은 즐거웠다. 가만히 있어도 웃음이 났다. 15년 만 의 자유. 아이들 없이 혼자서 약속을 잡아 본 적도 없고, 친구 결혼식도 한 번 못 갔고, 식사나 수다를 떨기 위해 홀로 외출한 적이 다섯 손가락에 들 정도니 이 자유를 앞둔 나는 얼마나 신이 났겠나. 하고 싶었던 악기도 선물 받고, 동아리에 가입하고, 봄이 되면 수강하게 될 여러 곳의 문화센터 리스 트, 관심 있던 일들에 대한 면담으로 겨울이 하나도 춥지 않고 8명의 겨울 방학도 즐겁기만 했다. 2020년 2월의 코로나19는 2020년 3월의 아이들 입학과 개학을 막았고, 2020년 4월은 코로나19가 전 세계를 장악했다.

2020년 5월 27일 드디어 5번 아이가 개학하고 6, 7, 8번 아이들의 유치원이 개학할 예정이다. 2020년 5월 29일 6, 7, 8번의 유치원은 공사와 함께 한 달 가정 보육 신청서를 받았고 병설이라 곧 방학한다고 한다. 코로나19로 9시에 등원 후 13시 하원을 한다니. 나는 결정을 했다. 퇴소하기로. 어차피 아이들 3, 4, 5번은 코로나19로 12시 40분 하교를 한다. 1, 2번 아이들은 2주 등교 후 1주 온라인 수업을 한다. 가만히 있어도 날 웃게 했던 15년 만의 자유는 수포가 되었다.

다시 올 나의 자유의 날을 위해 더욱 칼을 갈아야겠다. 감사하게도 시간은 흐른다. 감사하게도 아이들은 자란다. 하~ 흐르는 눈물을 훔치고 다시 허리를 세우고 일어난다. 15년 잘 버티었으니 또 더 잘하리라. 까짓것 혼자의 외출이 얼마나 의미가 있고, 까짓것 아이들 없이 잡은 식사 약속과 수다가 얼마나 의미가 있겠어. 이를 악물고 어쩔 수 없이 버티는 게 아니라 겸허히 이 상황을 받아들이고 즐겁게 신나게 즐겨야지. 나 최보경이야. 하하하."

겨울을 견딘 그녀의 기대가 무너졌다. 내 여동생의 일처럼 안타까움이 밀물처럼 밀려온다. 그러나 소통 잘하는 엄마는 포기하지 않는다.

"중2 딸의 학생 정보 수집? 뭔 종이가 왔다. 이것저것 기록을 해서 제출해야 한다. 이러쿵저러쿵. 가족 구성원 중 제일 유대 관계가 좋은 사람은? 엄마. 이유는? 대화가 잘 통해서. 됐다. 중2 무서워서 북한도 안 쳐들어온다는데 이만하면 성공이다. 우리 집에 온 지 5년 정도가 된 화분이 있다. 같이 온 같은 종의 다른 화분에 있는 나무는 일 년 내내 꽃을 피웠는데, 이 친구는 이제야 처음 꽃봉오리가 생겼다. 반갑다, 고맙다, 잘했다고 계속 이야기해 주었다. 화분 앞에 앉아 지

나가는 아이들을 불러 흥분된 목소리로 드디어 꽃봉오리가 나왔다고
알려 주었다. 기분이 정말 좋다. 수없이 버리고 싶었던 마음을 접고
기다리고 기다려 준 보람이 있다. 내가 먼저 포기하지 않으면 상대는
결코 포기하지 않는다. 자녀도 그렇겠지. 아무튼 나 완전 행복해~~
세상에 드디어 꽃봉오리가.”

– 2020. 04. 15. –

“이 와중에 다른 집 아이들과 함께하기도 한다. 한 명은 봉동이라는 완주
군에 있는 시골에서, 전주에서도 평화동이라고 봉동과는 정반대인 곳에서
고등학교에 다닌 여학생인데 전주 시내버스가 파업을 하는 계기로 ‘우리
집에서 다니자~~’라고 했던 게 3년 전이었다. 자고 먹이는 아주 기본적인
것만 해 주었으나 그녀는 신생아부터 아이들을 키우는 나에게 친구가 되어
준 내겐 세상 무엇보다 큰 선물이었다. 다른 한 명인 주말에 오는 친구는
강원도 철원이 집인데 무주 대안학교를 다니다 주말은 기숙사에서 나와야
했는데 철원이 너무 멀어 전주로 왔다. 처음엔 박 선생님 댁에 지냈으나 얼
마 되지 않아 선생님 댁은 딸뿐이고 남학생이 지내기엔 조금 불편해서 우
리 집으로 와서 주말을 함께 보냈다. 나는 이 모든 것이 선물 같은 시간이
라고 생각한다.”

8명의 아이 엄마 최보경은 ‘내가 잘 할 수 있을까? 괜찮을까?’라는 것보
다는 무엇이든 직접 해 보자고 생각하고, 기회가 있을 때 하다 보니 능력이
생기는 것 같다. 그 뒤에는 고비마다 함께하는 9명의 가족이 있었다.

최ㅇ경

감사합니다. 고맙습니다. 나의 삶을 알아주고 인정해 주라고 살아가고 있는 것은 아니지만 내 삶이 힘들고 지치고 대단하다가 아닌 어떤 가치 있는 것을 위해서는 무엇이든 할 수 있다는 것을 알려 주고는 싶었습니다. 나는 내가 선택한 이 일에 가치를 더하고 의미를 더하고 싶었는데 백일홍을 붙여 주셨네요. 저희 집에 약 3년간 주중엔 다른 여학생이 함께 살았고 그 여학생이 집으로 가면 주말에는 다른 남학생이 와서 살았습니다. 저는 이 시간 동안 대단하다는 이야기를 많이 들었었는데 한 번도 동의한 적이 없습니다. 왜냐하면 엄마는 늦은 저녁 세탁소 샤시를 두드리면 살짝 그 문을 열어 반기며 김치찌개와 계란프라이를 대접하는 선생님이 계셨습니다. 그분이 바로 선생님이십니다. 저는 그것을 분명히 기억합니다. 저는 그저 할 수 있을 때 엄마를 따라 하는 것뿐입니다. 감사합니다. 부모님께 봉사할 기회를 주셨고 저는 그 모범을 배웠습니다.

김ㅇ윤

페이스북을 보면서 깊은 감동을 느꼈습니다. 쉬운 일이 아닌 길을 아무나 선택할 수는 없기에 그 가치는 더욱 소중하다고 봅니다. 엄마로서의 삶은 그 어느 역할보다 중요하고 가치가 있다는데 깊은 자부심을 갖길 바랍니다. 갈 길은 멀지만 혼자가 아니니 즐거움의 길로 만드시길 바랍니다. 지금처럼. 아이들이 성장하면 텅 빈 집처럼 느껴질 때까지 힘을 내시길 바랍니다.

박ㅇ엽

대한민국 애국 훈장을 받아야 할 최정주 님 가족입니다. 세계적으로 유명해질 특별한 가족입니다.

최ㅇ경

입 닫고 마음 닫고 방문 닫는다는 중2 아이의 대답은 마치 최우수 엄마상 같았답니다. ㅎㅎ

조ㅇ완

우와~~~ 8남매나? 슈퍼우먼이 따로 없습니다. 그 아이들의 아빠요, 그녀의 남편인 슈퍼맨은 바로 해남 출신 정기환 님입니다. 해남의 자랑이자 우리 모두의 자랑입니다. 에세이 잘 읽었습니다. 감사합니다.

장ㅇ

저는 간혹 그 향기만 맡는 데도 이리 행복한데~ 선한 것이 거룩하기까지 한 영향력입니다.

홍ㅇ식

참 멋진 가족을 소개하셨습니다. 8명 아이의 부모와 가족이 자랑스럽습니다.

박ㅇ준

여기도 다섯 자녀인데 우리 집은 명함도 못 내민다는 슬픈 현실. 잘 살아가는 모습이 너무 보기 좋습니다.

👍 좋아요 공감

이ㅇ신, 박ㅇ용, 김ㅇ, 최ㅇ현, 이ㅇ주, S.J.K., 박ㅇ화, 차ㅇ, 조ㅇ완, 최ㅇ동, 박ㅇ민, 조ㅇ현, 정ㅇ련, 김ㅇ균, 곽ㅇ화, 김ㅇ연, 김ㅇ곤, 황ㅇ식, 장ㅇ길, 송ㅇ규, 장ㅇ호, 김ㅇ경, 최ㅇ경, 윤ㅇ채, 이ㅇ준, T.P.W., 최ㅇ, 김ㅇ현, 오ㅇ근, 유ㅇ선

19. 열 명의 아이를 낳은 부산 그녀의 집

2005년 2월 2일 · 🌍

청년 시절에 우리가 K를 만난 것은 광주의 한 교회에서였다. 1m 55cm 의 자그마한 키에 몸은 얍실해 보이고, 무엇이 그리 즐거운지 늘 웃고 다녔고, 웃으면 얼굴의 양 볼이 연지 곤지 바른 양 조금씩 붉어지고 그러고 보니 보조개도 있었던 것 같다. 20대 초반 우리들은 군대며 봉사 활동 등으로 곧 흩어졌으므로 그녀와도 헤어지게 되었다. 그러다가 그녀가 잘생기고 마음씨 좋은 총각과 서울에서 결혼했다는 이야길 한참 지나서 누군가로부터 들었다. 그러고는 또 한동안 그녀에 대한 소식은 모르고 지냈다.

난 광주 사람이지만 처가댁이 부산이라 명절이면 아내와 부산으로 가는 했다. 어느 일요일 온천동에 있는 교회에 갔는데 그곳에 그녀가 있었다. K가 남편과 함께 온 얼굴에 미소를 띤 채로 교회의 현관에 서서 동향인 우리를 맞아 주었다. 그런데 혼자가 아니었다. 그녀 주변에 족히 7명은 되어 보이는 아이들이 빼곡히 서 있었다. 잘생긴 아빠와 예쁜 엄마의 유전자를 받아서 아이들도 하나같이 이목구비가 뚜렷하고 귀여웠다. 앙증맞고 귀여운 아이들의 흰 손가락이 양복 소매 깃 아래 가지런히 놓여 있었다. 거기서 그 가족을 보고 있는데도 K의 왜소한 체구와 그녀가 낳은 그 많은 아이가 자꾸 연결되지 않았다. 팔뚝은 무처럼 굵고 얼굴은 누가 봐도 여걸 같아야 하는 그런 엄마일 것 같았기 때문이다. 교회 모임이 곧 시작되었으므로 길게 안부를 물을 순 없어서 언제 한번 집을 방문하고 싶다는 인사와 그러라는 인사치레를 받았다. 그런데 수년 후 정말로 우리 부부가 K의 집을 방문하게 되었다.

그때는 10명의 아이가 있었던 때로 기억난다. 초인종을 누르고, 부부가 나오고, 현관으로 들어서서 거실을 보았을 때의 모습이 지금도 기억에 생생하다. 유치원 같았다고나 할까? 크고 작은 남녀 아이들이 그곳을 가득 채우고 있었다. 귀한 시간을 내었으므로 K 부부와 가능하면 많은 이야기를 나누려고 노력했다. K는 1990년 3월에 결혼하고, 그해 12월에 예정일보다 15일 빨리 아이를 출산했다. 쌍둥이 아들이었다. 많은 아이를 키우느라 힘들지 않느냐고 묻자 마치 예상했다는 듯 바로 대답해 준다. "다섯 번째까지는 힘들었습니다. 그런데 그 후부터는 어렵지 않았어요. 어릴 때 농촌에서 농사일을 도우면서 자랐거든요. 보리가실이라고 아세요? 보리를 베고 탈곡하는 일인데요. 리어카를 논둑으로 밀려고 안간힘을 썼는데 그때 훈련이 되어서인지 아이를 낳고 키울 때 도움이 많이 되네요." 그러면서 그녀는 불그스레한 보조개 팬 얼굴로 환하게 웃었다. 쌍둥이를 시작으로 그녀의 출산 대행진은 그렇게 시작되었다. 낳으면 낳을수록 아이가 너무 예쁘다고 했다. 그런 그녀의 마음이 예뻐서 하늘은 좋은 아이를 그리도 많이 자꾸자꾸 그 집에다 실어다 주는 모양이었다.

"진짜로 아이들 키우는 것이 힘들지 않아요?" 한 번 더 위로의 말이라도 건네려고 그렇게 채근해 보았지만 그녀는 여전히 행복하고 만족해했다. "하늘이 아이를 키우는 은사를 저에게 주신 것 같아요." "집은 좁진 않나요?" 사는 집이 궁금했다. "보시는 대로 아파트인데 방이 4개인 44평 아파트입니다. 우리 형편에 약간 부담스럽지만 처자식을 편하게 해 주려고 늘 생각하는 남편의 배려지요. 1층으로 이사를 왔는데, 너무 좋아요. 창가에 정원이 있는데 이곳 아파트 단지에서도 가장 아름다운 집이지요. 전에 살던 곳은 아랫집이 좋은 분들이라 이해를 해 주었지만 그래도 아이들이 많아서 서로 불편했는데 지금은 마음껏 뛰어놀아도 되니 너무 좋아요." 방 하나에 2명씩 자고 나머지는 거실에서 자기도 하고 어떤 때는 전부 안방에서 자기도 한다.

어떻게 대식구를 먹여 살릴까? 아이들을 키우는 데 필요한 육체적인 어려움 이상으로 궁금한 것은 그 많은 식구를 먹여 살릴 재정 상태였다. "그렇지요. 그것이 좀 어렵죠, 당연히. 특히 학원이며 과외에 대해서는 좀 어렵네요." 남편은 11년간 학원에서 강의를 했고 현재는 부산의 종교 교육원에서 학생들을 가르치고 있어 그 경력으로 교육은 남편이 맡고 있다고 한다. 아직은 태권도, 피아노 정도의 체육과 예능 학원만 보내고 일반 학원은 안 보내고도 잘 성장하고 있지만 아이들이 고학년으로 쑥쑥 자라면서 열풍처럼 불고 있는 과외며 학원 바람이 마음에 걸리는 모양이다. 딸은 알아서 스스로 잘하는데 중3인 아들 쌍둥이가 좀 못한다면서 평범한 엄마의 걱정을 털어놓는다. 가족은 서로를 돕는다. "이번에 열 번째 아이를 낳을 때는 남편과 큰 애들이 출산실에서 탯줄을 자르는 것을 체험하였어요. 태반을 보면서 동생이 태어나는 경이로움을 경험하고, 짐을 나르는 힘이 필요한 일이 생기면 스스로 아빠를 도와줄 정도로 이제는 많이 성장했어요. 벌써 이렇게 성장해서 동생들도 돌보아 줄 수 있는 위치가 되어 엄마로서 힘이 덜 들게 되었어요." K는 미소를 지으면서 그렇게 이야기했다. 우리가 대화를 나누고 있을 때도 딸은 부엌에서 무엇인가를 하면서 엄마를 돕고 있었고, 다른 아이는 어린 동생과 무엇인가를 하며 놀아 주고 있었다.

"또 낳을 건가요?" 대가족을 이룬 그녀에게 여전히 궁금한 내용이었다. "다시 아이를 낳으면 무엇보다도 임신 기간을 포함한 15개월간 아이들과 남편을 도울 수 없다는 것이 가장 큰 문제입니다. 그러나 새로운 생명이 태어나 누운 채로 방실거리는 경이로움을 보면 그동안 쌓인 모든 피로를 잊습니다." 그녀는 하늘의 뜻이라면 또 낳을 것 같다. K는 필리핀에서 17명을 낳은 부모가 누구도 안전하다고 기대할 수 없어 늘 그들을 보살핀다는 말을 인용하면서 많은 자녀를 돌보면서 느끼는 긴장감도 피력했다. 신기하게도 어떤 상황이 닥치면 그때그때 어찌해야 할지 방법을 찾아낸다고도 했다. 우리와 헤어지고 다음 해인가? K는 정말로 열한 번째 아이를 뱄다. 누워서 방실거릴 아이의 신비로운 눈동자를 외면하지 못해서일까? 그러나 그 아이는 불행인지 다행인지 유산되었다.

"장애가 있는 아이가 있어요." K는 대화 중 뜻밖의 이야기를 꺼냈다. "9살 먹은 자폐증 아이가 하나 있어요." 10명의 아이를 키우는데 그중에 자폐 아이가 있다는 것이다. 그 아이가 정신없이 돌아다니면 그 애를 찾으려고 같이 돌아다니다 보니 온몸에 힘이 빠지고는 했단다. 요즘은 좀 나아졌다고 한다. 무료로 운영하는 유치원을 다닌 지 3년째인데, 정부에서 지원하여 운영하는 장애아 유치원으로 너무 잘 가르쳐서 지금은 조용히 앉아있기도 하고 너무 좋아졌다고 한다. 그 아이를 이야기하면서도 K에게서는 전혀 그늘이 느껴지지 않는다. 천성적으로 강하고 자애로운 어머니상이었다. "아이들은 아빠가 퇴근하면 아빠를 외치면서 매달려요." 남편은 그런 아이들을 보면서 웃느라 눈가에 주름이 많이 졌다고 세월의 흔적을 돌려서 표현하는 K. 남편의 부성애와 아이들에 대한 극진한 사랑 그리고 그 무엇보다도 아내에 대한 헌신이 없었다면 이 모든 일이 어떻게 가능하겠는가? 그녀가 남편에게 많은 찬사를 보내도 전혀 무리가 아님을 알 수 있었다. 자리에서 일어나 화장실로 연결되는 통로의 벽에 걸려 있는 남편의 가족사진을 보았다. 아, 그들도 다산이었다. 언뜻 봐도 형제들이 8, 9명은 되어 보였다. 남편은 많은 아이를 키우기 위해 그런 가정에서 오랜 세월 준비된 사람이었다. 하늘은 귀한 영은 아무 가정에나 보내지 않는다는 것을 절실하게 느꼈다.

이제 헤어질 시간이었다. "어? 막내가 어디 갔나? 아 저기 있구나." K는 갑자기 우리를 전송하려고 일어서려다 말고 막내 아이를 찾다가 이내 안도하더니 "언젠가는 아이가 안 보여 안방으로 가니 침대에 화장품을 조용히 쏟고 있더라고요."라고 하면서 입을 가린 채로 소리 내어 웃었다. 자폐아를 포함한 열 명의 아이를 키우는 그 부부의 초인적인 부성과 모성은 도대체 어디에서 발원되어 어디로 흘러가는 신비의 힘일까? 그들의 사랑을 이해하고 그들과 같은 의연함을 갖기 위해선 우린 얼마나 노력하고 얼마나 훈련되어야 할까?

최ㅇ경

그녀에게 존경심을 담은 포옹을 진심을 담아 전합니다.

유ㅇ선

우리나라 만세. 저는 넷밖에 안 되는데 그때는 산아 제한에 걸려서 병원비를 200만 원이나 내고 낳았습니다. 지금은 아이를 낳으면 돈을 준다니 격세지감을 느낍니다.

곽ㅇ화

자녀를 많이 낳는다는 것은 신앙이 있기 때문이다. 아무리 돈이 많아도 신앙이 없으면 불가능하다. 누구든지 한 가지씩은 가지고 있다. 남이 따라 할 수 없는 것을. 그것이 어떤 사람은 돈이 많아서 따라 할 수 없고 어떤 사람은 재능, 어떤 사람은 출중한 외모, 어떤 사람은 신앙을, 어떤 사람은 배움이 많아, 어떤 사람은 사랑이 많고, 어떤 사람은 글을 잘 쓰고. ^^

이ㅇ경

울 K 언니 대단하셔용~ 울 언니와 친구이며~ 큰아이들이 이곳 천안에서 봉사를 하였기에 얼마나 자녀들을 훌륭하게 잘 키웠는지 알 수가 있습니다.~ 존경합니다. ~~^^

정ㅇ경

"K 언니, 우리가 모두 알고 있지요. 제가 청년일 때 언니는 청년회장이었고 그때 은행을 다니셨지요. 그 후 늦은 나이에 선교 사업을 다녀온 후, 그리고 자녀를 4번째쯤 가졌을 때 성전에서 본 언니의 모습들은 한결같이 온화하고 밝았습니다. 언니의 따뜻한 미소, 굳건한 신앙 모두 닮고 싶은 모범의 표상입니다. 언니가 보고 싶네요. 작년에 저희 아들은 부산을 갔다가 언니가 가르치는 새벽반 세미나리를 듣고 와서는 그 시간이 너무 좋았다고 했어요. 언니 감사해요. 저에게 항상 보여 주셨던 모범을 우리 아들들도 볼 수 있어서 그리고 사랑해요. ^^♡♡♡

박ㅇ준

너무 잘 알고 있지요. 포근하고 너그럽고 온화한 누님. 장례식장에서 뵈었을 때 그때 그 모습 그대로인 것에 놀랐어요. 복음 안에 있어서 그런지 오랜만에 보았어도 가까이에 있었던 느낌이었습니다. 우리도 아이들이 다섯인데 명함도 못 내밀겠네요.

H.H.

조 BJ 가족? 대단하십니다. 김 사장님의 15년 전 글 또한 대단합니다.

박ㅇ화

숙연해지며 본받고 싶은 분입니다.

20. 주말의 3가지 이야기

2020년 6월 7일 · 🌍

1

미국에 사는 아내의 동생에게서 전화가 왔다.

"누나, 친한 친구가 광주에서 일하고 있다네? 주말에만 서울로 간다는데 평일에 한번 만나 주라."

아내는 그래서 동생 친구에게 식사를 대접하게 되었다.

"저는 지방의 작은 대학 출신인데 선을 보았어요. 아가씨가 마음에 들었어요. 그런데 알고 보니 서울의 유명한 의대 출신 의사더라고요. 그래서 아무래도 학력 차이도 있고 여자에 비하면 제 직장도 변변찮아 결혼이 힘들 것 같다고 말했어요. 그런데 그쪽에서 그런 것은 아무 걱정하지 말라고 하면서 결국 결혼했어요. 그리고 좀 있다가 제가 위암에 걸렸어요. 긴 시간 투병 끝에 회복이 되었고, 지금은 정상적으로 일하고 있어요. 결혼생활도 잘하고 있고요."

우리 부부는 그 친구의 말을 회상하면서 남녀 간의 어떤 사랑은 얼마나 숭고하고, 비이기적이고, 가슴을 아리게 하는지 깊이 깨달았다.

2

올해 교육대학에 들어간 아들이 알바를 구하는 데 어려워하더라고요. 코로나19로 대학도 출석 못 하고 그러니 대학 내에서도 일자리를 구하지 못하고 답답해했어요. 그래서 물었습니다.

"몇 군데 지원해 보았느냐?"

"세 군데요."

"그러면 이렇게 해 볼래? 100군데에 지원해 보면 어떨까?"

아들은 눈을 반짝이면서 입술을 굳게 다물었습니다. 무엇인가 결심한 듯했습니다. 그리고 나름대로 밤새도록 열심히 노력을 했습니다. 그리고 며칠이 지난 지금은 알바를 세 자리를 구하여 일하고 있습니다.

"어떻게 했길래 갑자기 그렇게 알바 자리를 많이 구했니?"

아들은 담담하게 대답했습니다.

"아빠의 조언을 듣고 깨달은 바가 있었습니다. 그래서 밤새도록 노력하였습니다. 아빠가 제안한 100군데의 두 배인 200군데에 지원하였습니다."

3

미국에서 회사에 다니던 조카가 회사를 그만두고 귀국하였습니다. 트럼프 대통령이 외국인들에게 일자리를 제한해야 한다고 난리를 치던 시절에 어렵게 일자리를 구해 우리 모두 안심하고 있던 터였습니다.

"아니, 힘들게 들어간 회사를 왜 그만두었니?"

"대학에서 배운 것과 비교해서 그 회사 일이 너무 쉬웠습니다. 저는 더욱 발전하고 싶었는데, 그대로 일하면 저의 능력이 정체될 것 같았어요."

그래서 조카는 회사를 사직하였는데 면담 자리에서 그 회사의 사장은 뜻밖의 제안을 했다.

"서울에 우리 회사의 마케팅 회사가 있는데 거기에 그래픽 디자이너가 필요하다고 한다. 그곳은 훨씬 역동적이고 네가 원하는 일을 할 수 있을 것이다."

조카는 사장의 제안을 받아들여 귀국한 것입니다. 조카는 즐거운 마음으로 다음 주부터 서울 홍대 10분 거리의 회사에서 근무하게 되었습니다. 조카는 사장님의 마지막 말에 깊이 감동한 듯했습니다.

"서울에서 일하면서 너의 능력을 더욱 키워라. 그리고 우리 회사를 너의 능력을 키우는 발판으로 삼아 더 크고 더 넓은 세상으로 날아올라라."

💬 댓글 공감

김ㅇ지

> 우리의 가치를 높이기 위해 노력하는군요. 동생 친구의 만남. 그분에게 힘이 되었네요. 우리의 선택으로 모든 것이 잘되었네요. 조카가 한국이 그리웠나 봐요. 끝까지 견디니 모든 것 잘되리. 좋은 글, 모두 다 좋았어요. 감사합니다.

박ㅇ화

> 무슨 일이든 동기부여가 되는 대화가 필요하군요. 멋집니다.

안ㅇ선

> Positive Energy. 팡팡.

최ㅇ승

> 올려 주신 세 이야기 모두 아름답습니다. 감동적인 이야기 올려 주셔서 감사합니다.

이ㅇ영

> Change 변화는 Chance 기회를 가져오는군요.~! 소희가 그래픽 디자인 전공했죠.^^

오ㅇ숙

> 언제나 그렇듯 큰 울림이 있는 메시지들! 이 아침에 깨어 있게 하네요!!!

👍 좋아요 공감

임ㅇ웅, 박ㅇ환, 강ㅇ숙, M.G.Y., 전ㅇ민, 류ㅇ한, H.J.H., 임ㅇ성, 김ㅇ연, 송ㅇ규, 김ㅇ규, B.Y.K., 김ㅇ미, 조ㅇ순, 김ㅇ희, 오ㅇ숙, 박ㅇ종, 이ㅇ옥, 윤ㅇ채, 김ㅇ의, 윤ㅇ주, K.S.C., K.S.H., 최ㅇ숙, 조ㅇ희, 김ㅇ균, H.K., 김ㅇ연, 윤ㅇ주, T.P.W., 홍ㅇ성, 원ㅇ석, 이ㅇ영, 차ㅇ, 백ㅇ화, B.G., 김ㅇ진, 유ㅇ선, 최ㅇ승, 김ㅇ희, B.S.A., J.S.H., 박ㅇ화, 이ㅇ미, 김ㅇ연, C.C., J.S., 정ㅇ연, 김ㅇ배, 장ㅇ희, 김ㅇ곤, 김ㅇ자, 최ㅇ우, 김ㅇ근, 김ㅇ, 김ㅇ호, 김ㅇ진

21. 조선 시대 냥자(홍랑)를 찾아 제주도로

2020년 8월 15일 · 🌏 제주 삼도동에서

뒤주에서 죽은 사도 세자의 아들 정조가 조부인 영조를 이어 조선 22대 왕에 오르자 아버지의 죽음에 관여한 홍인한, 홍인해, 정후겸 등을 포함해 노론 대신들을 상대로 피바람이 불었다. 홍인해는 추자도로 귀양을 갔는데, 그의 아들 홍상간과 두 아우 홍술해, 홍찬해가 부친의 원수를 갚겠다고 정조를 시해하기 위한 모의를 꾀하다 실패해 형장의 이슬로 사라졌고, 그 아비인 홍인해도 주살되었다. 그런데 역모와 무관한 홍인해의 사위 조정철도 역모죄로 엮여서 제주도로 유배되었다. 그의 아내는 친정이 시댁의 멸문지화 사유가 되었음을 자책하여 자진했다.

유배된 지 얼마 지나지 않아 조정철은 그가 귀양살이하는 집의 규수인 홍윤애(홍랑)와 사랑에 빠졌고, 예쁜 딸까지 낳았다. 하지만 그들의 행복은 오래가지 못했다. 할아버지 때부터 원수지간이던 소론파 김시구가 하필이면 제주 목사로 부임해 온 것이다. 김시구는 조정철을 죽일 계책을 꾸미다가 그의 처소에 홍윤애가 출입하는 것을 알고는 그녀를 붙잡아 갖은 고문을 가했으나, 그녀는 끝내 조정철이 역모를 꾀했느냐는 고문에 넘어가지 않았다. 홍윤애는 곤장 70대를 견디지 못하고 결국 숨을 거두며 사랑하는 이를 지켰다.

정철은 비통한 시 한 구절을 남겼다.

어제 미친 바람이 고을을 휩쓸더니 / 남아있는 연약한 꽃을 / 산산이 흩날려버렸네

홍윤애가 순절하고 조정철은 이듬해 1월 제주도 정의현으로 이배되었다가 나주, 추자도, 나주목 광양현으로 옮겨지고, 마침내 1805년 4월 29년간의 귀양살이에서 벗어나 관직에 복직되었다. 6년 후 전라 방어사 겸 제주 목사가 되어 한 많은 섬 제주에 부임했다. 자원이었다. 홍윤애가 사망한 지 31년 만의 일이었다. 자기로 인해 억울하게 죽은 홍윤애에 대한 애틋한 사랑을 추억하고 그 넋을 위로하기 위해서 조정철은 손수 무덤을 단장하고 애절한 시비를 세웠다.

옥 같던 그대 얼굴 묻힌 지 몇 해던가? / 누가 장차 그대의 원한을 하늘에 호소할 수 있으랴 / 황천길은 멀고 먼데 누구를 의지하여 돌아갔을까 / 충직함을 깊이 간직하니 죽음 또한 인연일까 / 꽃다운 이름 천고에 아욱처럼 맵게 기리리

나는 서글픈 사랑의 주인공 홍윤애의 무덤을 직접 찾아가 보기로 했다. 숙소인 서귀포의 동쪽 표선면사무소 앞에서 222번 버스를 탔다. 홍랑로 입구 정거장에서 내려야 하는데, 졸음으로 지나쳐 제주버스터미널 종점까지 갔다가 거기서 다시 201번을 타고 돌아와 한국병원과 남서광마을 입구의 두 정거장을 지나 남서광마을 정거장에서 내렸다. 그 건너편에 홍랑로 입구 정거장이 보였다. 건널목을 건너간 후에 홍랑로 입구 정거장을 지나 알리바호텔을 지났다. 그리고 피시방 건물을 우측으로 끼고 돌아 홍랑길로 들어섰다. 10여 미터 내려가서 천광사세탁소 주인에게 홍랑(홍윤애)의 묘비가 있는 장소를 물었다. 그대로 내려가면 삼거리가 나오는데 거기에 주택공사가 있고, 그 건너편 길가에 표지석이 있다고 안내해 주었다. 점쟁이들의 상징인 빨간 천이 달린 대나무가 솟대처럼 서 있는 아기보살 집을 조금 지나자 좌측에 감나무와 귤나무가 길게 늘어선 담장 안에 심겨 있었다. 그 담장의 벽에는 마을 단체가 만든 홍랑과 조정철의 사랑 이야기 벽화가 그려져 있었는데 홍랑의 고을임을 알리는 흔적들이라 무척 반가웠다.

나는 과일나무가 빼곡한 집과 벽화를 사진으로 여러 장 남겼다. 그리고 조금 더 내려가서 마침내 삼거리에 도달했다. 주택공사 제주지부 앞 도로 건너편에 수백 년은 됨직한 고목이 서 있고, 그 아래 그녀의 무덤 표지석이 있었다. 길 안쪽에는 그녀를 위로하기 위한 목탁 소리를 울리려는 것인지 불교 관련 건물이 있었다. 홍윤애의 무덤터 표지석은 200년은 되었을 것 같은 잎이 무성한 고목 아래 비를 피하듯이 안치되어 있었다. 그 앞 큰길은 전농로였고, 양옆 가로수는 벚나무로 거리의 터널을 이루고 있었다. 표지석의 건너편으로는 제주토지공사, 제주미래교육연구원, 제주국제교육원 등의 관청들이 줄지어 늘어서 있었다. 한참을 표지석의 3면을 읽고 명상에 잠기다가, 1시가 넘어 전농로 광림 본점에서 냉국수를 주문했다. 그녀 홍랑에게 한 사발의 국수를 보시하고자 함이었다.

정철은 2년 후 조정으로 복귀한 후에 형조판서, 예조판서, 자헌대부 사헌부의 대사헌 등 벼슬을 누리다가 81세에 별세했다. 홍윤애를 죽인 제주목사 김시구는 홍랑을 죽게 한 사건을 계기로 전라도관찰사 박우원의 밀계에 의해 파직되었다. 홍랑의 무덤이 있던 곳은 제주시 삼도1동 300-64번지였다. 삼도동은 남으로 오라1동, 동으로 소용내, 서로 병문내와 경계를 이루고 서사라 일대로 제주국제공항과 제주시청을 잇는 제주시의 중심가에 위치한 마을이었다. 북으로 삼도2동과 경계인 전농로엔 봄이면 벚꽃이 흐드러지게 피곤 했다. 1940년 이 일대에 제주공립농업학교가 들어서면서 그녀의 무덤은 북제주군 애월읍 유수암으로 이장했다.

이제는 죽음 저 너머에서 만난 두 사람. 아름다운 복사꽃 한복에 분을 하얗게 바른 홍랑과 갓을 쓴 귀공자 선비 조정철은 벚꽃이 화려하게 흩날리는 날이면 여기 전농로의 벚꽃 놀이를 구경하러 한번 들를지도 모르겠다. 나는 그때 다시 이곳을 찾아와 두 벗과 시원한 냉국수 한 그릇을 하리라.

최ㅇ승

감명 깊은 사연과 유창한 글이 흐르는 시냇물 같습니다. 과연 김 선생님은 우리 시대의 유일한 낭만입니다.

S.K.H.

작가로 전업하셨나요? 글이 눈을 끄는 마력이 있네요. 그런데 첫 문장에 부친 영조가 아니고 조부인 거죠?

J.L.

좋은 글 감사합니다. 이런 사연이 있는지 몰랐네요. 이러한 역사를 모아서 책을 내시면 무척 재밌게 읽을 듯합니다.^^

홍ㅇ성

자기 죽음으로 사랑하는 사람을 지킨 홍랑의 애절한 사랑이 감동적이네요.~ 우리의 삶도 감동적으로 평가될 수 있도록 살아야 할 텐데요.

곽ㅇ화

그런 절절한 묻혔던 역사를, 잊고 지냈던 역사를 공부하게 해 주셔서 감사합니다. 선생님 역시 역사에 남으실 분이십니다.

이ㅇ철

아름다운 이야기입니다.^^ 감동했어요.

B.S.A.

선생님이 풀어내는 글들은 읽기를 멈출 수가 없습니다.~~ 엮어 놓은 책들이 시리즈로 나오길 기대해 봅니다.

👍 좋아요 공감

한ㅇ아, 김ㅇ경, B.S.A., 전ㅇ연, 전ㅇ민, 이ㅇ아, H.K., 이ㅇ우, 차ㅇ, J.H.K., J.S.H., J.L., 윤ㅇ채, 안ㅇ진, H.C.C., T.P.W., 유ㅇ선, J.S.J., 하ㅇ, 최ㅇ승, 최ㅇ동, 양ㅇ섭

22. 코펜하겐에 천사들이 살고 있었네

2020년 9월 2일 · 🌍

태풍이 불어오면서 광주에는 온종일 비가 내린다. 늦은 저녁, 거실 바닥에 누워 창밖을 보다가 스르르 눈이 감겼는데 불현듯 오래전 출장길에 만난 덴마크 코펜하겐의 부부가 생각난다. 숙소는 중앙역 근처였는데 시내를 가로지르는 운하 위에 세워진 호텔이라 매우 운치가 있었다. 나무창을 열고 다리를 내려다보니 해 질 녘 석양의 노을이 조금씩 출렁거리는 운하의 물결 속에서 접혔다 펴지기를 반복하고 있었다. 배가 출출하여 숙소에서 20여 분 거리에 있는 한국 식당을 찾았는데 그때도 오늘처럼 비가 추적추적 내렸다.

식당 문을 열고 들어서자 부부가 반갑게 맞아 주었다. 전주 출신인 남편은 태권도 7단인데 덴마크 국가 대표 사범이었고, 아내는 식당을 하면서 10년째 무료 입양아 학교를 운영하고 있었다. 나를 마지막으로 식당 영업시간이 끝나자 식당은 바로 교실로 변하고 20여 명의 입양아가 모여들었다. 그들의 책상에는 한글 교재가 펼쳐져 있었고 나름대로 어색한 발음으로 열심히 한글을 배웠으나 그들에겐 영어로 소통하는 것이 훨씬 편해 보였다. "국가 대표 사범이면 굳이 식당을 하지 않아도 될 텐데요?" 공부가 파하고 우리만 남았을 때 그렇게 물었다. 거기에는 또 다른 깊은 사연이 있었다.

부부가 어느 날 일을 마치고 집으로 돌아가는 길에 중앙역에서 한국인 대학생 몇 명을 만났는데 돈이 부족하여 기차역에서 쭈그리고 잘 모양새였다. 부부는 그날 저녁 대학생들을 집으로 데려왔는데 그들은 무려 15일간을 머무르다 떠났다. 대가 없이 베푸는 그들 부부가 좋아 보였는지 그중 대학원생 한 명이 귀국 후에도 그들과 자주 연락을 했다. 그러다가 졸업 논문 때문에 덴마크로 다시 왔는데, 그때는 부부 집에서 한 달을 머무르다가 돌아갔다. 그러더니 한국에서 석사 학위를 받은 그는 덴마크에서 박사 과정을 공부하고 싶다고 했다. 그런데 생활하려면 일이 필요하니 만일 그들 부부가 식당을 차려 주면 자기가 한국에서 주방장 일을 배워 와서 한번 해 보겠다고 사정을 했다. 태권도 사범이 전혀 경험이 없는 식당을? 게다가 몇 달 요리를 배운다는 유학생을 믿고? 아무리 생각해도 아니었는데, 학생이 워낙 간곡하게 부탁하여 결국은 승낙하고 말았다.

그 대학원생은 한국에서 결혼까지 한 후 유학생 신혼부부가 되어 코펜하겐으로 와서 식당을 운영하기 시작했다. 경험이 없는 그 네 명에겐 처음부터 장애물 천지였다. 게다가 주방장이 그 짧은 기간에 배운 실력으로 식당을 책임진다는 것이 말이 안 됐다. 아니나 다를까 6개월을 채 못 버티고 두 손을 들었다. 거기다 그들은 어느 날 아침 갑자기 짐을 싸더니 유학도 포기하고 한국으로 떠난다는 것이 아닌가? 그들을 믿고 벌려 놓은 식당은 어떻게 하고? 그렇게 후다닥 돌아간 그들은 그 후 소식이 두절되었다. 자, 이제 이 식당을 어찌하나? 고민 끝에 솜씨 없는 부인은 이것도 인연이려니 하면서 해 보기로 했다. 그렇게 결심하고 어찌어찌 한 해 한 해 넘겨 온 세월이 벌써 10년이 된 것이다.

"오늘도 가야 합니다."
한참 이야기를 나누던 부부가 늦은 저녁인데 서둘러 일어섰다. "시간이 많이 지났는데 어디로 급히 가시려고요?" 마침 그들이 가려는 목적지가 나의 호텔로 가는 방향과 같아서 함께 걸으면서 이야기를 많이 나눌 수가 있었다. 그들이 가는 곳은 식당을 하다가 포기하고 떠난 그 대학생을 처음 만난 중앙역이었다. "거의 매일 같이 우리의 도움이 필요한 한국인들이 있어요. 그러니 하루라도 가지 않을 수 없어요." 그런 마음으로 그들은 1년에 100여 명을 돌보았다고 한다. 그 일을 10년을 했으니, 타지에서 곤란에 빠진 한국인들 거의 1,000여 명에게 도움의 손길을 펼쳐 온 것이다.

이 부부는 입양아들을 돌보는 일도 꾸준히 해 왔다. 입양아 학교에서 한국어를 가르치고 상담도 해 주었는데 그중에 17세의 하니라는 남자아이가 있었다. 어느 날 한국대사관에서 한국 초청으로 입양아들에게 한국어도 가르치고 부모도 찾아 주는 프로그램을 소개받았는데 하니는 매우 적극적이었다. 미리 한국으로 하니의 정보를 보냈고, 그 사연이 방송에 나가자마자 포항에서 연락이 왔다. 국제 전화로 아주머니는 틀림없는 자기 아들이라고 울고불고 난리가 아니었다. 게다가 아들이 쌍둥이인데 한 명은 지금 포항에 있으니 어서 와서 형제가 만나게 하자고 눈물을 쏟아 냈다. 부부는 급히 하니를 한국으로 보내면서 석별의 정을 아쉬워했다. 그리고 한국에 도착하자마자 하니와 계속 통화를 했다. 그런데 포항 집으로 돌아가고 나서 며칠이 지나자 하니에게서 이상한 이야기를 듣게 되었다.

"어머니, 조금 이상해요. 제대로 밥도 주지 않아요. 라면을 끓여 먹으라고 하세요.. 비행기 표와 여권을 빼앗더니 돌려주지도 않아요. 이상해요." 그것만이 아니었다. 자신을 그렇게 애타게 기다린다던 쌍둥이 형은 그를 본 체만체하더니 집을 나가 버리고, 잃어버리다시피 한 아들을 다시 찾았는데 친척들에게도 일절 소개를 해 주지도 않았다. 하니는 수시로 전화를 하면서 "이상해요."라는 말을 수없이 반복하더니 결국 한국 생활을 더 이상 버티지 못하고 다시 덴마크로 돌아와 버렸다. 나중에 자세히 알아보니 그 일의 자초지종은 이러했다.

포항 아주머니에게는 아들이 하나 있는데 워낙 가출을 잘해서 입양아인 하니와 쌍둥이라 하면 혹시 아들을 덴마크로 데려가서 사람을 만들어 주지 않을까 하는 헛된 기대감으로 꾸며 낸 황당한 쇼였던 것이다. 하니는 모국과 한국 사람들에게 얼마나 실망을 하였겠는가? 그런데도 어느 정도의 시간이 지나 안정을 찾자 하니는 다시 한국으로 돌아가 모 대학에서 공부하기 시작했다. 한국인의 피는 어쩔 수 없는 모양이었다. 그 아이는 그 부부의 아내를 어머니라고 부른다. 부인은 하니가 보낸 편지를 꺼내어 나에게 보여 주었다. "어머니. 오래전에 저에게 보내 주신 한국말 편지를 이제야 이해하게 되었어요. 부모님 덕분에 제가 이렇게나 성장했네요. 어제저녁에 그 편지를 몇 번이나 읽어 보았습니다. 어머니, 너무 감사합니다. 그 은혜 잊지 않을게요. 부부는 손때가 탄 하니의 편지를 만지작거리면서 눈시울을 붉혔다. 오히려 나의 눈에서 눈물이 흘러내렸다.

코펜하겐에 겨울이 오는 모양이다. 코가 큰 덴마크인 부부가 식당 문을 열고 들어오자 찬바람도 그들의 옷깃을 따라 휙 딸려 들어왔는데 제법 싸늘했다. 에이프런을 다시 걸친 부부는 부엌으로 가서 부지런히 움직이기 시작했다. 나는 조용히 일어나서 그들에게 묵례를 하고 '한국의 집' 식당을 나왔다. 길을 돌아오면서 부부의 이야기를 잊지 않으려고 몇 번이나 되새겼다. 숙소에 도착하자마자 노트북에 부부의 이야기를 타이핑하기 시작했다. 그리고 그날 새벽에 한국의 모 신문사에 기사를 보냈다. 그 기사는 내가 한국에 도착하기 전에 신문에 활자화되었다. 귀국하기 전에 그 식당에 한 번 더 가 보려고 했지만 일정상 그러지 못했다. 며칠 후 한국을 향하는 비행기가 구름을 향해 힘차게 이륙하자 등을 비행기 좌석에 기댄 채로 눈을 감고 코펜하겐의 천사인 부부를 떠올렸다. 신문에 기고한 것이 왠지 그들의 선행에 대해 만분의 일이라도 보답한 것 같아 마음의 짐을 조금 덜어낸 기분이었다. 천사들은 하늘에만 존재하는 것이 아니다. 여기 남쪽 동네에도, 거기 코펜하겐에도, 마음이 선한 사람들이 사는 마을 어디서나 천사들을 만날 수 있다.

💬 댓글 공감

곽ㅇ화

> 천사가 하늘에만 있는 것이 아닌데 왜 나는……

최〇동

김광윤 선생님이 실제 천사를 보았네요.

최〇승

천사는 영적인 존재로 여겼는데 실제 모습이네요. 선생님 글을 읽노라니 그분들이 천사가 틀림없습니다. 이렇게 아름다운 사람들도 있네요. 제가 갑자기 부끄러워집니다. 선생님, 감사합니다!

정〇옥

다양한 여러 가지 이야깃거리가 가슴을 따뜻하게 하고 아름다움을 느낄 수 있음을 감사드립니다.^^ 오늘도 파이팅 보냅니다.

👍 좋아요 공감

J.S.H., 김〇성, 윤〇채, S.I.H., 정〇림, 김〇경, 이〇준, 장〇희, J.H.K., 이〇우, 송〇규, 김〇연, 김〇곤, 박〇원, H.C.C., 황〇철, B.S.A., 유〇선, 최〇승, 하〇, 박〇화, 최〇동, 양〇섭, 권〇조, 최〇왕, A.M., 김〇균, 전〇민, 곽〇화, 최〇숙

23. 제주도 올레길 3코스

2021년 5월 9일 · 🌏

제주도 서귀포에서 일출봉 방면으로 40분가량 달려가면 표선이라는 아름다운 장소에 도달한다. 서귀포시를 제외하고는 동남쪽에서 가장 번화한 지역이다. 표선은 금빛 모래가 끝없이 펼쳐져 있는 해비치해수욕장과 현대해비치리조트를 품고 있어 관광객의 발길이 끊이지 않는 곳이다. 여기에 올레길 4번 도로가 좌우로 연결되어 있다. 지난 주말, 저물어 가는 오후에 자전거와 킥보드를 번갈아 타면서 아들과 난 표선 동쪽의 일출봉을 향해 무작정 달리기 시작했다. 육지로 떠나야 할 마지막 날의 아쉬움을 달래는 산책길. 올레길 4번 코스를 5km 정도 달렸을 때 해변으로 이어지는 골목길이 보였다. 늘 그렇듯이 그런 생소한 길을 지나치지 않았다. 해변 길을 따라 2km 정도를 달리는데 자전거 금지 표시가 나타났다. 다가가 보니 거기에는 보물 같은 올레길이 숨어 있었다. 제주 올레길 3코스.

좌측에는 말 목장의 푸르른 초지가 끝없이 펼쳐져 있고, 우측 아래로 뚝 떨어지는 검은 돌 해변에는 허연 파도가 거세게 밀려오고 있었다. 목장과 바다 사이에 파란 잔디로만 이루어진 올레길, 그것은 푸른 비단길이었다. 마치 정원의 잔디 같은 고운 풀들로 푹신한 3코스. 멀리서 아버지와 아들 딸, 그리고 그들 사이를 달리는 갈색 강아지 한 마리를 보면서 꿈꾸듯이 푸르름 속으로 들어섰다. 그리고 창조주의 작품들을 기록하기 시작했다. 토끼풀, 잔디, 파도, 현무암, 잔디를 뛰어다니는 강아지, 아버지와 아들 그리고 딸, 목장, 노란 들꽃, 해변의 낙타 바위, 보라색 들꽃, 목장과 올레길을 경계 짓는 청색과 레드 천, 현무암 조약돌, 뿌연 안개, 검은 흙, 구름 속 뿌연 태양, 신풍 해안 도로, 신풍 목장 내 '분묘 소유자 찾습니다.' 알림판, 남북으로 길게 늘어선 소철나무 행렬, 현무암 돌담길, 노란색과 붉은 주황색이 흘러내리는 돌담, 흰색 목덜미의 갈색 말, 말의 주변을 서성거리며 먹이를 찾는 두루미 같은 흰 새들, 붉은 목이 긴 흰 새, 제주 말마다 두세 마리씩 붙어서 무엇을 먹으려고 얼쩡거리나. 바닷바람의 지휘에 소리를 연주하는 수백 그루의 소철나무 합창단, 10m 높이와 3m 높이의 그들, 따스한 석양의 햇살, 온몸을 애무하는 제주의 바닷바람, 먼 마을들 사이로 보이는 하얀 등대, 끝없이 넓은 목장, 점처럼 박힌 제주 말들, 그 주변에 모래처럼 박힌 흰 새, 깻잎 모양의 돌담 아래 풀들의 규칙적인 배열. 목장 가장자리 보라색 엉겅퀴, 아빠 목을 꼭 안은 어린 아들, 3번 길과 도로의 경계선의 전기차 02라 4921, 앉은뱅이 소나무, 올레길 차량 진입 금지 간판, 목장과 올레길 경계 철조망, 바람에 날리는 흰색 꽃씨들, 남에서 북으로 시간을 넘기는 해풍, 삐릿 삐릿 커우 커우 새소리, 까악 까악 갈매기 소리, 부부 사이를 마음껏 달리는 아이들, 독도와 울릉도를 닮은 검은 돌들, 흰색 토끼풀 속에 몇 잎 박힌 연두색 꽃, 다시 낙타 바위, 그 아래 아이 모양 돌상, 해변을 내려다보는 현무암 의자, 소국 모양 노란 꽃이 늘어진 해변, 금잔화 닮은 노란 꽃들의 군집, 잘 가꾸어진 잔디 길, 돌들이 둘러싼 해변 가장자리의 잔잔한 작은 바다 호수, 푹신한 조깅화 아래 푹신한 잔디의 감촉. 수없이 밀려오는 바다의 밀물, 오늘 밤 제주는 모두 물에 잠길 듯 물에 젖은 현무암 바위들, 물이 마른 회색빛 현무암들, 삐비처럼 생긴 잔디 속 열매 줄기, 푸른색 화살표와 주황색 화살표, 애기똥풀 같은 노란 꽃, 제기풀 말라가는 풀줄기 아래 새로 돋는 푸른 줄기, 올레길이 끝나기 100m까지 향기로운 내음의 들꽃 무리, 노란 꽃받침에 흰색 암술과 수술 쭉 뽑아 입술을 적시는데 단맛은 나오지 않았다.

3번 올레길 입구로 막 나오려는데 우측에 2층으로 다소곳이 서 있는 카페 「물썹」이 보였다. 나는 입구에 준비된 현무암 의자에 앉아 주황색 원색의 그 카페를 물끄러미 바라보았다. 문득 이탈리아 야수파의 고향 마을이 생각났다. 수년 전 우리는 프랑스를 거쳐서 스페인 바르셀로나로 넘어가고 있었다. 멀리 바다를 보면서 육로를 자동차로 달리는데 문득 바닷가 마을로 내려가는 길이 보였다. 우린 또다시 습관적으로 그곳으로 방향을 잡았다. 입을 다물지 못할 감탄사를 연발하는 데는 채 5분이 걸리지 않았다. 동네의 모든 집이 주황, 빨강, 노을 색의 강렬한 색채로 뒤덮여 있었다. 산토리니처럼 푸른 지붕에 흰색 건물이 아니었고, 유럽의 대부분 집처럼 붉은색 기와에 은은한 연노랑의 주택이 아니었다. 우리는 서로를 보면서 동시에 한마디를 했다. "야수파?" 그랬다. 거기는 야수파의 고향 콜리우르였다. 야수파의 대표 화가 앙리 마티스도 우리처럼 우연히 그 놀라운 강렬한 색채의 항구 마을을 발견하고는 거기에 주저앉았다. 그리고 친구 앙드레 드랭을 불러들였고 그곳을 화려한 원색을 도발적 수법으로 표현하는 야수파의 성지로 만들었다.

제주 올레길 3코스의 입구 좌측에 다소곳이 서서 프랑스 남부 항구 마을이자 야수파의 고장 콜리우르를 추억하게 하는 주황색의 카페 「물썹」에도 해가 지는 것을 본다.

그리고 어디서 개 짖는 소리가 들린다. 우린 그렇게 오늘 올레길 3코스에 흠뻑 취했다.

💬 댓글 공감

김○자

그 자리에 가서 그 광경을 직접 보는 것처럼 생생한 모습을 담았네요.

H.H.

다시 가고 싶습니다.

김○숙

이국적이고 아름다운 코스죠. ^^

장○희

올레길 3코스. 그곳에서 작가님의 이 글을 생각하며 걷고 싶어지네요.

조ㅇ관

어떻게 이렇게 세세한 풍경과 움직임을 감성적으로 기억하여 스쳐 가듯 그려 낼 수 있는지 신비롭네요.~~ '표선 해변 참 좋구나.'라는 기억을 담고 있는 내가 부끄럽기까지.~~

J.S.K.

나는 거기 가 보지 않았지만 그런 말은 할 필요가 없게 되었다. 쓴 사람의 생각과 표현된 말들은 강아지가 주인 따라나선 눈망울처럼 정말이지 히뜩히뜩 돌아보면서 올레길! 이곳 멀리서 앉아 옛날에 한 번 보았던 그곳 파도 소리 들으며 마구 쫓아 달려간다. 감사합니다.

S.D.C

이과생이 이렇게 필력이 좋아도 되나요?

👍 좋아요 공감

김ㅇ경, 조ㅇ희, K.S.H., 곽ㅇ화, S.K., B.Y.K., 김ㅇ규, 이ㅇ기, H.J.H., J.S.K., D.D., 윤ㅇ채, 박ㅇ희, M.G.Y., 최ㅇ우, J.S.H., 전ㅇ민, 차ㅇ, 김ㅇ주, 이ㅇ납, E.K., 정ㅇ일, 최ㅇ승, 김ㅇ균, 최ㅇ숙, H.K., 이ㅇ자, 김ㅇ숙, 이ㅇ영, H.H., 김ㅇ희, 이ㅇ우, 박ㅇ환, 최ㅇ칠, 김ㅇ희, 김ㅇ자, 정ㅇ옥, 손ㅇ식, 김ㅇ호, 김ㅇ연, B.K.

24. 고흥 나로도의 특별한 80대 부부

2021년 8월 20일 · 🌐

아내의 친구인 김 선생은 이 세상에서 가장 존경하는 분을 꼽으라면 아버지와 어머니라고 한다. 지금 그녀의 소원은 '어떻게 하면 연로한 두 분과 오래도록 함께 할 수 있을까'이다. 아버지는 전라도 시골 마을에서 부잣집 막내아들로 태어났다. 김 선생 부모는 재산의 대부분을 장남에게 유산으로 물려주었는데, 그 장남은 놀음으로 몇 칸 집을 포함해 대부분의 재산을 탕진했다. 막내인 아버지는 빈손으로 결혼해야 했다. 동네 작은 밭을 하나 받았는데, 그나마도 팔아서 모친 질병 치료비로 사용해 버렸다. 그러자 아버지는 강원도로 가서 오징어잡이 배를 타서 돈을 모아 기어코 그 밭을 다시 찾아왔다. 결혼하고 너무 가난하고 삶이 막막해서 두 분은 스스로 산아 제한을 했다. 2남 1녀로. 아버지는 장기간 해외 원양 어선을 타러 나갔다. 3년에 한 번씩 집에 오길 여러 번 하며 중동, 사우디 등에서 일했다.

어머니는 남편이 해외로 원양 어선을 타고 떠나 있는 동안, 세 아이를 혼자서 키웠다. 생선을 받아 대야에 이고 이 마을 저 마을 다니면서 행상을 했다. 고흥읍에서 닭을 사 와 나로도 장날에 팔았다. 장사가 잘되었다. 그녀 집의 작은 방에는 장이 서는 전날이면 사람 대신 다음 날 판매할 닭으로 가득 차고는 했다. 어머니는 남편이 원양 어선으로 번 돈은 한 푼도 쓰지 않고 저축했다. 오로지 당신이 번 돈으로 아이들을 양육했다.

아버지는 12~13년 정도 배를 탄 후에 귀국했다. 저축한 돈으로 큰 배를 사서 바지락잡이를 시작했다. 2년간 돈을 잘 벌었다. 그러나 아버지는 그 돈보다는 해외에서 더 큰 돈을 벌 수 있으므로 다시 원양 어선을 탔다. 여고 시절 아버지가 편지 속에 5달러를 보내왔는데 대학교 졸업할 때까지 오랫동안 소중하게 간직했다. 아버지는 귀국 후 어선을 사서 새우잡이를 시작했다. 집 인근 바다에서 노래미와 농어를 주로 잡았다. 40대부터 지금까지 주낙질(줄을 이용하여 낚시질을 하는 것)도 했다. 85세인 지금은 힘이 달려 큰 배를 팔고 작은 배로 주낙질과 고기잡이 일을 계속하신다. 흥미로운 것은 예로부터 여자가 배를 타면 재수가 없다는 미신이 있었는데도, 아버지는 배를 사면서부터 어머니와 늘 함께 고기잡이를 했다. 아버지는 바다로 고기잡이를 다녀오면 항상 고기잡이 일지를 썼다. 오늘은 어디로 가서 무슨 바람이 불었고, 새우를 얼마나 몇 킬로 잡았고 등등. 다음 해에 그 장소로 고기잡이하러 갈 때 그 일지를 보고 갔다. 동네 젊은이들은 아버지가 나가는 길을 따라가서 같이 고기를 잡았는데, 아버지를 따라간 배마다 고기가 그득했다. 일지 덕분에 아버지는 늘 다른 어부보다 서너 배 더 많이 고기를 잡았다. 남들은 사람을 사서 고기잡이를 하러 갔지만, 김 선생 부부는 부부가 함께 일하였으므로 인건비가 절약되었다. 일지를 근거로 한 고기잡이와 인건비 절약으로 부모는 돈을 많이 벌게 되었다. 두 분은 투자 개념이 없었다. 그저 버는 대로 은행에 저축했다.

어머니는 이제 82세. 아직도 고기를 잡고, 농사도 하고, 주낙질로 장어도 잡고 해서 도시 고등학교 교사인 김 선생보다 수입이 더 많다. 좋은 고기를 잡으면 어머니는 가장 먼저 자녀들에게 주려고 따로 챙기고 나머지를 팔았다. 세 자녀 집마다 냉장고에는 항상 농어며 돔이며 값비싼 고기가 그득했다. 설날도 살아 있는 활어로 고향 집은 늘 잔칫날이었다. 농사도 지으시는데 고추, 콩, 깨 등 거의 모든 농사를 짓는다. 어머니는 그것을 팔지 않고, 고추로 김장까지 해서 자녀들과 친인척에게 보내고는 한다. 어머니는 1년 먹을 김치는 물론이고, 온갖 밑반찬과 그리고 미역국을 끓여 냉동해 딸에게 보내고는 한다. 미국에 간 손자는 늘 할머니 김치를 그리워한다. 큰며느리는 김치 솜씨가 좋으시니 서울에서 김치 장사를 해 보시라 하여 혼이 나기도 했다. 나이 들면 쉬라고 해야지 장사꾼 하라고 한다고. 두 분은 연세가 그렇게 드셨는데도 병원에 거의 안 가실 정도로 건강하다. 어머니는 작년에 병원에 간 비용이 1,980원일 정도다. 동네에서 어머니는 노인 청년으로 불린다. 호미가 다 닳아지도록 일을 하는데도 아프지 않다. 자식들에 대한 사랑이 눈물겹다.

 김 선생은 자신의 자녀에게는 도저히 그렇게는 못 한다고 했다. 나이가 들어가는 두 분을 보면 안타깝고, 돌아가시기 전에 무엇인가 더 해 주고 싶은 마음이 우러나온다고 한다. 성실하게 평생을 저축해 온 두 분은 노인인데도 통장에 돈이 많다. 스스로 노후를 대비하고 있는 것이다. 아버지는 먼저 가면 엄마를 부탁한다고 김 선생에게 말하고는 한다. 김 선생은 퇴직하면 그런 엄마와 함께 살까 한다고 했다. 두 분은 얼마 전에 TV에 출연해 평소에 듣지 못한 원양 어선 생활 때 이야기를 들려주었다. 일본, 사우디 등 외국에 나가서 원양 어선을 타다가 집에 오면 가방에 5천 원 다발을 가득 담아 오셨다. 배가 사우디에 정박할 때 동료들은 술을 마시려 몰려가면 아버지는 배 위에서 낚시를 했다고 한다. 그리고 그것을 현지인에게 팔아서 돈을 가져온 것이었다. 몇 년간을 그렇게 많은 돈을 벌었다. 두 분의 최종 학력은 엄마는 초등학교 2학년 중퇴, 아버지는 초등학교 졸업이다. 두 분은 이 세상에서 학력과 명예보다 더 중요한 것은 성실과 근면 그리고 가족에 대한 깊은 사랑임을 평생 남을 발자국으로 후세에 보여 주고 있다.

💬 댓글 공감

김ㅇ애

성실과 근면으로 살아온 노부부는 부도 이루고 자식들도 사랑하며 잘 챙겨 주는 진정한 부자입니다. 아직도 건강하게 지내시며 일도 하신다니 존경하고 싶어지네요~

임ㅇ수

늘 감동을 주는 글 감사합니다.

H.H.

So Impressed.

김○운

늘 감동하는 좋은 글을 남겨 주셔서 감사합니다. 참 생활력이 강한 부모님이십니다. 여건이 되시면 저를 다시 되돌아보게 해 주셔서 감사하다고 저 대신 친구분에게 전해 주시면 감사 하겠습니다. 이 글이 생각납니다. 김구 선생님이 좋아하시던 글입니다. "눈 덮인 들판을 걸 어갈 때 어지러이 걷지 마라. 오늘 내가 남기는 발자취는 뒤에 오는 사람의 이정표가 되리 니."

👍 좋아요 공감

최○현, J.H.K., 김○균, 김○경, 김○인, 전○민, 이○우, 홍○성, 차○, J.S.H., 곽○화, 안○진, B.S.A., 전○식, 최○동, D.U.K., D.S., 하○, 유○선, 임○수, H.H., 이○기, 김○균, 최○승, H.K., 김○희, 윤○채, 김○남, 최○숙

25. 나쁜 가시나

2021년 8월 25일 · 🌐

    실화다. 등장하는 여학생들은 모두 가명이다. 지나간, 정말 많이 지나간 초등학교 시절 친구들과의 갈등을 늘어놓으면 사람들은 "허허허. 다 그러면서 크는 거지, 뭐." 그렇게 담장 밖의 이야기처럼 가벼이 넘길 수 있지만, 경이는 아니다. 아직도 그 통증의 굴레에서 벗어나지 못하고 있다. 그 나쁜 ×이 연필심을 송곳처럼 날카롭게 갈아서 초등학교 2학년 여리디여린 여자아이의 손이며 등을 찔렀고, 연필심 끝 흑연의 검정 얼룩이 40년이 지난 지금도 살 속에 박혀 눈으로 확연히 보이는데 어찌 남의 일처럼 웃어넘길 수 있겠는가?

    경이의 고향은 6만 명 정도가 사는 남쪽 섬마을이다. 가을이면 담장 둘레로 색색의 코스모스가 흐드러지게 피는 아름다운 초등학교에 다니지만, 그 속에는 아이들을 공포로 몰아넣는 암적인 존재 양순이가 있었다. 초등학교 2학년 때부터 아이들의 실제적인 학교의 지배자는 교사가 아닌 그녀였다. 그 아이의 눈 밖에 나면 학교생활은 순식간에 지옥으로 변했다. 양순이는 또래보다 한 살 위여서 덩치가 컸지만, 그녀보다 덩치가 산만 하고 지능이 조금 모자란 염순이를 사냥개처럼 부리고 다녔다. 왜 그런지 모르지만 염순이는 양순이를 보스처럼 모셨고 모든 명령을 따랐다.

    그 초등학교에는 같은 마을 9명이 2학년을 같이 다녔다. 8명은 양순이의 지시에 따라야 했고, 그렇지 않으면 집단으로 폭행을 당했다. 학교 뒤에 은밀한 장소가 있었는데 그곳은 학교에서도 인근 마을에서도 보이지 않는 완벽한 사각지대였다. 마음에 들지 않는 아이가 있으면 양순이의 명령으로 염순이가 이곳으로 끌고 왔다. 그리고는 염순이가 다짜고짜 머리카락을 강하게 움켜쥐었고 그것을 신호로 7명이 집단으로 가운데 여자애를 두들겨 팼다. 양순이는 독사 같은 눈으로 그런 모습을 뒤에서 지켜보고 있었다.

양순이가 아이들에게 시키는 일은 많았다. 양순이는 담임이 미술 시간에 그림을 그린다고 사과를 사 오라고 하면 자기가 사과를 가져와서 비싸게 팔고 이윤을 챙겼고, 노트도 마찬가지로 문방구에서 사 와서는 친구들에게 비싸게 팔았다. 친구들은 비싼 줄 알면서도 사과도 노트도 양순이에게 구입해야 했다. 물건을 집단으로 훔치는 일에도 가담해야 했다. 동네 점방에 몰려가서 염순이가 점방의 꼭대기에 있는 과자를 주문하면 주인 할아버지가 의자 위에서 끙끙거리면서 그것을 내리는 동안에 아이들은 잽싸게 물건들을 훔쳐서 조용히 빠져나와서는 그 모든 것을 양순이에게 바쳤다. 그 당시 섬마을에 쌀은 아주 귀한 양식이었다. 양순이는 함께 모여서 쌀밥을 배불리 먹자면서 한 달에 두세 번 쌀을 편지 봉투에 담아 가져오는 '추루미'라는 행사를 했다. 그러나 정말로 한 봉투만 가져오면 밥을 조금 주면서 심하게 눈치를 주었으므로, 다음부터 아이들은 바가지의 절반을 퍼오기도 했다. 8명이 가져오는 쌀로 양순이 집은 늘 쌀이 넘쳐났다. 그것을 방조하는 양순이의 엄마도 한통속이었다.

아이들의 집에서는 왜 쌀이 이렇게 빨리 줄어드는지 의심하기 시작했다. 그러나 엄마보다 양순이라는 악마가 더 무서웠으므로 아이들은 바들바들 떨면서 쌀을 훔쳐 왔다. 그것으로 끝이 아니다. 보리타작 철이 되면 양순이는 아이들을 학교 수업에 빠지게 하고 자기 밭으로 집합을 시켜서 그 더운 땡볕 날씨에 보릿단을 마을 입구까지 나르게 했다. 그러면 보리 가시가 살을 쑤시고 몸속으로 들어가 피부병을 유발했다. 마을 농사철에도 학교에 빠지고 마늘종 나르는 일에 동원되었는데 밥 한 끼 안 주고 아이들의 노동력을 착취했다. 자기 말을 듣지 않으면 집단 폭행을 하고, 수업 시간에는 매우 악랄한 짓을 했다. 연필심을 날카롭게 깎아서 뒤에서 친구의 등을 쑤시고는 했다. 아이들은 당할 때마다 선생님 몰래 눈물을 흘리면서 참아야 했다. 들통이 나면 방과 후에 교사의 벌보다 더 무서운 집단 폭행이 기다리고 있었으므로 어찌할 수가 없었다. 그때 찔림을 당한 경이와 다른 아이들은 지금 50이 넘은 나이에도 그 연필 검은 자국이 등과 손등에 박혀 있을 정도다.

양순이는 자주 아버지의 돈을 훔쳐 오라고 했다. 그로 인하여 아이들은 점점 도둑질에 길들어 갔다. 양순이는 시험을 본 후에는 성적이 좋은 아이의 성적표를 염순이를 통해 훔쳐 오게 했다. 그리고는 이름을 교묘하게 지우고 자기 이름을 써서 집으로 가져가서 집에서 양순이는 늘 우등생이었고 자랑거리였다. 시험지를 잃어버린 어떤 아이는 그 시간에 혼이 나고 있었다. 경이가 더 이상 이대로는 안 되겠다고 반란을 계획한 결정적인 사건이 있었다. 경이 이모는 미용실에서 예쁘고 공부도 잘하는 조카를 위한 붉은색 조끼를 만들어 주었다. 엄마도 딸 하나라고 예쁜 빨간 구두를 선물했다. 게다가 섬마을 아이들이 보자기에 책을 메고 다니는데, 경이는 빨간색 앙증맞은 책가방을 메고 고상하게 다녔다. 당연히 양순이의 표적이 되었다. 화장실을 갔다 오는데 의자에 걸어 둔 빨간 조끼는 걸레가 되어 염순이가 바닥을 닦고 있었고 이미 새카맣게 더럽혀져 있었다. 게다가 수업 중간에 신발장에서 구두를 찾는데 한 짝이 안 보였다. 모든 곳을 찾아다니다가 없어서 마지막으로 화장실을 갔는데 재래식 화장실 똥통에 그 구두가 빠져 있었다. 신발을 꺼내 씻으면서 눈물이 쉴 새 없이 흘러내렸다.

"이대로 더 이상 참을 수 없어."
경이가 드디어 반란을 시작한다. 5학년 때의 일이다. 경이가 다음 날 점심때 밥을 먹고 있는 양순이의 팔을 일부러 툭 건드렸다. 밥알이 교실 바닥에 쏟아졌다. 양순이의 독사 같은 눈이 경이를 바라보았다. 경이는 사과 한마디 하지 않고 턱을 들고 지나가 버렸다. 수업 시간 내내 양순이의 그 매서운 눈은 경이의 등을 뚫어지게 쳐다보고 있음을 앞쪽에서 안 보고도 느낄 정도였다. 수업이 끝나고 드디어 통지가 왔다. 양순이가 좀 보자고 한다. 산만 한 덩치의 염순이가 경이를 끌고 은밀한 장소로 데려갔다. 이미 양순이를 포함한 7명이 기다리고 있었다. 경이가 도착하자마자 양순이가 신호를 하고 염순이가 경이의 머리채를 휘어잡았다. 그리고 집단 폭행이 막 시작되려고 하는데 남자아이 하나가 뒤에서 나타나 갑자기 양순이를 두드려 패기 시작했다. 양순이 코에서 피가 나고 양순이가 울면서 달아나는 것이 순식간에 이루어졌다. 다른 여자아이들은 놀라서 그 모습을 보다 양순이와 더불어 곧 사라졌다. 그 남자아이는 다름 아닌 경이의 두 살 아래 남동생이었다.

다음 날부터 어찌 되었을까? 양순이는 경이를 더 이상 건드리지 않았다. 모처럼 경이의 행복한 학창 시절이 시작된 것이다. 그런데 경이가 좋아하는 착한 친구가 새로운 왕따가 되어 연필심으로 찔림을 당하는 등 학대를 당하고 있는 모습을 경이가 두고 볼 수가 없었다. 경이는 그 친구와 모의하여 자신과 똑같은 방법으로 그 친구의 남동생과 경이의 남동생이 합심하여 양순이를 사정없이 두들겨 패 주었다. 그런 식으로 한 명 한 명 경이가 자신의 편으로 친구들을 끌어들인 것이 이제 3명이나 되었다. 마을에서 9명 중 양순이 편 5명, 경이 편 4명이 서로 만만치 않은 세력을 이루게 된 것이다. 그렇게 서로 기 싸움을 하면서 불편하고 힘든 학교생활을 하던 어느 날 양순이가 제안을 했다. "이대로 지낼 수는 없다. 너하고 나하고 둘이서 헤엄치기 시합을 하자. 만일 네가 이기면 깨끗이 내가 너희들을 인정하겠다. 반대로 내가 이기면 내 밑으로 다시 들어와라."

나름 깨끗한 승부수 같았지만 경이는 수영을 못하고 양순이는 수영을 잘하므로 경이에게 매우 불리한 조건이었습니다. 게다가 경이가 미처 승낙하기도 전에 양순이는 학교와 동네에 모두 소문을 내 버렸다. 10일 후 경이와 양순이가 수영으로 겨룬다고. 일은 벌어졌고 어쩔 수가 없었다. 방학이었으므로 다음 날부터 경이는 헤엄치기 연습을 시작했다. 누가 지도를 해 줄 수 있는 처지도 아니어서 알고 있는 오직 한 가지 수영법인 배영, 즉 누워 있으면 몸이 뜨고 그 상태에서 손발을 저어 앞으로 가는 방법만을 죽어라 연습했다. 해가 뜨면 바다로 나가고 해가 지면 돌아왔다. 10일이 금방 지나갔다. 드디어 그날이 왔다. 시합 장소인 바다로 갔을 때 경이는 깜짝 놀랐다. 그렇게 많은 선후배가 구경꾼으로 와 있는지 몰랐으니까. 심판이 휘슬을 불었고 시합이 시작되었다. 경이는 양순이가 옆에서 헤엄을 치는지 마는지도 모르고 혼자서 죽어라 배영으로 헤엄쳐 반환점을 돌아서 출발점으로 돌아왔다. 그리고는 눈을 떴다. 당연히 바로 옆에 양순이가 서 있거나 바로 뒤에서 자신을 따라오거나 해야 하는데 아무도 없었다. '아이고, 졌구나. 벌써 골인하고 땅으로 올라갔구나.' 침통한 표정으로 위를 올려다보는데 모든 구경꾼이 함성을 지르면서 경이에게 박수를 보냈다. 알고 보니 양순이는 중간에 물을 너무 먹어서 포기한 상태였다. 새로운 영웅의 탄생이었다.

경이는 이제 자유롭게 자신의 친구들과 새로운 삶을 시작하게 되었다. 기가 눌린 양순이는 더 이상 경이와 친구들의 지배자가 아니었다. 그렇게 초등학교를 졸업하고 같은 중학교로 진학하였는데 배를 타고 육지로 통학을 해야 했다. 9명 모두가 같은 배를 탔는데 파도가 심하면 물이 배 갑판 위로 쏟아져 들어왔고, 기관실 바로 앞부분만 파도로부터 보호를 받는 곳이었다. 이곳은 이제 양순이가 아닌 경이와 친구들의 차지가 되었다. 양순이 패거리는 뱃머리에 앉아 파도가 쏟아 내는 물을 맞으면서 등교를 해야 했다. 학교에서도 경이는 영웅이 되었다. 신기하게도 양순이와 대결을 위해 준비한 배영 실력이 갈수록 향상되어 배영 부문에서 학교 대표, 군 대표, 도 대표로 나가 우승까지 하고, 대도시의 체육고등학교로 스카우트가 되었고, 전국체육대회에서 입상도 했다. 그리고 급기야는 국립대학교 사범대학에 진학하게 되었다.

섬마을 또래들이 대부분 부산이나 울산의 공장에서 일하고 있는데 경이는 지금 고등학교 체육 교사이자 교육 공무원으로 행복하게 살고 있다. 40대 중반에 경이는 초등학교 동창회를 조직하였는데 양순이의 만행을 모르는 어느 남자애가 양순이를 동창회에 넣어 주었다. 그런데 그곳에서도 양순이는 모난 짓을 했다. 고향을 배경으로 쓴 소설을 올렸는데 그 묘사가 화를 돋우었다. 그곳은 모두 모자라고 바보 같은 인간들이 사는 곳이고 남자들이 배를 타러 나가서 대부분 죽고 과부들만 득실거리는 곳이라고. 경이는 즉시 반박했다. "고향에 대한 모독이다. 과부도 거의 없는데."

경이는 양순이에 대한 실력 행사에 들어갔다. 만일 양순이가 그대로 동창회에 나오면 나와 모든 여자 친구들은 여기서 빠지겠다고 선언한 것이다.

동창들은 회의를 한 끝에 양순이를 동창회에서 강제 탈퇴를 시켰다. 섬마을 아이들의 일그러진 영웅은 이제 동창회 어디에도 발을 못 붙이는 처량한 신세가 되었다. 지금은 경상북도 어디에서 살고 있다는 소문만 흐릿하게 들릴 뿐이다. 경이는 그런 그녀를 생각하며 한마디 쏘아붙였다.

"나쁜 가시나"

💬 댓글 공감

곽○화

너무 재밌게 읽었습니다. 모처럼 만에 느끼는 신선하고 진솔한 내 어릴 적 동네에 있었을 법한 이야기. 그래서 더 재밌게 읽었습니다. 감사합니다.

이○경

작가님 감사합니다.

박○화

권선징악의 삶을 통쾌하게 옮기신 글솜씨가 대단하십니다. 실화여서 더더욱 멋집니다.

김○운

진짜로 이런 실화도 있습니다. 모든 사람은 크든 작든 실수를 하게 되는데 저를 돌아보게 합니다.

정ㅇ옥

용서하고 동창회 같이 했으면~ 친구인데.

👍 좋아요 공감

박ㅇ화, 김ㅇ경, 윤ㅇ채, 최ㅇ승, 최ㅇ숙, 차ㅇ, 유ㅇ선, 김ㅇ희, H.K.

26. 아내의 가출 사건

2021년 3월 18일 · 🌐

　전라남도 고흥 출신인 내가 31세에 결혼하고 10년 정도 지났을까? 아내가 편지 한 장을 남기고 갑자기 집을 나간 적이 있었다. "여보. 사는 것이 너무 답답해서 머리를 좀 식히려고 집을 떠납니다. 나중에 연락할게요." 퇴근한 후에 그 편지를 손에 든 나의 심장이 부들부들 떨렸다. 핏줄이 불뚝 솟기도 했다. 가족과의 삶이 답답하여 집을 떠난다는 것이었다. TV에서나 본 이런 일을 단 한 번도 생각한 적이 없었으니 보통 충격이 아니었다. 아내는 평소에 내가 자기주장이 너무 강하다고 불평했다. 둘 사이 말다툼이 생기면 내가 옳다고 생각하는 이유를 10가지 이상을 종이에 적어 제시하고 도저히 자신의 의견이 파고들 틈이 없게 만드니 그저 답답하기만 하다는 것이었다. 아내는 분명 남편이 잘못인데도 이유를 늘어놓으면 마치 자신이 잘못한 것 같아 보이니 가슴이 답답해 죽겠다는 식이었다. 그리고 마침내 오늘 그 고름이 터진 것이다.

　시계를 보니 오후 6시 30분을 넘어서고 있었다. 급히 아내에게 전화를 했다. 아내는 계속 전화를 받지 않았다. 평소라면 즉시 경상도 억양의 귀에 익은 아내 목소리가 들려와야 맞았다. '설마 무슨 일이라도 있겠어? 저녁 늦게라도 들어오겠지.' 스스로 다독이면서 계속 전화를 했지만 여전히 연결이 안 되었다. 아내가 일부러 전화를 받지 않는 것이 틀림없었다. 점점 그녀의 가출이 현실감 있게 다가오기 시작했다. 그러면서 밤 12시를 지나 자정 고개를 넘어가고 있었다. 손가락이 부르트도록 누른 수십 통의 전화에 아내는 단 한 번의 응답도 없었다. 이 일을 어찌해야 하나? 점점 불안감이 강하게 온몸으로 엄습해 왔다. 누구와 상의할 문제도 아니었다. 철부지 어린아이 셋은 잠 속으로 빠져든 지 오래였다. 나는 거실의 소파에 앉았다

일어서기를 계속 반복했다. 별별 생각이 다 들었다. 아내는 부산에서 광주로 시집을 왔다. 아는 사람이 단 한 명도 없는 낯선 전라도로 말이다. 그것이 안쓰러워 나는 잘해 주려고 무척이나 노력을 했는데 아내에게는 그렇지 않은 점도 많은 모양이었다. 이제 어찌해야 하나? 새벽 1시가 되어 가니 아내의 가출이 이제 명확하게 현실화가 되었다. 아내 정 여사의 확실한 가출이었다. 시간이 또 흘러서 새벽 3시가 되었는데도 여전히 아내로부터는 아무런 연락도 없었다. 도대체 이 여자가 어디로 가 버렸단 말인가? 아내는 쿨한 여자였다. 여고 시절 학예 발표회 때 영화 「사운드 오브 뮤직」의 남자 주인공 트랍 대령 역할을 했는데 그 연기에 반한 여학생 후배가 언니와 사귀고 싶다고 팬레터를 보냈을 정도로 호탕한 여장부의 모습도 있어서 대하기 편한 성격이었다. 작은 일에 매달리는 류가 아니었다. 중학교 교사였는데 교사 일이 너무 답답하여 넓은 세상에서 일하고 싶다고 비즈니스라는 험한 세상으로 스스로 뛰쳐나온 성품이었다. 반면에 난 내향적이고 낯선 사람들과 가까워지는 데는 시간이 걸리는 성격이었다. 그래서 어떤 사람은 오히려 우리 둘의 궁합이 잘 맞는다고도 했다. 하지만 그 궁합이 지금 깨지려 하고 있었다. 아내는 지금 어디에 있을까? 친정인 부산으로 갔을까? 오늘은 돌아올까? 새벽 4시까지 뜬눈으로 밤을 새우면서 아이들 방문을 열어보았다. 아무런 일이 없다는 듯 평온하게 잠든 아이들을 보면서 아내가 그동안 엄마로서 아내로서 얼마나 귀한 존재였는지 실감했다.

아내의 빈자리를 애처롭게 바라보고 있던 그때 갑자기 문자 한 통이 왔다. 새벽 5시였다. 그토록 애타게 기다리던 아내였다. 그녀는 지금 순천 외곽의 바닷가 어느 숙소에 있다고 했다. 난 급히 차를 몰았다. 6시가 조금 넘어서 바닷가가 보이는 시원한 그리고 아담한 숙소를 발견했다. 벨을 누르자 아내가 나왔다. 10년을 보았던 아내지만 그날은 너무 생소해 보였다. 집이 아닌 타 도시의 어느 숙소에서 그녀가 이른 새벽에 문을 열어 주는 것이 아닌가? 내가 지금 TV 프로그램의 주인공이 되어 연기하는 것만 같았다.

문을 닫고 들어서는데 아내가 갑자기 나의 품 안으로 들어왔다. 그리고 입맞춤을 했다. 나만 긴 밤을 뜬눈으로 지새운 것은 아닌 듯싶었다. 아내도 많은 혼란이 있었던 것 같았다. 그런 행동이 그것을 방증했다. 결혼을 약속하고 한 달 만에 결혼식을 올린 나는 태어나서 부부의 입맞춤이 그렇게 달콤할 수 있다는 것을 처음 느꼈다. 10년이란 긴 시간을 부부로 살아왔음에도 말이다. 서로의 수많은 감정을 담고 있는 그날의 입맞춤은 신선하고, 생소하고 또 감동적이었다. 그것으로 우리의 해묵은 감정은 일순간에 모두 해소되었다. 수많은 두려움과 혼란스러웠던 상상은 순식간에 봄눈 녹듯 사라졌다. 신기하고 신비로웠다. 잘잘못을 따지는 한마디도 없었다. 그게 부부인 모양이었다. 우리는 즉시 숙소를 나와 각각 자신의 차로 광주로 돌아왔다. 그리고 20년간 아내의 가출은 없었다. 나는 그날 아내와 나눈 그 긴 입맞춤의 감동을 아직도 생생하게 마음속 깊이 기억하고 있지만, 가출이라는 상태에서의 그런 달콤함은 다시는 맛보고 싶지 않다.

　아내는 지금 자기 일과 관련하여 며칠간 서울 출장 중이다. 이 시간에는 서울 처가댁에서 잠을 자고 있을 것이다. 오늘 10시에 광주로 출발할 예정이었다. 어? 그러고 보니 매일같이 전화하던 아내가 어제는 연락이 없었다. 혹시 20년 만의 제2의 가출 사건? 새벽 3시, 나의 손은 핸드폰의 자판을 누르기 시작한다. 010-4631……

💬 댓글 공감

손ㅇ식

저는 33년 전 가출한 아내가 돌아오지 않았습니다. 당시 갓 돌 지난 딸과 세 살 된 아들을 두었습니다. 홀로 키워서 딸은 교사가 되었으며 아들은 중견 회사에 다니고 있습니다. 저의 삶은 파란만장합니다. 가출 3년째 되었을 때 아내는 이미 돌아올 수 없는 강을 건넜습니다. 저는 모든 것을 단념하고 아이 육아에 청춘을 바쳤습니다. 이제 세월이 흘러 60이 되었지만 저의 운명인 듯 생각합니다. 그래도 모진 풍파 속에서도 오로지 살아야겠다는 일념으로 헤쳐 나오니 길은 열리고 보였습니다. 죽으란 법은 없더군요.~ㅠㅠ 요즘은 새로운 마음가짐으로 인생 2막을 후회 없이 보내려고 더 열심히~ 더 보람되게 보내고 있습니다. 감사합니다.

김ㅇ희

와! 달달하다.

박ㅇ홍

두 분을 알고 있는 사람으로서 너무 재미있게 봤습니다. 두 분 멜로드라마의 극적인 부분을 보는 듯했습니다. 가출 이후 두 분의 행동으로 봐서 두 분 사이에 애정 문제가 있었던 건 아닌 것 같고 살다 보면 생기는 여러 가지 문제가 누적된 데서 오는 스트레스가 원인이었던 것 같습니다.

윤ㅇ자

날아간 부메랑~ 따뜻한 사랑과 서로의 신뢰가 멋있네요.

안ㅇ진

말이 필요 없는 부부.

강ㅇ인

가끔은 멀리서 서로를 있는 그대로 인정하고 격려하고 응원해 주는~~~ 배려하는 사이가 부부 아닌가. 잠시 생각해 봅니다.^*^~~~

박ㅇ홍

어느 때부터인지 형님 글이 기다려지네요. 원래 대학 때도 글을 쓰셨던가요? 앞으로 대성하실 듯하네요! 암튼 저한테는 다가오는 글이 많았어요.

장ㅇ

입맞춤만? 에이~~ 그래도 좋습니다! ㅋㅋ 에덴동산에 살면서 날이면 날마다 아담과 이브가 뭐 했겠어요? 아내와 믿음, 신뢰가 돈독합니다.

임○하

지금은 젊은 날의 짧은 하루가 되었지만 그때는 어찌 그리 길었을까요. 결혼만 했지 운전이 서투른 초보 운전사 같은 남편들을 위해 자신의 자리를 꿋꿋이 지켜 온 아내들에게 감사와 사랑을 전합니다. 첫사랑도 아름답지만 성숙한 사랑은 더 아름다워 좋습니다.

박○화

두 분 사연이 왜 이리 아름답고 멋있는지요. ㅎㅎ 저도 아내분의 성격이 참 마음에 듭니다. 멋집니다.

정○철

그렇군요!! 부부간 진솔한 이야기. 잘 읽었습니다.♡♡ 손○식 님에게는 주님의 축복이 함께 하길 바랍니다. ~~^^

정○원

당신들이 입맞춤을 했다는데~ 왜 나는 울컥 눈물이 날까요? 나이도 당신들 부부보다는 내가 훨씬 많을 것 같은데~ 알아맞혀 보세요. 아무튼 글이 감동적이네요.

👍 좋아요 공감

곽○화, 장○란, 조○현, 김○훈, 조○우, 정○온, D.S., 조○순, 차○, 이○빈, 김○남, 안○선, 박○화, 박○순, E.H.G.W., 김○의, 송○섭, 김○인, 조○희, 손○식, 이○우, 최○현, 김○희, 신○훈, 한○주, 이○아, 양○옥, 한○야, 조○연, 김○자, 윤○자, E.H., 박○홍, 김○, 유○선, 김○범, 안○진, 구○덕, 박○숙, 왕○현, B.G., J.L., 최○도, 서○균, 박○용, 강○석, 박○기, 이○호, 김○리, 전○민, 주○훈, 박○순, 송○규, 김○균, 김○효, 이○옥, B.L., 김○일, 윤○주, 최○철, 박○숙, 차○, 강○선, 노○아, 최○숙, 류○한, 하○숙, 이○영, 김○, 원○희, 박○영, 차○숙, 김○경, 최○우, 이○자, 황○식, 이○미, 고○실, B.Y.K., 이○옥, 백○미, 임○수, 김○수, 하○, 최○칠, 이○납, 정○련, K.S.C., 이○영, H.H., 원○석, 김○연, 이○호, 최○동, 김○균, 최○왕, 박○용, 윤○채, 김○호, 이○서, 오○송, 김○모, 김○숙, 김○배, 최○승

27. 종이 건반 연습으로 교대 입학시험에 합격하다

2021년 1월 8일 · 🌍

윤 선생님은 부산에서 오랫동안 초등학교 교사로 일하셨다. 부산 출신인 아내에게서 그분에 대한 말씀을 많이 들었다. 어느 날부터 윤 선생님과 나는 페친이 되었고 윤 선생님은 자주 '좋아요'와 댓글을 남겨 주셨다. 오늘은 그 댓글 중에서 가슴 뭉클해지며 감동을 주는 내용을 정리해 보았다.

"제 삶은 뜻밖에 하늘에서 내려온 따뜻한 기적이었습니다. 감사드립니다. 고등학교 3학년 2학기가 되자 진학을 원하는 대학별로 공부하는 반이 나뉘었습니다. 서울대, 연세대, 고려대, 이화여대, 부산대 그리고 나머지 세 반은 교대반이었습니다. 저는 선택의 여지가 없이 교대반이었고, 곧이어 실기 시험 준비를 해야 했습니다. 그때 초등학교 교사는 전 과목을 가르쳐야 하는 다재다능한 만능인을 요구했기 때문에 실기 능력도 필수적이었습니다. 체육 시험은 6단 뜀틀 넘기, 음악 시험은 피아노 치기, 미술 시험은 인물 좌상을 수채화로 나타내기였습니다. 뜀틀은 "짜! 장! 면!"이라고 외치는 체육 선생님의 호령에 맞춰서 도움닫기 구름판의 위치를 잡아 구르기, 뜀틀 위 두 손 짚는 위치를 잡고 그다음은 멋진 공중을 날아서 두 팔 앞으로 균형을 잡고, 무릎 살짝 구부렸다 펴서 서는 안전한 착지자세를 요구하였습니다. 그 시험 준비는 두려움을 없애니 쉽게 되었습니다. 미술은 여고 시절 평소에도 조셉 스미스 등을 정밀하게 묘사하는 취미가 있었으므로 인물화에서는 자신이 있었습니다. 그런데 가장 큰 문제는 피아노 실기였습니다.

당시 다른 아이들은 학원이나 개인 교습을 받았고, 이미 바이엘을 떼고 소나티네와 손가락 연습으로 체르니를 함께 쳤습니다. 저는 어려운 가정 형편 때문에 학교 음악실로 갔습니다. 거기에는 고장 난 오르간이 여러 대

있었는데, 발판을 밟으면 자동으로 여러 개 내려앉은 건반으로 불협화음이
나오는 오르간뿐이었습니다. 내려앉은 여러 개의 건반을 고치려 뚜껑을 뜯
어보기도 하였으나 이내 포기를 하고 바이엘 책 뒤쪽에 접혀서 들어 있는
기다란 종이 건반을 뜯어내 펼치고는 연습을 시작했습니다. 오른손과 왼손
연습은 별 거 아니었고, 두 손 연습은 오른손 엄지를 칠 땐 왼손 엄지도 같
이 따라다니려고 해서 조금 헷갈렸지만 이내 극복했습니다. 학교에서 첫
피아노 기능 확인 음악 시간에 선생님이 제시한 건 「바이엘 16번」이었습
니다. 단조롭긴 해도 연습곡치고는 음악성이 느껴지는 잔잔하고 예쁜 멜로
디였습니다. 학원에 다니는 아이들은 익숙한 손가락으로 재빠르게 치고 있
었습니다. 그리고 드디어 제 차례가 왔습니다. 처음으로 실제 건반에 손가
락을 대는 저는 고장 난 오르간과는 다르게 손가락이 쑥 내려가는 바람에
깜짝 놀라 연주를 멈추었습니다. 친절하신 선생님은 두 번째 기회를 주셨
습니다. 도미레파 미도레~~ 차근차근 누르는데 이마에서는 식은땀이 났습
니다. 짧은 곡이라 다행히 끝마칠 수가 있었는데 조마조마하던 저는 선생
님의 뜻밖의 칭찬을 들었습니다. '영자는 리듬감을 잘 살려 강약 조절도 돼
서 아주 잘 쳤다. 손가락 힘만 좀 더 고르게 하면 좋겠다.'

　날아갈 듯 기뻤습니다. 사실 종이 건반에서 연습할 때는 손가락이 밑으로
내려간다는 건 생각하지 못했었고, 실제 건반에서 특히 왼손 네 번째 약지
는 왜 그리 힘이 없었는지요. 다른 손가락이 내려갈 때마다 같이 살짝 내려
가서는 띵 해야 할 소리를 띠딩 하고, 악보에 없는 꾸밈음을 살그머니 냈던
것입니다. 아직 침례 전이었으나 중학생 때부터 교회를 다녔던 저는 하늘
높이 계신 분께 기도를 했고 우연히 「야구왕 탁이」를 보면서 탁이가 남몰래
모래주머니를 팔다리에 차고 땀을 흘리며 걷는 것을 보게 되었습니다. 힌트
였습니다! 저는 새까만 고무줄로 네 번째 손가락 손톱 위 마디를 불끈 잡아
매고 한끝은 입에 당겨지도록 물고, 그 손가락이 함부로 같이 내려가지 않
게, 내려갈 때마다 고무줄을 더 꼭 물고 힘이 들어가게 했습니다. 그리고 두
번째 실기 시험은 무사통과! 그런데 절로 나오던 미소도 기쁨도 잠시였고,

갑자기 오선에 '#' 기호가 한 개 두 개 나오기 시작했고, 저는 어리둥절해졌습니다. 다장조에 익숙한 손가락은 계속 헤맸고, 검은 건반은 왜 그리 어색한지. 대책이 없는 가운데 인정 없는 시간은 쏜살같이 날아갔습니다.

12월이 되고 대학 시험은 코앞에 다가왔습니다. 당시 교대는 한 과목이라도 낙제가 되면 불합격이었기 때문에 막막한 좌절감이 저를 온통 휩싸고 있던 어느 날, 하늘에서 한 줄기 가늘지만 환한 빛이 선물로 내려왔습니다. 교대 음악 실기 시험이 발표되었는데 세상에! 연주곡은 「바이엘 66번」!! 아름다운 멜로디가 있는 노래 같은 곡이어서 평소에도 입으로 흥얼거렸고, 마치 피아니스트가 된 것처럼 고갯짓하며 입으로 소리 내고 종이 건반을 외우다시피 해서 익숙하게 치던 '#'이 없는 곡이었습니다. 종이로 연습하는 저를 격려해 주던 친구들과 함께 소리를 지르면서 팔짝팔짝 뛰었습니다. 신이 났습니다. 높게만 계신 하늘에서 기도를 들으셨나 보다. 시험을 앞두고 누군가 함께하는 것 같은 듬직하면서도 조심스러운 평안을 느끼며 자신감과 소망을 가지게 되었습니다. 시험장에서 피아노를 익숙하게 연주할 수 있었고, 강당으로 가서 짜! 장! 면! 3단계를 되뇌며 힘차게 구름판을 굴렸는데, 처음해 보는 스프링이 달린 구름판이었습니다. 저는 정말 높이 올라 멀리 날았고, 예쁘게 착지할 여유가 있었습니다. 입학식에서는 미술부 반장이 다가와서 미술부에 들어오라고 할 정도로 실력을 인정받기도 했습니다.

저를 대학으로 안내한 첫 기도의 응답은 커다란 기적이었고, 평생 제게 여러 경험과 선교의 기회와 발전, 안정을 가져다주었습니다. 아빠의 수입만으로는 생활이 힘들어 엄마, 언니들과 밤새도록 그물 짜기로 부수입을 만들던 때와 어린 조카들과 함께 열세 명이 작은 셋집에 모여 살아야만 했던 때가 있었습니다. 저는 초등학교 교사 발령을 받았습니다. 우리 가족은 피난민으로 한 뼘의 땅도 없이 자식을 키우고 교육하느라 빚도 많은 상태여서 제 수입은 온전히 제 것이 될 수 없었습니다. 월급은 엄마께 전부 드려야 했는데 원불교를 열심히 믿는 엄마께 첫 월급봉투를 드리면서 한 가지 간곡한 부탁을 했습니다. 발령을 받은 다음 날 침례를 받은 저는 기도를 먼저 하고 처음으로 엄마 앞에 무릎을 꿇고 앉아 아주 자신 없는 목소리로 부탁을 드렸습니다.

'엄마! 10분의 1은 하나님 것이라서 제게 주시면 좋겠어요.' 모기 같은 목소리의 간청에 평생 잊을 수 없는 엄마의 상냥하고 부드러운 목소리가 들렸습니다. '영순아, 하나님 것이라면 하나님께 꼭꼭 드리도록 해라.' 눈시울이 뜨거워졌습니다. 피난민 시절의 먹고 살기도 어려운 대가족 앞에서 십일조라니요.''

윤 선생님은 그 후로도 평생 헌신하고 봉사하며 살아오셨다. 수십 명의 학생을 복음의 물가로 인도하기도 하셨다. 오늘도 이 글을 읽으실 선생님의 모범에 깊이 감사드린다.

우리 후학들이 어찌 살아야 하는지 사표가 되어 주셨습니다. 감사합니다. 감사합니다.

💬 댓글 공감

최ㅇ승

지성이면 감천입니다. 눈물이 납니다. 흐엥~~

정ㅇ재

감동적입니다.

김ㅇ애

종이 피아노 연습, 참 아련한 마음이 드네요. 윤 선생님은 어려운 고비들을 잘 헤쳐 나가고 많은 제자를 복음의 울타리로 불러들였으니 참 존경할 분입니다.^^

곽ㅇ화

와~~대단한 분이네요. 저는 어릴 때 다니던 감리교 목사님 딸이 공짜로 피아노를 가르쳐 주셨는데 바이엘 22번인가부터 어려워지는 것 같아 꾀를 부려 그만둔 것이 지금 얼마나 후회가 되는지. ㅋ 지금 그 선생님이 80이 가까우신데 옛날에 피아노 치다 만 이야기를 하면 언제든지 오라고 가르쳐주신다고. ㅎㅎ 서울까지 어떻게. ㅎㅎㅎ 그래도 아주 오래전 울 교회 반주자 없을 때는 교회 지도자 오신다고 하면 성찬식 때 필요한 찬송가들만 집에서 달달 연습해 반주한 적도. ㅎㅎㅎ

김ㅇ미

힘든 시기를 잘 극복하시고 신앙의 모범을 보여 주신 윤 선생님께 박수를 드립니다.~~

M.K.

정말 훌륭한 분이시네요. 감사합니다.

E.H.G.W.

감동입니다.

H.H.

감동!! 귀감!! 존경!!

박ㅇ준

그분은 십일조의 축복을 이미 알고 있었네요. 그 마음이 하늘의 문을 미리 열어 축복을 주셨네요. 참 따뜻한 실화에 감사합니다.

오ㅇ숙

나는 온전한 십일조를 기꺼운 맘으로 하나님께 갚고 있나? 무의식적으로 습관처럼 하고 있는 헌납에 대해 깊은 반성과 울림을 주는 글에 깊은 감사를 드립니다. 아침부터 절 울리시네요. ^^

김ㅇ희

신앙의 힘은 그 어느 것도 가능하게 만드는군요.

윤ㅇ주

얼굴이 너무 익숙해서 깜짝 놀랐는데요. 아무리 다시 봐도 뵌 적은 없는 분인데 존경할 만한 분이시군요. 포스팅을 해 주셔서 감사합니다.

유○진

어린 나이에도 불구하고 어려운 환경을 딛고 굳은 의지로 자신의 삶을 가꾸신 윤 선생님의
이야기는 저를 많이 부끄럽게 하였습니다. 저의 부족함만 느끼는 걸로 그치는 것이 아니라
윤 선생님의 모범을 조금이라도 닮기 위해 하나님께서 주신 이 지상에서의 남은 생을 열심
히 살아야겠다는 다짐이 더 큽니다. 귀한 나눔 감사드립니다.~

장○

영이 폭발합니다! 간결하고도 단순한 신앙~ 하나님의 것은 하나님께로! 훌륭한 모범에 감사
드립니다.

👍 좋아요 공감

이○옥, 이○주, 이○호, 유○선, 정○옥, J.H.K., 김○균, 배○진, 김○경, 김○성,
전○민, 박○수, 김○순, 최○민, J.L., B.S.A., S.N., 나○식, 이○숙, 윤○주, 김○진,
송○규, J.H.C., 김○인, 최○준, 오○숙, 장○남, 이○호, 박○준, 조○완, 김○진,
김○희, H.K., 유○진, 최○동, H.J.H., 김○연, J.S.H., B.K., H.H., J.B., 김○리,
E.H.·G.W., 최○우, G.C., S.C.G., H.K., S.S., 박○은, B.Y.K., 고○규, J.S.P,
M.K., 원○석, 최○숙, S.K., J.S.J., J.K., 김○미, 정○온, D.L., 안○승, H.C., 김○호,
정○재, 윤○도, 하○균, 윤○채, 최○승

28. 한쪽 팔을 잃은 20대 가장, 대기업 뚫기

2021년 1월 8일 · 🌐

'조서환'이라는 KT 전무의 이야기를 TV 「아침마당」에서 들은 것 같다. 그의 고향은 강원도 칠갑산 근처였고 10남매 중 가운데였다. 육군사관학교를 졸업하고 소대장으로 근무하던 중 부하 병사가 잘못 던진 수류탄 사고로 오른쪽 손을 잃게 되었다. 머리에는 20여 개의 파편도 박혔다. 머리와 절단된 팔 등 온몸에 붕대를 칭칭 감고 있는 그에게 사랑하는 여자가 병문안을 왔다.

오기 전에는 그의 상태를 확실히 몰랐던 그녀는 한쪽 팔이 없어진 남자친구를 한동안 아무 말 없이 쳐다보기만 했다. 그렇게 30여 분이 지나자 조서환이 먼저 입을 열었다.

"아직도 나를 사랑하느냐?"

자신 없는 조서환의 말에 여자는 말없이 두 번 고개를 끄덕였다. 그때 조서환은 뚜렷한 목표를 가슴에 새겼다고 한다.

'이제 내 인생은 이 여자를 행복하게 해주는 것이다.'

그 후 그는 온 힘을 다해서 세상을 달리기 시작했다. 영문과로 진학했고 학생회장도 했고, 우등상을 받는 등 최선을 다했다. 사랑하는 그녀를 위해서. 처가댁의 반대를 무릅쓰고 대학교 2학년 때 결혼을 했다. 아내는 절대적으로 반대하는 아버지를 설득하려 무척이나 노력했다.

"아버지, 만일 교통사고가 나셔서 한 손을 잃었다 해서 엄마가 이혼하고 다른 남자에게 가면 어떻게 하실래요. 우릴 이해해 주세요."

그렇게 애절하게 부탁했지만, 아버지는 완강했다.

"비유를 들어도 어쩌 싸가지가 없이 드냐. 누가 팔 잘리고 누가 이혼해?"

도저히 승낙을 받기 힘들어지자 결국 둘은 집을 나와서 결혼했고, 대학교 2학년 때 한 명, 4학년 때 또 한 명, 아이도 둘이나 낳았다. 대학을 졸업하고 기업에 취업하려고 원서를 내는데 장애인이라고 아무도 받아 주지 않았다. 지치고 지친 그의 마지막 면접은 '애경'이었다. 의수를 하고 갔지만, 그곳에서도 팔이 없다는 이유로 결국 퇴짜를 맞았다. 회사를 나와 이번만은 합격할 것이라고 굳게 믿고 있을 아내에게 빈손으로 돌아가려 하니 너무나 억울해서 무작정 다시 면접장으로 달려갔다. 그리고는 심사위원들 앞에서 일장 연설을 했다.

"난 학생회장, 소대장, 우등생이었고 한쪽 팔이 없는 것 빼고는 최고의 리더십을 갖춘 사람입니다. 글자는 왼손으로 쓰면 됩니다. 국가유공자이기도 합니다. 장애인이라는 이유만으로 취업을 거부당하는 이런 일은 앞으로도 있으면 안 됩니다."

그렇게 우렁찬 목소리로 부당함을 호소하자 가운데 앉은 심사위원 한 분이 물었다.

"방금 그 이야기를 영어로 해 보세요."

순간 당황스러웠다. 그런데 그때 하나님의 계시와 같은 목소리가 내면에서 들렸다.

'자신 있게 해라. 아마 이들은 영어를 모두 알아듣지는 못할 것이다.'

그런 내면의 소리가 그에게 강한 자신감을 불러일으켰다. 조서환은 영감대로 했다.

그리고 결과는 합격이었다. 수많은 회사에서 퇴짜를 받은 그가 드디어 안식처에 도달한 것이다. 자신에게 기회를 준 그 심사위원은 바로 애경그룹의 회장이었다. 면접장에서 그 일을 겪으면서 그는 후배들에게 이렇게 조언하고는 한다.

"우린 자신에게 강한 동기부여를 해야 합니다. 내가 나를 믿지 않으면 누가 믿어 줄까요? 할 수 있다고 믿고 자신을 인정하세요. 셀프 모티베이션."

아내의 친구가 모 대학의 경영대학원 교수였다. 고3인 아들의 진로에 대해 카운슬링을 받을 때 그는 이렇게 조언했다.

"아들, 우리 대학이 명문 대학이라고 하여 절대 주눅 들지 마라. 오히려 '당신들이 나를 합격시키지 않으면 이 학교는 큰 손해를 보는 것이다.'라고 할 정도로 잘 준비하여 면접관들 앞에서 당당하길 바란다."

한쪽 팔이 없는 장애인 조서환. 면접에서 그는 당당함으로 승부했다. '이 친구를 선발하지 않으면 인재를 다른 곳에 빼앗기겠구나.'라는 초조함을 심사위원들에게 심어 주는 데 성공한 것이다. 실제로 조서환은 입사 후 '하나로 샴푸', '2080 치약' 등 대히트 상품으로 회사에 엄청난 매출을 안기는 데 혁혁한 공을 세웠다. 심사위원들의 초조함이 옳았던 것이다. 조서환은 어린아이 둘을 붙들고 혹시나 하면서 바들거리고 있던 아내에게 인생 최고의 선물을 안겨 주었다. 가난한 부부의 행복 시작이었다.

💬 댓글 공감

김ㅇ현

재밌네요. 2080 치약 이야기!

홍ㅇ식

누구에게나 동기를 부여하는 걸작입니다.

이ㅇ원

인간 승리. 감동이네요. 내 인생에 절망은 없다.

이ㅇ원

네. 결코 포기해서는 안 되죠.

S.N.

"자신 있게 해라. 아마 이들은 영어를 모두 알아듣지는 못할 것이다." 이건 진짜 영감이 아니고는 생각할 수 없는 지혜 같습니다. 하늘이 도왔네요!

곽ㅇ화

너무 감동적입니다. 그 아내가 누군지 보고 싶네요.

박ㅇ기

자기 자신을 믿고 사랑하는 것부터. 세상은 나의 명령을 기다리고 있다. 감동적인 글 감사합니다.

신ㅇ선

모든 이에게 커다란 교훈과 영감을 주는 아름다운 글입니다. "이제 내 인생은 이 여자를 행복하게 해주는 것이다." 부부 사이도 서로 이끼고 사랑한다면 어려움도 꿈과 희망으로 바꿀 수 있지요. 아내는 남편을 위해, 남편은 아내를 위해, 남편과 아내는 자녀를 위해 그러면 모든 세상에 소금과 빛이 되겠지요.

김ㅇ윤

조언 감사합니다. 말씀대로 부부애 그리고 자녀에 대한 사랑, 그 어떤 파고도 넘을 수 있는 힘일 겁니다. 감사합니다.

설ㅇ환

6월이 시작하는 첫날에 읽기 좋은 글이네요. 에너지가 더 생깁니다.

👍 좋아요 공감

이ㅇ신, 정ㅇ균, 홍ㅇ민, 황ㅇ식, 최ㅇ, 장ㅇ환, 이ㅇ우, 전ㅇ민, 최ㅇ우, 김ㅇ곤, 이ㅇ우, 장ㅇ률, 안ㅇ진, 김ㅇ완, 박ㅇ화, 조ㅇ완, 유ㅇ선, 김ㅇ경, 김ㅇ진, S.N., 한ㅇ아, 송ㅇ규, 곽ㅇ화, 김ㅇ현, R.P.A., 차ㅇ, 김ㅇ의, 박ㅇ숙

29. 우리 동네 탁구장의 두 앙숙

2021년 6월 18일 · 🌏

　나이가 들어갈수록 지속적인 운동은 필요하고, 평생 좋아하던 축구는 조금 무리라고 생각해 택한 탁구. 우리 동네 탁구장에는 많은 일이 일어난다. 탁구장에 두 앙숙이 있다. 교육공무원인 Choi는 얼굴이 조금 넓은 편이고 언뜻 보면 미남형이지만, 늘 심각하고 자기 세계에 빠져 있다. 언제부턴지 몰라도 다리를 저는 편이라 자신에게 적당한 운동을 찾다가 탁구를 선택했다고 한다. 대단히 비사교적으로 보이는 그의 직업이 사회 교사라니 놀라운 일이다. 아내는 키가 크고 미인형인 교육공무원이다. 내가 보기에는 Choi는 늘 외부로 돌아다닌다. 주말이든 휴가 기간이든 다른 사람들과 여행을 떠나는 것을 더 좋아하는 것처럼 보인다. 그런 그에게 좋은 직업의 아름다운 아내 그리고 현모양처 아내가 있다는 것 역시 놀라운 일이다. 그의 말로는 부모가 재력이 상당하여 직장, 집, 재산 등을 상당히 물려받은 운 좋은 케이스라고 한다.

　Kim은 머리카락이 숱이 적고, 눈이 빛나며 전체적으로 단단해 보이는 인상이다. 권투, 배드민턴을 해서인지 발이 빨라 탁구에서 상당히 유리한 편이다. 탁구에서는 풋워크가 좋은 사람이 결국 발전할 것이라고 하는데 그는 그런 조건을 갖추었다. 늘 웃는 표정인 그는 남들에게 베풀기를 좋아하여 탁구장 사람들의 신임을 한 몸에 받고 있다. 식사를 하면 대부분 그가 지갑을 연다. 수십만 원의 탁구 러버를 회원들에게 선물하기도 하고, 친선 탁구 게임을 하면 승자 팀에 경품을 쏘는 경우는 비일비재하다. 아내 사랑은 극진하여 매주 3번 정도는 일과 시간 후 아내와 드라이브를 즐기면서 여기저기서 맛있는 음식을 대접해 온 것이 수년째다. 건설 계통의 사업을 하는 그는 시내에 부동산이 많은 부자다.

Choi는 다리가 불편하므로 몸을 거의 탁구대의 좌측에 고정한 채로 탁구를 친다. 일명 똑딱 탁구를 잘 친다. 상대방이 스매싱이나 드라이브를 걸어도 공을 보는 매의 눈으로 정확히 받아넘긴다. 강하게 올수록 받아넘기는 속도도 강하여 상대가 당황하기 일쑤다. 그러다가 상대가 우측으로 볼을 빼면 갑자기 한 발을 우측으로 뻗어 강한 스매싱을 날려 점수를 빼앗고는 한다. 다리가 불편한 약점이 있다고 무시하다가는 큰코다친다. Kim은 변칙 탁구를 친다. 돌리고 돌린다. 왼손잡이 펜 홀더인 그는 공을 우측으로 찍어 돌리고 다시 좌측으로 찍어 돌리는 명수다. 이런 유형은 거의 없다. 그래서 고수들도 무척 당황한다. 대부분의 고수는 드라이브에 드라이브로 대항하는 것에 익숙하다. 국제 탁구 대회도 그런 흐름이므로 그것은 하나의 표준이다. Kim은 그 누구도 가르쳐 주지 않은 이상한 타법을 스스로 개발했다. 어제도 오늘도 찍고 돌리고 있다.

 언뜻 보아 그다지 어울려 보이지 않는 두 사람인데 이상하게도 탁구장에 가면 늘 두 사람이 파트너다. 정확히 말하면 Choi가 끊임없이 Kim에게 탁구를 치자고 도전한다. 요상한 스타일의 탁구를 치는 Kim이 상위 부수들을 이겨 내자 Choi는 Kim만 이기면 자신도 상위 부수들을 점령할 거라는 착각에 빠져 있다. 그의 표정은 진지하다. 대부분 지는 게임인데 늘 어둡다. 그러다가 가뭄에 콩 나듯이 이기면 구겨진 온 얼굴이 해바라기처럼 피어난다. 그래서 그는 Kim을 이기려고 발버둥을 친다. 거기에서 수많은 해프닝이 일어난다. 한마디로 Choi는 억지로 우기기를 잘한다(자신은 절대 그렇지 않다고 할 것이지만). 에지가 안 나도 났다고 한다. 거꾸로 상대방이 에지가 나서 자신이 불리하면 에지가 아니라고 우긴다. 공이 빗나가도 끝에 걸려서 들어갔다고 우긴다. 일단 무작정 우기고 본다. 그러다가 둘이 팽팽하면 그럼 노게임을 하자며 일방적으로 점수를 원위치로 돌려 버린다. 양반인 Kim은 처음에는 허허 웃으면서 "그러지 뭐."하고 넘어가고는 했다. 그러나 한두 점 차로 승패가 결정될 때는 얼굴에 핏대를 올리면서 상대의 잘못을 강하게 따진다.
 어느 날은 Choi의 억지가 극에 달하자 Kim은 "나 너하고 다시는 안 놀아."라고 하면서 집으로 돌아가 버리고 며칠을 탁구장에 발길을 끊었다. 그런 적이 한두 번이 아니다. 그러다가 다시 나타나서 나에게 "형님, 내가 왜 저놈 때문에 이 좋아하는 탁구를 안 쳐요?"라고 하면서 아무 일 없다는 듯이 다시 시작한다. 엊그제는 단톡방에서 사달이 났다. Choi는 야당 추종자고, Kim은 여당의 골수팬이다. 극과 극이다. 서로 자신의 지지 정당 선전에 거품을 문다. 이번에는 이준석 때문에 난리가 났다. "하버드 나오고 야당 대표가 되고 장래가 촉망되는 인물이 나타났어요."라고 카톡을 올리자 바로 Kim이 반격을 했다. "기득권 수구 꼴통이 뭐가 촉망돼. 웃기는 소리." 그러면서 서로를 비방하기 시작했다. 불과 몇 마디 후, "야 너 앞으로 나에게 알은척하지 마! 나 나간다."라고 하면서 Kim이 단톡방에서 나가 버렸다. 회원들은 난리가 났다. "아이~ 형님, 왜 그러세요. 참으세요. 야, 네가 형님에게 사과해라." 등등 단톡방이 요란했다.

오늘 저녁에 탁구장에 갔더니 역시나 둘이서 심각하게 용쟁호투를 벌이고 있었다. 다시는 안 논다고 해 놓고 다시 놀고 있다. 씩씩거리는 표정들이 오늘도 왠지 불안하다. 심각하고 고집스러운 40대와 호남형의 웃는 인상인 50대 둘은 오늘도 깨질 듯 위태로운 줄타기를 하면서 탁구를 치고 있다. 연구 대상이다. 무엇이 둘을 아슬아슬하게 이어 주는 끈인가? 탁구를 치고 나가면 당구도 치고, 순대도 먹고, 그러면서 둘은 미운 정 고운 정이 들어 버린 것 같다.

인생을 살아가면서 우린 친구가 필요하다. 때로는 다툴지라도 금세 의기투합할 그런 친구가 필요하다. 서로 너무 조심스럽기보다는 겉과 속을 드러내 주는 편한 친구가 필요하다. 백 세 인생을 항해하는 망망대해에서 슬픔과 기쁨, 분노까지도 교류하면서 미운 정 고운 정을 나눌 그런 친구가 필요하다.

비가 많이 내리는 새벽이다. 난 그런 친구가 있는가?

💬 댓글 공감

김ㅇ자

재미있게 읽었어요. 제가 옆에서 바라보는 듯. ㅋㅋ 친구들이 서로 옆에서 지켜보고 지내니 그냥 친구죠. 함께하고 있으면 늘 친구입니다.

김ㅇ자

요즘 비가 내려 하늘이 맑고 청아해서 좋아요. 재미있는 동네 이야기입니다. 오늘도 좋았습니다.

H.H.

사람 사는 이야기를 적나라하게 적으셔서 고맙습니다. 초반에는 Kim을 좋아하다가....... 자신에게도 같은 질문을 던집니다.

곽ㅇ화

넘 재밌게 읽었습니다. 짧지만 글로 정보와 지식과 흥미를 주심을 감사드립니다. 길면 안 읽는데 짧고 재밌습니다. 잃어버린 휴대폰은 어찌 되었나요?

조ㅇ관

일상에서 느끼는 즐거움으로 빠져들게 합니다. 싸우며 정든다는 것이 보이는 관계네요. 탁구는 원래 그래요. 음료수 내기에도 목숨을 건 것처럼~

정ㅇ경

재밌네요. 만화로 연재해도 될 듯한 이야기네요. 관찰력 대단하세요.

박ㅇ엽

정말 대단하세요. 감사합니다. 언제 탁구 한 수 부탁합니다.

K.S.

심각한 얘기인데 웃어서 죄송해요. 어쩜 나이를 먹어도 애들이랑 똑같죠?

김ㅇ일

세상 사람 관계가 다 그런 것 같습니다.

백ㅇ화

Choi와 Kim은 두 분 다 부럽네요. 같이 논쟁하고 어울릴 상대가 있다는 게 행복이니까요. 오랜 시간 두 분의 좋은 추억이 될 거 같네요. 잘 모아서 책으로 내면 여행 중에 가볍게 읽으면서 입가에 미소를 띨 수 있겠네요. 감사합니다.

최ㅇ승

이야기에 나오는 두 인물 김과 최의 앙숙이면서 친한 인간관계는 마치 서머싯 몸의 단편으로 유명한 「결핵요양소(sanatorium)」에 등장하는 오랜 두 앙숙 친구의 에피소드가 연상됩니다. 그렇게 서로 만나면 으르렁대며 싸우더니, 한 사람이 먼저 죽으니 상대 친구는 그만 삶의 전의를 상실해 버린다는 내용입니다.

👍 좋아요 공감

임ㅇ웅, 김ㅇ경, 김ㅇ주, B.Y.K., 윤ㅇ주, K.P., 김ㅇ균, 하ㅇ숙, 황ㅇ식, 박ㅇ화, 유ㅇ선, 장ㅇ희, 최ㅇ승, 최ㅇ우, D.L., 구ㅇ덕, 김ㅇ일, 김ㅇ숙, 김ㅇ호, 류ㅇ한, 차ㅇ, 최ㅇ칠, 김ㅇ곤, 박ㅇ숙, 이ㅇ서, K.S., 윤ㅇ채, 박ㅇ환, 김ㅇ욱, 한ㅇ주, 전ㅇ민, 최ㅇ숙, 박ㅇ종, 김ㅇ연, 김ㅇ수, 이ㅇ숙, E.S.P., 김ㅇ자, 김ㅇ수

30. 똥물을 뒤집어쓴 크리스마스 아침

2020년 12월 25일 · 🌐

　　제주도 서귀포 표선에 작은 세컨드 하우스가 있으므로 적어도 한 달에 한 번은 관리 차원에서라도 제주를 방문해야 한다. 이번에는 안 간 지 두 달 가까이 되어서 25일 크리스마스 연휴 때 제주행을 결심했다. 코로나19로 크리스마스 파티의 의미가 없어진 요즘, 광주에 있으나 제주에 있으나 어차피 크리스마스는 별 의미가 없었다. 크리스마스이브에 저녁 늦게 숙소에 도착했다. 피곤하였던지라 도착하자마자 침대에 쑥 들어갔다. 그리고 다음 날 일어나 보니 아주 따뜻한 제주의 아침이었다. 그런데 안방에서 거실로 눈을 비비면서 걸어 나오는데 이상한 고약한 냄새가 집 안에 진동하고 있었다.

　　화장실을 열어 보고는 기겁을 했다. 변이 역류하여 변기를 뒤덮고 그 위로 넘쳐흐르고 있었다. 업자들 용어로 변이 오바이트한 것이다. 고약한 냄새가 코를 찔렀다. 나는 화장실 문을 급히 닫았다. 순간 현기증을 느끼고 얼음이 되었다. 똥물을 뒤집어쓴 크리스마스 아침이었다. 어떻게 해야 하나? 어떻게 하나? 하얗게 된 머리를 정리해서 급히 집을 건축한 강 사장에게 전화를 했다. 상황을 듣더니 그는 진단을 했다. "정화조 언제 푸셨죠?" "예? 정화조요? 한 번도 안 펐는데요?" "1년에 한 번은 정화조를 퍼 주셔야 하는데 2년이 넘도록 안 하셔서 아마 넘쳐 올라온 것 같네요. 표선위생에 전화해서 빨리 와 달라고 하세요." 114를 통해 전화를 했다. "네. 표선위생입니다. 정화조요? 오늘 쉬는 날입니다. 그리고 이미 연초는 모두 예약이 잡혀 있어서 1월 하순까지는 안 됩니다." "제발 좀 부탁합니다. 냄새가!" "안 된다니까요. 인부들이 쉬어요. 지금." 더 이상 어떻게 할 수가 없었다.

　　이번에는 이웃에 사는 최 소장에게 전화를 했다. 이 집을 지을 때 현장 소장이었던 그는 왠지 사장보다는 실무적으로 더 잘 알 것 같았다. "아, 그래요? 제가 가 볼게요." 그는 전화를 받자마자 급히 달려왔다. 그는 변기며 실외의 정화조를 열어 보더니 "심한데요. 정화조 푸는 회사가 못 온다면 변기 뚫는 회사라도 불러야 할 것 같아요."라고 했다. 그래서 나는 114를 통해 급히 변기 뚫는 회사를 찾았다. 몇 군데를 돌아서 마침 제주시에서 지금 작업 중인데 1시간 후에는 올 수 있다는 한 회사를 찾을 수 있었다. 1층은 물론이고 2층에 세 들어 사는 총각도 같은 문제인지라 1시간이 1년처럼 길었다. 긴 기다림 끝에 드디어 기술자가 도착했다. 주차장 근처에 있는 정화조를 열어 보고는 말했다. 다행히 완전히 차진 않았네요. 그러나 최대한 빨리 퍼내야 할 것 같습니다. 그리고 그는 화장실에서 정화조로 오는 관을 탐사하기 시작했다. 작은 카메라를 관으로 넣으면 화면으로 내용이 보이는 기계였다. 정화조로 들어오는 입구의 관이 막힌 것을 제거하는 기계도 동원되었다. 그전의 재래식 도구들과는 비교도 안 되는 첨단 기계들을 동원하여 조사를 하던 그는 마침내 원인을 찾아내었다. 범인은 화장실에서 정화조로 내려오는 중간의 관이 막힌 것이었다. 첨단 기계로 위치를 정확히 잡아 이물질을 끌어내는 기계를 돌리자 마침내 동맥 경화가 제거되듯이 길이 뻥 뚫렸다. 1층과 2층 화장실의 대변은 시원하게 내려갔다.

12만 원을 지불하고 기술자는 갔다. 지불한 비용이 적정한지 계산할 겨를도 없이 얼마나 고마워했는지 모른다. 이제 오물로 범벅이 된 화장실 청소는 나의 몫이었다. 평소에 비위가 약하여 개고기도 못 먹던 나에게 이런 일이 일어나다니. 하지만 어떻게 하나. 반나절을 고생하여 완벽하게 청소하고 락스 냄새로 환해진 화장실을 환기하고는 거실 소파에 누웠다. 하늘이 빙빙 도는 것 같았다. 누운 채로 곰곰이 생각해 보았다. 이번 크리스마스에 내가 이곳을 오지 않았다면 도대체 집은 어떻게 되었을까? 혹시 지인들이 그사이에 여기에 머물려고 왔다가 화장실을 보고 얼마나 놀랐을까? 6일이나 제대로 화장실을 사용하지 못했다는 2층 총각의 크리스마스는 또 어땠을까?

난 문득 내가 엄청난 크리스마스 선물을 받았다는 것을 느꼈다. 변기를 뚫는 기술자는 쉬는 날인데 일을 하느냐고 묻자 변기가 막히면 사람들은 살 수가 없으므로 자신은 쉴 수가 없다고 했다. 그분은 기술과 시간으로 값진 선물을 준 것이다. 옆집에서 바로 뛰어와서 함께 염려해 준 최 소장을 생각했다. 그는 평소에도 우리가 없어도 잔디도 깎아 주고 정원에 자라는 귤나무에 약을 쳐서 수십 개의 귤을 온전하게 열리도록 해 주고 창문이 열려 있거나 불이 켜져 있으면 광주에 있는 나에게 전화하여 알려 주는 늘 고마운 이웃이었다. 그가 함께해 준 것도 커다란 선물이었다.

변기에 솟구쳐 오른 오물을 보며 온몸이 얼음이 되었던 크리스마스에 나는 이렇게 아주 특별한 선물들을 받은 것이다. 이웃들의 관심과 배려와 헌신이었다. 이웃집 최 소장은 전라도 김치를 아주 좋아한다. "와! 지난번 주신 전라도 김치 진짜 맛있더라고요." 다음 달에 올 때 나는 그를 위해 광주의 배추김치를 한 보따리 들고 오리라. 결혼하여 아내와 자식이 생기면 남편은 그를 돌볼 의무도 동시에 짊어져야 한다. 세컨드 하우스도 쉬는 곳이지만 지속해서 관리하고 돌봐야 하는 곳이다. 올 크리스마스엔 제주에서 많은 것을 느끼고 간다.

💬 댓글 공감

정ㅇ숙

평소에 허드렛일 같이 느껴지는 직업군이 실제로 엄청난 해결사들입니다. 주부들은 잘 알고 있어요. 그분들 응원합니다. 드러나지 않지만.

임ㅇ하

변기에 허락된 것만 내려보내야 하는데 버리지 말아야 할 것들을 버리면 그런 일이 일어납니다. 수고 많았네요. 교회 활동이 필요한 배관 전문 김봉석 연락처를 저장해 두고 있습니까? 부디 냄새는 제주도에 다 날려 버리고 광주까지 가져오지는 말아 주세요.

유ㅇ선

꽃향기를 보냅니다.

권ㅇ조

고생하셨네요.

곽ㅇ화

잊지 못할 크리스마스네요. 또 한 가지 배웠구요. ㅎㅎ

최ㅇ현

큰일 하셨네요. 아휴 냄새~~~~

Y.O.L.

Good job on cleaning and solving toilet problem!!

김ㅇ현

아이쿠!!! 고생 많으셨습니다! ㅠㅠ

정ㅇ옥

항상 즐겁게 읽어요. 큰 선물이라 하셨는데 저 또한 큰 교훈을 선물로 간직해 봅니다. ^^

김ㅇ자

아고고! 수고가 많으셨네요. 따뜻한 정과 사랑을 받으신 크리스마스~ 두고두고 기억될 특별한 날이 되시겠네요.

홍ㅇ성

고생하셨습니다. ~^^

윤ㅇ자

긍정적인 맘으로 생을 즐기면서 사시는 모습 최고입니다. 제가 어릴 적 밭엔 변이 많았어요. 그래도 집 안이라면 마니 황당하고 짜증도 날법한데.—— 글이 재밌어요. 지난 한 해 페친으로 좋은 글, 사진 등 감사했습니다. 새해 복 마니 받으세요. ♥

김ㅇ일

사람 복이 많으시군요.

👍 좋아요 공감

E.S.P., 강ㅇ욱, 차ㅇ숙, 최ㅇ란, 김ㅇ성, 김ㅇ효, 윤ㅇ현, 김ㅇ연, 한ㅇ섭, 고ㅇ한,
송ㅇ섭, 박ㅇ숙, 소ㅇ무, K.P., 정ㅇ순, C.S., 김ㅇ현, 나ㅇ식, 김ㅇ희, 이ㅇ숙, 정ㅇ만,
김ㅇ우, 김ㅇ수, 김ㅇ경, 류ㅇ한, 김ㅇ균, 강ㅇ재, 김ㅇ우, 원ㅇ석, 김ㅇ용, 류ㅇ열,
김ㅇ희, 김ㅇ수, 김ㅇ길, 나ㅇ복, 김ㅇ일, 김ㅇ, 노ㅇ범, 김ㅇ찬, 강ㅇ영, 조ㅇ현, E.J.,
박ㅇ섭, J.C., 장ㅇ란, 김ㅇ준, 김ㅇ자, 송ㅇ규, 박ㅇ배, 윤ㅇ채, 조ㅇ희, 정ㅇ옥,
김ㅇ현, 김ㅇ승, 여ㅇ구, 최ㅇ승, 장ㅇ희, 윤ㅇ자, 정ㅇ련, Y.O.L., 김ㅇ호, 김ㅇ인,
이ㅇ옥, 이ㅇ주, 박ㅇ조, 최ㅇ우, 이ㅇ영, 이ㅇ엽, 김ㅇ균, 유ㅇ선, 황ㅇ식, 임ㅇ수, 한ㅇ수,
임ㅇ일, 정ㅇ숙, 김ㅇ경, 이ㅇ우, 김ㅇ현, 차ㅇ, 김ㅇ욱, 김ㅇ수, 최ㅇ철, 정ㅇ재, H.H.,
박ㅇ홍, 이ㅇ강, 조ㅇ희, 최ㅇ숙, 정ㅇ온, 고ㅇ규, 김ㅇ리, 김ㅇ희, 강ㅇ수, 강ㅇ원,
Y.H.H.

31. 잠 못 이루는 밤

2020년 8월 9일 · 🌍

　장맛비가 무섭도록 강하게 온 세상을 순식간에 흔들어 버린다. 한강과 나주 들판에 물이 범람하게 만들고, 섬진강 물이 531m까지 차오른다. 서울 우면산, 부산 사하구, 춘천과 전라도에 산사태가 일어나고 다목적 댐을 무너뜨리는 엄청난 양의 물 폭탄. 천재지변은 무섭다는 말밖에 할 말이 없다. 아무리 인공 지능이 인간의 지혜를 위협할 정도로 발달한 세상이어도 자연을 조절하는 능력은 인간의 능력 밖이다. 인간이 교만할 수 없는 이유다. 마치 지구가 공격당하고 있다는 불안함 때문일까? 잠이 쉬이 오지 않는다. 어둠 속에 누워서 곰곰이 생각해 본다. 살아오면서 얼마나 잠 못 이루는 날들이 많았던가? 그 기억들이 하나둘 새어 나온다.

　청년 시절 토플 시험을 보고 미국으로 어학연수를 떠났다. 대학원에 진학할 목적이었다. 안전하게 대학원 입학 허가서까지 받고 갔으면 좋았는데 그냥 어학연수를 가서 거기서 공부하여 새로운 비자를 받고 대학원에 진학하라는 유학원의 권유를 듣고 그렇게 했다. 포틀랜드 공항에 도착했을 때 내가 무슨 대답을 잘못했을까? 세관원들이 갑자기 짐을 뒤지기 시작했다. 큰 가방 두 개를 샅샅이 뒤지더니 마침내 종이 한 장을 들고 의미심장한 미소를 지으면서 눈앞에 흔들었다.

　그것은 진학하려는 대학원에 보낸 편지 사본이었다. 그곳에 가서 대학원에 진학하고 공부를 마친 후에 연구원이나 교수가 되고 싶다는 내용이었다. 세관원은 당신은 공부가 목적이 아니라 미국 취업이 목적이니 지금 여기 온 비자와는 목적이 맞지 않는다고 하는 것은 확실히 알아들었다. "그러면 제가 어떻게 해야 하는 것이지요?"라고 옆에서 통역을 돕는 직원에게

143

묻자 그녀는 단호하게 말했다. "돌아가라는 말입니다. 가장 가까운 비행기 편이 1시간 후에 있습니다. 그 비행기로 즉시 한국으로 돌아가셔야 합니다." 일종의 추방이었다. 없는 살림에 돈을 긁어모아 미국에서 공부를 하고 교수가 되어 귀국하겠다는 거창한 목표를 세웠는데, 초장부터 추방이라니.

1시간 후에 돌아오는 서울행 비행기에 올랐다. 기가 막혔다. 13시간 기나긴 시간 동안 아무것도 먹지도 마시지도 못했다. 눈물도 흐르지 않고 아무런 생각이 나지 않았다. 부모님에게, 친척들에게, 대학원을 다니다 온 학과 동료들과 교수들에게 도대체 뭐라고 변명을 할 것인가? 너무도 참담했다. 대한항공 승무원은 걱정스러운지 몇 번이나 음식, 음료를 권했지만 모두 거절했다. 완전히 입맛이 달아나 있었다. 이대로 세상에서 사라져 버리고 싶은 심정이었다. 그런 비참한 귀국 후에 시간이 꽤 지나서 비자를 다시 받아 미국으로 갔지만, 강제로 돌아오던 그 기내에서의 기나긴 잠 못 이루던 밤을 나는 영원히 잊을 수 없다.

30대 중반이었을 때였다. 중앙아시아에 살던 친구가 광주에 왔었다. 우린 당시에 그의 동생과 사업 관계였다. 그런 연으로 초등학교 졸업 후 몇십 년 만에 그를 처음 만났다. 그는 그 나라에 부동산 사업이 막 떠오르고 있어 땅을 구입하면 몇 년 안에 큰 부자가 될 거라고 권했다. 솔깃해진 나는 일단 가 보았다. 왕궁으로 사용하다가 지금은 비어있는 땅, 골프장 바로 옆의 땅, 유명한 호수 관광지로 가는 길목의 땅, 시내 한가운데 호텔을 짓기에 아주 적당한 땅 등을 둘러보았다. 좋아 보였다. 광주로 돌아와서 투자자를 모집했다. 무려 600페이지의 사업계획서를 들고서. 그 안에는 중앙아시아 현지의 부동산 가격이 지금 어떻게 오르고 있는지 따끈따끈한 그래프가 포함되어 있었다. 자료로 보면 투자의 당위성은 완벽했다.

드디어 투자 팀이 만들어졌다. 광주에서 이름만 말하면 알 만한 의사, 변호사, 박사들로 구성되었다. 그들과 현지답사를 떠났다. 변호사까지 함께하니 검증에 자신감이 붙었다. 팀들은 전문적으로 조사하고, 비전을 살핀 후에 최종적으로 투자하기로 현지에서 결정했다. 마치 한국의 유명한 가수가 그곳에서 아파트를 건축하고 있기도 하여 우리들의 투자 열기에 기름까지 부어 주었다. 일을 주관한 나는 직접 투자도 했지만, 전체 개발 수익의 인센티브를 받기로 했다. 늘 해외에서의 수익을 갈망해 오던 나에겐 가슴 벅찬 순간이었다.

그런데 계약을 하고 수억대의 돈을 보내고 나서 친구는 이상한 행동을 보이기 시작했다. 현지 파트너인 그가 일을 진행하는데 도무지 진도가 나가지 않았다. 돈을 더 요구하기도 하고, 기존에 구입하기로 한 땅이 매입 계약이 잘 된다고 핑계를 대기도 하고, 이름을 빌려준 현지인이 연락이 안 된다고도 했다. 수많은 갈등 끝에 투자는 실패로 끝이 났다. 그 친구의 가족들은 선했다. 배려심이 많은 부인, 공부를 잘하는 장남, 바이올린 연주가 뛰어나고 나를 아저씨라고 부르며 따랐던 중학생 딸, 미성의 목소리로 노래를 너무 잘하던 막내아들. 그 아이들은 지금 어찌 되었을까? 가장의 어리석음으로 그들과의 인연도 단절되었다. 투자자들은 현지에 직접 가서 확인하고 결정한 터라 나에게 무리한 변상을 요구하지는 않았지만, 지금까지 전혀 겪어 보지 못한 가슴 아픈 사건을 내가 주관했다는 자책감으로 얼마나 많은 날을 잠 못 이루었는지 모른다. 해외 투자에 대한 인연은 그대로 그렇게 황폐하게 끝이 났다.

40년 전 대학 시절에 같은 대학에 다니는 여학생을 깊이 사랑했다. 나는 가까운 사람과는 그 사귐이 깊어 가는 성향이 특히 강한 편이다. 그러므로 한 번 사람과 가까워지면 친함이 오래 가고 관계가 강해진다. 회사의 바이어들도 일단 신뢰가 생기면 다음 해부터는 계약서도 더 이상 필요 없었다. 문서는 있어도 사업 상황에 맞추어 서로가 수출 가격을 조절해 주면서 관계가 오래갔다. 청년 시절 이성과의 사귐은 더 말할 필요가 없었다. 그래서 연애도 한 사람에게 집중하고 깊이 헌신했다.

당시 나는 대학원 진학을 목표로 하였으므로 대학의 실험실에서 숙식을 하면서 공부를 하고 있을 때였다. 침대도 없어서 실험대 위에 이불을 깔고 새우잠을 잤다. 겨울이면 한기가 들어 전기스토브를 실험대 아래에 두고 그 열기가 실험대 철판을 달구어 온기를 유지했다. 그러던 어느 날, 그토록 사랑했던 여학생이 갑자기 이별을 통보했다. 하늘이 무너지는 것 같았다. 수선화가 아름답게 피어 있던 그 아름다운 대학의 호숫가에서 그토록 모진 이야기를 들어야 했다. 그 아이를 보내고 실험실로 터덜터덜 들어왔다. 오늘처럼 비가 많이 내리던 밤이었다. 스토브를 피우고 실험대를 달구어야 하는데 그럴 생각도 못 했다. 이불을 깔고 반은 접어서 몸을 덮었다. 창밖엔 바람이 거센 추운 겨울이었다. 창문 틈새로 바람이 직선으로 들이쳤다. 밤새 추위로 그리고 서러움으로 한숨을 자지 못했다. 지금 생각하면 젊은 시절의 아름다운 추억 한 조각에 불과하지만, 그때는 왜 그리 심각했는지. 실험실에서의 마음과 살을 에던 잠 못 이루는 밤을 여전히 잊지 못한다. 더 이상 그런 이유로 잠 못 이루고 싶지 않다. 여전히 무서운 장맛비가 창을 사정없이 던지고, 할퀴고, 흔들어 대는 통에 잠이 완전히 달아난 지금은 8월 9일 새벽 5시 20분. 이대로 영영 날이 밝을 것 같지 않다. 다시는 세상에서 햇빛을 찾아볼 수 없을 것만 같다. 닭의 목을 비틀어도 새벽은 오지 않을 것 같다.

💬 댓글 공감

한ㅇ아
좌절에 빠지지 않고 일어나길 기도합니다. 하늘에도 우리 마음에도 햇빛이 가득한 날이 오길 기도합니다!

최ㅇ
키르기스스탄에 투자하셨군요. ㅠㅠ 동생이 우즈베키스탄에 투자해서 낭패를 보았는데 공산 국가라 한계도 있고……

조ㅇ완
자연에 순응하는 지혜가 우리에게 요구되는 시대라 생각됩니다.

이ㅇ준

지금 돌아보면 과거 추억의 한 페이지. 그 시절엔 오늘처럼 영화로운 때가 올 줄을 미처 몰랐었지요? 과거로 되돌아가고 싶은 마음이 절대로 없지요?

김ㅇ애

한 사람을 깊이 사랑했노라. 그런 젊고 순수한 시절이 한때나마 있었다는 것은 얼마나 아름다운 보석 같은 추억일까요!!

박ㅇ홍

광윤이 형은 아직도 순수하고 담백하고 사람 냄새가 나요.

박ㅇ화

마음은 누구에게나 공평하게 선물로 베풀어 주셨죠. 그 마음의 크기는 다양한 기회와 도전과 용기를 통해서 더더욱 밝게 밝게 커지며 마침내 대낮과 같아질 것입니다. 과거의 실수를 공유해 주신 용기에 박수를 보냅니다. 늘 행복하고 좀 더 나은 하루하루가 됐으면 좋겠습니다. ㅎㅎ

곽ㅇ화

형제님 과거사가 남의 일이라 그런지 넘 재밌네요. 옛날 소설 한 페이지 같아요. 우리 부모님이 제가 어릴 때 서점을 하셔서 책을 좀 많이 봤어요. 이해도 하지 못하는데.

홍ㅇ성

우리 각자 환경은 다르지만 기가 막힌 사연(도전)이 각각 존재하겠고~ 결국은 그러한 사연에 대한 우리 각자의 판단과 대응 방식(응전)에 따라 우리 인생의 행로가 결정되어 가니~ 옛날 생각을 하면 감회가 새로운 것 같습니다~ 김 형제님 긍정적으로 힘차게 좋은 모습으로 사시는 모습~ 좋습니다~!^^

정ㅇ재

치열한 삶이시지만 영화의 명장면같이 보입니다. 그래도 기븐 날이 더 많으셨을 테니까요.

장ㅇ

그래서 지금 그곳에 계시는 겁니다. 멋져요.

👍 좋아요 공감

고ㅇ윤, 정ㅇ재, 이ㅇ우, 안ㅇ진, 유ㅇ선, H.C.C., 최ㅇ숙, 박ㅇ화, 전ㅇ민, 최ㅇ동, 조ㅇ희, J.S.J., T.P.W., 조ㅇ영, 최ㅇ승, J.P., 이ㅇ영, J.S.H., H.C., 김ㅇ균, H.C., 윤ㅇ채, 한ㅇ아, 차ㅇ, J.S.W., 곽ㅇ화, J.H.K

32. 한국을 한국인보다 더 사랑한 미국인들

2018년 8월 31일 · 🌍

몇 년 전에 미국 유타주의 유타밸리대학교(UVU)에서 한국에서 지난 60년 간 선교사로 봉사하다 귀환한 미국인들의 모임이 있었다. 4천 명 이상이 모인 것으로 기억한다. 선교부 회장들이 부스에서 기다리고, 그들의 선교사들이 그곳에서 함께 재회한 후, 다시 대강당에서 합동 모임이 있었다. 태권도 시범, 사물놀이, 봉사하던 당시의 필름들, 그 시절의 이야기들, 프로그램이 넘어갈 때마다 젊고, 나이 든 수천 명의 미국인은 웃고 눈물지으며 자신들의 청춘 시절을 바친 한국을 그리워했다. 행사장에서 만난 수많은 미국인이 한국에서 왔다는 이유만으로 나를 반가워하고 우리는 악수를 하였다. 그들은 내가 아닌 한국과 인사를 나눈 것이다. 그런 그들의 밝고 맑은 눈과 얼굴의 미소를 보면서 몇 번이나 눈물을 쏟을 뻔했다. 한국인보다 한국을 더 사랑하는 사람들, 인생에서 가장 중요한 20대 초반 2년을 한국에서 봉사하면서 우리의 친구가 되었던 그 사람들을 보고 또 보았다.

부스를 돌아다니는데 대부분 선교부 회장들이 부부로 앉아서 방문자들을 맞이하고 있었다. 그런데 어느 부스는 나이가 들고 몸이 야윈 70대 후반으로 보이는 부인이 홀로 앉아 있었다. 거기는 다른 부스보다 찾는 이가 적어 보였다. '아! 와델 회장님!' 난 멀리서도 그녀가 어떤 사람인지 즉시 알아보았다. 그들 부부는 대전과 호남 지역을 담당하는 선교부 회장이었다. 어느 날 와델 회장이 직접 운전을 하고, 옆에는 20대 청년 선교사인 회장의 보조가 타고 있었다. 광주로 거의 다 왔을 때 대형 교통사고가 났고, 그 청년은 무의식 상태로 빠졌다. 미국의 부모들이 꽃다운 나이의 아이들을 잘 부탁한다고 선교부 회장을 믿고 보냈는데 오히려 자신이 충격적인 사고를 냈으니 얼마나 비통했을까. 나는 사고 소식을 듣자마자 광주 지역의 임원들과 같이 병원으로 달려갔다. 와델 회장의 붉은 온 얼굴은 눈물로 범벅이 되어 있었다. 손과 소매로 눈물을 훔치는데 양복 깃이 흥건했다. 동광주병원 응급실에서 의식을 잃고 삶과 죽음을 오가면서 산소 호흡기에 의지한 채로 가는 호흡을 이어 가고 있는 가여운 청년을 애절하게 바라보던 그의 선량한 눈빛이 지금도 잊히지 않는다. 그 옆에서 얼굴에 온갖 수심을 안은 채로 선교사 청년의 손을 잡고 눈물을 뚝뚝 떨어뜨리던 그 부인의 가여운 쌍꺼풀 진 눈과 얼굴이 창백하게 변하고 있었다. 부인은 연신 "오 하나님."만 반복했다. 지금 그녀가 의지할 사람이 세상천지에 누가 있겠는가? 청년은 응급조치를 한 후에 무의식 상태 그대로 급히 삼성서울병원으로 이송되었다.

그리고 한 달인가 지났을까? 그 청년은 다행히 의식은 회복하고 온몸은 움직이지 못하는 상태로 미국의 고향으로 후송되었다. 하늘이 무너지는 기분으로 공항에서 구급차 곁에 서 있을 미국의 부모들을 생각하면서, 노부부는 죄책감과 미안함, 안쓰러움으로 범벅이 된 모습으로 하늘을 향해 날아가는 청년을 서로의 손을 꼭 잡고 서로를 의지하면서 애처롭게 바라보고 있었다. 다행히 청년은 미국에서 어려운 수술을 받고 건강하게 회복되었다고 들었다. 맑은 미소, 노란 머리, 축구를 잘하던 그 청년 선교사를 생각하면 지금도 눈물이 흐른다.

세월이 또 꽤 흐르고 나서 미국에서 지인의 연락이 왔다. 그 와델 회장이 지병으로 사망하여 장례식에 다녀왔다는 것이었다. 장례식장에서 20여 명의 손자, 손녀들이 「가족은 영원해」 노래를 불렀고, 악기의 선율이 식장에 흘렀고, 고인의 맑은 바리톤 노래 녹음이 사람들의 마음을 가득 채웠다고 했다. 와델 회장은 태어난 지 하루 만에 사망한 아들 이외에 딸 일곱을 두었다. 그중에는 입양하여 키운 인디언 소녀도 있었다. 이제는 40이 다 된 그녀가 마이크 앞에 섰다. 목소리가 떨리고 눈물 한 줄기가 뺨을 타고 흘러내렸다. "12살 인디언 소녀였던 저를 데려와서 대학까지 교육해 주시고, 행복한 결혼 생활을 하도록 세세한 도움을 주시면서 친자식 이상으로 사랑해 주셨습니다." 이어서 넷째 딸이 단상으로 올라왔다. "제가 유치원생일 때 교회의 주일 학교 교사들은 저를 가르치는 데 지쳐 있었습니다. 다들 포기할 정도로 말썽꾸러기였지요. 아버지가 그 사실을 알았습니다. 어느 함박눈이 내리던 날 아버지는 제 손을 잡고 주일 학교 교사의 집으로 찾아갔습니다. '선생님, 제가 이 아이를 잘 가르칠 테니 아이의 주일 학교 교사를 그만두지 말아 주십시오.'라고 제 앞에서 간절히 사과하고 애원하셨습니다. 그리고 아버지는 왼팔로 저의 어깨를 꼭 안은 채로 시야를 가릴 정도로 펑펑 내리는 눈길을 걸어 집으로 돌아왔습니다. 그 후로 저는 더 이상 문제아가 되지 않았습니다." 딸의 눈시울은 붉게 물들어 있었다고 지인은 전했다.

와델 회장, 그는 사랑이 많은 사람이었다. 무엇을 부탁하면 홍당무처럼 붉은 얼굴로 두 눈을 끔벅이면서 두꺼운 두 손을 마주 잡고 더 많은 도움을 주지 못해 미안해 어쩔 줄 몰라 했다. 한국을 한국인보다 더 사랑한 수천 명의 미국인 중 한 명, 와델 회장. 언젠가 그를 한 번 더 보려고 했으나 이제 이 지상에서는 불가능한 희망이 되었다. 그는 지금 유타주에서 1,000마일 떨어진 몬태나주의 어느 묘지에 묻혀 있다. 그의 곁에는 단 하루 살다가 하늘로 올라간 그의 조그마한 아들이 함께 조용히 누워있다. 아버지로서, 사회의 지도자로서, 그리고 남편으로서 사랑의 표준이었던 그는 하늘에서 어린 아들과 만났을까? 돌아오는 봄이 되면 그의 무덤가에 노랗게 피어난 금잔화가 바람에 날리면서 수없이 고개를 끄덕인다고 한다. 아들과 만났다는 긍정의 인사일까?

나는 수많은 인파 속에서 건너편 부스에서 고요히 앉아 있는,
사랑하는 남편을 먼저 보낸 그 가엾은 부인을 향해
한 발 한 발 다가갔다.

💬 댓글 공감

장○호

아~ 가슴을 파고드는 아프지만 아름다운 얘기. 감사합니다. 형제여~

이○철

이 밤 눈시울이 뜨거워집니다. 저도 그분을 기억합니다.

정○숙

찐한 감동이 전해집니다. 안타깝지만 그래도 그분들이 있어 행복합니다.

고○석

그런 고통스러운 일이 있었군요. 슬픈 추억을 담아 우리 모두가 함께 나눈다면 젊은 선교사와 하늘나라에 간 와델 회장님이 얼마나 위안이 될까요? 아직 살아 있는 와델 자매님께도. 이 추억의 스토리는 영원하여 분명 하늘에 닿아 와델 회장님께서도 아시게 될 거라 믿습니다.

박○화

와델 회장님께서도 분명히 김광윤 님이 함께했던 아름다운 추억을 그리워하며 주님 곁에서 일하고 계신다는 사실을 알고 있습니다. 참 따뜻하고 위로가 되는 소식입니다. 감사합니다.

윤○규

사고를 당한 분이 귀환 후 회복하자 여동생과 학동 우리 집에 왔었어요. 그 후 오랜 시간이 흘렀군요.

김○현

그런 일이 있었군요! 다행입니다.

이○준

찐한 감동.

정○윤

제가 와델 회장님을 모르지만 잘 알 것 같아요. 예수님을 닮은 분이시네요. 한국을 사랑하는 귀환 선교사들이 제 마음에 감동을 주네요. 코끝이 찡하며 눈가에 이슬이 맺힙니다. 선교사들은 어느 곳에 가서도 사랑을 가득 전했겠죠. 그들의 수고와 사랑으로 한국에 복음이 많이 전해진 것이지요. 그래서 저에게도 전해졌구요. 마음이 따뜻해지는 글 감사합니다.

정○열

믿음을 행동으로 실천하신 분입니다.

S.S.

존경스럽습니다.

박○인

와델 회장님에게 그런 사연이 있었는지 이제야 알았습니다. 감사합니다.

정○옥

브라보.

정○철

후기 성도의 삶은 이런 것이라는 것을 보여 주신 와델 회장님, 정말 감사하고 하나님 축복이 함께하시길 기도합니다. ♡♡♡

👍 좋아요 공감

최○왕, B.L., 정○철, T.P.W., 박○원, 손○원, 김○균, J.L., 박○인, S.S., 장○희, 최○숙, 최○애, A.M., J.M.K., 장○윤, 김○균, 김○겸, J.H.K., H.C.C., 박○화, 유○선, J.S.J., B.S.A., 하○, 박○영, T.K., 최○승, 이○숙, S.R., 전○민, 임○수, 김○리, J.S., 차○, 김○경, 김○연, 이○영, 조○현, 김○곤, 이○납, J.S.H., 윤○채, 곽○화, 이○우, 한○수, 전○진, 서○경, 장○호, 백○실, 이○강, 최○현, 최○동, 박○기, 송○규

33. 성공한 아들이 남처럼 느껴진다는 연로한 택시 기사

2018년 8월 31일 · 🌐

　나주에서 체육 교사를 하는 지인 K는 며칠 전에 공항에 갈 시간이 촉박하여 콜택시를 불렀다. 기사는 60대 초반으로 보이는 풍채가 좋은 남자였다. 공항까지 가는 40여 분 동안 기사는 자신의 가족사를 줄줄 풀어놓았다. 말을 하는 것이 아니라 말을 토해 내는 것 같았는데, 자신의 말을 들어줄 사람에 무척이나 목마른 사람 같았다. 원래부터 말이 많은 스타일이 아닌 K는 묵묵히 그의 말에 귀를 기울여 주었다.

　"손님, 저는 전라도 남쪽 어느 면의 면서기부터 면장까지 37년이나 하고 정년 퇴임을 했습니다. 하하하. 시골에서 면장이면 폼 좀 잡고 삽니다. 광주 같은 대도시로 나오면 쨉도 안 되지만 말입니다. 하하하. 그런데 그보다 제가 더 폼을 잡았던 것은 두 아들 때문이었습니다. 촌에서 자란 촌놈들이 공부를 기가 막히게 잘하는 겁니다. 둘 다 말이죠. 아마 제 유전자가 엄청나게 똑똑하여 유전이 잘 된 모양이죠? 하하하.

　큰아들은 한국 최고 명문 대학을 졸업하고 박사 학위도 받아서 우리나라 최고 연구소의 연구원이 되었습니다. 잘살죠. 며느리도 같은 수준의 아주 똑똑한 아이지요. 얼마나 제가 자랑스럽겠습니까? 직장 동료들에게 우쭐할 만했겠죠? 둘째는 더 잘했어요. 그놈 역시 최고 명문 대학을 졸업하고 의사가 되었어요. 아이들이 대학 다닐 때 참 술도 많이 샀어요. 돈이 아깝지가 않았죠. 사람들이 아들들 잘 키웠다고 치켜세워 주는 통에 제가 참 기고만장했죠. 사람 일이 어찌 될 줄은 한 치 앞을 못 보면서 말입니다.

　큰아들이 서울에 사는데 전화를 하면 손자 놈이 '아, 강남 우리 할아버지가 아니고 시골 할아버지구나.'라고 합디다. 기가 막히지요? 제가 친할아버지인데도요. 1년에 한 번 명절 때 아이들이 집에 내려옵니다. 그리고 우리가 1년에 한 번 서울에 갑니다. 서울을 가면 그 애들 집에는 발도 못 붙여 봅니다. 맞벌이라서 집안이 복잡해서 그런다나 뭐라나. 식당에서 밥을 먹고 여관 같은 데서 잠을 재워 줍니다. 그러고 내려옵니다. 의사인 둘째라고 별다르지 않습니다. 형보다 더하면 더했죠.

아이들이 대학에 다니던 시절이 좋았어요. 좋은 시절은 딱 거기까지인 것 같네요. 제 형님은 딸만 넷을 두었습니다. 아이들이 자랄 때는 아들이 없다는 이유로 저에 비해서 형님은 늘 초라해 보였어요. 그런데 지금은 모두 출가하고 매주 번갈아 가면서 아이들이 찾아오는데 매주가 잔칫날 같습니다. 매일 썰렁한 우리 집과는 큰 대조를 이루죠.

아이들이 그 모양이면 제 마누라라도 저와 시간을 많이 보내면 오죽 좋겠습니까? 천주교 신자인데 아내의 역할이 신부 담당이라나. 아내는 아침은 서로 각자 챙겨 먹자며 대충 먹습니다. 그러고 나서 아내는 하루 종일 교회에 가서 삽니다. 저녁도 거기서 먹고 오고요. 퇴직하여 일이 없던 저는 하루 종일 혼자서 밥을 먹고, 혼자서 집을 지킵니다.

그러다가 너무 무료하여 산에 다니기 시작하였는데, 거기서 친해진 사람의 꼬임에 빠져서 주식에 5천만 원을 날렸습니다. 그러면서 우울증이 심각해지기 시작했습니다. 하루는 무등산에 올라갔습니다. 뛰어내려 자살하려는 충동이 생겼기 때문입니다. 이래서는 안 되겠다고 생각하여 병원 치료를 받기 시작하였습니다. 의사는 저에게 사람들을 많이 만나는 일을 해 보라고 권해 주었습니다. 그래서 제가 지금 택시 운전을 하는 겁니다."

K는 면장도 하고 아이들도 성공했는데, 아는 사람들을 만나면 부끄럽지 않으냐고 물었다. 그러자 그는 우울증으로 죽으려고 했는데 이렇게 사람들과 이야기를 나누면서 건강해진 것만으로 아주 만족한다고 했다. 그는 택시 운전을 하면서 돈보다 사람들과 이야기를 하면서 정신적 안정을 찾아서

좋다는 말을 몇 번이나 했다. 그리고 그의 장래 계획을 말해 주었다.

"회사 택시를 2년 정도 운전하면 개인택시 자격이 주어집니다. 지금은 사납금을 내야 하니 빠듯하게 사는데, 그때는 개인 사업이니까 무리하지 않으면서, 즐기면서, 놀면서, 운전을 하려고 합니다. 하하." 그러면서 그는 환하게 웃었다. 그는 두 아들의 어려운 공부를 시키느라 돈을 많이 투자하여 재정적으로 풍족하지 않은데 그렇다고 아들들에게 돈 좀 달라고 손을 벌릴 수도 없는 입장이므로 요즘은 아들들과 아내까지도 남처럼 느껴진다고도 했다.

언뜻 보면 성공한 것처럼 보이지만 속내는 전혀 성공한 것이 아닌 어느 퇴직 공무원의 슬픈 자화상이다.

💬 댓글 공감

최ㅇ승

좋은 글 감사합니다. 그런데 슬퍼지네요! 사는 것이 무엇일까요. 저는 퇴임하고 오로지 집사람과 저를 위해서만 살기로 작정했습니다!

김ㅇ희

우리 한국 부모들의 자화상인 것 같아 씁쓸하군요. 그래도 그분은 참 현명하신 선택을 하셨네요.

H.H.

전에도 들어 본 이야기 같은데 실화라니 믿기 어렵습니다. 잘 계시지요?

홍ㅇ성

슬픈 일이죠~ 자식들 성공에 우쭐해질 필요는 없는 것 같아요~ 부모와 이웃을 생각할 줄 아는 사람으로 성장시키는 게 중요한 것 같아요.~^^

임ㅇ수

인생은 새옹지마라고 하죠? 좋다고 너무 좋아하지 말고 슬프다고 너무 좌절하지도 말고 그저 흐르는 물처럼 담담하게 살아갑니다.

박ㅇ준

앞으로 우리의 모습이기도 합니다. 한편으로는 우리의 모범이 필요하기도 하지요. 우리의 모습이 그러하지 않았나, 지금도 부모님께 그러하지 않나 생각해 봅니다. 자녀의 교육은 나, 즉 가정에서의 모범이라 생각합니다.

곽ㅇ화

너무 잘난 자식들은 다 그래요. 그런 얘기 많이 들었어요. 회원 자식들도 비슷하다고 해요. 세월이 그런 거 같아요. 그냥 주기만 해야 해요. 실수로라도 바라지는 말고요.

김ㅇ애

우리 손자가 아기일 때 우리는 대구에 사니까 자기 친할아버지를 대구 할아버지라고 부르는 거예요. 할아버지는 자기가 갈치, 고등어 같은 생선 대구라는 느낌이 들어 몹시 서운하고 기분이 안 좋다고 하시더라구요. 그래서 할아버지 왈 "난 대구 할아버지가 아니고 그냥 할아버지라고 불러야 해." 그 후 그 아이는 전화할 때 "그냥 할아버지 계셔요?"라고 해요. ㅎㅎ '그냥 할아버지'라는 명사가 생겨났어요.

정ㅇ경

우린 아직도 성공의 기준을 세상적인 학벌, 재벌, 이런 것으로 생각해서 이런 이야기를 자랑처럼 푸념처럼 하는 게 아닐까요. 우리의 인생사 아무도 모르지만 진정한 행복을 만들기 위해 노력할 때 그때 웃으며 이야기할 수 있지 않을까요. ^^ 김 선생님의 이야기 속에 맘이 허해지네요. ㅠㅠ

👍 좋아요 공감

정ㅇ옥, 김ㅇ수, 김ㅇ남, 안ㅇ진, 최ㅇ화, 박ㅇ화, G.Y.L., 이ㅇ주, 고ㅇ윤, S.S., 홍ㅇ화, T.P.W., 김ㅇ란, 김ㅇ곤, R.K., 임ㅇ수, 하ㅇ, S.P., 김ㅇ현, S.H.J., J.S.H., 한ㅇ아, 전ㅇ민, H.H., 장ㅇ환, 차ㅇ, 김ㅇ경, 김ㅇ희, 이ㅇ남, 양ㅇ섭, 최ㅇ승, 조ㅇ민, 윤ㅇ채, 최ㅇ동, 최ㅇ우, S.N., 전ㅇ진, 최ㅇ숙, 유ㅇ선

34. 내 안경은 어디에 있을까?

2021년 6월 3일 · 🌍

오늘은 내가 좋아하는 소설 이순신, 정도전의 김탁환 작가가 광산구의 이야기꽃도서관으로 강의를 하러 오는 날이었다. 직원은 문자로 9시 40분에 직전 행사가 있고, 작가 강의는 10시에 시작한다고 알려 왔다. 아침 일찍부터 샤워를 하고, 사인을 받을 책을 준비하는 등 넉넉하게 준비했다. 식사도 마쳤고, 이제 안경을 쓰고 출발만 하면 되었다. 그런데 안경이 평소에 있어야 할 자리에 없었다. 침대, 책상, 경대, 욕실 그 어디에도. 동일한 장소를 몇 번이나 둘러보아도 역시 없었다.

강의 시간은 점점 가까워지고 있었다. "여보, 없어요?" 이번에는 아내까지 동원되었다. 아주 다급해졌다. 화장실에 서서 조용히 기도까지 했다. 그러는 동안에 시간은 벌써 9시 40분이 되었다. 안 되겠다. "일단 갈게요. 이러다 늦겠네." 아내를 뒤로 두고, 다이어리 등이 든 가방을 어깨에 둘러맨 채로 급히 서둘러 집을 나섰다. 안경 없는 콧잔등이 허전했다.
안경은 도대체 어디로 갔을까?

안경을 생각하면 몇 가지가 떠오른다. 막내가 초등학교 저학년일 때 학교에서 발명에 대한 숙제를 내주었다고 도와달라고 했다. 그때 생각한 것이 안경이었다. 안경의 가운데에 작은 불빛이 나오게 하면 어둠 속에서 책을 읽기에 안성맞춤일 것이다. 그 작품은 학교에서 3등을 했다. 안경을 잃어버리면 떠오르는 생각이 또 있다. 안경에 소리가 나는 무엇인가를 설치하는 것이다. 자동차 키를 누르면 자동차에서 소리가 나는 원리를 안경에 적용하는 것이다.

이런저런 생각을 하는 사이에 차는 수완지구를 지나 외곽순환도로를 타고 가다가 남으로 방향을 잡자 곧이어 평동공단으로 가는 대로에 들어섰다. 차들이 만원이었다. 느리게 움직였다. 세상 모든 것이 흐릿하게 보였다. 아주 답답했다. 침대의 구석구석, 아래 그리고 이불을 들어서 털어도 보았고 베개 근처를 몇 번이나 살펴보았는데 안경은 사라졌다.

안경은 도대체 어디로 갔을까?

다행히도 강의 시작 5분 전에 도서관 강당에 도착했다. 구청장이 그를 초대한 동기를 말하며 환영 인사를 한 후에 김탁환 작가가 일어섰다. 그는 27세에 결혼하였고, 대학교의 문예창작과 교수로 재직하면서 29세부터 소설을 쓰기 시작했다. 40세까지 무려 100편의 장편 소설을 썼다고 한다. 바둑 선수인 서봉수 9단은 노력형이고, 당시 조훈현 9단은 천재 기사였다. 서봉수 9단은 무려 20년을 노력하는 가운데 늘 지다가 5:5 승률을 이루고 종국에는 조훈연 9단을 넘어서게 되었듯이 자신도 10년을 100편의 장편 소설을 쓰면서 소설가로서 훈련해 왔다고 한다.

결코 천재성을 가진 작가는 아님을 강조했다. 40세에 대학교수를 그만두고 전업 작가의 길에 들어섰고, 그 후 인생의 핵심 질문을 던지는 사람들이 바로 소설가라는 것은 깊이 깨닫게 되었다. 50세까지 소설 이순신, 임경엽 등에 대한 역사 소설을 썼다. 소설 한 편을 제대로 쓰자면 1,000일이 걸린다고 한다. 300여 명의 등장인물과 1,000일을 함께 지내는 고된 작업이다. 호랑이에 대한 소설을 쓰기 위해 시베리아로 가서 호랑이를 6시간 따라다니면서 소설을 구상하였고, 구례의 농부를 소설화하기 위해 일주일에 3일을 구례에서 살았다고 한다. 옷에 대한 소설을 쓰기 위해서 요즘은 매주 목요일에 가죽 공장으로 출근하여 인터뷰하고 직접 가죽옷을 만들어 보기도 한다.

소설 하나에 3년이면, 10편이면 30년이 흘러간다. 강의 후 질문을 하라고 하자 나는 1차로 일어섰다. 소설에 그렇게 많은 시간을 투자하는데 가족, 소설, 친구, 사회봉사 등에서 가치의 우선순위는 어떤가 물었다. 작가는 일어나서 오후 2시까지는 소설 집필, 그 후는 딸들과 시간을 보내는 등 자유롭게 시간을 보내면서 삶의 균형을 잡으려 한다고 했다. 그렇지 못하면 작가는 소설에 매몰되어 광인처럼 될 수도 있을 것이라고 했다. 그의 말을 휴대폰에 기록하는데 여전히 모든 것이 흐리고 또 흐렸다.

안경은 도대체 어디로 갔을까?

강의가 끝나자 회사로 가기는 시간이 애매했다. 결국 집에 가서 점심을 먹고 회사로 출근하기로 했다. 그리고 식사 전후에 한 번 더 찾아보자고 결심했다. 안경은 근시와 난시 보정형 다초점 렌즈 안경이다. 비용은 30만 원이다. 찾아도 정말 없으면 새로 사야 할 판이었다. 집에 도착하여 밥이 취사가 되는 동안에 안방으로 이동했다. 이번에는 반드시 찾자. 남은 시간을 다해서라도 반드시 찾겠다는 강한 결의를 했다. 다시 한번 곳곳을 뒤졌으나 결국 찾지 못했다. 마지막으로 아침부터 수없이 뒤졌던 침대로 시선을 옮겼다. 이불을 들어서 탈탈 털어도 보고 베개를 이리저리 움직여 보아도 역시 없었다.

안경은 도대체 어디로 갔을까?

실망한 나는 힘없이 침대에 걸터앉아서 베개를 들어 올렸다. 이게 무슨 조화인가? 놀랍게도 겨울 계곡 흐르는 물속의 작은 돌을 들면 옴개구리가 납작 엎드려 겨울잠을 자듯이 베개 아래에 문제의 그 안경이 납작 엎드려 있는 것이 아닌가? 나와 아내가 수없이 뒤졌던 침대 위에 놓인 배게 말이다. 나는 그 소중한 안경을 조심스럽게 귀에 걸친 채로 집을 나섰다.

소중한 것은 의외로 우리 주변의 가장 가까운 곳에 있다.
소중한 사람이 없다는 생각이 들면
홀로 외로운 광야에 던져졌다고 생각되면

가장 가까운 주변을 한 번 더 둘러보자.
눈에 밟히는 거리에 있는 그가 바로
우리의 가장 소중한 사람이다.

💬 댓글 공감

최○현

동감입니다. 안경, 핸드폰, 수첩 등이 그런 일이 많더이다.

최○현

글 잘 읽었습니다.

김○자

저도 그런 기억이 많아요. 핸드폰은 집 전화로 걸어 보면 웃음이 나오죠. 지금은 돋보기안경을 안 쓰지만 50세 때 갱년기 시작하며 안경을 3개나 맞추었어요. 자꾸 없어져서. TV에서 30년 안경 쓴 사람이 눈 주위를 마사지하며 안경을 벗었다고 해서 안경 찾는 것도 귀찮아 눈 주위를 마사지하고 안경을 벗어 버렸어요. 다른 것도 찾을 때 안 나와서 기도를 하고 또 하고 삼세번 기도에 나왔을 땐 참 신기했어요. 그 자리를 찾은 것이 몇 번이던가. 눈을 크게 뜨고 찾았었는데. 그 마음 이해합니다. 하하하. 마음고생 하셨네요. 오늘도 좋은 날입니다. 삶의 균형과 혼돈의 결론.^^ 인생에 법칙과 공식이 따로 존재하지 않듯이 안경 자체가 절대적 존재네요.^^ 항상 정성스러운 글 소중한 순간의 기쁨으로 읽고 갑니다.

최○승

하하하. 안경을 찾는 것처럼 안타까운 일이 어디에 있겠습니까? 그래서 저는 싸구려 안경 서너 개를 차 안에, 책상 위에 등등 비상시 대기를 해 놓고 있군요. 그래서 저는 안경을 찾으면서 김 사장님처럼 멋진 인생의 교훈을 같이 찾지는 못합니다.

이○아

백내장 수술하시면 안경 찾는 번거로움 없어도 되는데. 최첨단 기술이 보여 주는 편리함입니다.

김○진

나중에는 안경, 리모컨, 자동차 키 등등에 휴대폰과 연계된 기능들이 있겠지요. 나이가 들수록 점점 그러네요. 세월을 잡을 수 있다면~~

조○관

안경잡이는 안경이 한 몸인데 고생한 일정이 선하네요. 그 덕분에 찾은 기쁨이 컸을 것. ㅎㅎㅎ

한○주

소중한 걸 잃어버리지 않도록 살아 보게요. 그나저나 저희도 엊그제 친구들이랑 나눴던 이야기가 있는데 죽을 땐 아무것도 필요 없고 오직 소중한 사람들만이 생각난다고.

안○진

소중한 것을 찾으셔서 다행입니다. 축하드립니다.

백○화

저는 아직도 제 안경을 못 찾았습니다. 어디에 있는지 도무지 모르겠네요.

박○화

소중한 안경을 찾으셔서 다행입니다. ㅎㅎ 안경 친구가 가장 가까이에서 기다리고 있었군요. 이번 일로 중요한 교훈을 얻었습니다.

M.K.

찾으셔서 기쁩니다.

곽○화

또 왜 그러세요. 재미는 있지만 조금 걱정됩니다. ㅎㅎㅎ

M.K.

저는 안경을 저희 아이 손에서 백 개쯤 망가뜨리고 오늘도 쓰던 안경 잃고 찾다가 아이에게 어디에 뒀는지 물으니 냉장고 문을 열고 채소 박스 밑에 손을 넣어 렌즈 빠진 찌그러진 테를 꺼내 주었습니다. 렌즈는? 도망가는 바람에 알아서 찾아야 했는데 보이지 않아 혹시나 해서 채소 박스를 빼내니 거기 렌즈가 널려 있었습니다. 장롱 밑, 창틀, 책상 서랍 속, 옷 서랍 속, 때로는 창밖으로 던져 아래 화단에서 찾을 때도 있습니다. 항상 분리된 채로. 언젠가 쓰고 있던 안경을 갑자기 가져가서 급물살 흐르는 냇물에 던졌을 때는 보이지 않아 빨리 포기하고 어두워지기 전에 급히 차 몰고 가까운 안경점 아무 데나 갔습니다. 제일 싼 것으로 합니다.

정○경

인공 지능의 시대가 빨리 와야겠네요. ^^ 저도 집에서 리모컨을 자주 잃어버리는데 멜로디 인공 지능로 찾아요. 깜박병이죠!!!

👍 좋아요 공감

임ㅇ웅, 최ㅇ승, J.S., 이ㅇ영, M.K., 이ㅇ옥, 조ㅇ석, K.S.H., 김ㅇ인, 김ㅇ의, 박ㅇ화, J.S.H., J.L., 김ㅇ주, J.M.K., 박ㅇ은, M.G.Y., 이ㅇ강, 김ㅇ경, B.Y.K., B.S.A., 안ㅇ진, 곽ㅇ화, 이ㅇ주, 최ㅇ우, 윤ㅇ채, H.K., S.K., H.J.H., 박ㅇ환, 홍ㅇ성, 최ㅇ칠, 최ㅇ숙, 김ㅇ곤, 이ㅇ우, 김ㅇ연, 원ㅇ석, 김ㅇ미, 최ㅇ경, 정ㅇ련, 이ㅇ옥, E.J., 김ㅇ진, 김ㅇ호, 박ㅇ삼, 박ㅇ조, H.S.C., 김ㅇ균, 장ㅇ희, 김ㅇ, T.P.W., 김ㅇ자, 윤ㅇ주, 최ㅇ서, 김ㅇ준, 김ㅇ희, 김ㅇ배, 최ㅇ동, 정ㅇ옥, 류ㅇ한, 김ㅇ수, 이ㅇ호

35. 감동하면 치료된다

2021년 5월 22일 · 🌐

사라 함마르크란스, 카트린 산드베리의 저서인 『자주 감동받는 사람들의 비밀』이라는 책에는 200명을 대상으로 실험한 결과 자주 감동을 받는 사람일수록 염증과 스트레스 수준이 낮아지고 지식 습득 능력이 높아진다고 한다.

어느 미국인 부부의 초청 모임에 참석한 적이 있다. 남편은 의사였고, 아내는 뇌성마비였다. 사람들에게 말하기 위해 연단에 오르는 아내를 바라보던 그 남편의 모습을 잊을 수 없다. 60대 후반 의사의 얼굴엔 이 세상에서 가장 행복한 미소가 피어오르고 있었다. 그것은 가장 자랑스러운 여인을 바라보는 사랑하는 남편의 미소였다. 그녀는 비틀어진 입으로 힘겹게 말하기 시작했다. 온갖 역경을 극복하고 대학원을 졸업하였고, 대학에서 강의도 하고, 사회봉사 활동도 하고, 심지어 방송도 하고, 의사와 변호사 등 사회적으로 성공한 4명 아이의 엄마이기도 했다. 나는 그날 저녁 기적을 이룬 이들 부부를 한없이 바라보고 또 바라보았다.
"감동받는 것은 정말 쉬운 일 아닌가요?"

옆집과 우리 집의 울타리 사이에 대나무가 심겨 있다. 옆집의 정원이 훤히 보이는 것을 가리기 위한 조치였다. 그런데 대나무가 뿌리를 내리기 시작하면서 빠르게 우리 집의 울타리 밑으로 뻗어 들어와서 거의 본 건물 근처까지 죽순이 자라기 시작했다. 대나무 뿌리가 더 심각하게 뻗어 가면 집의 구조가 금이 갈지도 모를 일이었다. 하지만 이웃에게 그 많은 대나무를 파내라고 하기 참 어려웠고 잘못하면 싸움이 날 수도 있었다. 시비가 붙으면 이웃끼리 어쩌겠는가? 어제 우연히 대문 앞에서 그 주인을 만났다. "사장님 여기 잠시 볼까요?" 그리고는 대나무의 심각성을 보여 주었다. 그는 세심히 관찰하더니 한마디를 했다. "안 되겠네요. 대나무를 다 캐내겠습니다." 이웃을 배려하는 그의 한마디는 걱정과 두려움을 순식간에 사라지게 했다.

"감동받는 것은 정말 쉬운 일 아닌가요?"

광주에 대인시장이라는 전통시장이 있다. 거기에 김선자 씨가 「해 뜨는 식당」이라는 백반집을 했다. 흥미로운 것은 식사비가 달랑 천 원이었다. 김선자 씨는 2010년 8월 처음 식당을 시작할 때 젊은 시절 어려울 때 주변의 도움으로 다시 일어설 수 있었으므로 그때 빚을 죽기 전에 갚겠다며 가격을 그리 정한 것이다. 하지만 밥과 3가지 반찬이라도 천 원에 공급하는 것은 쉬운 일이 아니었다. 늘 적자였다. 그러자 2남 4녀의 자녀들이 보내 준 용돈까지 식당 운영에 보탰다. 그러다가 그녀가 암으로 사망하였는데 자녀들에게 천 원 식당을 계속 유지해 달라고 유언을 남겼다. 그 힘든 일을 딸 김윤경 씨가 이어받았다. 보험 설계를 병행하면서 힘들게 운영하는데 신기하게 이 식당은 계속 굴러가고 있다. 하루 평균 90명의 손님이 찾아오는데 그중에는 고기, 생선을 기부하는 사람들도 있다. 봉지 커피를 기부하는 사람들도 있다. 식품 창고가 기부자들이 보내는 기부금으로 채워지기도 한다. 손님 중에서 천 원의 식사비를 1만 원이나 5만 원으로 내는 사람도 있다. 그래서 그렇게 어머니의 유언은 지금도 계속 유지되고 있다.

"감동받는 것은 정말 쉬운 일 아닌가요?"

영광 백수 해안 도로의 석양의 노을이 얼마나 붉은지 보라. 연인들이 그 광경을 보면서 서로 사랑이 깊어지지 않겠는가? 담양의 메타세쿼이아 가로수 길에 서 보았는가? 하늘 높이 솟아오른 채로 늘어선 그 길에 바람이 지나면서 얇은 나뭇잎 틈새로 실비단 같은 햇살을 건드리는 장면을 보았는가? 파도가 현무암 바위를 때리면서 하얀 물거품의 보슬비로 제주 검은 돌 해변을 온통 적시는 모습을 보았는가? 어디서 왔는지 작은 마당에 피어난 샛노란 들꽃의 화장한 얼굴을 보았는가? 디딤돌을 딛고 싱크대에 서서 그릇을 씻는다고 달그락거리는 어린 딸아이의 홍조 띤 얼굴을 보았는가? 전날 심한 말다툼을 한 남편이 새벽에 일어나 산더미같이 쌓였던 설거지를 모두 하고 곤히 누워 자는 모습을 보았는가?

"감동받는 것은 정말 쉬운 일 아닌가요?"

감동을 자주 받을수록 몸속의 염증이 치료된다. 건강이 좋아진다. 도파민이 흘러나온다. 스트레스 호르몬인 코르티솔 수치가 낮아진다. 이타심과 사회성 그리고 환경 감수성이 높아지고 다방면으로 능력치가 높아지고 중요한 선택을 할 때도 조금 더 현명하고 창의적인 판단을 하게 된다. 우리가 마음을 열고 감동을 받을 환경으로, 감동을 주는 사람 속으로, 책 속으로 이동만 하면 되는 쉬운 일이다. 이제 감동받을 준비가 되셨나요?

세상에서 가장 효과가 좋은 천연 치료제로 정신적, 육체적 건강을 최고로 유지할 준비가 되셨나요?

💬 댓글 공감

이○영

박찬 감동을 줄 수 있는 사람이 되는 거죠~!

김○자

재미있게 보았어요. 노력하는 자 당신은 대단한 사람입니다. 좋은 친구가 있다는 것, 그 또한 좋군요. 감사합니다.

김○미

천 원의 밥집은 나눔의 기적이네요~ 감동을 주는 사람이 되도록 노력하겠습니다.~

H.H.

감동받는 것은 정말 쉬운 일 아닌가요? 저는 봄에 한국을 방문하는 동안 지인이 제공한 항공권으로 섬나라 여행을 떠나고 지인이 마련해 준 바다가 보이는 아름다운 해변에서 호강하는 선물을 받았습니다. 감동받는 것은 정말 쉬운 일 아닌가요?

유○선

서서히 죽음 앞에 다가가는 저희 나이 세대에 계신 분들께 바랍니다. 우리는 하나님의 자녀로 그동안 많은 축복과 사랑 속에서 지내 왔습니다. 설령 어떤 시련이 있었을지라도 아니면 지금 그 고통을 받고 있을지라도 우리는 계속 주변의 도움과 사랑을 받고 있으며 또 받을 수 있습니다. 저는 이제 우리가 나누고 베풀고 기부하고 사랑을 주며 하나님께 돌아갈 준비의 시간을 갖는 것이 나에게 주어진 하나님의 과업이라고 생각됩니다. 그분만 아니라 그것이 우리에게 주어진 마지막 숙제입니다. 많은 분이 봉사의 마음으로 주변을 돌볼 때라고 생각합니다.

최○승

김 선생님의 글을 읽으면서 감동받았습니다. 감사합니다. 그러고 보니 여태 살아온 것 자체가 감격이요, 감사요, 감동입니다.

한○주

감동받고자 하는 여유가 없으면 어려운 숙제인 듯합니다. 늘 그런 마음을 갖고 세상을 바라보며 배우는 마음을 가져야 할 거라고 생각해요. 좋은 글 잘 읽었어요. 감동받았네요.

정○경

감동!! 천연 치료제. 많이 많이 여기저기서 생겼으면 합니다. ^^

김○자

내가 먼저 만들면? 다른 사람 위해서, 아내 위해서 이벤트와 모든 것이 감동이 되네.

조○관

글을 읽고 작은 일에도 감동하는 습관을 지니도록 노력해야겠네요.

장○

감동하라~~ 우리가 병들어 가는 이유는 감사할 줄 모르는 데 있다고 생각했는데 그 감사 너머 감동이 있는 것을 깨닫는 중입니다. 감사합니다. ^^

박○준

기적은 감동이 선행되어야 한다는 생각이 드네요. 신앙인으로서도 기적을 위해서는 먼저 신앙을 행사함이 하늘의 감동을, 즉 하늘의 힘을 이끌어 내지 않을까요? 또 나로부터의 감동이 선행된 이후에 그 감동이 물결치듯 퍼지지 않을까 싶네요.

김○자

내가 감동을 모르면 남 주는 것도 모른다. 나 자신을 위해서 감동 티켓을 써야겠다.

곽○화

아이구~~ 그게 바로 저네요. ㅎㅎ 저는 철없는 할머니라 그런 줄 알았는데 치료를 받고 있었네요. ㅎㅎ 늘 감동의 글 감사합니다. 치료가 됩니다. 그래서 제가 이렇게 아직까지 건강하게 잘 살고 있나 봅니다.

👍 좋아요 공감

전○민, K.S.H., 장○희, 김○경, 김○애, 정○렬, 윤○채, J.L., 김○곤, 오○준, 조○희, 최○우, 박○환, 이○옥, 이○자, 정○원, 송○환, 이○주, 최○숙, J.S.H., 이○납, 김○진, H.K., 양○옥, 정○원, E.J., B.Y.K., 백○화, 김○호, T.P.W., 최○서, 김○제, 김○배, H.J.H., 정○옥, 김○희, 최○승, 유○선, 정○련, 김○자, 김○미, 박○희, S.L., 이○영, 김○, 김○인, 김○연

36. 아가씨네 강아지는 유치원생

2021년 5월 21일 · 🌏

　서울시가 2018년 시민 1,000명에게 반려동물 보유 실태 등에 대한 설문 조사를 한 것을 종합해 보면 2018년 반려동물 보유 가구 비율은 20%를 기록했다. 다섯 집에 한 집꼴로 반려동물을 보유하고 있는 셈이다. 이러다 보니 자연스럽게 애견 장례식장 등 반려동물 관련 산업들이 우후죽순 생기기 시작한다. 그중 하나가 애견 유치원이다.

　광주의 구청 공무원인 A는 20대 중반의 싱글이다. 애완견을 키우는데 아침에 출근하기 전에 마치 어린아이를 보내듯이 애완견을 차에 태워서 유치원에 보낸다. 그녀는 마침 나의 여동생과 같은 사무실에서 근무하기에 전화를 해서 이것저것을 인터뷰했다. 흥미로운 이야기를 많이 들을 수 있었다.

　아침, 저녁으로 유치원에 데려가고 데려오는 유치원 차량 비용은 하루에 4천 원이고 유치원은 한 달에 30만 원이다. 이외에 간식 비용도 든다. 애들도 소풍이 있다. 해남이나 담양 혹은 광주대학교 애견 동반 운동장으로 가는데 그럴 때마다 도시락을 준비하고 선생님 도시락을 준비하기도 한다. 소풍에도 비용이 꽤 소요된다. 스승의 날 선생님에 대한 선물도 준비하고, 아이들의 생일날이면 축하하기 위해 선물을 준비하고 초대를 받으면 참석하기도 한다. 사람 유치원과 다른 게 없다.

　유치원은 나름대로 프로그램이 있다. 서울의 유명 애견 유치원은 정서가 불안한 반려견은 개별 문제 행동 트레이닝과 행동 풍부화 프로그램 등 전문 훈련가의 체계적인 커리큘럼을 운영하거나 반려견의 상태와 컨디션에 따라 식이 처방 리포트를 작성해서 맞춤형 사료와 간식 서비스를 제공하기도 한다.

하지만 광주에 있는 20여 마리의 소형 유치원인 이곳은 학부모들이 도시락을 준비하게 한다. 종일반 선생님은 3명 정도인데 이들은 앉았다 일어서기, 간식 주기, 옥상에 올라가기 등 한정된 몇 가지 프로그램을 운영하고 있다. 그리고 개인적으로나 유치원에서 훈련하여 "빵야!"라고 하면 쓰러지는 아이도 있고, 하이파이브를 하는 아이도 있고, "코!"라고 하면 코에 발을 올리는 친구도 있다고 한다. 그리고 방석을 한 개씩 나누어 주고 거기서 매일 낮잠을 자게 하는데 잘 잔다고 한다. 아이들이 줄을 맞추어 네 다리를 쭉 뻗고 잠을 자는 모습을 상상만 해도 웃음이 절로 난다.

유치원에서 가장 큰 문제 중의 하나는 변과 오줌이다. 패드에 처리하도록 가정에서 훈련된 아이들이 있는가 하면 다리를 들고 여기저기 노상 방뇨를 하는 아이들도 있다고 하는데 그런 경우는 기저귀를 채운다고 한다. 그리고 친구를 괴롭히는 악동은 퇴원 조치를 하는 강력한 수단도 있다. 하하. 강아지도 퇴학을 당하니 조심해야 한다.

유치원을 다녀온 후 반응이 궁금해 물어보았다.
"아이가 피곤해합니다. 특히 소풍을 다녀오면 더욱 피곤해합니다. 그저 누워 있으려고 합니다. 다음 날 아침, 유치원에 가자고 하면 피곤해서 가기 싫다고 배를 드러내고 벌렁 누워서 자신의 의사 표현을 합니다. ㅎㅎ" 강아지의 어리광이 정말 사람 아이들과 다를 바가 없다. 학부모들(?)과는 SNS에서 자주 만나기도 한단다.
"스승의 날에는 강아지 스승님들께 선물을 보내기도 합니다. 그리고 아이가 아프다는 등 급한 일이 있으면 즉시 알려 주십니다."

학생 강아지들은 월수금반, 자율반, 종일반 등으로 나누는데 한정된 인원만 받는다고 한다. A는 앉아, 하이파이브, 코하면 코를 가리키기 등을 집에서도 가르친다고 하는데 피곤하거나 하기 싫으면 못 들은 척을 하고 버틴다고 한다. 지능이 사람의 2~3세이니 충분히 그럴 수 있다.

우리 집의 강아지 하임이와 심각한 대화를 나누었다. "하임아, 너도 유치원에 보내 줄까? 30만 원이래." "에이, 아빠 돈 들게 뭐 하러 그래요. 집에서 보내죠, 뭐." 효자 났다. ㅎㅎ

애견 인구의 증가에 따라 애견 산업과 관련 기관의 서비스도 뒤따르고 있다. A의 구청에서는 신고를 하면 떨고 있는 유기견 강아지를 구청에 데려와서 구청 게시판에 안내서를 붙여 두고 새로운 주인을 만나게 해 주기도 한다. 2021년 4월 27일 『매일경제』 기사에 따르면 현대자동차그룹도 전기차를 활용한 반려동물 대상 도심형 모빌리티 서비스에 나섰다. 즉, 애견들의 이동·의료·미용·숙박 등 다양한 펫 서비스를 제공한다.

미래 자동차 고객에 반려동물이 있다는 것을 빠르게 간파한 장삿속이다. 고객의 생각은 어디에 있을까? 장사에서 가장 중요한 요소이다. 시대가 실버화가 되면서 고객의 생각은 가까워지고 있다. 애완동물로 점점 더.

💬 댓글 공감

정ㅇ옥

와우~ 세상에나. 그런 일도 있군요~

조ㅇ관

과거 노르웨이 등 북유럽을 여행할 때 들었는데 유럽은 강아지 유치원이 의무화되었다고 들었습니다. 강아지 혼자 집에 두면 벌금 등 처벌을 받는다고 들었어요. 그래서 한국에서도 이런 사업을 하면 되겠구나 싶었는데 이미 시작됐군요. 공직에 있을 때 업무와 좀 연관이 있어 논의한 적도 있었는데~~ 동물위생시험소에 있어서 주로 가축 진료와 치료를 하지만 도시의 특성이 있어서 교육 그리고 유기견센터와도 연계되어 있습니다. 좀 관계가 멀지만 야생동물 구조센터도 운영하고 있습니다.

구청 근무 A

감사합니다. ㅎㅎ 너무 재밌게 읽었어요! 북유럽은 법으로 정해져 있다니 흥미로워요~ 제 일상 중 하나를 이렇게 멋지게 글로 써 주시다니 감사하다고 전해 주세요! ㅎㅎ 다음에 링크 알려 주시면 다른 글들도 더 읽어 보고 싶어요. ㅎㅎ 남은 주말 행복하게 보내시구요. 내일 뵙겠습니다.

이○영

펫 인구가 천만이 넘어가니 유치원, 결혼, 장례식장, 납골당 등 점점 진화하고 발전하리라 생각합니다~! 산책을 시켜 주는 파트타임 일 등.^^

S.D.C.

1980년 고등학교 선생님이 우리나라는 개가 사람같이 사는 세상이 온다고 말씀하셨는데 그 당시 무슨 ×소리 하시는지 배꼽을 잡고 웃었는데요. 정말로 현실이 되었네요. 애들이든 견 공이든 관련되는 일을 하려면 밥벌이에 앞서 애정이 있어야겠지요.

곽○화

강아지가 부럽네요. ㅎㅎ

김○곤

50여 년 전에 미국 영화를 볼 기회가 있었는데 강아지가 고기를 먹던 모습을 보며 충격을 받 았던 적이 있습니다. 우리는 보리밥도 배불리 못 먹는데 개가 고기를…… 나는 미국의 개 만도 못한 삶을 살고 있는가? 얼마 전 배우 김혜자 씨가 현직에서 은퇴하고 아프리카의 어 린아이들을 위한 구호 활동에 매진하는 모습을 보며 감동을 받았습니다. 왜 저 사람은 저 나 이에 강아지나 키우며 고상한 척 하는 삶을 살지 않는가? 결국 우리 모두가 '자기애'와 '인류 애' 사이에서 갈등하며 자신이 편하다고 생각하는 길을 택하는 것 같습니다. 이제 절대 빈곤 에서 벗어난 우리 민족이, 특히 그리스도인들이 자기애의 아주 작은 한 부분을 조금이나마 떼어 인류애에 나누는 여유가 있기를 소망해 봅니다. 자기애보다 인류애가 더 커지는 날이 오기를 소망하면서.

박○화

새로운 일상입니다. 놀랍습니다!♡ 우리나라도 펫 문화가 자리 잡고 있군요.~~^^♡ 땡땡이 반려견과 함께 하는 행복한 사회 물결이 가득합니다!

👍 좋아요 공감

김○경, 박○화, 조○화, 김○균, 이○우, 차○, M.M.B., K.S.H., H.K., 이○옥, H.S.C., 이○자, 원○석, 윤○채, J.S.H., B.Y.K., 최○우, 류○한, 김○호, 전○민, 김○자, 최○숙, 최○승, 김○희, 김○연, 유○선

37. 두려움에서 빠져나오기

2021년 4월 18일 · 🌐

30여 년간 작은 사업을 하고 있다. 대학에서 배운 지식을 사업으로 연결한 것이다. 무엇을 만들고 그것을 팔아서 밥벌이를 한다는 것은 쉬운 일이 아니다. 만일 지금과는 완전히 다른 사업을 한다면 무엇을 할까? 자주 생각해 보는데 정말 쉬운 일이 아니다. 몇 명이 입에 풀칠을 해 온 30년은 기적 같은 날들이었다. 사업을 하다 보면 가장 큰 적은 두려움이다. 특히 은행이나 사채를 통해 돈을 빌려 일을 벌였을 때의 그 부담감은 엄청난 무게로 다가온다. 그 무게는 무겁거나 가볍거나 사업하는 동안 늘 존재하였고 새로운 공장을 지어야 할 지금도 마찬가지다. 그러므로 사업을 벌인다는 것은 그 무게를 견딜 마음의 결심이 단단하여야 한다.

두려움을 어떻게 털어 버릴 수 있을까? 나에게는 세 가지였다. 운동, 책 읽기, 글쓰기. 오랜 시간 운동으로 축구를 했다. 새벽이면 아들 셋과 운동장을 달리는데 그 맛은 나에게 다가오는 두려움을 떨치기에 충분했다. 나는 주로 수비수였다. 미드필더인 큰아들에게 패스하면, 윙인 둘째 아들에게 전달되고 마지막으로 그 공은 스트라이커인 막내아들이 골로 마무리하여 우리의 작전은 완성되었다. 지금은 여러 곳에 흩어져 생활하지만, 다시 한 팀이 된다면 나의 사업상의 두려움은 더 멀리 달아날 것이다.

두 번째 두려움을 이겨 내는 방법은 책 읽기다. 나는 어린 시절부터 위인전을 좋아했다. 가장 사실적이고, 성공한 그들에게 감정을 이입하면 주인공이 성공해 나갈 때 나도 성공한 듯했다. 왜 그런지 몰라도 마거릿 대처 여사의 전기가 늘 기억이 난다. 영국의 총리, 철의 여인. 아버지가 채소 가게를 하였는데 2층에서 늘 정치 모임을 하는 아버지를 보면서 자랐고 자연스럽게 그녀도 정치인이 되었다. 그녀의 어머니는 그녀에게 늘 떠나기 전에 주변을 그 전보다는 더 좋게 변화시키고 떠나라고 조언했다. 책은 변화를 가르쳐 주고 나를 혁신의 길로 인도한다.

빌 게이츠는 나름대로 3가지 독서법을 소개했다.

1. 노트를 정리하면서 읽는다. 항상 정리하면서 기존 지식과 새로운 지식을 연결하려고 노력한다. 원래 알던 사실과 책의 내용이 다르면 책의 여백에 자기 생각을 메모한다. 메모하느라 책 읽는 시간이 오래 걸린다. 책에 관련된 궁금증과 의문을 적으면서 읽다 보면 더 집중할 수 있고 그 책을 더 오래 기억하게 된다. 더 많이 쓸수록 더 오래 기억하는 것이다. 이것은 정교화 리허설(Elaborative Rehearsal)이다. 장기 기억에 있는 기존의 지식이 인출되어 유입 정보와 결합하고 더 깊은 수준의 정보 처리가 이루어지는 과정이다.

2. 끝까지 읽는다. 그의 독서 원칙이다. 무슨 책이나 무조건 끝까지 읽는다는 의미가 아니다. 가치 있는 책, 나의 시간을 투자해도 될 만한 책을 고르는 게 핵심이다.

3. 매일 책 읽는 시간을 정한다. 자기 전에 매일 책을 읽는다. 매일 한 시간 넘게 책을 읽는다. 어떤 습관을 들이기 위해서는 의지보다는 환경 설정(방해를 받지 않는 시간과 공간 - 독서 루틴 - 습관화)이 강력한 힘을 발휘한다.

세 번째 두려움을 이겨 내는 방법은 글쓰기다. 글에는 소설, 수필(에세이), 시가 있을 것이다. 처음에 나는 시를 쓰고 싶었다. 몇 줄로 삶을 표현하는 것이 감동적이었다. "나 보기가 역겨워 가실 때에는 말없이 고이 보내 드리오리다. 영변에 약산 진달래꽃 아름 따다 가실 길에 뿌리오리다." 얼마나 멋진 글인가? "우리들 마음에 빛이 있다면 여름엔 여름에 파랄 거예요." 동시가 시리도록 아름답다. 이들을 닮으려고 많은 노력을 해 보았다. 시어를 창작하고 조합하는 데 천재성이 없는 나의 글은 나를 크게 실망하게 했다.

그다음이 소설이었다. 시처럼 요약하고 쥐어짤 일이 없고 그저 나열해 나가면 되니 쉬운 편이었다. 그러나 바둑을 두듯 많은 시간이 걸렸고, 그러다가 그만두면 허비한 수백 페이지가 시간과 노력을 머금은 채 골방에 갇히길 반복했다. 『진통제』라는 나름 최상의 소설을 출간했지만, 결코 아마추어에게 쉬운 일이 아니었다. 경주에서 천년 전의 신라 화장품을 소설화하자고 오래도록 오가고 현장을 답사했으나 아직도 완성이 되지 않아 컴퓨터며 노트며 여기저기 뒹굴고 있어 마음이 아플 뿐이다.

에세이에 비로소 정착하고 있다. 제주의 어느 식물원 공원에서 어머니와 거닐며 마무리한 수필이 최근 것이다.

제목은 『헤어지는 연습』이고 마지막 몇 구절은 이렇다.

"오늘 어머니와 우린 조금씩 헤어지는 연습을 했다. 가슴이 여러 번 울컥했다. 제주의 날은 왠지 더 빨리 기울었다(2021. 4. 16. 제주 한림공원에서)."

수필은 이같이 시처럼 모든 감정을 몇 줄로 압축해야 하는 압박도 소설처럼 수백 페이지를 썼다가 거기서 중단하고 애석한 표정으로 원고 더미를 바라볼 필요도 없다.

두려움을 떨구어 낼 나의 3가지 강력한 도구인 운동, 독서, 글쓰기.
이들은 나를 끌어올려 줄 것이고, 에너지를 불어넣어 줄 것이다 .
두려움에서 멀리 떼어 내어 희망과 가능성의 세계로 안내할 것이다.

💬 댓글 공감

H.H.

다시 표선에 가셨군요. 약간의 두려움은 성장과 발전을 가져오지요.

J.S.

하루하루가 두려움이죠.

권ㅇ조

표선에 가셨네요. 두려움은 누구에게나 있나 봅니다. 두려움을 극복하는 게 한 가지 더 있다면 전 노래로 마음을 달래고는 합니다. 잠시라도 잊을 수 있겠더라고요. 또 아주 무거우면 그냥 내려놓고 기다려 보면 해결이 되더라고요. ~~~ 공기 좋고 물 맑은 표선에서 좋은 시간 많이 보내세요.

S.D.C.

정형화, 루틴화, 패턴화~~ 규칙을 만들어서 어려움을 풀 수 있는 접근법이 좋죠.

이ㅇ훈

사업한다는 것은 종합 예술과 같은 복합적인 고려가 필요한 것 같아요. 대단하십니다. 존경합니다. 글도 잘 쓰시고 위로를 받습니다.

최ㅇ승

김 선생님은 대단히 노력하시는 진취적인 사업가십니다. 저는 평생 공무원 월급쟁이로 시종했습니다. 생활에 굴곡은 없지만 그렇다고 발전도 없었습니다. 좁은 세계 속에서 스스로 갇혀 지낸 셈이지요.

정ㅇ옥

3월 말, 제주 한림공원에 여동생들과 처음 가 보니 걷기 좋은 맑은 숲. 힐링을 하고 와 보니 어느덧 추억이 되었네요. ~ 에세이 잘 보고 있습니다.

홍ㅇ성

연차 대회 및 노래 듣고 명상하며 좋은 의미의 자기 암시도 좋은 방법인 것 같습니다. ~^^

H.J.H.

남편도 개인 사업을 하기에 다 공감해요. 운동, 독서, 글쓰기 셋 다 열심히 하는 남편. 그래서 버텨 나가고 발전해 나가고~ 그리고 전진해 나가 봅니다. 파이팅!

김ㅇ자

잘하고 계십니다. 운동은 활력과 힘과 용기를, 글쓰기는 쓰면서 희망과 소망과 생각을, 책 읽기는 뉴 아이디어를 얻고 새로운 방향과 목적을 줍니다. 동질감을 찾고 열정을 배웁니다. 하루 잘 살기는 전체입니다. 이만큼 왔는데 잘하고 계십니다. 걱정은 주님께 맡기고 주와 의논하며 감사합니다.

조○관

개인의 역사는 늘 소설이고 에세이지요~~ 아름다운 시처럼 살고 싶어 끙끙댄 인생이지만 찾아보면 시적인 날도 많을 거라 생각되네요. 김 박사님의 글에서 항상 공감과 빠져듦이 있어 지켜 본 친구로서 두려움보다는 부러움이 느껴집니다. 쭉~~ 지금처럼~~ 응원합니다.

👍 좋아요 공감

김○숙, C.W.L., H.C.C., 정○열, 곽○화, 박○화, 이○영, 손○식, 박○홍, 김○희, 최○우, 김○균, B.G., M.G.Y., D.U.K., 황○범, 장○희, 하○, 이○호, 전○민, 윤○주, 김○대, 김○호, 김○배, 최○경, 김○자, 양○섭, T.P.W., B.S.A., H.J.H., 윤○채, J.S.H., K.S.H., 원○석, 최○승, 정○균, S.S.L., 송○규, 최○숙, 김○연, W.L., H.K., 정○황, 이○기, 최○칠, T.K., M.H.S., B.Y.K., 김○경, 정○련, 김○리, 유○선, 류○한, 김○, J.S., H.H.

38. 귀촌 부부의 제주 애월 퓨전 한식 까사데마마

2021년 3월 6일 · 🌐

　지인인 하경숙 & 염호경 부부가 있다. 부산이 고향이고 서울에서 생활하다가 제주로 내려왔다. 애월읍 476평의 땅에 집과 식당, 텃밭을 차렸다. 그들이 마련한 식당의 아이템은 퓨전 한식이고 가게 이름은 '엄마의 집'이라는 뜻의 「까사데마마」다. 우리는 제주도 남쪽 표선의 숙소에서 반대쪽에 사는 그들을 보기 위해 토요일 아침에 부지런히 달려갔다. 해안 도로에서 500m, 바다가 눈앞에 밟히는 곳. 우측 멀리는 아직 눈이 덮인 한라산이 또렷했다. 그들은 주변이 양파와 양상추로 가득 덮인 대지에 가정집, 식당, 텃밭으로 이루어진 새로운 꿈을 심고 있었다.

　흰색 벽과 회색 지붕의 목조 건물 번지수 앞에는 피노키오 인형이 앉아서 우리를 기다리고 있었다. 육지에서 남편은 부산 대학 입시 학원 강사로 오래 근무하다 서울로 이사해 탁구장을 운영했고, 아내는 취미로 배운 닥종이 인형을 전시해 인테리어에 도움을 주었다. 나중에 레슨도 해 볼 생각이라고 한다. 육지 생활을 접고 제주 애월읍에 레스토랑을 오픈한 그들의 음식이 궁금했다.

　12시 30분 예약이라 음식이 바로 나오기 시작했다. 우리는 음식을 먹으면서 그들의 인생도 음미했다. 맨 처음 칡차가 유리잔에서 따스한 김을 내뿜으며 나왔다. 차를 내미는 그들의 손끝에 구수한 경상도 사투리가 딸려 나왔다. 그리고 이어서 단호박죽, 샐러드가 나왔다. 샐러드에 곁들인 소스는 배와 사과, 견과류, 발효청을 갈아서 만들었다고 한다. 그리고 비트를 갈아서 만든 밀전병을 포함한 구절판과 겨자 소스가 나왔다. 밀전병을 포함한 구절판의 9가지 재료는 애호박, 오이, 흰색과 노란색의 계란 지단, 새송이버섯, 당근, 표고, 소고기였다. 셰프 겸 안주인은 우리가 찾은 식당에 얼마 전에 팔순인 할머니와 손자가 찾아왔는데 코로나19로 인한 4인 이하 제한 때문에 가족들과 각각 다른 식당으로 나누어 왔었다고 했다. 하루빨리 코로나19에서 회복되기를 비는 갈망의 눈길이 절절했다.

갑자기 식당 크기의 목조 주택인 그들의 안채가 궁금해졌다. 우리의 요청에 안주인은 본격적인 요리가 나오기 전에 우리에게 그들의 안채를 구경을 시켜 주었다. 향긋한 나무 냄새가 풍겼고, 1층과 방이 2개인 넓은 다락방에 방마다 모두 화장실이 있는 특이한 구조였다. 부부는 다시 식탁으로 돌아와서 우리가 식사하는 모습을 흐뭇하게 바라보았다. 부추새우전은 부추를 간 다음 셰프의 사랑을 담아 새우를 하트 모양으로 정성을 다해 만든 후, 무쇠 팬에서 구웠다고 했다. 식사하면서 우리는 그들에게 왜 제2의 인생 장소를 제주로 선택했냐고 묻자 남편은 비, 바람, 돌, 산, 나무 등 제주의 모든 것이 좋았다고 했다. "남편은 집의 정원과 채소를 돌보면서 우리가 마치 천국에 사는 것 같다고 합니다." 아내의 말처럼 그들은 천국을 찾아 제주에 왔고 지금 그 생활을 만끽하고 있었다.

코로나19로 사회적 거리 제한이 강화되어 어려움을 느끼지만, 그전에는 골프 손님, 결혼 기념 여행 등 많은 사람이 찾았다고 했다. "길게 보려고 합니다." 남편은 마스크 아래에 굳게 다문 입술로 그리 말했다. 제2의 인생을 다지고 다지며 먼 여행을 떠나려는 의지가 강해 보였다. 아내는 미소를 지으면서 고개를 끄덕이고 그 의견에 동조하는 모습이 마치 순례를 떠나는 요리사 순례자 부부처럼 느껴졌다. "고기의 뜻이 무엇인지 아세요?" 셰프 아내가 우리가 먹는 모습을 물끄러미 바라보면서 물었다. 우리가 고개를 갸우뚱거리자 "기운을 북돋아 주는 음식이라는 뜻이에요."라고 했다. 고기를 너무 추상적으로 표현하는 것 같아 의아해하면서도 고기가 높을 고, 기운 기라 그래서 기를 올려 주는 음식이냐고 묻자 여자 셰프는 고개를 끄덕였다. "이렇게 정성껏 그리고 다양하게 그리고 계속 음식이 나오는데 이익이 남겠어요?"라고 우리가 물었다. 셰프는 "사실 고기는 모두 한우와 한돈을 사용하므로 그리 많이 남지는 않아요."라고 답하면서, 어떤 신혼부부는

25,000원인 가격을 45,000원으로 올려도 되겠다고 네이버 리뷰에 적고 유튜브에서 식당을 소개하며 감사의 인사를 전하기도 했다고 한다. 우리가 봐도 그럴 만한 가치가 있어 보였다.

이어서 맥적이라는 고구려 요리가 나왔다. 고구려 역사 소설에서 맥적이라는 요리에 대해 읽은 적이 있었다. 된장에 재운 불고기 돼지고기 요리였다. 곁들여서 파인애플구이와 영양부추무침이 함께 나왔다. 이렇게 다양한 요리를 어떻게 잘하는지 묻자 셰프는 한국 전통요리전문가 자격증을 취득하며 공부했다고 했다. 그녀의 어깨 뒤로 스케치풍의 그림 액자가 있었다. 자신의 언니인 하영희 서양화 작가의 꽃과 인물화라고 소개했다. 깔끔하고 세련된 음식과 스케치풍의 그림들은 서로 잘 어울렸다. 이어서 딱새우전복 냉채와 소고기토마토샐러드 그리고 거기에 들어가는 바질과 통후추가 나왔다. 셰프는 그냥 가루로 된 후추는 가는 과정에서 기계의 납 성분이 많이 들어갔을 수도 있어서 통후추를 고집한다고 했다. 건강에 깊은 생각을 더한 배려였다.

이 식당은 수요일과 일요일이 휴무다. "왜 수요일에 쉬나 사람들이 의아해하지 않나요?"라고 묻자 주인은 늘 받아 본 질문이라는 표정으로 "우리가 살려고 일하는 것 아닌가요?"라고 되물었다. 그들은 잘 살기 위해서, 풍요로운 삶을 위해서 일주일에 두 번을 쉬고 그 시간에 또 다른 즐거움을 찾는 것이다. "식당은 남편이 안 해 본 일이라 어려워했어요." 셰프는 남편에 대해 말한다. 그리고 요리를 모르는 남편이지만, 아내를 도와 최선을 다하고 있고 요리에 사용하는 채소는 유기농으로 모두 남편이 텃밭에서 가꾸고 있으니 나름대로 큰일을 하고 있었다. 또한, 이 식당은 술을 팔지 않는다. 그러니 스스로 와인을 들고 오는 지인들도 있다고 했다. 이어서 고추기름으로 요리한 담백한 스타일의 순두부찌개가 나왔다. 순두부찌개에는 새우한 마리가 커다랗게 들어 있었는데 몸통이 실해 보였다. 부부의 정성이 고스란히 들어 있었다.

초고추장과 함께 나온 브로콜리는 직접 키운 것이었다. 생선가스와 타르타르소스, 이어서 취나물과 깻잎순나물이 나왔다. 모든 용기는 친환경 도자기라고 했다. 파슬리는 방충망 수리를 하는 아저씨가 한 포기 준 것인데 텃밭에 심었더니 아주 많이 퍼졌다고 했다. 채소에는 사카린과 탁주를 거름으로 쓰는 것이 좋다고도 했다. 처음에 농지 전용으로 신고를 안 해서 1년이란 시간이 지난 후에야 건축을 할 수 있었다고 한다. 수육이 나왔다. 고기가 부드럽고 작은 새우젓을 찍어 먹거나 배추겉절이를 싸서 먹으니 맛이 꿀맛이었다. 이들은 인공 조미료를 배제하고 자연 그대로의 맛을 내고 있었다. 자연의 향이 코끝으로 전해지는 듯했다.

마지막으로 금계국과 페퍼민트를 블렌딩한 차가 나왔다. 그리고 길쭉한 접시에 코코넛 90% 쿠키, 초콜릿 쿠키, 귤 양갱, 초콜릿 칩이 들어간 팥 양갱, 딸기가 디저트로 나왔다. 유리 찻주전자 밑에는 앉은뱅이 초 한 자루가 따스함을 계속 유지해 주고 있었다. 부부는 이곳에서 꿈처럼 일하면서 쉬는 날은 둘레길을 걷기도 하고, 식당을 위해 쿠키를 만들기도 하면서 눈 오는 날 한라산 근처 윗세오름에 오를 것을 추천했다. 눈꽃의 아름다움에 몇 번이나 감탄했다.

아내는 까사데마마의 음식이 예술 작품 같다고 했다. 아들은 가격에 비해 매우 고급스럽고 깔끔하다고 했다. 난 한 곡의 음식 연주를 느끼는 것 같았다. 까사데마마는 주변의 양파밭, 양배추밭, 멀리 보이는 한라산, 눈앞의 애월 해변 등 온갖 자연과 어우러져서 한 곡의 신비한 맛을 연주하고 있었다.

💬 댓글 공감

조ㅇ관

예술이네요. 도움이 되는 정보. 항상 감사.

장ㅇ희

뒤뜰의 양배추로 요리를 하셨나 보네요. ^^

이ㅇ영

저도 조만간 방문해서 거하게 먹어 봐야겠네요. ^^

정ㅇ경

좋네요. 제주에 가면 들려야겠네요. ^^

정ㅇ옥

한 상 차림 깔끔한 게 봄이 오는 것 같네요.

H.H.

다음 제주 여행의 행선지로 포함하겠습니다.

김ㅇ만

이분의 음식은 나(30조 개의 동물 세포)와 나 아닌 나(38조 마리의 배 속 미생물)에게 아주 좋은 음식입니다. 뇌 장축은 인간의 노화, 면역, 근력, 정신세계를 함께 지배하거든요. 육류와 정제 전분을 좋아하는 서구인들이 인생 후반기를 비만, 당뇨, 뇌 질환, 우울증 등의 삶을 사는 결정적 이유가 제2의 뇌인 장내 미생물을 홀대했기 때문이죠. 이 식당은 우수 마이크로바이옴 식단 별 ☆☆☆☆개를 수여합니다. 저도 제주도에 가면 꼭 한번 들러 보겠습니다.

이ㅇ학

나도 친한 분들인데. 내 사촌도 제주에서 펜션을 운영하고 있어요. 가까운 데서. 근데 아마 현생에서는 가 볼 여유가 없을 것 같은데 다음 생에서는 더 바쁘다고 하니 포기해야겠네요.

윤ㅇ자

제주에 가면 음식점들을 쭉~~~ 들려야겠어요. 그분들의 음식도 정성도 꿈도 다 맛보고 싶어요. 좋은 글 좋은 사람들 좋은 음식들입니다. ♥

정ㅇ옥

제주에 가면 꼭 가야 하는 맛집입니다. ♡♡♡♡♡

이ㅇ희

하 셰프님 5월에 갈게요.^^ 그때 봬요.^^ 넘 늦은 밤이네요.

👍 좋아요 공감

정ㅇ연, 이ㅇ미, 박ㅇ훈, 나ㅇ녀, 이ㅇ례, 조ㅇ희, 이ㅇ자, E.C., 김ㅇ임, 구ㅇ덕, 조ㅇ화, 이ㅇ희, 정ㅇ옥, 홍ㅇ자, 하ㅇ, 최ㅇ우, 서ㅇ경, 이ㅇ우, J.S.H., S.D.C., 이ㅇ옥, 정ㅇ련, B.L., 배ㅇ혁, C.C., J.M.K., 김ㅇ곤, 김ㅇ경, H.K., 김ㅇ희, H.H., 김ㅇ연, 임ㅇ선, 최ㅇ경, 김ㅇ균, R.L., J.K., 최ㅇ승, 이ㅇ찬, 박ㅇ화, 윤ㅇ채, B.Y.K., 박ㅇ용, 김ㅇ석, 이ㅇ서, 장ㅇ길, 이ㅇ호, T.K., 강ㅇ이, 이ㅇ주, 양ㅇ옥, 오ㅇ숙, T.P.W., S.O.L.K., T.B., 원ㅇ석, 이ㅇ영, 윤ㅇ서, K.S., 정ㅇ온, 최ㅇ호, 김ㅇ호, 최ㅇ숙, 송ㅇ규, D.U.K., 곽ㅇ화, B.S., C.K., 장ㅇ걸

39. 우리는 코로나19를 피해 어디로 가야 하나?

2021년 2월 28일 · 🌐

코로나19는 바이러스성 전염병이다. 중국인 의사가 처음 발견한 것으로 알려져 있다. 사람들은 중국인들이 시장에서 박쥐를 식품으로 거래하면서 그 속의 바이러스가 전염의 시작이라고 한다. 확실한 것은 아니다.

코로나19를 말하면 인류 최악의 질병, 즉 페스트균이 병원균인 흑사병이 대두된다. 흑사병으로 유럽 총인구의 30~60%인 7500만~2억 명이 목숨을 잃었다. 흑사병을 문학화하면서 세계적인 작가가 된 사람은 이탈리아의 보카치오이다. 그는 어린 시절 파리에서 교육을 받았고, 아이는 그곳에서 놀라운 문학 재능을 발견했다. 1325년 활기찬 항구 도시 나폴리에 머무르다가 후에 고향인 피렌체 체르탈도로 돌아왔다. 그때 흑사병이 퍼지면서 엄청난 사람들이 죽어 갔다. 고향에서 무덤으로 가는 사람들을 보면서 그가 저술한 『데카메론』이란 책은 흑사병으로부터 성으로 도피한 사람들의 민화 한담인데 이 소설로 그는 단테와 더불어 유럽 3대 작가가 되고 근대 소설의 아버지로 불리게 되었다.

몇 년 전, 나는 모나코에서 열리는 비즈니스 행사에 참석하기 위하여 이탈리아를 경유할 기회가 있었다. 우연히 지나는 고속도로 길목에서 '체르탈도'라는 안내판을 발견했다. 『데카메론』의 저자인 보카치오의 고향이었다. 가슴이 뛰기 시작했다. 우리의 일정은 급히 체르탈도로 바뀌게 되었다. 데카메론을 향한 우리의 여정은 밀라노-코모-벨라지오-시르미오네-베로나 비에뜨라모-볼로냐-모데나를 거쳐서 피렌체 근처로 나아갔다. 주도로와 갈라지는 고속도로에서 우측으로, 그리고 12km 지점에서 다시 우측으로. 화살이 과녁을 겨냥하듯 나는 점점 보카치오의 고향으로 다가가고 있었다. 토스카나 지방은 온통 포도밭이 산이며 들을 덮고 있었다. 베르난 도에 도착하자 여기서 체르탈도가 9km가 남았다는 표지판이 보였다. 피렌체에서 40km 지점이었다. 조금 더 가자 판콜레로가 나왔는데 이제는 정말로 보카치오 고향 근처였다. 숨을 깊이 들이쉬었다. 잠시 후 설렘으로 가득 찬 자동차는 미끄러지듯이 체르탈도의 마을 광장으로 빨려 들어갔다.

올리브와 포도나무로 산을 이룬 이탈리아의 중부 산허리 구석구석을 돌아 지금 나는 드디어 『데카메론』의 저자 보카치오를 탄생시킨 체르탈도의 광장에 들어와 있는 것이다. 날은 따뜻하고 내가 앉은 광장의 성당 앞 대리석은 시원하기만 했다. 광장은 성자로 추앙을 받는 듯한 보카치오의 동상이 서 있고, 그 뒤로 교회당이 있다. 그 우측은 이탈리아 삼색 국기와 유럽 국기가 바람에 날리는 마을의 공회당이 서 있고, 좌측에는 아이들의 놀이터인 회전목마가 있다. 그 길 건너 중간에는 경찰서(Polizia Municipal)가 있었다. 그 건물을 지나가는데 나이 든 여자가 복도를 청소하고 있고, 왁스 냄새가 진하게 풍겨 나왔다. 다닥다닥 붙어 있는 3~4층의 도로변 집들은 집마다 창문 앞에 나무로 된 덧문들이 있었는데 청색, 나무색, 노란색으로 칠해져 있었다. 어느 3층 집은 베란다의 낡은 시멘트를 보수하는 작업이 한창이었다. 집들은 시멘트와 돌로 담이 쳐져 있고, 담장은 철제 울타리로 되어 있는데 그사이에는 연두색, 노란색 꽃들이 아름답게 자라고 있었다. 도로는 양옆에 1m가량의 주차 블루 라인이 있고, 중앙은 2m가량의 차량 통행 가능 도로가 연결되어 있었다.

비브리오테카 거리의 집들 중간에는 패트로니 박사의 정형외과 병원도 있었다. 도로변에는 베네통 어린이 옷집, 금과 은 가게, 바, 약국들이 계속 이어지고 있었다. 은행, 경찰서, 부동산 그리고 타뉴모빌라레 도로를 한 바퀴 돌아 광장으로 다시 돌아오자 광장의 정면 중앙에는 1시간에 1유로의 주차장이 있다. 여전히 근엄한 모습으로 서 있는 보카치오 동상 등 뒤 아래는 10여 명이 앉을 수 있는 긴 벤치가 있고 거기에는 검정 안경, 검정 바지와 검정 셔츠를 입은 여자가 휴대폰으로 통화를 하면서 일광욕을 즐기고 있었다.

보카치오는 가운데 큰 문과 양옆에 나무색의 작은 문이 달린 회색빛 성당을 등지고 언덕 위를 응시하는데 높은 그곳은 성으로 둘러쳐진 보카치오의 마을이 우뚝 서 있었다. 광장의 건너편에는 그곳으로 가는 푸니쿨라 (Funicolare)가 있고 우측에는 미니버스 정류장이 있다. 정차된 버스에는 "20년 전에 푸니쿨라가 만들어져서 지금은 보수 중입니다. 보카치오의 언덕 위로 가시려면 좌측의 공회당 앞 미니버스로 가시면 됩니다. 20분마다 있고 1.5유로입니다."라는 안내문이 있었다. 우리는 안내문을 따라 그곳으로 갔고, 오후 3시가 되자 마을의 종이 3번 울렸다. 20분이 더 지나서 우리는 직원이 안내하는 대로 미니버스를 타고 마을을 빙 돌아서 보카치오의 마을로 올라갔다. 흰 수염, 검정 선글라스, 육중한 몸, 잘생긴 이탈리아 남자 운전기사의 넉넉한 웃음이 마음을 편안하게 해 주었다.

버스는 언덕 아래와는 완전히 다른 중세 시대로 안내해 주었다. 여기가 조반니 보카치오의 고향이었다. 시가지 위에 그대로 보존된 작은 도성이 있었다. 조용한 마을을 혼자 걸으며, 보카치오며 데카메론이며 이런저런 생각을 했다. 이들은 나무색의 유리창에 또 나무색의 덧문을 달아 놓았다. 해가 비치자 일제히 덧문을 열고 창가에는 보랏빛 꽃이 앙증맞게 활짝 핀 화분을 창문마다 2개씩 얹어 두었다. 화분은 장식이자 경치였다. 보라색 꽃이 핀 화분은 벽에 못을 박아 걸어 두기도 했다. 꽃의 마을이었다. 잘 보존된 중세 시대의 집들로 보이는 담벼락은 붉은 벽돌이 시멘트 회분으로 굳혀서 오랜 세월을 견뎌 온 듯했다. 담벼락 골목길은 돌계단이 있고 그 바닥엔 단단한 돌이 윤기가 흐르듯 깔려 있었고, 그 역시 수많은 세월을 지나 온 연륜이 느껴졌다. 그 돌길 앞으로 시원하게 시가지가 내려다보였다. 유럽의 상징인 붉은 기와 역시 어딜 가도 보였다. 성과 시가지 사이에는 푸른 나무가 심어져서 두 구역을 구분 짓고 있었다.

집들은 3~4층 규모였는데 다닥다닥 붙어 있었고 진노랑과 진하고 바랜 듯한 감색이 섞여 있었고, 떨어져 나간 페인트가 지나간 시대를 보여 주고 있었다. 보카치오 거리는 마을의 남북을 관통하고 있었는데, 바닥은 붉은 벽돌과 돌들이 갈매기 표시 문양으로 깔려 있었다. 조금의 틈도 없이 조밀했다. 붉은색 색이 바랜 담장과 대문 옆으로는 담쟁이덩굴이 올라가고 있었고 집의 번호 표시 아래에는 붉은 우편함이 붙어 있었다.

보카치오 집의 탑 위에서 시가지를 내려다보니 붉다기보다는 옅은 주황색이나 색이 바랜 주황색에 가까운 지붕과 연노랑 담벼락들이 보였다. 골목에는 의자와 테이블이 한 줄로 레스토랑을 따라 줄지어 있고 사람은 보이지 않고 한적했다. 고성 아래에는 주민들이 사는 마을이 따로 있기 때문에, 이 성곽 안에는 사실 마을 주민이 얼마 살지 않는 듯 조용했다. 관광객을 위한 마을인지 주민이 사는 곳인지는 확인할 길이 없었다. 덩굴 모양의 쇠 덩굴 끝에 둥그런 등이 달려 있었다.

돌길을 걸어 나와 자동차의 아스팔트가 만나는 길에 한 남자가 주머니에 손을 넣은 채로 시가지 아래를 내려다보고 있었다. 외로워 보였다. 더 걸어가자 성주의 왕궁이 있었고, 모든 동네가 붉은 벽돌과 중세 시대로 건축물로 되어 있었다. 버스에서 내려서 우측으로 돌자 '보카치오 거리'라는 표지판이 보이고 200m 정도를 더 걷자 좌측에 보카치오의 집이라는 표지판이 보였다. 지금은 박물관으로 사용되고 있었다. 보카치오를 묘사한 수많은 서적, 그의 저서 데카메론의 전 세계 역서들, 그가 초기에 쓴 검고 낡은 원고들, 그의 사진들이 4층을 장식하고 있었다. 나는 1층 보카치오의 커다란 초상화 아래에서 한참을 그와 무언의 대화를 나누었다. 노트에 메모를 남기고 거의 6층 정도 되는 층계를 계속 올라가는데 꼭대기에는 정사각형으로 채 두 평도 안 되는 작은 옥상이 있었다. 옥상에 올라서니 동으로는 산 아래 동네가, 남으로는 포도밭이, 서로는 영주의 왕국이, 북으로는 보카치오 거리가 한눈에 들어왔다. 나는 보카치오 거리의 북쪽을 뚫어지게 응시했다.

보카치오는 여기서 흑사병이 마을을 쓸어 가 버리는 것을 보았을 것이다. 세기의 저자는 이 성에서 은둔했다. 사람이 죽으면 수사들이 앞장서서 소리를 울리고 흰옷을 입은 수많은 가족이 따르며 거룩하게 준비된 무덤으로 갔다. 거기서 기도하고 노래를 부르면서 하늘로 올라가는 영혼을 위로하는 것이 그들의 아름다운 관습이었다. 그러나 흑사병은 모든 전통을 바꾸어 버렸다.

마치 현재 코로나19로 수북이 쌓인 시신을 공동묘지에 막 묻듯이 말이다. 페스트로 죽은 시신은 노예 같은 천한 자들이 나무 막대처럼 대충 수레에 싣고 누가 볼 새라 후다닥 성을 나가서 구덩이에 던져 버리고 돌아왔다. 병을 옮길 거라는 무서운 두려움에 망자에 대한 예의를 지키지 않았다. 나는 그 광란의 서글픈 광경이 모두 연상되는 옥상에서 다시금 글을 썼다. 보카치오는 여기서 그 무서운 광경을 보았다. 유령 도시가 되어 가는 성 속에 숨어서 고개만 빼꼼 내밀어 아래 길로 황급히 뛰어가는 자들을 보고 그는 밤이 되면 다시 1층으로 내려가 문을 걸어 잠그고 책을 썼다. 글, 집, 망자들의 이야기에 묻힌 그의 은둔 생활은 사망까지 계속되었다.

나는 보카치오의 집에서 한참을 머물다가 그의 황혼의 서글픈 거처를 나와 오랜 시간을 동네를 돌아보는 데 할애했다. 우물도 보고, 깨진 도자기도 보고, 영주의 왕궁도 들어가 보고, 주민들이 살았을 거리의 골목길을 구석구석을 기웃거려 보았다. 작은 돌들로 반원을 그리는 형상이 반복되는 천 년 전의 길바닥도 만지고 걷고 답답하면 달리기도 했다. 성의 끝에 서서 끝없이 펼쳐진 포도밭을 보았고, 추수를 하려고 달려 나가는 영주의 군사들 발걸음 소리도 귀 기울여 음미했다. 3시 20분에 미니버스가 우리를 태우려고 다시 왔다. 언덕을 내려가 우측으로 돌아서 좌측의 광장 앞 주차장에 도달하는 데 채 10분이 걸리지 않았다. 수백 년의 세월은 그렇게 순식간에 지워져 버렸다. 일행은 놀이터 근처 주차장의 자동차로 가서 시동을 걸면서 "이제 우리는 산지미냐노로 갑니다."라고 말했다.

일정이 끝나고 체르탈도를 떠날 시간이 다가왔다. 언제 다시 이곳에 올지 알 수 없을 일이다. 그래서일까? 체르탈도의 눈빛은 슬퍼 보였다. 조반니 보카치오는 이 동네 그의 자택에서 사망했고, 1375년 여기 고향에 묻혔다. 나는 교회 앞에 여전히 우뚝 서 있는 그에게 마지막 인사를 남기고 체르탈도를 떠났다.

지금은 코로나19 시대다. 세계적으로 감염이 계속되고 있다. 현재까지 그나마 효과를 보는 것은 사회적 거리 두기와 마스크라고 한다. 보카치오 시대에 고성으로 피신하였듯이 우리는 이 시대에 코로나19라는 세계적 전염병을 피하기 위해 어디로 달아나야 할까? 그리고 또 언제까지?

💬 댓글 공감

박ㅇ홍

그 짧은 시간 안에 한 중세 작가의 삶을 관통해서 관조하고 현재 상황과 연결하시다니. 참 재미있게 읽었고 형님이 작가라는 걸 새삼 느끼게 해 준 에세이! 참 좋았습니다.

박ㅇ화

대단한 내공을 목격했습니다. 이런 멋진 글을 읽다니 단테의 신곡 작가 보카치오!♡ 고향 체르탈도 사람의 역사가 예사로운 게 아닙니다.

곽ㅇ화

중세 이탈리아는 굉장히 비위생적이었다고 합니다. 길에는 대변투성이였고 샤워 시설이 있는 집은 거의 없었고요. ㅎ 지금 우리 특히 한국은 기본 수칙을 잘하고 있기 때문에 이나마. ㅎㅎ 선생님의 글을 읽고 중세 시대의 책 한 권을 다 읽은 느낌입니다. 감사합니다.

H.H.

대단합니다. 감사합니다.

조ㅇ완

덕분에 이탈리아 여행에 동행한 느낌입니다. 페이스북 에세이를 통해 많은 공감대를 형성하고 있습니다. 기행 글 묘사 능력이 정말 대단하십니다. 감사합니다.

J.M.K.

Andra tutto bene!! 이탈리아도 코로나19에서 빨리 벗어나기를~~

백○화

어제 일처럼 그려지네요. 잘 읽었습니다.

윤○자

보카치오. 고등학교 때 세계사 시간에 들어 본 이름입니다. 덕분에 함께 체르탈도의 고풍을 실제로 돌아보고 온 듯합니다. 코로나19가 흑사병보다는 위로가 되는 느낌입니다.

조○관

한 편의 소설이네요~~ 이미 등단했지만 문장이 스르륵 읽히는 눈이 저절로 이탈리아 그곳에 있게 만드는 마술 속에 빠지게 합니다~~

👍 좋아요 공감

이○자, 김○곤, 최○철, B.Y.K., 하○숙, 윤○자, 정○옥, 최○숙, 전○민, 이○서, 최○우, 최○승, 이○영, 류○한, 양○옥, 김○균, 조○우, 김○희, 원○석, 이○걸, 조○완, 이○영, 송○규, 구○덕, 김○호, 김○수, 김○연, 박○화, 곽○화, 김○숙, 박○홍, 윤○채

40. 서귀포 남원 겡이죽

2020년 9월 · 🌐

　우리 집을 방문한 가족 같은 외국인 손님과 제주도 서귀포시 남원의 「밥통」이라는 식당을 찾았다. 제주도의 토속적인 음식을 소개할 때 아내는 주로 표선에서 보말죽을 소개하는데, 이번에는 겡이죽(방게를 갈아서 만든 죽, 제주도 토속어)을 마음에 담아 두고 있었던 것이다. 우리는 맛집 서치를 통해 검은 돌 해안 도로가 아름다운 서귀포 남원으로 길을 잡았다. 식당으로 들어갈 때 주방에서 수녀처럼 머리와 몸이 온통 검은색인 주방 아주머니가 열심히 음식을 하는 모습이 보였다.

　벽에는 한 소녀 그림이 걸려 있었다. 언젠가 내가 여러 번 읽은 책의 표지 그림이었다. "이것을 혹시 누가 그리셨나요?" 오픈된 주방이어서 그렇게 물어보자 그분은 "제가 그냥 끄적거려 본 것입니다."라고 했다. 대학에서 미술을 전공한 것도 아니고 학원도 다닌 적이 없는 분이 그냥 혼자 그린 것 치고는 아름다웠다. 게다가 전공을 한 작품이 아닌데도 그렇게 벽에 붙이는 용기가 대단했다. 그게 쉬운 일이 아닌데도 그녀는 전혀 거리낌이 없는 표정이었다. 오히려 즐기는 것 같았다. 그 옆에는 역시 그녀의 붓글씨로 쓰인 시가 대문짝만하게 표구로 만들어져 있었다.

　어느 중년의 사랑 / 당신이 계셔 나 외롭지 않네 / 당신이 계셔 나 힘겹지 않네 / 당신이 계셔 나 사랑을 알았네 / 죽음이 당신과의 인연을 가른다 해도 그 인연의 끈 나 붙들고 싶네 / 비 오는 어느 어스름한 저녁 어귀 나 자리하고 있네 / 허공에 감도는 공허한 한숨만이 날 위로하고 있네 / 이 세상 다하는 날까지 나 당신 곁에 머무르고 싶네 / 나 당신 곁에 잠들고 싶네 / 나 영원히 사랑을 배우고 싶네 / 당신을 사랑합니다

분명 저명한 시는 아니다. 아마추어 냄새도 물씬 풍긴다. 그러나 사랑의 진심이 느껴진다. 그림처럼 시의 작가도 궁금해진다. "사장님, 저 시는 누가 지었나요?" 희고 맑은 미소를 가진 아주머니가 조금 쑥스러운 표정을 지으면서 말한다. "제가요." "혹시 누굴 위해서?" "조금 전에 보셨잖아요? 제 남편이요. 그 양반을 위해서요. 그 양반이 오늘 하루 종일 낚시를 하셨어요. 고기를 많이 잡아 오세요." 아주머니의 사랑은 그 남편의 낚시질에 있었다고 하면서 빙긋 웃는다. 순박한 사랑이다.

그녀의 고향은 강원도 영월이고 남편은 충청도라고 했다. 낚시질을 잘하는 남편을 아주 사랑했다. 그래서 그런 시도 지었단다. 10년이 지난 지금은 그 정도 사랑은 아니라고 입을 가리고 웃는다. 남편이 고기를 잡아 오면 요리를 한다고 했다. 다른 식당에서 일하다가 이곳 식당을 개업한 지 1년 6개월 되었는데 그때 알던 손님들이 이곳으로 많이 온다고 했다. 참 신선한 충격이다. 식당 사장님치고 예술적이면서 사랑의 표현에 어색함이 없지 않은가? 남편에 대한 사랑의 연서를 대문짝만하게 액자를 만들어 걸어 두는 식당 주방장 겸 사장님은 난생처음 봤다. 그 액자의 건너편에는 또 다른 시가 표구로 만들어져 있었다.

내게는 / 그리운 아이가 있다 / 사랑하는 아이가 있다 / 안고 싶은 아이가 있다 / 항시 함께하고픈 아이가 있다 / 미워할 수 없는 아이가 있다 / 자꾸만 생각나는 아이가 있다 / 예뻐 보이고 싶은 아이가 있다 / 온종일 기다려지는 아이가 있다 / 날 미소 짓게 하는 아이가 있다 / 나를 보여 주고 싶은 아이가 있다 / 내 행복을 주고 싶은 아이가 있다 / 내겐 언제나 아름다운, 미더운 그런 아이가 있다 / 내가 사랑하는 아이가 있다 / 날 사랑해 주는 아이가 있다

사장님의 민지라는 딸에 대한 시였다. 봄비처럼 엄마의 사랑을 그토록 풍족하게 받은 그 아름다운 딸아이는 지금 어찌 자랐을까?

이토록 사랑이 많은 식당에는 손님들도 많이 찾아와서 소감을 남겼다. "메뉴보다 서비스가 더 많은 밥통." "맛에 반하고 인심에 반하고 가요." "평생 올 거예요. 기억해 주세요." "제주는 일찍 왔는데 밥통은 늦게 알아 속상해요." "곱창전골만 시켰는데 회도 주시고 덕분에 제주 생활 즐겁게 보내고 가요." "흑도새기 하영 있는 제주에 와시난 밥통에 한번 들령으네 맛 조은거 하영 머경 갑써." 손우혁, 김한국 등등 눈에 익은 연예인 사인도 많이 보인다.

아주머니는 우리가 주문한 겡이죽에 대해서 설명해 주었다. 해녀들이 겡이를 잡아 오면 그것으로 갈색과 노란색이 섞인 겡이죽을 만든다고 한다. 그 색을 내려면 수천 마리 겡이가 들어간다고 한다. 전체를 그대로 갈아서 물을 내린다고 한다. 흔적도 없이 사라지는 그 애들이 안타깝다는 소녀 같은 시심도 드러내었다. 성게 음식도 이야기했다. 메뉴에 성게국도 있는데, 지금은 바다에서 성게를 잡기가 어렵고 잡아도 성게의 알맹이가 없는 것이 많아 가격만 계속 올라간다고 한다. 원래 킬로에 5~6만 원이었는데 지금은 12만 원까지 올라갔고 손님들에게는 적게 줄 수가 없어 수지가 많이 안 맞는다는 말도 했다. 또 다른 식당 메뉴 중에는 '아무거나'가 있었다. 아저씨가 그날그날 잡아 오는 고기에 따라 메뉴가 정해지는 것이 아무거나였다. 아주머니도 그날 메뉴가 무엇일지 모르는 것이 아무거나란다. 다음에는 그 아무거나를 먹고 싶어졌다.

아주머니는 식사 후에 우리에게 여러 가지 이야기를 들려주었다. 나그네와 접하면서 한번 말문이 터지자 쉴 틈이 없었다. "이 집의 김치볶음이 맛있어요." "아, 네. 식당 옆에 천 평의 땅이 있어요. 그곳에 메밀도 심고, 무도 심는데 무를 못 팔고 남은 것은 무말랭이를 하여 이렇게 김치볶음을 만듭니다. 저희는 살기는 표선에 살고 이곳이 서귀포와 표선의 중간 지점이라 여기에 식당을 차렸어요. 우리는 흑돼지도 그날 잡은 싱싱한 것으로, 생선도 당일에 잡아 온 것을 그때그때 요리합니다. 여기 한자로 쓰인 방명록 보이시죠? 어느 날 스님이 한 분 왔는데 식사를 하고는 두루마리 화장지에 사인펜으로 반야심경을 적어 주셨어요. 무슨 한지에 적은 것처럼 멋지죠? 너무 고와서 이렇게 코팅을 해 두었어요."

"저는 쉰다리 요구르트를 담아요. 제주 할망의 쉰밥으로 만들어요. 너무 맛있다고 서울의 사이버 대학에서 주문하면 냉동으로 보내 주기도 합니다. 쉰다리를 순다리라고도 하고 제주도 토속어죠. 제주도 요구르트지요. 여러분도 한 잔씩 드세요. 수막리에 치과의사가 있는데 샌디에이고에서 왔대요. 근데 피아노박물관을 하려고 한대요. 흥미롭죠?" 아주머니의 이런저런 이야기 속에는 미국 탐정에 대한 이야기도 섞여 있었다. "제가 책 한 권을 사서 식당에 전시해 두었는데 어느 날 관광객 부부가 식당에 와서 그 책을 보더니 깜짝 놀라는 겁니다. 글쎄 자기가 그 책의 저자라는 겁니다. 책은 아내가 저술했고, 그 안의 주인공 미국 탐정은 그 남편의 이야기라는 거였어요. 얼마나 반가웠는지요." 한국인 최초의 미국 탐정 이야기였다. 그녀는 미국 캘리포니아 어바인과 로스앤젤레스에서 사는 1남 2녀의 어머니였다. 탐정의 아내이고 책의 제목은 『PI Story』였다. 책에는 "2017. 12. 9. 캘리포니아 공인 탐정 양기창" 사인도 있었다. 보따리 장사, 전자 도매상, 채권 회사를 거쳐서 탐정이 되는 과정과 그를 유명 탐정으로 만들어 준 사부 제이슨 탐정 그리고 미국에서의 탐정 스토리가 모인 책이었다.

그녀의 식당에는 맛있는 음식이 필요해서 그녀의 푸근한 사랑이 필요해서 밥집과 어우러진 예술성의 서정이 필요해서 오늘도 한국과 외국 여기저기 손님들이 드나든다. 그녀의 푸근한 미소를 접하면 누구나 친구가 된다. 단골이 된다. 우리도 오늘 갱이죽을 먹으면서 단골을 얻었다. 우리가 그녀의 손님이 아닌, 그녀가 우리의 손님이 되었다.

💬 댓글 공감

D.D.

멋진 글입니다! 잘 읽었습니다. 그 겡이죽 다시 먹고 싶어지네요.

곽○화

좋은 친구들을 만나셨네요. 영화 한 편 본 것 같습니다. ^^

김○애

제주도 이야기, 제주도 구석구석 탐방, 늘 재미있고 유익해요.

박○화

밥통이라는 정감 어린 맛집 소개가 리얼하고 재미납니다. 꼭 한번 여행하고 싶은 곳입니다. 멋집니다!♡

곽○화

저도 한번 가 보고 싶습니다. 방게죽도. ㅎㅎ 보말은 먹어 봤는데 방게는 아직.

👍 좋아요 공감

고○규, 황○봉, 홍○성, 윤○자, E.K., 이○호, 김○경, 정○자, 전○민, 백○화, 유○선, 박○화, 김○균, 안○진, 김○호, 이○영, 하○, 최○숙, 김○희, 이○우, 최○동, 박○운, J.H.C., 송○규, S.K., J.S.H., 최○승, D.D., 윤○채, Y.H.H.

41. 나는 도둑고양이가 싫다

2019년 3월 16일 · 🌐

5년 전 아파트에 살다가 주택으로 이사를 오자마자 불청객을 자주 보았다. 거실이며 부엌 창밖에서 어슬렁거리는 누런 도둑고양이 녀석이다. 하루는 그 녀석과 다른 녀석이 우리 집 정원에서 대판 싸움이 났다. 누런 놈이 앞발을 들어 발톱을 세우더니 아왕! 하면서 갑자기 돌격을 했다. 갈색 녀석은 갑작스러운 공격에 혼비백산하며 야오옹! 하면서 달아나는데 누런 놈은 북쪽의 울타리 끝까지 쫓아가며 녀석을 힘으로 몰아내었다. 도망가는 녀석을 씩씩거리면서 쳐다보고 있는 녀석은 영락없는 집주인이었다. 그러면 나는 누구인가?

어떤 날은 녀석이 3명의 친구분을 초대하셔서 부엌 창가 테라스에 철퍼덕 앉아서 도란도란 정담들을 나누셨다. 우리와 1m도 채 떨어지지 않은 거리였다. 누런 놈은 아예 드러눕고, 검은 놈은 테라스와 작은 정원을 경계하는 나무 받침대 난간 위에 올라서서 아래에 있는 두 녀석을 느긋하게 바라보고 계시고, 다른 회색 녀석은 졸린 얼굴을 하고 앞발로 눈을 비비고 있었다. 그러면서 누런 녀석이 우리를 자주 쳐다본다. 친구들이 왔으니 빨리 주안상이라도 내오라는 듯하다. 기가 막힌다.

녀석은 매일 오후 5시 경이면 어디서 나타나는지 어김없이 순찰을 돈다. 주로 북쪽 대문 밑의 틈으로 기어들어 온다. 그리고는 여유 있게 우측 작은 텃밭부터 산책을 시작한다. 고양이들은 배설물로 자신의 영역을 표시한다고 하니 새로운 영역 표시를 하고 있는지도 모를 일이었다. 어느 날 어머니가 텃밭에 콩을 심으러 오셔서 나도 정원으로 나가서 여기저기 청소를 했다. 그러다가 테라스의 나무 탁자에 비가 들이치지 않게 그 위를 회색 비닐로 씌워 두었는데 그 밑을 청소하려고 덮개를 치우다 말고 깜짝 놀랐다. 어떤 물체가 있었다. 머리를 두 발 사이에 푹 파묻은 채로 웅크리고 있는 회색 고양이였다. 평소에도 고양이라면 근처도 못 가는 성격인데 우리 집에 그러고 있는 녀석을 보니 온몸이 오싹해졌다. 잠을 자나? 싸리비로 바닥을 쳐 보았으나 꿈쩍도 안 했다. "여보, 왜 그래요?" 아내가 물었다. "저기 보세요." 그러면서 바로 옆에 죽어 있는 고양이를 가리켰다. "엄마야!" 보자마자 아내는 후다닥 부엌 쪽으로 달아났다.

죽은 고양이는 이제 남자인 내가 처리해야 한다. 삽을 들고 다가섰다. 혹시라도 살아나서 와웅! 하면서 달려들지도 모를 일이었다. 삽으로 툭툭 건드려 보았으나 미동도 없었다. 죽은 것이 확실했다. 삽을 들어 머리를 처박은 두 발 사이로 쑥 넣었다. 꼬리 부분까지 끝까지 넣었다. 솔직히 말하면 그때부터는 사체를 아예 보지 않았다. 썩는 냄새가 요란했고, 그 물체를 보는 순간 벌써 속이 울렁거리기 시작했기 때문이었다. 고양이 사체를 들고 남쪽 울타리로 가서 땅을 깊이 파고 그 속에 묻어 버렸다. 흙을 덮고, 돋우고, 잎이 넓은 감나무 이파리들로 위장까지 했다. 그러고 며칠 후 비가 밤새 많이 내렸다. 동이 트자마자 나는 거실에서 고양이가 죽어 있었던 그 안방 창 쪽 아래를 바라보았다. 비로 고양이가 있던 자국은 말끔히 씻겨 내려갔겠지 하는 기대감으로. 그런데 웬걸. 녀석이 웅크리고 있던 그 자리는 선명하게 남아 있었다. 죽은 고양이 몸의 액체가 아래로 빠지면서 얼룩진 자국인 것 같았다. 죽은 녀석을 발견하기 하루 전 아내는 그 누런 녀석이 거실 창가에 와서 이상한 소리를 하면서 자꾸 죽은 녀석이 있는 곳을 쳐다보았다고 했다. 마치 "저기 친구가 이상해요. 좀 봐 주세요."라고 했는지도 모른다.

오늘은 토요일 오후 5시. 햇살이 따뜻하고 석양이 서쪽 하늘 60도 정도에 머물러 있어 집의 절반은 그림자가 길게 북으로 드리워져 있다. 누런 녀석이 이성을 부르는 듯한 이상한 소리를 내면서 자신의 영역에 들어와 또다시 순찰을 시작한다. 야아앙~ 하면서 정원으로 들어서는 순간 나는 안방 창문을 세게 열고는 "저리 가!"라고 소리를 질렀다. 톤이 높았다. 솔을 넘어서는 되었을 것이다. 녀석은 깜짝 놀란 표정으로 급히 동쪽 울타리를 통해서 옆집으로 달아났다.

어린 시절 「검은고양이 네로」라는 영화를 보았는데 검은색 몸에 숨어 있는 날카로운 이빨과 "갸르릉" 소리, 노란색 눈에서 퍼져 나오는 소름 끼치는 광채가 어린 나를 얼마나 오싹하게 했는지 모른다. 학생 시절에 형이 어린 고양이를 안고 자다가 아침에 일어나 보니 녀석이 형의 몸무게에 눌려 죽어 있던 아찔한 모습이 지금도 눈에 선하다. 하얀 고양이가 축 늘어져 있었다.

도둑고양이가 딱히 나에게 해를 끼친 것은 없다. 오히려 녀석이 어슬렁거리는 통에 집 주변에서 쥐를 찾아보기가 힘들다. 그런데도 녀석만 보면 난 왜 이리 식은땀이 나고 긴장이 될까? 매일 오후 5시면 녀석은 우리 집을 순찰하고, 나는 녀석을 순찰한다. 이제는 서서히 이 집에서 녀석과 공존하는 법도 배워야 할까? 하지만 여전히, 이유 없이, 나는 그냥 도둑고양이가 싫다.

💬 댓글 공감

조○화

고양이가 싫다고 하시면서 고양이 사진은 최고의 것을 넣으셨네요.^^ 그냥 동화를 쓰시고 소설을 쓰신다고 하신 게 아니시군요. 서사 문학에 뛰어난 재능이 있으시네요.

👍 좋아요 공감

정○용, 김○옥, 이○영, M.B.P., 정○련, 이○강, 조○화, 박○원, 김○혜

42. 성적과 인성을 동시에 잡는 '목표 쓰기'

2019년 3월 6일 · 🌐

    그동안 작은 벤처기업을 운영하면서 학교에서의 특강도 병행해 왔다. 강의 첫 시간에 대학생들에게 항상 던지는 질문이 있다. "인생의 목표가 무엇인가요?" 놀랍게도 대부분 뚜렷한 목표가 없었다. 오로지 대기업 취업과 안정적인 공무원이 되는 것이 그들의 최대 관심사였다. 그것만 성취하면 끝이었다. '무엇이 문제인가?' 많은 생각을 해 보고 한 가지 결론을 얻었다. 어릴 때부터 뚜렷하고 균형 잡힌 목표가 필요하다.

    4년 전부터 학생들에게 매일 4가지 목표를 쓰는 것(4GW, 4 Goal Writing)을 코칭하기 시작했다. 그것은 기도 혹은 명상, 경전 혹은 양서 읽기, 성적 목표, 매일 봉사였다. 이것을 꾸준히 하면 인생의 균형을 잡을 수 있을 것으로 생각했다. 총 기간은 1,000일. 그 정도는 해야만 완전히 습관화가 되고 대학에 진학해서도 그 습관을 유지할 수 있을 것으로 생각했다. 초등학교 고학년부터 고등학교 1학년 사이의 학생들이 하나둘 시작했다. 고등학교를 졸업하면 이 과정을 마치게 된다. 시작은 수십 명이 하였지만 점점 탈락하고 정상적으로 이 과정을 거쳐 간 학생 수는 10~15명 정도 될 것이다. 이들은 어떻게 변화되었을까? 특별하지 않은 단순한 4가지를 매일 실천할 뿐인데 이들이 성취한 결과는 놀라웠다.

    "정말 보람차고 도움이 많이 됐어요. 매일 한다는 게 쉽지만은 않았지만, 하루하루 조금씩 해낼 때마다 성취감이 들고 저 자신이 자랑스러웠어요. 목표를 뚜렷하게 설정한 후 살아갈 때 훨씬 더 하루를 알차게 보낸 듯했어요. 스스로 발전하고 있는 것이 느껴졌고, 나 자신에게 매일 할 수 있다고 믿고 용기를 내어 하루를 알차게 보내면 정말 뿌듯함이 마음에 가득 찼어요. 일반적으로 학교 봉사 시간 채우려고 많이 했었는데 지금은 습관처럼 하고 있습니다. 봉사하는 것도 하다 보니 느는 것 같아 보람찼습니다. 수업 시간에 진지해지고 집중해서 수업을 듣고 이해하는 게 전보다 나아졌어요. 성적이 정말 많이 올랐어요. 공부가 싫었지만 이제 즐거워졌고 전보다 집중력이 훨씬 좋아져서 수업이 끝나면 '벌써 끝났네?'라고 생각할 정도로 좋아졌습니다. 처음 시작할 때 6등급이었는데 목표 쓰기를 해 가면서 5등급, 4등급 그렇게 계속 나아지더니 결국은 1등급이 되었습니다. 제 여동생에게 이 프로그램을 추천하고 싶어요. 동생이 공부를 못하는 편이고 봉사하는 것에 거부감이 커서 꼭 해 봤으면 합니다."

"무슨 일이 있어도 기도를 하게 되고 조금씩 긍정적으로 변했어요. 기분 나쁜 일이 있어도 좋은 쪽으로 해결하려는 성격으로 변했어요. 전보다 더 밝아진 것 같아요. 숙제도 꼬박꼬박 잘하고 수업 시간에도 더 집중을 하게 되었어요. 노트 필기도 더 잘하구요. 성적도 많이 올랐어요. 전교 1등이랑 비슷하게 되었어요. 계속하다 보면 점점 갈수록 자신감이 생기고, 재미있어지는 게 저 자신도 느껴져요. 중간고사를 잘 봐서 너무 행복했어요. 원했던 일이 이루어졌어요. 봉사를 하면서도 은근 뿌듯했어요. 그리고 가끔 공부랑 봉사랑 많이 할 때는 정말 즐겁더라구요. 봉사를 하면서 할머니랑 더 가까워졌습니다. 할머니의 독특한 성격 때문에 싫을 때도 있었지만 봉사하면서 할머니에게 이해심도 생기고 할머니를 사랑하게 되었어요. 2학년 때 대부분의 과목 수행평가 점수를 A를 맞았어요. 1학년 때였으면 상상도 못 했겠죠?ㅎㅎ 공부를 하니까 시간도 더 잘 쓰고 문제도 더 잘 풀리니까 아주 기분이 좋았어요. '3학년이 되면 전교 1등은 문제없겠는데?' 무모한 자신감도 생겼어요."

이들의 감동을 주는 체험담은 밤새도록 써도 다 기록을 못 할 정도로 차고 넘친다. 최근에 매우 고무적인 일이 일어났다. 처음으로 1,000일을 달성한 학생이 탄생했기 때문이다.

"저는 16살입니다. 시작할 때는 정말 제가 1,000일을 다 채울 수 있을까

하는 걱정이 밀려오기 시작했죠. 100일이 되었을 때 그 사실을 믿을 수가 없었고, 자신에 대한 믿음과 1,000일도 해낼 수 있겠다는 생각이 들었죠. 하루를 더 열정적으로 보냈고 제 시간을 더 소중히 여겼어요. 주어진 시간 안에 더 많은 일을 해낼 수 있었고 좋은 성적을 유지할 수 있었어요. 매일같이 발전해 가는 저를 보며 자존감도 많이 높아졌고 덕분에 저의 그런 모습을 좋아한 친구들도 많이 사귈 수 있었어요. 또 목표 쓰기를 하면서 독서, 명상, 봉사 활동, 계획표 등에 더 많은 주의를 기울이다 보니 여러 분야에서 발전할 수 있었어요. 명상은 제가 삶을 살아가는 데 정말 큰 힘이 되어 주었어요. 예전보다 스트레스도 적게 받게 되면서 훨씬 더 부드러운 사람이 될 수 있었어요. 삶을 소중히 여기다 보니 저에게 처음으로 꿈이 생겼어요. 생명은 저에게 그 무엇보다 고귀하고 소중한 것이 되었고 의사라는 꿈은 서서히 그 모습을 저에게 드러냈어요. 의사가 되면 삶을 보람차게 살고 죽을 때 후회가 없을 것 같다고 생각했어요. 그날부터 더 열심히 달리며 목표 쓰기를 했는데 벌써 1,000일이 된다니 정말 믿어지지 않아요. 그래서 더 많은 사람이 목표 쓰기를 알게 되었으면 좋겠어요. 저는 목표 쓰기를 통해 정말 많이 성장했고 또 쉽게 얻을 수 없는 많은 것을 얻었어요. 이렇게 좋은 프로그램을 추천해 주셔서 감사를 표하고 싶습니다."

프랭클린 디 리처드(Elder Franklin D. Richards)는 말했다.

"You've got to have a dream. If you don't have dream, how you going to have a dream come true."

(꿈이 없으면 어떻게 꿈이 현실이 될까요?)

세계적인 컨설턴트인 Dr. Hicks는 말했다.

"목표를 달성할 확률은 목표를 가지면 8%, 글로 쓰면 42%, 누군가에게 자신의 목표를 말하면 65%, 누군가와 결과를 상의하고 피드백을 받으면 95%로 올라간다."

1,000일의 실험 그리고 지금도 진행 중인 어린 학생들의 충실하고 감동적인 매일매일의 땀과 노력의 조각들. 대학생들에게 강의하면서 얻지 못했던 답을 이제 4GW를 하는 어린 학생들을 통해서 찾는다.

많은 학생을 동시에 코칭할 수는 없지만 살아가는 동안 계속할 것이다. 이 프로그램을 수료한 학생들이 20명, 100명, 1,000명으로 늘어날 때 세상은 혁신적인 인재들로 채워질 것이다. 그러다 보면 어느 미래엔 나의 역할도 끝나겠지.

💬 댓글 공감

S.S.A.

This is fascinating.

설ㅇ환

정말 대단한 성취입니다. 목표를 정하고 실천하기도 어렵지만 확인하고 돕는 일은 더 인내가 필요하죠. 그것도 일천 일 동안. 훌륭한 귀감이 됩니다.

B.S.A.

훌륭한 방법이네요.

장ㅇ

반성 많이 합니다! 훌륭한 일은 전파력이 있다는데~~ 저도 도전해 보겠습니다! 근데요, 제 관리는 누가?

👍 좋아요 공감

박ㅇ화, 김ㅇ훈, 정ㅇ만, 김ㅇ룡, 오ㅇ기, 장ㅇ희, 정ㅇ용, 김ㅇ인, 한ㅇ수, 김ㅇ경, 박ㅇ운, E.J., 유ㅇ선, 장ㅇ환, 김ㅇ애, 임ㅇ빈, K.B., 박ㅇ수, 김ㅇ의, 박ㅇ원, 이ㅇ영, M.H.S., 김ㅇ연, 이ㅇ옥, 김ㅇ연, S.S.A., S.S., 최ㅇ경, 김ㅇ혜

43. 제주 위미리 좌배머들코지

2019년 3월 3일 · 🌐

　전기 자동차로 서귀포에서 표선으로 향하던 중, 남원에 도착하기 직전에 위미항이라는 표지판이 보였다. 우리 부부는 동시에 저기로 가 보자고 손짓하며 급히 우측으로 핸들을 꺾었다. 포장도로를 조금 내려가자 고기잡이 배와 요트들이 정박해 있는 산남 제일의 천연 포구가 나타났다. 드넓은 태평양을 바라보면서 시원하게 뚫려 있는 위미항. 크고 작은 요트들 곁에서 사진을 몇 장 남기고 돌아 나오는데, 올레길로 보이는 돌담길이 우측으로 이어지고 있었다. 핸들은 그 길을 따라가고 있었다. 그리고 몇 미터 앞에 커다란 새 같기도 한 검은 바위가 우뚝 서 있었다.

　이름하여 좌배머들코지(길게 뻗어 나간 모양으로 바다 쪽으로 돌출된 육지). 바로 아래에 그에 얽힌 설화가 새겨진 돌판이 있었다. 오래전 이 마을 앞에는 70척(약 21m)이 넘는 거암 괴석이 용이 날아가는 모양으로 서 있었다. 언제부턴가 이 바위는 설촌 시절부터 위미리의 번성과 인재가 나타나길 비는 신앙적 성소가 되었다. 그런데 여기에 큰 문제가 생겼다. 일제강점기에 일본인 풍수학자가 이 바위를 가만히 보니 한라산의 정기가 모인 기암으로 이대로 두면 위미리에서 위대한 인물이 계속 나올 모양이라 이것을 제거해야겠다고 생각했다. 그는 위미리에 거주하는 동네 유지를 찾아가서 저 괴상하게 생긴 큰 바위가 당신 집을 향하여 총을 겨누고 있어 이 집안의 기가 눌려 있으니 가문을 보호하고 발전해 나가려면 저 녀석을 파괴해 버려야 한다고 충동질했다. 어리숙한 김 씨는 그 말에 속아서 석공들을 동원하여 그 거석을 파괴했는데 그 바위 밑에서는 용이 되어 승천하려고 준비하던 늙은 이무기가 붉은 피를 뿜으며 죽어 있었다.

이 일이 화근이 되어서 그 뒤로 위미리에서는 큰 인물이 나오지 않았고, 싹이 있다 싶으면 단명하고는 했다. 세월이 지나 위미리 사람들은 대대로 쌓여 온 한을 풀려고 기천만 원의 성금과 정성을 모아서 흩어진 기암의 돌 조각들을 정성스럽게 추슬러 비로소 100여 년 전의 그 좌배머들코지를 다시 복원했다. 그러자 몇 년 후 위미초등학교 출신 3명이 동시에 사법고시에 합격하는 경사가 일어났다.

죽었던 이무기의 영혼이 하늘로 날아올라 용이 되었던 것일까? 대양을 향하는 드넓은 항구와 억새, 야자수와 키가 작은 상록수의 아름다운 길로 이어지는 5번 올레길 중간에서 객들을 맞이하는 좌배머들코지. 여기에서 사람들이 강물처럼 흐르고 있다. 위미리의 인재들이 제주를, 대한민국을 위해 다시 한번 비상하길 비는 마음으로 그 검은색 거암을 한참 동안 응시하다가 문득 뒤를 돌아보았다. 낙조에 붉게 물든 커다란 용이 위미항 앞바다를 긴 꼬리로 내려치더니 남쪽 바다 위로 힘차게 비상하고 있었다.

💬 댓글 공감

한○익

활동 범위가 무척 넓으십니다.

👍 좋아요 공감

송○규, 유○선, 한○익, 김○룡, 박○운, 최○덕, 김○혜

44. 제주 월정리 책다방

2019년 3월 2일 · 🌐

아내가 운전하는 전기 렌터카가 비자림을 나와서 제주 북쪽으로 향하는 도로를 한참 달렸다. 그리고 월정리 해변으로 가는 작은 길로 방향을 잡고 구불구불 내려가다가 이내 바다가 보이는 작은 마을에 멈추었다. 마른 덩굴손이 감긴 현무암 검은 회색 돌담길을 돌아 몇 걸음 오르자 우측 낮은 돌담 곁에 제주도 월정리 조용한 감성 북카페, 「책다방」이 나온다. 단층 슬레이트 지붕의 농가 주택을 개조하여 만든 카페. 미닫이 문고리를 밀고 들어서는데 검고 흰 고양이 두 마리가 방석에 누워 잠을 자고 있고, 보이시한 젊은 여자분이 우리를 환한 미소로 반긴다.

카페엔 책이 가득한데 『인연』이란 책이 단번에 눈에 들어온다. 단 4장의 글로 심장을 녹이는 피천득의 걸작. 향 없는 허브 꽃병, 유자차와 촛불 잔이 놓인 둥그런 앉은뱅이 상에 책을 얹고 감색에 회색 줄이 씨줄과 날줄이 빽빽하게 짜인 방석에 앉는다. 나무 나이테 같은 감색 결 무늬가 아래로 흘러내리는 나무 벽에 기댄 채로 다시 한번 인연을 읽는다. 작가 피천득과 동경 하숙집의 눈이 예쁜 아사꼬의 이야기.

그녀와의 첫 만남은 하나꼬가 귀여운 소학교 1학년 때, 두 번째는 목련꽃같이 청순한 여학원 영문과 3학년 때, 마지막은 백합같이 시들어 가던 일본 진주군 장교의 아내일 때. 하나꼬와 헤어지고 동경을 떠나던 피천득의 마지막 말이 내 가슴에 애절한 여운을 남긴다. "세 번째는 아니 만났어야 좋을 것이다." 창밖은 비가 그친 듯하고, 날은 어두워지고 있다. 작은 옷 가게와 카페를 연결한 전깃줄에 꼬마전구가 반짝이기 시작한다. 슬픈 피아노의 선율을 들으며 일어서는데 머릿속에는 시들어 가는 하나꼬의 얼굴이 가슴 아

프게 떠오른다. 마치 그녀와 이별을 하는 듯. 내가 만난 것도 아닌데, 내가
사랑한 것도 아닌데. 조금 남은 유자차는 차갑게 식었고, 흰 고양이는 방석
에 똬리를 튼 채로 깊은 잠에 빠져 있고, 이슬비는 다시 내리기 시작했다.

💬 댓글 공감

김ㅇ옥

> 오빠의 감성으로 기록한 글귀들이 내가 꼭 책을 읽은 것만 같이 전달되어 오네. 우리 오빠 짱!!

👍 좋아요 공감

천ㅇ표, M.S.L., 김ㅇ옥, 김ㅇ경, M.B.P., 최ㅇ애, 이ㅇ영, 김ㅇ룡, 최ㅇ숙, 이ㅇ옥,
J.S., L.G., 박ㅇ운, T.P.W., 정ㅇ련, 김ㅇ희, J.S., H.K., C.C., 김ㅇ혜

45. 조건 없는 베풂의 생명력

2021년 4월 29일 · 🌍

　조선 중기 선조 시대에 사신과 역관들이 명나라에 파견되었다. 명나라의 예부관원은 연경에서 조선의 사신들을 대접한다고 그들을 홍등가로 안내했다. 역관에게도 기생이 배정되었는데 용모가 준수한 그녀는 소복을 입고 슬픈 표정을 짓고 있었다. 역관은 그녀에게 사연을 물으니 아버지는 명나라의 벼슬아치였는데 공금 횡령 혐의로 누명을 쓰고 옥사하고 모친도 사망하여 장례비를 마련하려고 기방에 팔려 왔다는 것이다. 역관은 그녀의 슬픈 사연을 듣고는 자신이 가져온 돈 2천 냥과 인삼을 팔아 마련한 1천 냥까지 더해 총 3천 냥의 전 재산을 그녀에게 주었다. 그리고 장례도 치르고 기방에 대금을 지불하고 고향으로 돌아가라고 했다.

　기녀는 놀라서 일어나 옷을 벗으려고 했다. 자신을 돈으로 사려고 한 것으로 오해한 것이다. 역관은 옷을 벗지 말라고 하고 무사히 고향에 돌아가 잘 살길 바란다고 하고는 기방을 나섰다. 기생은 급히 이름이라도 알려 달라고 애원하니 그는 조선에서 온 홍역관이라고만 했다. 홍역관, 즉 홍순언은 그 일로 동료들에게 놀림감이 되었다. 해가 지나고 명나라의 급보가 조선에 전해졌다. 대명회전을 개정한다는 내용이었다. 명나라의 역사를 개정하는 것인데 거기에 조선 왕의 역사가 잘못 기재되어 있어 벌써 200년째 고치지 못하고 있는 심각한 내용이었다. 조선은 급박히 움직였다. 잘못 기재된 태조 이성계의 가계도를 이번에는 반드시 수정할 필요가 있었다. 선조는 사신들에게 목숨을 걸고 역사를 고치고 돌아오라는 어명을 내리는데 홍역관도 동행했다. 명나라에서 그 일은 예부시랑이 책임 벼슬아치였다. 조선의 사신들은 예부시랑과 면대하게 되었고 200년간 이루지 못한 일이고 자신들의 목숨이 달린 일이라 간절히 부탁했다.

그런데 예부시랑 석성은 엉뚱한 것을 물었다. "여기에 홍역관이라고 있소? 그대가 홍역관이오? 그래, 부탁이 조선왕의 역사를 고치는 것이오? 내들어주겠소." 너무나 허무하게 승낙을 받아 내어 사신들이 모두 놀랐다. 거기에는 사연이 있었다. 오래전 기방에서 홍역관의 커다란 은혜를 받은 이는 류 씨였다. 홍역관 덕분에 빚을 청산하고 모친 장례식까지 무사히 치른후에 아비의 친구인 예부시랑 석성의 집에서 병든 그의 부인 시중을 드는일을 했다. 하지만 병약한 부인은 얼마 후 사망했다. 그런데 부인을 정성으로 시중하는 마음씨에 감복한 석성은 류 씨를 그의 계비로 맞이한 것이다. 병부시랑 석성의 후처가 된 뒤에도 류씨 부인은 밤마다 직접 비단을 짰다. 비단에는 보(報)와 은(恩)이 쓰여 있었는데, 이를 이상하게 여긴 석성이 류씨에게 사연을 묻자 류 씨는 아버지, 어머니의 빚과 장례비 마련이 어려워기방에 갔던 일과 홍순언을 만난 일을 고백했다.

석성은 동이족 중에도 의인이 있다며 그 기상을 칭찬했다. 이후 조선에서 종계변무 사신('이성계는 이자춘의 아들'이라는 조선왕의 역사를 바로잡는 일을 하는 사신)이 파견될 때마다 담당 인사였던 석성은 사신을 만나 주지 않으면서이상하게 홍역관이 왔느냐는 질문을 계속했다고 한다. 그리고 마침내 그를 만난 것이다. 양반의 서자 출신이자 중인인 홍역관은 이 일을 통해 선조의 신임을 얻어 승진을 거듭하여 후일에 병조참판까지 이르게 된다. 석송은 1592년 임진왜란이 일어나자 홍역관의 간곡한 부탁으로 명나라 대신들의 막대한 반대를 무릅쓰고 조선에 군대를 파병했다. 마침 석송은 당시에병권을 지휘하는 병부시랑으로 있었으므로 그 일이 가능했다. 하나 석송은전쟁 후에 명나라가 전쟁에 참여하여 입은 커다란 피해에 대한 탄핵을 받고 투옥된 후에 병사했다.

죄인의 가족으로 사는 참담함을 알고 있던 석송은 유언으로 부인에게 조선으로 피하라고 전했다. 류 씨는 가족들을 데리고 조선으로 건너갔고 그곳에서 석송의 자녀들은 석 씨의 시조가 되었다. 당시에 3천 냥이라는 거금을 아무런 조건 없이 사람을 구하는 데 사용한 홍역관. 그 일은 엄청난 보상으로 다가왔다. 200년 만에 종계변무가 이루어졌고 임진왜란에 명나라의 파병으로 일촉즉발의 고국을 구하는 데 기여했다. 게다가 그 일에 명나라 류 씨 부부는 목숨까지 걸어 주었다.

이 조용한 새벽에 나는 값지고 귀한, 그러나 실천이 쉽지 않은 고귀한 교훈을 뼛속에 새긴다.

돈보다 사람이 먼저임을, 조건 없이 베풂의 거대한 생명력을.

💬 댓글 공감

박ㅇ준

베풂은 모든 이에게 도전입니다. 특히 많이 주어져 움켜쥔 두 손을 펴는 그 힘겨움을, 주님의 사랑을 실천한다면, 값없이 주어진 우리의 삶의 변화를 생각한다면 아낌없이 모든 것을 내어준 주님의 삶에 조금이나마 다가갈 수 있을 것인데. 그 실천이 어렵네요.

김ㅇ자

한순간에 탑을 쌓을 수는 없다. 조금씩 조금씩 힘이 닿는 데까지 하자. 하다 보면 거기까지 도달하는 것이다. 작은 일부터 하자. 그러다 보면 큰일이 쉬워지니까. 찾아야 한다. 들리는 사람에겐 들리고 보이는 사람에게 보이는 법. 오늘도 잘하셨어요. 이른 일찍 책상에 앉았으니 기분이 짱이죠. 할 수 있는 일을 하자. 할 수 있는 만큼 최선.

오ㅇ숙

이 뿌연 아침에 비추는 찬란한 일화? 아닌 역사! 울림이 되는 교훈을 가슴에 새겨 봅니다. 감사합니다~~~

최ㅇ승

좋은 글 감사합니다. 눈앞에 이익만 추구하는 저에게 따끔한 회초리가 되어 정신을 차리게 합니다. 좋은 목요일 아침 맞이하십시오.

최ㅇ숙

베풂입니다. ㅎㅎ

조○관

배움을 얻어가는 글에 흠뻑 젖으며 늘 감동입니다~

최○도

감동적이네요. 역사가 교훈과 가르침을 주네요.

최○동

석송의 고사를 어려서 읽었는데 이제 다시 보니 참으로 새롭고 신기합니다.

👍 좋아요 공감

이○우, 이○옥, 김○희, B.G., 최○동, 정○균, 박○홍, 김○희, 조○현, 김○경, 하○숙, 하○, 최○도, 안○선, 이○영, 신○재, 곽○화, 최○, 김○수, 최○숙, 최○우, 김○준, 황○식, 윤○주, 장○희, 윤○채, 이○미, 박○숙, 차○, 유○선, 김○진, 김○균, 이○주, 김○호, 김○진, 최○승, 김○연, 오○숙, 김○곤, 김○희, 김○자, 배○철, 이○옥, J.L., 최○준, 김○, 김○완, 원○석, 김○배, 송○규, 정○련, 전○민

46. 가난의 생산성

2021년 3월 8일 · 🌏

　가정 환경에 따라 어느 정도 일정한 사이클이 있어 보인다. 내가 아는 아주 부잣집 아들이 있다. 땅 등 재산이 너무 많으니 흥청망청 낭비하다 채 3대가 지나지 않아서 재산이 거의 모두 날리고 어떻게 마련한 공무원 자리 하나를 유지하다가 은퇴하신 분이다. 나를 만날 때마다 그는 "이 일대가 모두 우리 땅이었는데 내가 바보였어. 그대로 갖고만 있었어도 지금 재산은 상상하기 어려웠을 텐데."라고 하면서 늘 그렇게 후회하고 일생을 보내고 있다.

　매우 가난한 집 아이들은 어떻게 해서라도 열심히 공부하여 우리 집안을 일으켜야지 하는 의지가 강하다. 그러다 그 아이가 의사도 되고, 판사도 되고 하는 성공담이 주변에 쏠쏠하다. 여기서 가난한 아이들이 의지가 더 강한 경우를 나는 '가난의 생산성'이라고 표현했다. 나는 몹시 가난한 집에서 태어났으므로 적어도 가난의 생산성은 높았던 것 같다.

　2021년 3월 8일 『매일경제』 신문에 낯익은 사람의 기사가 사진과 더불어 게재되었다. 전 모 웹 소설 작가에 대한 내용이었다. 그는 기사 서두에 이렇게 말하고 있다. "영화, 드라마에 판권이라도 팔리지 않는 이상 소설 인세로 생계를 부지하는 건 불가능에 가깝죠. 오죽하면 다들 장편 소설 쓰는 걸 '고급 취미 생활'이라고 얘기하겠어요."

　하긴 나도 소설 『진통제』를 출간하였는데 인세 수입이 거의 없을 정도로 미미하게 팔리니까 역시 고급 취미 생활을 하는 셈이다. 계속 기사를 보겠다. "하지만 웹 소설은 달라요. 꼭 1등이 아니고 50등 정도만 되더라도 월급만큼 받으면서 먹고 살 수 있는 곳입니다."

전 작가는 요즘 뜨는 것 같다. 『한겨레신문』 2021년 2월 19일 기사에도 그가 스릴러의 장인이라고 불린다고 소개했다. 그리고 전 작가의 이야기를 인용했다. 그는 미스터리 스릴러 등의 장르물을 써 오며 늘 리얼리티와 현장감 있는 사건에 목말랐는데 이번 작업을 통해 그 목마름을 해소했다고 했다.

그의 가족을 만난 것은 부산에서였다. 내가 31세에 처음 부산에서 보았으니 지금 전 작가가 42세면 당시에는 12세였을 것이다. 아들이 셋으로 기억나는데 아들들이 하나같이 잘생기고 착했다. 그의 아버지와 어머니는 동화구연가이자 작가였다. 그런데 그분들은 정말로 가난하게 살았다. 아이들이 모두 말라 보였는데 무엇을 충분히 먹지 못해서 그런가 싶을 정도로 집안이 어려웠다.

집을 방문한 적이 있었다. 부산이었는지 양산쯤이었는지 기억은 정확하지 않다. 집은 정말 허름했는데 방에는 책이 가득 쌓여 있어서 문학 가족임을 여실히 알 수 있었다. 부부는 한국평등부부대상을 받을 정도로 화목하고 사랑이 깊은 분들이었다. 지금도 그 아내의 안경 낀 푸짐한 미소 그러나 왠지 병약해 보이는 하얀색 얼굴이 떠오른다. 얼굴이 검은 편이고 은테 안경이 코에서 자주 미끄러져 내려오는 유선형 남편의 얼굴에서 반짝이던 눈빛과 눈처럼 하얀 치아를 보면서 그의 선한 마음을 읽었던 기억이 난다.

나는 부산 여자와 결혼하고 1년 정도 처갓집에서 생활하다가 광주로 돌아왔다. 그리고 부산 처갓집에 갈 때마다 그들을 가끔 보았다. 그래 온 지오랜 세월이 지났다. 당시 12세이던 전 작가는 벌써 42세가 되었으니. 그 동안 가난한 집 아이들은 잘 자랐다. 전 작가의 형은 학교 교사가 되었다고 들은 것 같다. 둘째 아들 전 작가는 이렇게 저명한 웹 작가가 되었다. 막내도 궁금하다. 어디서 어떻게 사는지. 모두 문학 실력이 우수했다고 들었다. 어떤 직업에 종사해도 글을 쓰면서 글을 읽으면서 그들의 훌륭한 부모님을 기리면서 잘 살 거라고 생각한다.

전 작가 형제들을 생각하니 가난은 확실히 생산성이 뛰어난 것 같다. 혹시 가난하다고 생각하는 독자 여러분이나 그분의 자녀들은 생산성이 높은 가난으로 더 높은 목표를 세우고 더 높은 이상을 꿈꾸면서 행복하게 살길 바란다. 가난의 가장 높은 생산성은 행복이라는 것을 60이 되니 느낀다.

Have a good day!

💬 댓글 공감

최ㅇ승

선생님 말씀 가슴에 와닿습니다. 좋은 지적이십니다. 감사합니다.

이ㅇ영

전 작가는 첫째 아들입니다. ^^ 둘째는 미술 선생님이구요. 전 작가 아버지는 몇 해 전에 돌아가셨습니다.

박ㅇ화

멋진 말입니다. 가난의 생산성. 훌륭한 청년에서 역량 있는 웹툰 작가로 성공하신 것이 자랑스럽습니다. 그분 아버님의 선하신 미소가 떠오릅니다. 영의 세계에서 흐뭇하게 여기시리라 여겨집니다.

홍ㅇ식

가난의 생산성. 처음 들어 보는 이치에 맞고 그럴듯한 표현입니다. 성경에 "우리는 환난 중에 기뻐한다."라는 로마서 5장 3절 구절이 있습니다. 가난은 좌절하지 않는 한 우리를 강하게 만들어 줍니다. 현재의 가난은 보람으로 여기기 어렵지만, 과거의 가난은 보람입니다. 좋은 글을 소개해 주서서 감사합니다.

👍 좋아요 공감

이ㅇ옥, 차ㅇ, G.Y., 윤ㅇ자, 전ㅇ민, J.M.K., 한ㅇ수, 최ㅇ우, S.D.C., 강ㅇ이, 김ㅇ희, 정ㅇ재, M.G.Y., 박ㅇ홍, N.K., T.P.W., 송ㅇ규, H.H., H.K., 하ㅇ, 윤ㅇ주, 곽ㅇ화, 원ㅇ석, 박ㅇ용, 김ㅇ균, 김ㅇ배, 이ㅇ옥, J.S.H., 이ㅇ우, 박ㅇ화, K.S.H., B.Y.K., 이ㅇ자, 이ㅇ호, J.H.C., 정ㅇ옥, 이ㅇ영, 김ㅇ연, 윤ㅇ채, 최ㅇ승, 김ㅇ희, 김ㅇ호, D.U.K., 최ㅇ경, 최ㅇ숙

47. 우리가 세계를 이길 수 있는 단 하나의 방법

2020년 9월 5일 · 🌏

    몇 년 전 장성경찰서에서 한국 영화의 거장 임권택 감독의 강의가 있었다. 그의 머리에는 온통 흰서리가 내렸고, 이마는 주름이 굵게 패여 있었지만, 그의 눈빛은 활활 불타고 있었다. 그는 일제 치하인 1936년에 장성에서 태어났고, 9살에 해방이 되었지만 그의 가족들은 이념적으로 갈가리 찢겼다. 어린 시절은 처참했다. 아버지는 좌익, 할아버지는 우익이어서 아버지가 나타나면 할아버지는 아들을 잡아가라고 경찰서에 연락을 했다. 그런 날은 일본도를 찬 경찰들이 온 집안을 들쑤시고 다녔다. 임권택은 아버지로 인해 연좌제에 걸려 학교도 다니지 못하고, 취직도 못 했다. 장성에서 빨갱이의 아들로 절망적인 어린 시절을 보낸 그는 그 지옥의 굴레로부터 탈출을 시도했다.

    "고향에서 살 수 없게 된 저는 가출하여 부산으로 가서 막노동도 하고, 이북에서 피난 온 사람들과 군화를 파는 일을 하면서 입에 풀칠을 했습니다. 서울이 수복되자 이북 사람들이 영화 제작을 시작하는데 저에게 막일을 도와달라고 하였습니다." 그리하여 서울행 열차를 탄 순간 그의 운명은 180도 바뀌게 된다. 1960년대 20대의 어린 나이로 영화감독이 되어 첫 10년에 50편이라는 엄청난 양의 영화를 찍었다. 그러나 그러한 성취에 비해 임 감독의 표정은 왠지 쓸쓸해 보였다. "최근에 TV에서 오래된 60년대의 영화를 방영하는데 바로 제 영화였습니다. 그것을 보면서 얼마나 부끄러웠는지 모릅니다. 먹고 살기 위해서 제작한 저급하고, 폭력적이고, 무작정 미국의 액션을 베끼는 그런 영화였습니다. 정말 부끄러웠어요."

    그래서인지 말을 조금 더듬거리고 윗니의 덧니 사이로 바람이 새어 발음이 깔끔하지 않았고 유명인이라기보다는 평범한 장성의 촌로처럼 보였다.

1970년대에 큰 변화가 일어난다. "박정희 정권하인 1973년에 「증언」이라는 정부 국책 영화를 촬영하였습니다. 그 영화는 대만에서 개최된 아시아영화제에 출품되었으나 저는 연좌제에 걸려 출국할 수 없었습니다. 「증언」이라는 영화는 사단 병력을 동원할 정도의 대규모 영화였고, 매우 성공적이었습니다. 그 공을 인정하여 문화부 장관이 저에게 길을 열어 주었습니다. 생전 처음으로 비행기를 탔습니다. 저는 대만에 내리면 처참한 기억만 있는 한국으로 돌아가지 않으리라고 생각했습니다. 그런데 대만에서는 가난에 찌들고, 전쟁 속에 놓였던 한국이라는 나라에 대해서는 그 누구도 관심이 없었습니다. 천대를 받는 조국이 너무 가여워졌습니다." 임권택은 귀국하며 국민마저 외면하는 나라는 아무도 사랑하지 않으므로 조국 한국을 누구보다 사랑하기로 마음먹었다. 그러면서 작품 철학을 새로이 정립하고, 삼류 감독에서 완전히 탈피하여 제2의 영화 인생을 시작했다.

　1990년대의 어느 날, 오랫동안 알고 지낸 제작자가 와서 장군의 아들을 찍자고 제안했다. 여러 번 거절하다가 결국 만들었는데 엄청나게 히트를 했다. 그러자 광주의 배급 책임자였던 먼 친척이 한턱을 낸다고 술집으로 데려갔는데 그곳에서 북, 아쟁 등의 전통 악기와 더불어 판소리를 만났다. 그는 그때를 회상했다. 1978년에 이청준의 서편제를 읽고 판소리에 관심을 가졌는데, 1990년대 광주의 그 술집에서 다시금 판소리에 대한 생각이 꿈틀거렸다.
　"원래 계획한 태백산맥 촬영이 노태우 정권의 반대로 어렵게 되자, 쉬어 가는 기분으로 판소리 영화 서편제나 만들어 볼까 생각했습니다. 그런데 문제는 적당한 배우가 없었습니다."
　판소리를 하는 여배우를 물색하던 어느 날 우연히 TV를 보다가, 미스춘향 선발 대회 중에 오정혜가 인터뷰를 하면서 특기인 판소리를 하는 것을 보았다. 동양적인 외까풀 외모, 판소리가 능숙한 창법 등 그가 찾는 여주인공이었다. 오정혜가 선발되고 드디어 서편제는 크랭크인을 시작했다.

"제작하면서 대중이 판소리를 썩 즐기지 않는데 어떻게 사람들이 판소리를 즐길 수 있게 영화에 담을까 고민하다가 판소리에 영상을 응용하기로 하였습니다. 영상으로 소리를 보이게 하자는 발상이 떠오른 것입니다. 영상을 등에 업은 판소리 영화 서편제는 처음엔 돈도 적게 들어 실패해도 된다는 편안함으로 시작하였는데 의외로 많은 사랑을 받게 되었습니다."

임 감독은 서편제를 만들 때 꼭 필요할 때마다 전혀 기대치 않은 무엇인가의 도움을 받았다고 말했다.

"영화가 잘되면 귀신이 돕는다는 말이 있습니다. 서편제에서 소리꾼 일가가 진도아리랑을 부르면서 걸어올 때였습니다. 제가 속으로 '이 대목에서 회오리바람이 불면서 먼지를 일으켜 주면 좋겠다.'라고 생각하면 실제로 바로 그 순간에 회오리바람이 부는 것 아니겠습니까? 그것은 영상에 고스란히 담겼습니다. 전북 고창 백수의 염전 근처에서 장면을 찍는데 '이 대목에 눈이 내리면 좋겠다.'라고 생각하는데 곧바로 실제 눈이 내렸습니다. 주민들은 그곳에는 거의 눈이 안 오고 눈이 와도 금세 녹아 버린다고 했는데, 무슨 조화인지 영화 촬영하는 내내 눈이 풍성하게 내려 주었습니다."

"나중에 그 이야기를 들은 김소희 명창이 그에게 판소리를 홍보해 줘서 감사하다는 감사패를 주면서 수없이 많은 소리꾼이 살다가 죽어 갔는데 그 원귀들이 판소리 영화를 보면서 너무 고마워 서로서로 도와준 결과일 겁니다."라는 의미 있는 말을 전했다. 임권택 감독은 외국 영화 감독들도 성공한 영화는 꼭 누군가가 도와주는 느낌을 받았다고 하더라고 전해 주었다. 그는 서편제를 통해 자신의 영화 정체성을 정립하였고, 행복한 작품으로 하나의 족적을 남길 수 있었다고 말했다. 그런데 그의 야망은 거기에 머무르지 않았다. 전 세계를 리드하는 미국 영화의 벽을 넘고 싶었다. 그로 인해서 심한 스트레스를 받았음을 고백했다. "20대의 젊은 감독이지만 저는 세계의 벽을 넘고 싶었습니다. 하지만 제작비가 우리보다 100배 혹은 1,000배나 많은 미국의 거대한 자본력, 세계적인 배우들, 그들이 가진 최신의 기자재 등은 우리가 따라갈 수 없는 한계였습니다." 그는 그 한계를 극복하기 위한 방법을 찾으려고 혼자서 며칠을 고민하다가 드디어 하나의 결론에 도달했다.

'나는 결국 한국 사람이다. 미국 사람의 영화를 따라만 다닐 것이 아니라 한국 사람이 아니면 못 만들 그런 영화를 만들자.' 그렇게 노력의 초점을 바꾸자 마침내 기대했던 결과가 나타났다. 칸영화제에서 그의 영화가 본선에 진출하자 현지의 전문가들이 먼저 다가와 한국 문화를 접하게 해 주어서 감사하다는 인사를 했다. 춘향전도 칸영화제 본선에 진출했고, 미국의 콜로라도주 세계영화제에도 초청을 받았다. 영화가 소개되자마자 미국인으로부터 미팅을 원한다는 연락을 받았는데 그들은 미국 실험 영화의 대부 스테인 브리키지와 세계 영화사의 학문적 거장인 대학교수들이었다.

"그들은 저를 만나자마자 세계는 셰익스피어 등의 고전을 명작이라 하는데, 춘향전을 보니 그것도 그런 세계적인 명작의 반열에 오를 만하다고 진심으로 인정해 주었습니다. 판소리가 처음엔 생소했으나 대단히 훌륭한 음악이라는 것을 이해하게 되었다고도 하면서 몇 번이나 한국적 문화를 경험하게 해 주어 감사하다는 인사를 하였습니다."

임 감독은 "한국적인 것이 세계적이다."라는 철학을 바탕으로 영화를 만들자 초기에 자신이 그토록 베끼려고 했던 미국 영화의 거장들이 오히려 한국적 영화의 세계적 우수성을 칭찬하는 것을 보면서 등골이 서늘해짐을 느꼈다고 말하면서 대강당을 가득 메운 청중들에게 하나의 문장으로 그날의 강의를 마무리했다.

"긴 시간을 하나의 목적을 갖고 최선을 다한다면 반드시 목표를 이룰 것입니다."

강연회가 끝나고 줄을 서서 그의 사인을 받았다. 수전증이라 손이 떨린다고 하면서 맨 위에 내 이름을, 중간에 자신의 사인을 그리고 맨 아래에는 날짜를 적어 주었다. 그러는 동안 내 눈에는 거장의 심장에서 퍼런 혼불이 빠져나와 자신의 서명 아래에 양각으로 한 문장을 더 새겨 넣는 것처럼 느껴졌다. 우리가 세계를 이길 수 있는 유일한 방법이었다.

"가장 한국적인 것이 가장 세계적이다."

💬 댓글 공감

김ㅇ희

와~! 역사의 현장에서 증언을 들으셨네요.

최ㅇ승

우와, 강연장의 감동을 그대로 여기에 전달해 주셔서 감사합니다. 임 감독님의 연설을 한 사람의 청중으로 고스란히 귀로 듣는 느낌과 감정입니다. 진정성과 흡인력이 글 속에 강합니다. 글에서 깊은 경륜과 필력이 담겨 있습니다. 감사합니다!

정ㅇ옥

영화라는 ~무한 알게 돼서 감사합니다. 또 한 수 공부했습니다.^^

최ㅇ동

김 선생님이 페북에서 에세이 작가로 등단했네요.

김ㅇ현

서편제 몇 번을 봐도 좋은 영화예요! 감사합니다~^^

I.L.

난 서편제를 보질 못했으나, 임권택 감독님의 인생을 엿보니 그는 참한국인으로서 한국을 사랑하는 마음 너무나 존경스럽고 자랑스럽습니다. 올려 주셔서 감사합니다.

홍ㅇ성

좋은 글 감사합니다~^^

최ㅇ철

글이 멋지네요~!!

48. 중학교 꼴찌를 대학 총장으로 만든 아버지의 충격 요법

2020년 9월 4일 · 🌐

지방의 모 국립대학교의 박 교수는 대학교 총장 시절 관사에서 대학교까지 14km 길을 자전거로 출퇴근하는 총장으로도 유명했다. 처음엔 운동으로 시작했는데 차츰 익숙해지다 보니 습관이 되었다고 한다. 요즘처럼 방역과 안전이 중요시되는 시대에 박 총장의 자전거 타기는 환경 보호와 건강 유지라는 두 마리 토끼를 모두 잡은 셈이다. 이외에도 박 총장은 많은 부분에서 사회적 모범이 되고 있는데, 그의 이러한 성취 뒤에는 아버지라는 거목이 버티고 있었다. 박 총장의 고향은 동쪽은 합천군과 의령군, 서쪽은 함양군, 남쪽은 진주시와 하동군, 북쪽은 거창군과 접하고 있는 경남 산청이다. 그중에서도 몹시 가난한 동네에서 태어났다. 아버지는 왜 그랬는지는 몰라도 어려운 가정 형편 속에서도 공부도 못하는 아들을 대도시 대구로 유학을 보냈다.

대구중학교는 1921년에 설립되었고 전국 야구대회에서 우승도 하는 등 오랜 전통의 명문 중학교였다. 하기 싫은 공부를 하라고 억지로 쑤셔 넣은 학교가 명문이면 뭘 하겠는가? 도통 흥미가 없던 공부는 그대로 성적으로 나타났다. 1학년 반 석차는 68명 중 68등. 꼴찌였으니 그의 공부 머리가 어떠했는지 짐작이 가고도 남는다. 방학이 되어 시골 촌 동네의 자랑스러운 유학생이 이제 집으로 가는 길이다. 발이 천근만근 무거웠다. "이 성적표를 갖고 아버지께 우예 가노?" 어린 마음에도 도저히 그 성적표를 내밀 자신이 없었다. 30등이라도 되면 "워낙 명문 학교라서 서서히 적응하겠어예."라고 핑계라도 댈 텐데 68등이라니. 자신이 생각해도 한심하기 이를 데 없었다. 아버지와 가족들은 끼니도 제대로 잇지 못하는 소작농이라 늘 허덕거리고 등이 굽도록 일만 하시는데 말이다. 고향으로 출발하기 하루 전날 고민을 하다가 나름 대구 유학생이 머리를 썼다. 그것은 위조였다. 잉크로 된 성적표를 기가 막히게 감쪽같이 고쳐서 성적을 무려 1등으로 둔갑시켰다.

적당히 해서 한 15등 정도로 했어도 아버지가 흐뭇하게 미소를 지으실 텐데 큰 사고를 친 것이다. "아이고 우리 아들 왔노. 고생 많았제." 어머니가 낡은 시골집 마루에서 맨발로 내려오셨다. 방으로 들어가서 부모님께 겸연쩍게 웃으며 인사를 드리면서도 영 마음이 개운치 않았다. "그래 이번 시험에서는 어느 정도 하였노." 기다리던 아버지의 질문이었다. 아들은 책가방에서 느릿느릿 성적표를 꺼냈다. "아이고, 이거 1등 아인교." 어깨너머로 바라보던 엄마가 무슨 기적이라도 본 눈으로 토끼 눈이 되어 아들을 바라보았다. 보통학교도 나오지 않은 아버지는 어머니와 크게 달리 생각하지 않으리라 생각했다. 남자라서 그런지 아버지는 고개를 몇 번 끄덕거리고는 지나갔다. '아무도 내가 성적표를 고친 것을 모르겠지. 이번엔 대충 넘어가고 다음에 잘하지 뭐.' 그는 그렇게 죄책감을 자신의 위로로 덧씌우고 엄마가 차려 주는 고봉의 밥도 국도 반찬도 잘 먹었다. 식사가 끝날 때쯤 되자 동네 친척들이 몰려들기 시작했다. 촌구석에서 뉴스감이 없는 곳이라 대구로 유학을 간 애가 왔다는 소식에 한달음에 몰려온 것이다. "아는 대구에서 공부 잘했드나?" 어찌 어른들은 모였다 하면 자식들 성적만 물어보는지. "건강하네." "살이 붙었네." "친구들은 좀 사귀나?" "거기 밥은 어떻노." "도시 사람들은 어찌 생겼노?" "자동차가 많은가베." 시시콜콜한 이야기라면 막 썰을 풀 텐데, 부모나 친척들이나 어른들의 관심사가 그랬다.

조금 여유를 가지려던 그는 얼굴이 다시 긴장 모드로 바뀌었다. 성적을 물어보면서 모두 아버지를 바라보자 아버지가 잠시 있다가 입을 열었다. "앞으로 봐야제. 이번에는 어쩌다가 1등을 했는가베." "아이고, 니는 아들 하나는 잘 뒀다. 우리 동네의 자랑거리 아이가? 아가 1등을 했으믄 책거리라도 해야 되는 것 아이가? 허허." 일이 갑자기 커지기 시작했다. 당시 그의 집은 그 동네에서도 가장 가난한 살림으로 소문난 집이었다. 부모님께 부담을 드린 것이 죄스러워 마음이 콩닥거려 호흡이 불규칙해질 지경이었다. 다음 날 기분도 환기시킬 겸 친구들과 동네 개울가에서 멱을 감고 돌아오는데, 집에는 한바탕 잔치가 벌어져 있었다. 아버지는 황당하게도 당시에 그 집의 재산 목록 1호인 돼지를 잡아 온 동네 사람을 불러 잔치를 벌인 것이다.

"아, 아부지요." 텅 빈 돼지우리와 상마다 수북이 쌓인 돼지고기를 보면서 그는 얼마나 당황했는지 모른다. 아버지를 불렀지만 다음 말을 뭐라고 해야 할지 입에서만 웅얼거릴 뿐이었다. 이미 엎질러진 물이었다. 그의 거짓말로 생각지도 않았던 너무도 큰일이 벌어지자 그는 곧바로 집을 나와 근처 강으로 달려가서 그대로 물속으로 뛰어들었다. 한동안 물속에서 숨도 안 쉬면서 나오지 않으려고 할 정도로 마음이 참담했다. 잠시 후 강가로 나와서 미련한 자신의 머리를 주먹으로 패기도 했다. 머리며 온몸에서 흘러내리는 강물보다 더 많은 눈물이 눈에서 가슴에서 흘러내렸다. 충격적인 방학을 보내고 가족들과 동네 분들의 매우 부담스러운 환송을 받으면서 대구로 돌아왔다. 그날부터 그는 한시도 1초도 고향에서의 잔칫날을 잊지 못했다. 항상 그 일이 그의 기억 속에서 떠나지 않고 맴돌았다. 난 변해야 한다. 아니 변할 수밖에 없다. 마음속으로 수없이 외쳤다. 그로부터 17년 후 그는 대학의 교수가 되었다. 대구중학교의 진짜 엘리트가 아니면 도달할 수 없는 목표에 안착한 것이다. 세월이 흘러 이제 그의 아들도 중학교에 입학했다. 그러니까 그의 나이가 벌써 45세가 된 것이다. 명절을 맞아 고향을 찾았다. 고향은 늘 변함이 없었다. 사람이 변하고 문명이 변할 뿐이다. 저녁을 먹고 모두 둘러앉아 있는데 열어 둔 방문 사이로 서늘한 바람이 불어오고 있었다. 빛바랜 장판 위에 앉은 어머니는 과도로 감을 깎고 있었다. "어무이요. 저 중학교 1학년 때 1등 한 거요. 그거."라고 고백의 말을 막 꺼내려는데 마루에서 담배를 피우시던 아버지가 얼굴을 홱 돌리더니 손을 들어 말을 멈추게 했다.

"알고 있었다. 마. 고마해라. 손자가 듣겠다." 아, 순간 머릿속에서 쇠를 때리는 소리가 쩡! 하고 머리통을 울렸다. 아. 아버지가 알고 계셨단 말인가? 어린 자식이 첫 학기부터 거짓으로 위조한 사실을 알고도 모르는 체를 하셨다는 말인가? 그 기가 막힌 심정 속에서도 집안의 모든 것이었던 돼지를 잡았단 말인가? 그는 아직도 아버지의 마음을 이해할 수가 없었다. 누가 보아도 싹이 노란 아들이 정말로 1등을 할 날이 올 것을 알았단 말인가? 차관급인 국립대학교 총장이 될 줄 알고 조그마한 희망의 끈이라도 놓치지 않았단 말인가?

박 총장은 이제야 백두산 천지보다 더 깊은 아버지의 마음의 심연에 무엇이 깃들어 있는지 알겠다.

그것은 크고 높은 아버지의 큰 사랑이었다.

💬 댓글 공감

최ㅇ왕

박찬석 총장님 이야기군요. 가슴 뭉클합니다.

박ㅇ화

간절함을 엿볼 수 있네요. 아버지의 뜻을. 감동입니다.

곽ㅇ화

너무 감동입니다. 요즘같이 삭막하고 살벌한 시기에 감동의 글 진심으로 감사를 드립니다. 훌륭한 아버지의 그 아들, 부전자전입니다.

최ㅇ승

두 아들을 키운 저는 너무나 못난 애비였습니다. 부끄럽기 짝이 없네요!

권ㅇ태

친구 겸 동료 교수였던 박 총장의 얘기라 너무 흥미롭게 읽었어요. 이 이야기는 친구들 사이에서도 잘 알려진 얘기입니다. 박 총장은 참 소탈하신 분으로 총장 재임 시절 학교 개혁에 많은 업적도 남겼습니다. 김 형제님의 글이 좋다는 얘기를 많이 들었어요. 정말 글이 좋아서 잘 읽었어요. 감사합니다.

김○애

박찬석 총장님은 대구 팔공산 가까운 우리 아파트의 이웃이고 함께 테니스를 치며 즐겁게 시간을 보낸 분이었어요. 그분은 연로하신 부모님을 모시고 살면서 어머니를 늘 손수 목욕도 시켜 드리는 지극한 효자였어요. 위 1등 얘기는 그분의 단골 메뉴예요. 언제 들어도 감동인데 김 형제님이 더 편집을 잘하셔 새삼 감동스럽네요.

👍 좋아요 공감

H.H., 서○경, 김○인, 권○조, J.L., 차○, 송○애, 양○섭, 황○식, 유○선, 김○성, 김○희, 이○우, 이○준, 최○덕, S.N., 장○희, 김○완, 최○숙, 윤○채, 최○승, 박○화, 최○왕, 최○동, 송○규, 이○산.

49. 불편한 이웃과 잘 지내기

2021년 3월 14일 · 🌐

...

아파트에 살다가 주택으로 이사를 온 지 5년째인 것 같다. 어디에 살아도 장단점이 있다. 아파트에 살 때 전혀 느끼지 못한 불편함은 대표적으로 두 가지가 있다. 하나는 주차 문제이고 다른 하나는 종량제와 재활용품 버리기이다. 집 앞에 작은 골목길이 있는데 그곳은 네 집이 공유하고 있다. 집 마다 한 대씩 자동차를 4대 주차하면 골목길이 가득 찬다. 집마다 평균 3 대의 자동차가 있으므로 나머지 9대는 근처 길가에 요령껏 주차해야 한다.

안쪽에 주차된 차가 나가려면 뒤쪽 자동차 주인에게 전화를 해야 한다. 그 러면 때로는 새벽 혹은 밤늦게 눈을 비비면서 잠이 덜 깬 눈으로 나와서 차 를 빼 주어야 할 때가 있다. 서로가 미안하고 조심스럽지 않을 수 없다. 손님 이 방문하더라도 여전히 주차는 문젯거리다. 거의 그럴 일은 없지만 길가에 대라고 했다가 주차 위반 딱지라도 끊으면 초대한 집은 참 난처할 것이다.

또 다른 문제는 종량제와 재활용품 처리 문제다. 주택은 월요일과 목요일 에 종량제, 재활용, 음식물 쓰레기차가 와서 수거해 간다. 3개의 집은 각각 도로나 주택가를 길게 관통하는 곳과 인접해 있어서 길과 맞닿은 자기들의 대문 앞에 쓰레기를 두면 그만이었다. 문제는 우리 집이었다. 제일 안쪽에 있다 보니 대문 앞에 두면 4대의 자동차에 가려서 안 보이므로 쓰레기를 수거해 가지 못했다. 그래서 골목길을 나와서 2차선 도로의 모서리(우측 첫 집의 담벼락 근처)에 쓰레기들을 두고는 했다.

그렇게 1년 정도 잘 처리해 오고 있다. 그런데 몇 주 전에 퇴근하는 나에 게 아내가 뜻밖의 말을 전했다. 옆집 여자가 우리가 버리는 쓰레기들을 사진으로 찍어서 보여 주면서 자기들의 담벼락 쪽에 안 버리면 좋겠다고 했다는 것이다. 미관상 보기 싫고 지나가는 사람들까지 거기다 버린다는 것이었다. 골목과 2차선 도로가 만나는 지점의 모서리인 그곳에 그녀의 집 담벼락이 있었다.

"우리가 쓰레기를 담벼락에 붙인 것도 아니고 인도와 차도 사이에 두었는데 무엇이 문제지? 그 길은 국유물이므로 자신의 집과는 아무런 상관이 없는데 말이야." 난 아내에게 툴툴거렸지만 정작 그 집에는 아무 말도 못 했다. 잘못하면 40대 초반의 젊은 부부들과 불편한 사이가 될 수 있었기 때문이다. 그러면 우리 쓰레기들을 어디다 버리느냐가 문제였다. 집마다 자신들의 담벼락에 두면 미관상 보기 싫다고 할 것이고.

그래서 우리가 결정한 것은 주변 아파트 안의 쓰레기 보관소에 버리는 것이었다. 일종의 쓰레기 버리는 도둑인 셈이다. 혹시 주민들이나 경비실 아저씨가 보고 뭐라고 할까 봐 조마조마한 가운데 주로 늦은 저녁에 자동차에 쓰레기를 가득 싣고 가서 버리고는 했다. 보통 불편한 문제가 아닐 수 없었다. 도둑같이 무슨 죄를 지은 심정이라 몇 달을 그렇게 마음 졸이며 살았다.

그러다가 도저히 안 되겠다고 생각하여 고심하다가 최근에 주택가가 끝나는 지점에 중학교 담벼락이 있는 것을 발견하고는 그곳으로 쓰레기 버리는 장소를 변경했다. 그곳은 학교가 주인이고 게다가 코로나19로 학교도 잘 나오지 않다 보니 아무도 터치하는 사람은 없었다. 하긴 담벼락 옆 인도와 차도 만나는 부분에 놓인 쓰레기와 학교가 무슨 상관이 있겠나.

출퇴근길에 골목길에서 가끔 그들 부부와 만난다. 인사는 하지만 서로 불편하다. 나는 늘 만나야 하는 이들과 어떻게 잘 지내야 하나 고민을 했다. 그래서 생각해 낸 것이 그들 보기에 좋은 일을 해 보자고 결정했다. 눈이 많이 내린 날은 조금 먼저 퇴근하여 자동차가 아직 들어오지 않을 때 골목길의 눈을 모두 치웠다. 그러길 여러 번이었다.

쓰레기를 버리는 날은 골목길 주변의 담배꽁초나 버려진 깡통 등을 일일이 주워 담아서 골목길을 깨끗하게 했다. 두 달을 그렇게 반복했다. 그들 부부뿐 아니라 나머지 두 집까지도 그런 내 모습을 늘 보지 않을 수 없었을 것이다. 하긴 나도 내심 그 불편한 부부가 나의 행동을 보았으면 했다. 아닌 게 아니라 시간이 조금 흐르자 드디어 효과가 나타났다.

며칠 전 퇴근하는 나를 이웃집 여자가 담벼락이 낮은 너머로 불러 세웠다. 봄이 왔으므로 화분에 화초를 담고 있었다. 그녀는 뜻밖의 말을 했다. "사장님, 쓰레기를 자동차에 싣고 가시던데 어디로 가세요. 그러지 말고 우리 집 대문 앞에 쓰레기를 같이 버리세요." "아닙니다. 지금은 싣고 가지 않고 근처 학교 담벼락 쪽에 버립니다. 괜찮습니다." "그래도 바로 우리 대문 앞이 가까우니까 그리하시지요. 네?" 여자는 무척이나 미안해했다. 처음에 쓰레기봉투 사진을 들이밀면서 지었던 골난 표정과는 영 딴판이었다. 불편한 이웃과 잘 지내는 유일한 방법은 그들에게 선행을 먼저 보이는 것임을 절실히 깨달았다.

지금은 지나면서 친근하게 인사하는 사이가 되었다. 불편한 이웃과 잘 지내기 작전이 대성공한 것이다. 앞으로도 이런 일이 종종 일어날 수도 있을 것이다. 그때도 같은 방법으로 불편함의 파고를 넘기려고 한다. 퇴근하며 마주치는 그녀의 가지런하면서도 조금 어색한 특유의 미소가 봄날처럼 따뜻한 요즘이다. 광주 광산구 수완동에는 이제 계절도 마음도 완연한 봄이 왔다.

💬 댓글 공감

H.H.

> 대성공! 친절은 이웃집도 기쁘게 한다. 축하드립니다.

정○옥

이웃 사랑 실천할 수 있는 첫 단추와 모범 답안. 참 잘하셨습니다.

최○칠

사랑은 태초부터 지금까지, 지금부터 만사형통하게 하는 하나님께서 주시는 은사입니다.

권○조

좋은 모범에 감사합니다.

최○승

우와~ 주택 거주자들을 부러워했는데 아파트에는 주차와 쓰레기 문제는 끝입니다. 그런데 다른 문제가.

최○도

모든 문제 해결의 출발점은 나로부터 시작한다. 훌륭한 모범 사례를 보여 주신 것 같네요. 멋지십니다.

차○숙

동사무소에 상황 얘기하며 신고하니까 언제든 수거해 가더라구요. 몇 번 동사무소에 신고해야 되더군요.

조○완

김 사장님의 매력(봉사, 헌신, 솔선수범, 배려, 친절)에 푹 빠진 이웃집 젊은 아낙네.

정○경

모범 시민이신데요.

송○환

지구의 한편이 따뜻해지고 환해진 이유를 읽었습니다.

김○자

주님은 우리가 먼저 모범을 보이라 하셨어요. 잘하셨네요.

이○미

멋진 봉사로 이웃을 감동을 주셨군요. 훌륭한 모범이세요.

장○

어려운 문제를 주님의 방법으로~ 역쉬 최고! 나그네 옷을 벗긴 해님이 수완동에 봄을 나누고 있군요.

이○찬

좋은 사람을 만나는 방법은 내가 먼저 좋은 사람이 되는 것이군요! 저의 대스폰 사장님은 좋은 이웃이십니다.

장○

필력 훌륭하신 것에 비하겠어요? 항상 글 읽으며 사람 향기 나서 좋아요.

김○희

주님의 방법이군요~! 나와 너라는 판별 의식을 버리면 우리는 모두 연결된 주님의 형제자매이죠. 옆집 여자에게 큰 모범을 주셨네요~~! 인류 보편의 목표인 평화를 위해서~~! 고고~!

임○하

쓰레기 수거하는 분들에게 들었는데 자기 집 앞 정해진 곳에 버리라고 하더군요. 요즘 음식 배달해서 먹고 난 후 남은 음식물을 분리하거나 깨끗이 비우지 않고 그대로 배달을 받은 플라스틱에 넣어 버리는 경우를 가끔 보게 됩니다. 음료를 다 마시지 않고 남은 것을 그대로 페트병에 넣어 버리는 것도 흔하게 봅니다. 음식물이 섞이거나 묻은 플라스틱은 재활용하지 않는다고 해서 음료가 든 컵은 보는 쪽쪽 비워 버리고 있습니다. 그것이 내 일이니까요. 함께 사는 사람들에게도 그렇게 해 주면 좋겠다고 부탁합니다.

박○화

사랑, 봉사, 희생하는 모범에 2018년 평창동계올림픽 이후로 펼쳤던 노란 조끼 헬핑핸즈 활동이 생각나서 피식 웃음이 납니다. ㅎㅎ 함께하는 이웃과 서로서로 배려하는 마음은 세상의 복잡하고 어려운 문제를 아름답게 해결하고 행복을 만들어 간다는 진리가 마음에 감동을 줍니다.

최○애

저도 아파트에 살다가 빌라로 이사 온 지 4년째인데 주차 문제, 쓰레기 문제 백퍼 공감합니다~~~~~ 주차 문제는 저희 주차장이 비어있을 시에는 동네 분들께 공유하며 선을 베풀고 인사를 나누고 있는데 쓰레기 문제는 정말 방법을 찾지 못하고 있답니다.

김○만

나를 불편하게 하는 사람을 나쁘다 하면 싸움밖에 없지요. 불쌍하게 생각하고 뭘 줄 게 없나 생각하면 내 마음도 편해지고 언급하신 것처럼 이해하고 다가올 수 있는 것이 삶의 이치인 것 같아요. 수준 높은 김 박사는 그래도 수준 있는 이웃을 두었군요.

박○준

처음에 목표는 그것이었지만 시간이 지남에 따라 봉사라는 개념이 자연스럽게 몸에 스며들어 진짜 사랑의 봉사가 되었을 겁니다. 그 마음이 그 이웃의 마음을 움직였을 것이구요. 지금도 여전히 그렇게 하고 있는 모습이 선하게 떠오릅니다. 선한 모범 감사합니다.

최○동

좋은 모범을 보이셨네요.

👍 좋아요 공감

최○동, 정○자, 김○대, J.L., 윤○자, 조○연, 여○구, 이○미, 최○현, 김○자, 임○하, 황○욱, 강○숙, 김○남, 황○미, 최○도, 조○희, 이○애, 박○화, 정○련, 김○미, 김○곤, 송○애, 이○옥, 유○선, 박○순, 양○섭, 임○수, 조○완, 김○희, 최○호, 최○덕, 김○창, 박○홍, 김○수, 윤○주, 최○숙, 차○숙, 한○수, 전○민, 조○현, 이○자, 장○환, 윤○채, 장○희, 장○길, 김○리, 하○숙, 김○애, 하○, 최○, 안○진, 김○균, 최○우, 김○란, 김○순, 이○서, 최○승, 원○석, B.Y.K., 최○칠, 김○라, 배○철, 박○용, 정○진, 황○식, Y.R., 김○경, 이○납, 김○모, 김○연, 곽○화, 이○호, 김○, 박○석, 김○호, 이○걸, 이○옥, 김○균, 김○희, H.H., 송○규, 차○

50. 노모와의 헤어지는 연습

2021년 4월 16일 · 🌐

    90을 향하시는 어머니의 생신. 둘째 아들 부부인 우리는 어머니와의 제주 여행을 계획했다. 날은 맑고 광주에서 제주를 향해 출발하는 비행기 200여 석은 단 한 석도 빈자리가 없었다. 코로나19에 움츠린 국민들의 보복 여행 이라는 말이 실감 났다. 제주에서 가장 먼저 찾은 곳은 동식물들과 동굴이 있는 한림공원이었다. 식물과 사물 하나하나에 생명이 꿈틀거리고 있었다.

1. 열매를 맛보려면 꽃을 꺾지 말라. 아이들, 주변 사람들, 회사 사람들, 난 그들의 꽃을 꺾진 않았을까?
2. 오갈피의 학명은 'Acanthopanax'이다. 여기서 'Acantho'는 가시나 무라는 말이고 'panax'는 만병을 치료한다는 의미이다. 학명 그대로 치료제가 된 식물이다. 우린 이제 세상 식물의 학명을 주의 깊게 관찰 하여야 할 것 같다.
3. 제주도 협제굴에는 관박쥐가 살고 있다. 그들은 관광객이 찾는 낮에는 동굴의 바위틈 속에서 서식하다가 아무도 없는 밤이 되면 서식지에서 나와서 동굴 속의 해충을 잡아먹는다. 동굴 생태계를 유지하는 숨은 조력자들이다. 나는 내가 살아가는 공동체에 유익을 주는 사람일까?
4. 불두화는 꽃의 모양이 부처 머리처럼 곱슬곱슬하여 붙여진 이름이다. 이 꽃은 부처가 태어난 4월 초팔일에 만개한다. 불두화는 이제 가장 인기 있는 절의 정원수가 되었다. 내가 태어난 음력 10월에는 어떤 꽃이 만개할까?
5. 잭후르츠는 세계에서 가장 큰 과일나무이다. 열매는 36Kg, 길이는 90cm, 지름은 50cm에 달한다. 우린 늘 최고를 추구하고 있다.

6. 비푸카텀 박쥐란은 사슴뿔 모양의 양치식물이다. 그들은 박쥐처럼 나무줄기에 매달려서 자란다. 우리는 스스로 성장한다고 생각할지 모르지만 결국은 누군가에 붙어서 기생하는, 어쩔 수 없이 겸손해야 할 존재이다.

7. 테무늬 용설란은 잎이 용의 혀와 비슷한 모양인데, 30~40년 만에 한번 꽃을 피운다. 그리고 그 꽃이 진 다음에는 서서히 말라 죽는다. 꽃이라는 자신의 최종 목표를 위해 수십 년을 전력 질주한 후 탈진하여 쓰러져 가는 전설의 마라토너 같은 용설란, 녀석에게 깊은 찬사와 애도를 표한다. 나도 그러고 싶다.

8. 인도고무나무는 최대 40m로 자란다. 줄기의 흰 진액은 고무의 원료가 되어 왔다. 그러나 다른 더 생산성이 큰 고무나무가 등장하자 공업적 가치를 잃고 조경수로 전락했다. 지금 주인공인 우리도 언젠가는 그리될 수 있을 것이다. 서서히 물러나는 연습을 해야겠다.

9. 키위는 뉴질랜드의 새인 키위와 비슷해서 붙여진 이름이다.

10. 앵무새 썬코뉴어는 어린 시절에는 초록색이지만 자라면서 몸의 색이 노란색으로 변한다. 인간은 몸의 색은 그대로이지만 성격은 수없이 변하면서 자란다.

11. 성경의 종려나무는 실제는 열매가 달고 영양분이 충분하여 주요 식량원으로 사용된 대추야자이다. 나도 사람들의 자양분이 될 수 있다면.

12. 오늘 그늘에 앉아 쉴 수 있는 이유는 누군가가 나무를 심었기 때문이다. 나는 지금 미래의 누군가를 위해 어떤 나무를 심고 있을까?

13. 회화나무는 잎이 지는 큰 키의 나무이다. 선비나무로 알려져 있다. 이 나무를 집에 심으면 가문에 큰 인물이나 큰 학자가 나온다고 한다. 나야말로 하루빨리 이 회화나무를 집의 앞마당에 심어야 할 사람이다.

14. 담팔수. 제주 자생 식물이며 늘 푸른 큰 키의 나무이다. 이들의 오래된 잎은 떨어지기 전에 선명하게 붉은색으로 변한다. 난 떨어지면 어떤 색으로 사람들에게 각인될까?

식물과 사물들의 다양한 의미를 새기면서 한림공원 여기저기서 어머니와 사진을 찍었다. 나의 어깨를 쥔 어머니의 손에 힘이 들어갔다. 난 늘 부족하지만 그래도 자랑스럽다고 말해 주시는 어머니. 언제 또 함께 한림공원을 산책할 날이 올까?

오늘 어머니와 조금씩 헤어지는 연습을 했다.
가슴이 여러 번 울컥 울컥했다.
제주의 날은 왠지 더 빨리 기울었다.

💬 댓글 공감

최○도

> 결혼 후 30년이 다 되도록 부모님과 여행 한 번 가 보지 못했네요. 이제는 어머니 홀로 계시지만 슬픈 가족사로 인해 기회는 오지 않을 것 같네요. 어머님과 좋은 추억 만드세요~~

김○애

> 어머니, 아들과 함께 여행하시는 그 어머니는 얼마나 아들이 든든하고 자랑스러웠을까요.

이○

> 효자!!

박○화

> 멋지고 대견한 아들과의 여행이 아름답게 보입니다. 어머니의 마음이 얼마나 따사롭고 흐뭇했을까요? 사연을 공유해 주셔서 감사드립니다.

👍 좋아요 공감

김○배, E.S.P., 이○준, 최○, 손○식, 이○영, 황○식, 김○연, 이○, 이○자, B.Y.K., 하○숙, 류○한, 윤○채, 정○연, 박○화, 최○승, 김○, 김○호, 윤○서, 이○옥, 최○숙, 장○희, 추○웅, 송○규, 김○균, 유○선, 김○수, 김○연, 김○, 최○우, 김○숙, 최○애, 이○기, 김○희, B.G., 정○옥, 이○영, 전○민

51. 비와 당신의 이야기

2021년 5월 7일 · 🌍

「비와 당신의 이야기」는 지난달 28일 개봉한 영화 제목이다. 개봉 1주일 간 20만 관객을 동원하였으며 현재 박스 오피스 1위를 지키고 있다. 아버지의 가죽 공방을 도우며 진로를 고민하는 영호가 어느 날 어릴 적 초등학교 여자친구에게 무작정 편지를 띄우면서 영화가 싱그럽게 시작된다.

나는 고등학교 때 YMCA '하이와이'라는 토론 클럽에서 동아리 활동을 했다. 그때 우리 학교와 함께 매년 「Talent Stagy」라는 연극과 합창 발표 행사를 했던 광주의 모 여고 여학생을 좋아하게 되었고 그녀에게 손 편지를 쓰기 시작했다.

아득한 초등학교 시절의 친구에게 영호의 편지는 이렇게 시작되었다.
"소연에게. 갑작스러운 편지에 당황하지는 않았는지 모르겠다. 우리 같은 초등학교 다녔는데 같은 반이 된 적 없어서 아마 기억하지 못할 거야."
막연한 영호의 편지는 다행히 그가 찾는 부산 소연의 집에 무사히 배달되었다.

고등학교 1학년 남학생이 얼굴색이 눈처럼 희고 눈동자가 달처럼 아름다운 여고생에게 편지를 보낼 때의 그 심정은 어떠했을까? 그때나 지금이나 상당히 내성적인 성격의 내가 어떻게 그런 용기를 냈을까? 사랑이라는 마법은 산을 옮길 수 있는 힘이 있는 것일까? 햄릿이던가? 셰익스피어의 극을 연습하는 도중 휴식 시간에 아무도 모르게 그 여고생에게 손 편지를 쥐여 주고는 후다닥 자리로 돌아왔다. 그리고 애타게 그녀의 답장을 기다렸다.

"영호야 네가 생각날 것 같기도 해. 아무튼 편지 고마워. 몇 가지 규칙만 지켜줬으면 좋겠어. 질문하지 않기, 만나자고 하기 없기 그리고 찾아오지 않기." 영호의 손에 가슴 설레는 답장이 도착했다. 그러나 사실 이 편지는 영호의 친구 소연이 보낸 것이 아니었다. 부산에서 헌책방을 하는 소희가 아픈 언니인 소연을 대신하여 답장을 보낸 것이었다.

나는 당시에 손 편지에 어떤 내용을 적었는지 생각이 나진 않는다. 유토피아라는 단어를 적었던 기억이 난다. 조바심 속에 1주일이 지나고 마침내 그녀에게서 손 편지를 살짝 받았다. 역시 연극 연습을 하던 중간 쉬는 시간이었다. 우리는 둘 다 각자 학교 동아리의 서기였기 때문에 업무상 접촉을 가장한 교류였던 것 같다. 여고생의 글씨체는 그림 같기도 하고 인쇄된 활자처럼 아름다웠다. 좋은 만남이 되어 보자는 그녀의 답신은 사춘기 남학생을 온통 두근거리게 했다. 학교에서, 집에서 그녀에 대한 생각을 한순간도 떨치기가 어려웠다. 어떻게 공부를 했는지 신기할 따름이다.

소연의 답장에 용기를 얻은 영호의 답장이 이어진다. "기회를 준다면 조금 더 나은 모습으로 널 보고 싶어. 올해 말일에 만날 수 있을까? 우리 초등학교 앞이 어떨까? 지금은 없어졌지만." 12월 31일에 만나자는 영호의 애절한 부탁. 나의 아내가 작년에 졸업하고 처음으로 부산의 초등학교 동창들과 단톡방을 통해서 그리고 전화로 통화를 하게 되었다. 아내는 50대가 된 친구들과 대화를 하다 보면 그들에게서 여전히 초등학교 시절의 그 코흘리개의 감성을 느껴 마음이 설렌다고 했다. 영호는 그렇게 설레는 마음으로 소연에게 만남을 제안했다.

나는 손 편지를 몇 번 주고받은 후 데이트를 시작했다. 광주 사직공원, 일요일 이른 아침의 증심사에 가는 가로수 길이 선명하게 기억난다. 그런데 아무리 기억을 되살려 보아도 그 친구와 손을 잡았다든지 포옹을 했던 기억은 없다. 3년이라는 긴 시간 동안. 사춘기 남학생에게 향기로운 샴푸 향기가 나는 여고생에 대한 갈망이 무척이나 애절했을 텐데 말이다. 우린 그저 걷고, 대화를 나누고, 웃고, 그리고 행복했던 것 같다. 서로에게 손편지를 보내는 소통도 계속되었던 기억이 난다. 그녀는 나에게 책을 선물했는데 첫 장에 아름다운 글씨체로 시를 적어 주었던 기억이 난다. 아, 그 책이 지금까지 남아 있다면 얼마나 좋을까? 추억 한 움큼이 통으로 사라진 기분이다.

영호는 만남을 제안하고 초조하게 답장을 기다린다. 그리고 드디어 소연의 편지가 도착한다. "그냥 그날 비가 오면 만나기로 하자. 내가 할 수 있는 약속은 이것뿐이야. 더는 묻지 말고 그러기로 해. 부탁이야." 2003년 그렇게 영호는 소연에 대한 기다림을 시작하고, 2011년까지 그 기다림은 계속된다. 나는 솔직히 아직 그 영화를 보진 못했다. 보려고 계획을 세우고 있다. 영호가 비가 내리는 12월 31일에 초등학교 정문에 우산을 들고 서 있었을까? 비가 내렸다면 아픈 언니 대신 편지를 쓴 장본인인 동생 소희가 멀리서 그 모습을 아련하게 바라보고 있었을까?

고3 겨울 방학 때 그녀는 나에게 헤어지자고 했다. 이제 대학생이 되었으니 더 깊이 사귀고, 더 많이 사랑하리라 결심하던 대학교 신입생에게 너무나 가슴 아픈 통보였다. 나는 담담하게 "그러면 그러자. 마지막으로 악수나 하자."라고 하고는 돌아서서 산수동 길을 내려왔다. 그녀의 손에 대한 감촉은 지금도 남아 있다. 얼굴처럼 희고 살이 적당히 올라 포근했다. 3년이란 데이트 기간에 그 손을 좀 더 오래 잡아 보았으면 좋았을 텐데 하는 아쉬운 구석도 있다. 그녀는 왜 헤어지자고 했을까? 내가 죽어도 안 된다고 드러누우면 못 이기는 척 다시 사귀었을까?

다음 주에 영화관으로 가야겠다. 영호와 소연의 아니 소희의 편지의 결말을 확인해야겠다. 그래야 속이 좀 시원할 것 같다. 소설가는 그리고 감독은 이토록 아름답고 시린 청춘의 사랑을 어떻게 마무리를 지었을까?

내가 사는 광주는 빤한 곳이다. 그녀가 간호사가 되었다는 이야기를 들었으니 그녀의 이름 세 글자 'ㅎㄱㅎ'로 수소문하면 금세 알 수 있을 것이다. 하지만 헤어진 지 40년이 지난 지금까지 그녀를 찾아보진 않았다. 추억은 추억으로 남아 있을 때가 가장 아름답지 않을까? 그래야 기억의 곳간에서 가끔 꺼내어 살짝살짝 보면서 가슴 설레는 맛이 있지 않을까?

영호가 끝내 소연을 만나지 못했다면 우리 둘은 평생을 아름다운 추억 속에 묻혀 가고 있다. 가슴 설렘은 사람을 늘 푸르게 하는 귀한 자산이다.

💬 댓글 공감

이ㅇ영

그리움과 추억이 새록새록~

조ㅇ관

설렘의 추억을 꺼내 놓을 수 있는 예쁜 그 마음이 모두의 가슴 속으로 또 다른 이의 추억 속으로 빠져들게 합니다. 우리는 영화 속의 주인공이고 작가이고 감독으로 한 편씩 추억 영화를 찍었을 테니까요. 김 박사님 영화 속에 빠져듭니다.

김ㅇ자

옛 생각이 나네요. 무슨 마음으로 편지를 했을까? 좋아했나? 그랬으니까 편지를 썼겠지? 하하. 사랑스러운 이야기, 나의 이야기네요.

H.H.

아직도 설레는 추억이.

장ㅇ란

남편과 함께 봤는데 영화를 본 많은 남자가 어릴 적 아쉬운 풋사랑을 떠올리겠구나 싶었는데 선생님도 그러셨군요. 가끔 선생님의 글 잘 읽고 있습니다. 글솜씨가 정말 훌륭하세요.

👍 좋아요 공감

임ㅇ하, 김ㅇ균, 최ㅇ우, 이ㅇ영, 하ㅇ숙, 이ㅇ우, 차ㅇ, 장ㅇ란, 김ㅇ수, 박ㅇ화, K.S.C., 윤ㅇ채, 권ㅇ업, 이ㅇ옥, 김ㅇ호, 최ㅇ승, 황ㅇ식, B.Y.K., 김ㅇ연, 하ㅇ, H.H., 한ㅇ주, 김ㅇ자, 정ㅇ옥, 최ㅇ숙, 조ㅇ관, 이ㅇ영, 유ㅇ선, 김ㅇ희, 김ㅇ희, 양ㅇ옥, 김ㅇ, B.K.

52. 낡고 초라한 신혼집에서 장모는 울었다

2021년 5월 28일 · 🌏

   지붕이 온통 푸른 이끼로 뒤덮인 쓰러져 가는 가옥의 담벼락엔 "담 붕괴 위험이 있으니 주차 금지 바랍니다."라는 경고문이 붙어 있다. 그 담 너머엔 지붕의 황토 흙더미가 기와가 벗겨진 채로 화상 입은 살갗처럼 흉하게 드러나 있다. 그 뒤로는 푸른색 띠를 두른 채로 검은색 곰팡이가 피부병처럼 번지고 있는 남루한 지붕의 이층집이 보인다. 나의 발길은 경고문이 붙어 있는 담벼락을 지나 '동계천로43번길 16번지'라고 쓰인 이층집의 대문 앞에 다다른다.

   빛바랜 흑청색 철문 양쪽은 갈색 벽돌 기둥들이 힘겹게 받치고 있었고, 그 옆으로 이어지는 시멘트 담은 바닥부터 꼭대기까지 진한 금이 두 줄로 갈라져 있어서 그 대문도 앞집 담벼락처럼 그다지 오래 버티진 못할 상태로 보였다. 나는 시멘트 벽 위로 하늘을 등진 채로 표정 없이 골목길을 내려다보고 있는 2층을 물끄러미 올려다보았다. 빨래를 거는 용도인지 앙상한 가시만 남은 생선의 몸통 같은 철제 빨래 건조대가 2층에서 1층 시멘트 벽 위로 길게 내려져 있는데 녹이 슬어 사용하지 않은 지 한참 오래되어 보였다.

   2층 측면에는 누런색 종이로 발라진 작은 창문이 보였다. 대문 아래서 발원한 이름 모를 활엽수 나무줄기와 무성한 잎들이 그런 2층을 넌지시 건너다보고 있는 햇살이 따가운 정오였다. 1층 대문 가까이 가 보니 철문이 아닌 알루미늄 문이었다. 굳게 잠겨져 있었는데 왠지 밀면 열린 것만 같았다. 나는 무릎을 이용하여 최대한 느리고 무게 있게 조용히 대문 우측 한 짝을 밀어 보았다. 이런, 마치 요술의 문처럼 슬그머니 열리는 것이 아닌가? 나는 허락도 받지 않은 채로 남의 집 문을 도둑처럼 들어서는데 왠지 죄책감은 전혀 느껴지지 않았다. 늘 그곳을 드나든 사람처럼.

 나는 태연히 그리고 은근히 긴장하면서 이미 대문턱을 들어서고 있었다. 1층은 적막하고 조용했다. 금방이라도 1층의 거실 문이 열리면서 불청객을 노려볼 것 같아서 얼른 좌측의 계단을 타기 시작했다. 도둑고양이처럼 신발의 고무바닥을 뒤꿈치부터 앞으로 내리누르면서 소리 없이 움직여 걸어 올라갔다. 한 명이 걸을 수 있는 비좁은 계단 좌측에는 버려진 철제 전기밥솥, 정수기 플라스틱 통, 작은 항아리들이 계단마다 늘어서 있었다. 오르는 계단의 우측 시멘트 손잡이는 이끼가 누래서 만지기가 꺼려졌다. 소리 없는 침입자는 성큼성큼 2층으로 올라갔다. 이제는 되돌릴 수 없는 걸음이라도 되는 듯 비장한 전진이었다.

 2층의 현관으로 향하는 복도 길도 계단처럼 좁고 길었다. 그 좌측 아래 바닥에도 항아리며 작은 플라스틱 바구니들이 늘어서 있고, 푸른색 바구니에는 물이 담겨 있는데 시시때때로 내린 빗물처럼 보였다. 좌측으로 돌자 나오는 작은 방의 샤시 창가에 이르렀다. 내가 결혼하여 처음으로 1800만 원을 주고 얻은 이층집이 바로 이 집이다. 그곳의 작은방이다. 이불이며 옷걸이가 놓여 있던 방이었다. 작은 침대도 있었다. 부산에서 언니 집에 놀러 온 갓 고등학교를 졸업한 막내 처제가 겉옷을 그 옷걸이에 걸던 30년 전의 일이 선명하다.

 거실로 연결되는 샤시 미닫이는 얼마나 닦지 않았는지 먼지로 가득했다. 하긴 우리도 그곳에서 1여 년을 창문 청소를 한 기억이 없다. 돌과 창문의 틈새에 하얀색 물질이 발려 있었다. 바람을 막으려는 조치였을 것이다. 우린 겨울에 비닐로 바람을 막기 위한 전쟁을 치르고는 했다. 우측 옆에는 현관 거실이 보였다. 문은 그 옛날부터 열린 적이 없는 듯 속세와 인연을 끊은 지 오래된 것처럼 굳게 닫혀 있어 나의 가슴을 덜 두근대게 했다. 인기척이 없었다. 거실 샤시는 방충망이 온전했다. 우린 당시에 비닐로 거실 문을 막고 또 막았으나 추위는 맹렬했다. 승훈이 아빠가 가져다준 휘발유 난로를 피우지 않고는 거실로 나올 수 없었다.

그 속에 얼굴이 발갛게 부르튼 대여섯 살의 큰아들 얼굴이 보였다. 부산에서 오셨던 장모님이 그 꼴을 보고 아내와 손을 잡고 울던 장면도 보였다. 중매해 주셨던 김 선생님이 여행 중 텐트를 베란다에 펼치면서 "너도 나만큼 가진 것 없이 결혼했구나."라고 하면서 측은하게 나를 바라보던 기억도 떠올랐다. 가난하게 자란 난 왜 이 집이 눈물을 빼야 하고 측은한 표정을 받아야 하는지 아직 이해하지 못하는 혈기왕성한 나이였다. 내 발길은 우측 끝으로 옮겨졌다. 집에는 방이 두 개 있었는데, 그중에 조금 큰방이 있었다. 나는 한동안 그 방 반팔 크기의 창문을 물끄러미 바라보았다.

이 방엔 북풍이 벽을 그냥 통과해서 들어오는 것 같았다. 경상도 신부, 전라도 신랑, 신혼부부 둘이서 아이를 안고 얼마나 오들거린 겨울밤이었는지. 다음날 당장 스티로폼을 사서 벽에 세워 바람을 막아야 했다. 중학교 영어교사를 하다가 휴직하고 광주로 왔던 아내의 도수가 높은 두꺼운 안경과 퍼런 입술로도 미소를 지어 주던 얼굴이 그리워졌다. 북풍한설을 이겨 낸 동지. 그 방은 왼쪽으로 부엌과 연결되어 있었다. 거기에는 부엌이 있었고 양변기가 하나 놓여 있었다. 그게 다였다. 화장실도 없었고 욕실도 없었다. 우린 근처 목욕탕으로 가거나 아니면 물을 데워서 거기서 얼굴을 씻어야 했다.

몸을 돌려 쓰러져 가던 그 앞집을 내려다보았다. 30여 평 되는 마당은 채소가 잔뜩 심겨 있었다. 허름한 기왓장들은 가장자리부터 떨어져 나가고 있었다. 채소가 주인이고 사람의 흔적은 객인 듯 인기척이 없었다. 그 뒤로 「한성각」이라 쓰인 오래된 4층의 작은 여관이 보였다. 허락 없이 들어 온 집에서 오래도록 똥구멍이 찢어지도록 가난했던 시절을 회상할 수는 없었다. 난 과거에서 깨어나 급히 계단을 내려오기 시작했다. 그런데 염려하던 일이 현실이 되었다.

"거기 누구요?" 무슨 소리를 들었는지 1층 거실을 나와 신발을 신으면서 주인인 듯 허리가 구부정한 할머니가 2층에서 급히 내려오는 나를 수상하게 쳐다보면서 물었다. "아, 아니요." 침입자는 당황해서 말을 버벅거렸다. "누구라고요?" 할머니 언성이 날카로워졌다. "아니요. 잘못 들어왔어요. 가, 갑니다." 황급히 대문을 빠져나오는데 누구냐고 묻는 할머니의 목소리는 더욱 커졌다. 나는 「한성각」 앞에 세워진 자동차에 올라 급히 복잡한 골목길을 비집고 나갔다. 「준모텔」, 「성인게임랜드」, 「글뱅이PC방」, 「필드당구장」, 「대한안전문화협회」, 「피부관리」 등등 작은 가게들이 빠르게 지나갔다. 고생스럽던 30대 초반의 흔적들도 소리 없이 지워져 갔다.

나는 30년이 지난 지금도 살아가면서 크고 작은 수많은 장애물에 직면하면 가끔 이렇게 가장 곤궁했던 그 시절의 공간으로 가 보고는 한다. 부산에서 아내를 데리고 광주로 와서 부모님 댁에서 6개월을 살고는 처음 이 집으로 분가할 때 아내는 휴직 상태였고 난 대학원 학생이었다. 학비만 대 주는 대학원생이었으므로 가족을 위한 생활비를 벌어야 했다.

새벽 인력시장에 나가 줄을 서 있다가 "어이, 김 씨! 이리 와."하고 불려 가서 등짐지기로 돌덩어리를 하루 종일 나르고 파김치 상태가 되면 일당 4만 원을 받았었다. 그 돈으로 쌀 한 되를 팔아 아내에게 쥐어 주자 아내는 그런 나의 손을 붙들고 처음으로 눈물을 흘렸다. 그러면서 말했다. "당신은 무슨 일을 해서라도 우리를 굶길 것 같지는 않네요." 자동차가 그 모진 기억의 골목길을 벗어나 이제 재개발이 되어 아파트 숲이 된 계림동을 달리고 있었다.

초심을 잃지 말자. 어차피 인생은 하늘이 우릴 부를 때까지 열심히 달려가야 할 마라톤 길이 아니던가? 아무리 멀리 달려갔을지라도 늘 초심으로 돌아간다면, 인생을 진지하게 되짚으면서 살아간다면, 다시는 그 모진 과거로 회귀할 일은 없겠지.

💬 댓글 공감

김○자

참, 결혼 초의 단칸방을 기억하게 하네요. 선생님도 그런 기억이. 젊었을 때 젊어서 겁이 없었어. 하면 당연히 하는 것. 내 앞에 닥친 현실을 헤쳐 나가기였죠. 오늘도 지난 추억을 그리며 한 줄 한 줄 읽으며 그림 속을 지나갔습니다.

임○하

그때 그 집을 가 본 생각이 나네요. 우리의 옛날입니다. 그 뒤로 이사를 한 집은 훌륭했지요.

정○옥

흘러간 날들, 추억인지 뭔지 공감하면서 저도 지난번 비슷한 맥락으로 보성여고 다녀왔는데 50여 년 지난 교정은 그대로인데~ 십 대의 소녀는 흰머리 바람에 날리며 또 다른 추억을 담고 와 보니 그래도 되돌아보며 앞으로의 삶을 정리해 봅니다. 잠시 공감하게 됨을 감사합니다.

유○선

저는 100만 원 보증금에 월세 4만 원짜리 단칸방에서 시작. ㅎㅎ 화장실도 밖에 푸세식. 그 보증금도 결혼 축의금 남은 걸로. 게다가 그때 내 월급은 25만 원. 그래도 5만 원씩 저축했었어요. 십일조에 월세, 관리비 빼고 대략 10만 원이 한 달 생활비! 그래도 행복했던 신혼이었어요. 천안에서 온양까지 지부장을 하며 먼 거리를 버스를 타고 자매와 데이트처럼 여행했던 기억이 덕분에 새록새록. ㅎㅎ 고맙습니다.

👍 좋아요 공감

임○웅, 안○진, 견○민, 윤○채, 여○구, 박○환, B.Y.K., 김○연, 김○균, 하○, 정○련, 이○영, 곽○화, 황○식, 김○호, 양○옥, 유○선, 김○연, 김○배, 하○숙, 최○우, 임○하, 김○자, 이○옥, 최○숙, 김○희, 최○승, 이○주, 류○한

53. 생애 처음 반려견과 살아 보니

2021년 1월 2일 · 🌐

　우리가 사는 곳은 전라도 광주의 수완지구라는 신도시이다. 이곳에서 어른 손으로 세 뼘 정도 되는 작은 반려견이 버려졌다. 두 살이 된 녀석은 어찌어찌하여 유기견들이 있는 곳으로 보내졌다. 이곳에는 수백 마리가 있는데 모두 철창 속에 갇혀 지내고 있었다. 아들은 이 중 한 녀석을 데려다 키우기 시작했다. 이름은 '하임'이라고 붙였다. 아들은 다른 곳에서 살다가 지금은 본가로 들어왔는데 자연스럽게 하임이도 우리와 가족이 되었다.

　하임이는 버려진 곳도 수완지구였으니 이 도시를 어떤 식으로든 기억하고 있을지도 모르겠다. 아내가 애완견을 키우는 것을 싫어한 이유는 털이 날리고, 냄새가 나고, 똥오줌을 흘리고 다니기 때문이다. 난 왠지 천성적으로 개나 고양이를 꺼렸다. 그런데도 아들이 데려왔으니 우린 어쩔 수 없이 자연스럽게 섞이기 시작했다. 이 녀석은 우려한 대로 여기저기 똥과 오줌을 흘리기 시작했다. 오늘 아침은 거실에 똥과 오줌을 1m 일렬종대로 싸 놓았다. 천으로 된 여러 개의 발 매트, 소파 방석, 아들의 옷, 거실 바닥들 여기저기에. 한두 번도 아니고 이 정도 되면 아내는 당장 선언했어야 했다.

　"지훈아, 당장 이 녀석 어디로 데려가라." 하지만 아내는 그럴 생각이 전혀 없어 보인다. 나도 그렇고. 하임이가 우리 집에 와서 어떻게 생활했기에 이런 큰 변화가 생겼을까? 녀석은 아내를 너무 좋아한다. 아침이면 2층 계단을 타고 후다닥 내려와 안방의 작은 열린 틈새로 비집고 들어와서 침대에서 자는 아내의 얼굴을 보면서 멍멍거린다. 아내가 눈을 마주치면 좋아서 꼬리가 끊어질 정도로 흔들어 댄다. "하임이는 벌써 일어났네? 굿모닝! 나는 조금 더 자야 해. 형한테 가라." 그러면 녀석은 후다닥 계단을 타고 아들 방으로 달려간다.

이상하게 하임이는 우리 집에 오면서부터 아내 곁에 앉아 있길 좋아한다. 아내가 책을 보거나 서류를 만지작거리는 거실의 탁자 옆에 가만히 앉아 있거나 고개를 두 발에 파묻고 누워 있길 좋아한다. 오늘은 아들이 출근하면서 가자고 해도 자꾸 아내 쪽으로 파고들었다. 아내는 흐뭇하게 미소 짓고. 아들과 같이 퇴근한 하임이는 아내를 보면서 고개를 들고 진지한 눈빛으로 "꾸웅, 끙, 우우, 웅" 하면서 옹알이처럼 무엇인가 말을 계속한다. 아내는 "그랬어. 그래?"라고 하면서 등을 쓰다듬어 준다. 아내와 하임이는 그런 대화를 한참을 계속한다. 학교에 다녀와서 엄마에게 뭐라고 하는 아이들 그 모습 그대로다. 하임이가 현관의 발 매트에 똥을 눈 적이 있었다.

그러자 아들이 하임이에게 뭐라고 질책을 했다. 그러자 이 녀석이 2층으로 가서 아들 방의 자기 매트 위에 앉아서 내려올 생각을 안 했다. 몸을 덜덜 떨고 있었다. 아들이 아무리 내려오라고 해도 한참을 그러고 있었다. 아들은 자기가 꾸지람을 하자 녀석이 삐졌다고 껄껄껄 웃었다. 어제는 새벽에 2층에서 하임이가 짖는 소리가 한참 들렸다. 5분, 10분 이상 계속되자 아내가 올라가 보았다. 문은 닫혀 있는데 아들은 없었다. 아들이 잠시 밖으로 나간 모양이었다. 하임이는 혼자 있는 것이 두려웠는지 계속 울부짖었다. 아내가 문을 열어 주자 쏜살같이 1층으로 내려와서 우리 방으로 들어왔다. 그리고는 침대 매트리스보다 방바닥이 좋아 아래에 자리를 깐 내 이불 끝자락에 가만히 앉았다. 그리고 조금 지나자 몸을 편안하게 눕히기까지 했다. 한참을 그러다가 거실로 나가 현관을 또 한참 바라보았다.

아들을 기다리는 것이다. 소파의 방석에 앉아 아들을 기다리기도 했다. 이제 나와도 많이 친해졌다. 소파를 두드리면 휙 올라와서 내 무릎에 앉기도 한다. 이 녀석은 엉덩이를 먼저 내민다. 엉덩이를 쓰다듬어 주는 것을 아주 좋아한다. 이래서 애완견에 정을 붙이면 정 떼기가 어려운 모양이다. 아내와 나는 이제 서서히 반려견을 가족으로 생각하고 있다. 그래서 똥과 오줌을 흘리고 다녀도 밉지 않다. 그저 한마디를 할 뿐이다. "지훈이, 똥 치워라!" 아직은 직접 하기는 좀 그렇다. 새해에 난 유튜버가 될 목표를 세우고 있다.

강아지에게 에세이를 읽어 주는 남자. 컨셉은 그렇다. 내가 직접 쓴 소설이나 에세이를 반려견에게 2~3분씩 읽어 주는 영상을 제작하려고 한다. 이런 유튜버 어떨까? 하임이가 나의 아주 가까운 동업자가 될지도 모르겠다. 반려견은 2~3세 아이의 아이큐를 지니고 있다고 한다. 예뻐해 주고 격려해 주면 그것을 안다. 사랑과 미움의 차이도 잘 안다. 미물이라도 함부로 할 수 없는 이유이다. 하임이를 통해 여러 가지를 깨달으면서 새해 아침을 연다. 나는 이렇게 계속 진보하리라.

💬 댓글 공감

방ㅇ성

광윤 형님 CEO이시면서 소설가시니 글을 진짜 재미나게 쓰시네요. 저도 혼자라 반려견을 키워 볼까도 생각했는데 저 출근하면 혼자 오랜 시간을 홀로 있을 것 같아서 포기했네요.

김ㅇ만

반려동물은 선택적 사랑을 하면 안 돼요. 그들이 무엇을 하든 무조건 존중해야 하죠. 우리 집 강아지(개) 2분, 딸아이 출산으로 임시 보호 중인 2분, 총 4분(이들은 할머니, 딸, 손주 관계)이 똥오줌을 싸 대는데 대단합니다. 난 무조건 치웁니다. 그들이 우리에게 주는 많은 것의 고마움으로. ㅎ

박ㅇ주

유기묘는 아니지만 거실 카펫, 소파에 오줌 싸고 똥 싸는 고양이를 키우고 있어요. 성가시지만 밉지 않은 막내아들 같은. 미소 짓고 공감하며 따뜻하게 자~알 읽었습니다. 읽는 내내 그 상황이 그려지네요. 하임이랑 같이 유튜버를 하셔도 좋을 듯해요~~~ 응원합니다~^^

이ㅇ영

애견인 등극~! 견종이 무엇인가요? 저희 집에도 11년 함께 살고 있는 하이와 미미가 있지요.^^

최ㅇ숙

마음이 따뜻해지는 이야기 감사합니다. TV에서 본 건데 강아지들 배변 교육을 해 주는 곳이 있대요. 한 번 배우면 평생 정해진 곳에서만 똥오줌을 싼다는군요~~ 아무튼 서당 개 삼 년이면 풍월을 읊는다는데, 에세이를 읽어 주면 매우 문학적인 개가 될 수 있을 것 같아요~

김ㅇ현

와~ 잘하셨어요!! 축하드립니다~^^

임ㅇ하

나갔다 오면 기다리고 있다 살랑살랑 꼬리 흔들고, 몸 비비고, 이불 속에서 함께 자게 되고, 한번 정들면 그 정을 떼기 힘들 겁니다. 껌도 사줘야 하고, 과자도 줘야 하고, 미용실에도 가야 하고, 심장사상충 약 먹여야 하고, 가족 모두 며칠이라도 집을 떠날 때는 동반하거나 호텔에 맡겨 놔야 하고, 노인 되면 백내장도 오고 관절염도 옵니다. 난 모르니 개 대통령한테 물어보면 좋겠네요.

김ㅇ미

우와~ 대단하시네요. 저두 아들이 키우던 강아지 집에서 키우고 있는데 남편이 싫어해요. ㅜㅜ 언젠가 좋아하는 마음이 생길 거라 기대하며 같이 산책하러 가자 권해 보지만 잘 안되네요.

👍 좋아요 공감

이ㅇ납, 김ㅇ미, 고ㅇ정, 안ㅇ선, 유ㅇ선, B.Y.K., 김ㅇ현, 강ㅇ욱, 송ㅇ상, 김ㅇ희, 김ㅇ수, 권ㅇ업, 김ㅇ호, 차ㅇ숙, C.B.Y., 최ㅇ란, 김ㅇ성, K.W.H., 윤ㅇ현, 정ㅇ호, 김ㅇ연, H.Y., 고ㅇ한, 임ㅇ택, 정ㅇ대, 이ㅇ선, 심ㅇ문, E.O., T.G.K., 김ㅇ진, 박ㅇ종, 박ㅇ희, 하ㅇ, 안ㅇ현, 함ㅇ정, 최ㅇ승, 송ㅇ섭, 박ㅇ숙, 정ㅇ련, 장ㅇ희, S.N., 조ㅇ현, 정ㅇ재, 송ㅇ규, 김ㅇ신, 김ㅇ섭, 김ㅇ경, 김ㅇ석, 구ㅇ덕, K.P., 노ㅇ아, E.H.G.W., 강ㅇ이, C.S., 김ㅇ겸, 최ㅇ우, 김ㅇ현, 최ㅇ철, 김ㅇ욱, 김ㅇ겸, 김ㅇ균, 김ㅇ, 임ㅇ수, 나ㅇ식, 원ㅇ석, 권ㅇ종, 황ㅇ식, 김ㅇ현, 조ㅇ실, 윤ㅇ자, 이ㅇ영, 윤ㅇ채, 최ㅇ숙, 김ㅇ희, B.G., 강ㅇ수, 윤ㅇ식, Y.H.H., 김ㅇ곤

54. 백 살도 안 됐는데, 난 아직 젊은걸

2021년 5월 4일 · 🌐

　전라도 광주에는 코로나19 이전에 하루에 3천여 명이 매일 찾아가서 즐기고 시간을 보내던 빛고을노인건강타운이 있다. 한국 최대 규모일 것이다. 최저가에 노래, 악기, 스포츠댄스, 골프, 목욕, 식사 등을 모두 해결해 주는 그곳을 이용자들은 천국이라고 불렀다. 90을 앞에 둔 나의 어머니가 그곳에서 가장 좋아하는 프로그램은 노래 강습이었다. 당시 어머니가 빛고을노인건강타운에서 제공하는 버스로 귀가하여 노래를 흥얼거릴 때는 주로 「내 나이가 어때서」라는 노래를 주로 불렀다. 나이를 초월하여 무엇인가를 계속 시작할 수 있다는 노랫말이 나에게도 깊이 다가왔다.

　『뉴욕타임스』는 우리 시대의 가장 위대한 건축가 프랭크 게리에 대해 조명했다. LA 필하모닉의 청소년 교육 기관을 설계 중인 게리의 작품을 보고 『뉴욕타임스』는 "게리가 디자인한 건물은 마치 아름다움이야말로 가장 중요하다고 말하는 은유 같다."라고 했다. 그는 직선이 지배하는 건축을 곡선으로 바꾼 뉴욕시 구겐하임 미술관, 콘크리트 건축을 티타늄으로 바꾼 스페인 구겐하임 빌바오 미술관을 건축하였고, 폐허에서 뜯어낸 철조망과 함석판으로 자신이 사는 집 게리하우스를 세계적인 관광지로 만들었다. 『뉴욕타임스』는 92세의 나이에도 프랭크 게리는 은퇴할 시간이 없다고 보도했다. 2021년 4월 15일 『중앙일보』 기사에서는 게리는 이제야 자유를 만끽하며 눈치 안 보고 내가 하고 싶은 걸 맘껏 하는데 나이가 들었다고 그만둘 턱이 없다고 강조한다.

　92세의 건축가는 지금도 여전히 세기의 작품을 구상하기 위해 왕성하게 활동하고 있다.

한국에 특이한 벤처 기업이 있다. 모든 직원을 60대에 은퇴한 사람만 모아서 회사를 꾸렸기 때문이다. 그 회사(창원, 네오스) 직원의 평균 연령은 62세이다. 김윤상 사장도 63세이다. 이 회사는 자동차나 전자 제품에 들어가는 부품을 가공할 때 사용하는 제조업 핵심 장비인 CNC 공작 기계와 주변 설비를 국산화한 기업이다. 한마디로 하면 절삭유 청소기를 국산화하였는데, 많은 중소기업이 폐유를 어떻게 처리해야 하나 고민하는 것을 이 회사가 그 해결책을 제시한 것이다. 이 기계의 시장성은 6천억 원으로 추산된다. 이 회사의 고객은 두산, 포스코, 현대차, 대한항공 등으로 매출이 급성장하고 있다. 2021년 4월 21일 『매일경제』 기사에 따르면 김 사장은 직원들이 평생을 제조 현장에서 쌓은 노하우가 자산이 되었다고 말한다. 그들은 젊은 세대의 회사와 당당하게 경쟁하면서 빠르게 발전하고 있다. 그들에게서 나이의 한계는 찾아볼 수 없다.

김희수는 1962년에 영등포에 안과 병원을 개원하였는데, 한때는 아시아 최대 안과 병원으로 불린 적도 있었다. 김희수는 2000년 5월에 귀향하여 건양대학교와 건양대학병원을 설립했다. 그리고 21년이 지난 2021년 3월에 제2의 병원을 추가로 지어 제2의 개원을 시작했다. 지금 그의 나이는 93세이다. 병원과 대학 운영 외에도 그는 화요일엔 요가와 스포츠댄스, 수요일은 골프 18홀, 목요일은 서예, 금요일은 요가와 컴퓨터를 공부하느라 정신없이 바쁘게 생활하고 있다. 여기에 하루 1만 8,000보 걷기를 매일 수행하고 있다. 골프를 칠 때도 카트 없이 18홀을 직접 걸어서 운동한다. 2021년 5월 3일 중앙일보 기사에 따르면 기자가 힘들지 않냐고 묻자 그의 대답이 걸작이다. "백 살도 안 됐는데, 난 아직 젊은걸요. 아직도 배우고 싶은 게 많습니다. 가만히 앉아서 죽은 날만 기다리기엔 너무 젊은걸요." 영원히 늙지 않을 것 같은 92세의 젊은 의사는 여전히 근무 중이다.

나는 작은 회사를 운영해 온 지 25년이 지난 것 같다. 그동안 공장을 직접 세우지 않고 OEM 방식으로 주문자 생산을 해 왔었다. 하지만 단가 경쟁과 다양한 허가를 준비하기 위해서 내 공장이 필요한 시대가 되었다. 거금을 투자하기 위해서는 자신과 은행의 자금을 동시에 들이는 부담스러운 결정이 필요하다. 60세를 넘기는 시점의 투자라서 지인 중에서는 말리는 사람도 있다. 이대로 살면 편할 텐데 왜 모험을 하느냐고 한다. 그러나 최근 투자를 하기로 했다. 요즘은 중소기업은행, 중소기업진흥공단, 기술신용보증기금 등과 금융 문제를 조달하기 위해 바쁘게 움직이고 있다. 두려움과 새로운 희망 사이에서 마음을 졸이고 있기도 하다. 하지만 92세의 안과의사, 63세의 공작기계회사 사장, 92세의 세계적인 건축가들의 왕성한 열정이 나의 두려움을 상쇄한다.

이들의 한마디가 나의 달팽이관을 매일 맴돈다.

백 살도 안 됐는데, 난 아직 젊은걸.

💬 댓글 공감

김ㅇ진

젊음을 응원합니다.

이ㅇ영

무언가를 시작하는 데 나이는 중요하지 않더라구요.

정ㅇ진

멋진 이야기들 감사합니다.

곽ㅇ화

그럼요. 뭐든 시작하셔도 될 나이 20년은 너끈히. ☺ 파이팅.

김ㅇ경

결정을 응원합니다. 아직은 젊으니까요.

박ㅇ준

청년이 웬 엄살을 하시는지? ㅎㅎ

이ㅇ강

응원할게요. 잘될 겁니다.

최ㅇ도

대단한 결정이네요. 성공을 기원합니다.

강ㅇ윤

그동안의 노하우가 성공을 앞당길 거예요. 제2의 청춘을 즐기세요.

최ㅇ애

응원합니다. 잘될 겁니다. 아자 아자.

박ㅇ률

그럼요. 백 살도 안 됐는데 파이팅하시고 쭉 성공하세요. 100살 되실 때 밥 한번 사세요.

조ㅇ관

김 박사님의 결정을 응원합니다.

유ㅇ선

긍정의 힘이 문제를 이겨 내고 성공할 수 있습니다.

김ㅇ곤

어려운 결정! 성공 기원합니다. ^^

임ㅇ식

어렵게 결정한 일 좋은 결과 기원합니다. 대박 나세요!

김ㅇ균, 조ㅇ희, 김ㅇ규, 임ㅇ하, 김ㅇ곤, 최ㅇ동, 최ㅇ우, 차ㅇ, 김ㅇ수, 장ㅇ희, 김ㅇ인, 이ㅇ우, 전ㅇ민, 이ㅇ옥, 김ㅇ모, 김ㅇ곤, 최ㅇ칠, 이ㅇ강, 백ㅇ화, 노ㅇ동, 하ㅇ, M.K., 이ㅇ미, 박ㅇ화, 하ㅇ숙, 최ㅇ왕, 조ㅇ우, 황ㅇ봉, E.H.G.W., 황ㅇ식, 윤ㅇ채, 송ㅇ규, 김ㅇ경, 강ㅇ영, 김ㅇ순, 이ㅇ기, 곽ㅇ화, 이ㅇ호, 노ㅇ아, 최ㅇ숙, E.J., 이ㅇ영, 김ㅇ호, 박ㅇ자, 이ㅇ호, 김ㅇ균, 박ㅇ은, 최ㅇ경, 김ㅇ숙, 최ㅇ승, 유ㅇ선, 김ㅇ연, 김ㅇ석, 김ㅇ완, 김ㅇ희, 최ㅇ준, 박ㅇ종, 김ㅇ, B.Y.K., 김ㅇ자, 이ㅇ호, B.K., 김ㅇ규

55. You are my sunshine

누구나 한 번쯤 들어 보았을까?
「You are my sunshine」이라는 노래.
아니면 7080세대만 아는 노래일까?
아무튼 아주 아름답고 감미로운 노래입니다.

You are my sunshine
(당신은 나의 태양)
My only sunshine
(나의 유일한 태양)
You make me happy
(당신은 나를 행복하게 해요)
When skies are grey
(하늘이 회색빛으로 변할 때)
You will never know dear
(당신은 정말 모를 거예요)
How much I live you
(내가 얼마나 당신을 사랑하는지)
Please don't take my sunshine away
(제발 태양을 나에게서 거두어 가지 마요)

광주충장중학교 1학년 겨울 방학 때 일이다. 학교에서는 반에서 10등 안
에 드는 학생 중에서 자원하는 아이들에게 조선대학교에서 국제평화봉사
단(PISCO)이 가르치는 영어반에서 공부할 기회를 주었다. 딱히 영어를 좋아

했던 기억은 없는 나지만 아무튼 그곳에 참석하게 되었다. 미국인 여자 선생님은 키는 1m 69cm 정도였고, 몸은 통통한 분이었다. 미소가 자애로웠고, 어린 학생들 한 명 한 명에게 세심했다. 그녀가 우리에게 가르쳐 준 첫 미국 노래가 「You are my sunshine」이었다. 부르기도 쉬웠고 노랫말도 아름다워서 그 후로 45년이 지났지만 여전히 나의 입가에서 맴돌고 있고, 그 시절의 그 대학교 강의실에서 울려 퍼지던 어린아이들의 낭랑한 노랫소리가 잊혀지지 않는다. 그때 나는 느꼈다. 노래가 외국어를 공부하는 데 아주 쉬운 방법이다. 30대 중반으로 기억난다. 내가 다니던 교회에 '배년'이라는 선교사가 이동해 왔다. 20대 초반의 영리하고 미소가 햇살처럼 밝은 미국 청년이었다. 고등학교 때 뮤지컬 주인공을 했다고 했는데 역시나 노래도 아주 아름답게 불렀다. 감독은 나에게 그를 포함한 선교사들을 도와달라는 부름을 주었다. 매주 나와 아내는 그들을 우리 집으로 초대했다. 그리고 선교 사업에 대한 모임을 하기 전에 한국 어린이 노래를 하나씩 가르쳐 주었다. 태극기, 학교종이 땡땡땡, 산토끼, 깊은 산속 옹달샘 등등. 선교사들은 아주 좋아했고 열심히 따라 불렀다. 피아노로 반주하는 아내와 가르치는 나에게도 가장 행복한 시절 중의 한때였다. 배년이라는 선교사는 그 후 미국 윈터쿼터스라는 곳에서 방사선과 의사가 되었다. 그가 어느 날 자기 어린 아들이 부른 노래라면서 한국 노래를 불러서 녹음한 것을 보냈다. 항상 자장가로 불러 주었는데 세 살인가 되는 그 어린아이가 이제는 혼자서 그 노래를 부른다는 것이었다. 우리 부부는 경이로운 마음으로 그 어린 천사가 부르는 노래에 귀를 기울였다.

"엄마가 섬 그늘에 굴 따러 가면 아기가 혼자 남아 집을 보다가
파도가 불러 주는 자장노래에 팔 베고 스르르르 잠이 듭니다."

그렇다. 「섬집아이」였다. 그 노래를 듣는 우리 부부의 눈가에 눈물이 맺혔다. 배년이 미국으로 돌아간 지도 15년 이상이 흘렀는데 그 노래를 기억하고 자기 아이의 자장가로 늘 불러 주었다는 정성을 생각하니 눈물이

났다. 배년은 여전히 한국어를 잘하고 여전히 아름다운 미소를 가진 한국을 사랑하는 의사이다. 노래를 통한 한국어 가르치기는 대성공이었다. 몇 년 전, 나는 '매슨'이라는 미국 변호사를 만났다. 광주에서 그는 나를 보자고 하더니 자신이 대전 선교부를 관리하는 선교부 회장인데 3년간 자신을 좀 도와줄 수 있느냐고 물었다. 당연히 그럴 수 있다고 하였고, 그와 많은 일을 하게 되었다. 청주, 대전, 전주, 광주, 순천, 여수, 목포, 나주 등등. 그가 관리하는 지역은 매우 넓었다. 100명 이상의 선교사들을 교육하고, 선교 지역의 주민들을 만나 미팅을 하고 늘 바쁘게 살았다. 어느 선교사 모임에서 나는 매슨 회장에게 노래로 한국어를 가르치면 어떻겠냐고 물었다. 배년이 생각났기 때문이다. 그는 흔쾌히 승낙해 주었다. 아내와 나는 이제 100명 이상의 배년 후배들에게 노래 하나를 가르쳤다. 그렇다. 역시 「섬집아이」였다. 그 노래는 대전 선교부에서 선교사 송처럼 불리었다. 나중에 온 선교사들은 그들의 선임들로부터 배우기도 했다. 몇 년 전, 미국 유타주를 여행했다. 주도인 솔트레이크에서 북으로 40분 정도 떨어진 곳의 귀환 선교사의 집에 초대를 받았다. 윌슨의 집이었을 것이다. 그때 그는 대전 선교부에서 봉사한 다른 선교사 2명을 더 초대했다. 아름다운 윌슨의 가족들 아버지, 어머니, 여동생, 남동생들 앞에서 귀환한 미국 청년들 3명과 우리 부부가 함께 한국 노래를 합창했다. 섬집아이였다. 노래하면서 나는 목이 메어 몇 번을 멈추었다가 다시 불렀다. 유타의 어느 시골 마을에 울려 퍼지는 한국의 동요. 이 노래가 또 어떤 미국의 천사 아기에게 자장가로 불릴까? 나는 또 성공했다. 노래를 통해 한국어를 가르치는 것을.

이러한 모든 발상은 「You are my sunshine」에서 시작되었다.

저를 아는 여러분 모두는 저의 태양입니다. 혹시 제가 실수를 했더라도 용서하시고 영원히 나의 태양으로 남아 주십시오.

💬 댓글 공감

최ㅇ승

우와. 대단합니다. 재주 많으십니다. 고딩 시절부터 유행하던 노래인데, 감회가 새롭습니다.

박ㅇ엽

아름답고 훌륭하십니다. 삶을 멋지게 이어 가시는 모습, 응원합니다.

김ㅇ애

You are my sunshine, 저도 이 노래를 중학교 때 영어로 배워서 지금까지 나의 애창곡 중의 하나예요. 곡도 단순하고 영어로만 기억되어 늘 부르노라면 마치 영어 선생님이 된 것처럼 착각도 하지요. ㅎㅎ 요즘도 우리 남편 앞에서 손짓하며 노래해 주면 자기가 아내의 Sunshine이 되어 주었나 황송해하며 기분 좋아하지요. 선생님이 선교사들에게 가르친 섬마을 노래는 국경을 초월해 영원한 자장가로 불릴 것 같아요!!

최ㅇ애

제 어린 시절부터 제게 태양처럼 밝게 빛나던 한 분이셨고 지금 또한 그렇습니다~~~~ 제게 영어 필기체를 알려 주실 때 좀 더 성실히 배워서 멋지게 살았더라면 하는 아쉬움도 있습니다~~~~ 요즘 제가 살아가며 재미를 느끼는 것 중 하나가 바로 형제님의 멋진 수필집이나 에세이를 읽는 듯한 페북의 글들을 읽는 것입니다. 정말 제게 단비 같은 즐거움을 주셔서 감사합니다.

박ㅇ화

당신은 나의 태양!♡ 와우 넘넘 멋진 영어 노래입니다!♡ 노래 사랑이 대단하십니다. 훌륭한 재능이 주님의 도구로 쓰임에 놀랍습니다.

윤ㅇ자

흐뭇한 이야기네요. 그 노래 저는 요즘도 자주 불러요. 가사가 안 잊히는 이유를 모르겠어요.

정ㅇ숙

오랫동안 불리는 노래들 명곡입니다. 콧노래로 흥얼거리게 되는~~ 좋은 일 많이 하시네요. 영혼이 맑아져요.

M.E.P.

I sing that song to my 10 month old granddaughter these days. She smiles and waves her arms.

홍ㅇ식

노래로 배우는 외국어. 참 멋진 글입니다. You are my sunshine은 저도 좋아하는 노래입니다. 좋은 글을 올려 주셔서 감사합니다.

최ㅇ도

You make me inspired~~

👍 좋아요 공감

여ㅇ구, 정ㅇ재, 안ㅇ진, 김ㅇ정, 김ㅇ균, 최ㅇ도, 김ㅇ호, 김ㅇ순, 정ㅇ숙, 전ㅇ민, 김ㅇ수, 윤ㅇ자, 임ㅇ하, 임ㅇ수, 양ㅇ옥, 이ㅇ옥, 차ㅇ, 박ㅇ화, 정ㅇ옥, 김ㅇ연, 최ㅇ애, 황ㅇ식, 하ㅇ, E.S.P., E.J., 김ㅇ곤, 최ㅇ경, 정ㅇ열, 송ㅇ규, 원ㅇ석, 김ㅇ배, 윤ㅇ채, 김ㅇ연, B.Y.K., 최ㅇ숙, 최ㅇ승, 백ㅇ민

56. 나도 다시 주식을 해야 하나?

2021년 1월 27일 · 🌐

    둘째 아들이 며칠 전 "아빠 주식을 사 볼까요?"라고 했다. "경험 삼아서 소액으로 해 봐도 좋겠지?" 그러더니 141,000원 한 주를 샀다. 하루 지나서 "아빠 5,000원 벌었어요."라고 한다. 146,000원이 된 것이다. "조금만 더 투자해 볼까요?" "얼마나? 100만 원 단위로?" 그러더니 아들은 자신의 돈과 내가 빌려준 돈으로 100만 원 단위의 구상에 들어갔다.

    우린 매일 가족 모임을 그룹 콜로 하면서 그날의 행복 지수를 발표하는데, 보통 89에서 90이었던 둘째 아들이 행복지수가 93으로 쑥 올랐다. 주식이 주는 기대감 때문인 것 같다. 첫째 아들은 1년 전에 사 놓은 주식이 테마주 5개 정도였는데, 지금도 팔지 않고 그대로 갖고 있다고 한다. 코스피와 코스닥이 전체적으로 오르면서 어느 정도 수익을 챙겼다고 했다.

    점심시간에 단골 식당에 갔는데 손님들이 여기저기서 온통 주식 이야기다. "저는 종목당 100만 원 단위로 몇 개 샀습니다." "와 그렇게 많이요?" "작년에 산 것은 100% 오르기도 했습니다." "나는 지금 가진 29만 원짜리가 작년 11월 전에는 11만 원이었어요. 그때 조금 올라서 팔려고 했는데 못 팔았거든요. 근데 다음 날부터 다시 오르기 시작하더라고요. 오히려 안 팔린 것이 더 잘되었어요. 주식 방송을 보면 그럴싸한 것이 있더라고요. 어쩌나 관망 중입니다."

    "지난번에 테마주와 신생주를 몇 개 구입했는데 지금보다 더 빠질까 불안한데 어쩌면 좋아요?" "그냥 두세요. 너무 불안해 말고. 저는 회복되면 보유주 모두 팔아 버리려고요. 손절과 회복 잘 비교해 보세요. 여자들이 주식을 잘하더라고요." "왜요?" "진득하잖아요. 남자들은 오르고 내리는 데 아주 민감하여 안달을 하잖아요." 여기저기서 젊은 손님들이 나누는 주식 이야기는 그칠 새가 없다.

나는 2년 전에 LG유플러스 주식을 구입하라는 자칭 주식 전문가의 권유를 들었다. 어느 정도의 종잣돈으로 9,000원으로 내리면 사고, 13,000원으로 오르면 팔고를 반복했다. 그냥 취미로 하는 수준이었다. 그러다 보니 내가 원하는 지점에 가는 시간이 6개월도, 1년도, 2년도 걸렸다. 전체 4년 정도를 그렇게 했는데 용돈 정도 벌었던 것 같다. 별로 좋은 벌이는 아니었고, 심심했다. 그러다 어느 순간부터는 아예 주식은 손을 놓고 있다.

우리 아들들이든 점심시간의 젊은이들이든 대한민국은 지금은 개미 군단의 투자 열풍이다. 보통 외국 자본이나 기관이 들어와서 빠져나가면 주식 시장이 출렁거려 뒤늦게 들어간 개미 투자자들이 큰 손해를 보는 경우가 왕왕 있었는데 지금은 이러한 개미 군단이 외국이나 기관과 무관하게 버티고 있어 한국의 주식 시장이 오히려 단단해지고 있다고 한다.

내가 경영대학원에 다닐 때 주식을 가르친 교수에게 "교수님은 주식에 투자하여 어떠셨어요?"라고 묻자 "나는 별로 투자 안 해."라고 해서 얼마나 황당했는지 모른다. 지금 생각해 보면 아는 것과 투자는 다른 문제다. 교수가 신중했다면 우리의 젊은이들도 신중하게 접근하길 바란다. 빚을 내어서 하는 투자는 정말 금물이다. 주식으로 돈을 벌겠다는 것보다는 다양한 투자 루트를 가진다는 정도에 그치면 좋겠다. 우리 아들들도 마찬가지고.

대한민국은 지금 꽉 막힌 부동산 시장으로 인하여 돈이 자리를 잡지 못하고 주식으로 엉뚱하게 몰리고 있다.
주식으로 돈을 버는 사람들 이면에는 수많은 실패자의 눈물도 있을 것이다.

그나저나 이러한 주식 열풍은 한동안 계속될 듯하다.

나도 주식을 다시 해야 하나?

💬 댓글 공감

윤ㅇ채

저는 평생 이재에 관심이 없어서 주식 한 주 산 적이 없습니다. 다른 주식, 그러니까 먹고 마시는 것은 열심히 했지만. 이에 대해 많은 사람이 어디 가서 자랑이라고 그런 말은 하지 말라고 했습니다. 그렇지만 전 평생을 배가 고파도 풀을 먹지 않는 호랑이처럼 청빈한 기자로 살겠습니다.

홍ㅇ식

저도 대학원에서 투자에 관한 강의도 많이 했지만 제가 직접 주식에 투자는 하지 않습니다. 제 연금을 관리해 주는 회사가 따로 있는데 투자 액수의 가치를 매우 올려 주지는 않지만 제가 보수적인 투자를 지시했기 때문일 것으로 생각합니다. 과감한 투자는 저와 같이 고령자가 할 짓은 아닙니다. 하여튼 김 박사님의 자제가 주식 투자에 관심을 갖는다니 좋은 현상입니다. 그러나 지나친 모험은 삼가라고 일러 주실 거라고 생각합니다.

윤ㅇ성

그러게요. 예전에는 금액 대비 나오던 주식이 식구 수대로 나온다고 해서 관심을 가져볼까 하네요.

J.M.K

매월 남는 돈으로 꾸준히 오랜 세월 주식이나 주식형 펀드를 사세요. John Lee가 말씀하신 것 중 "주식은 사고팔고 하는 것이 아니라 사서 모으는 것."이라는 말에 동의합니다. 계속 그렇게 20~30년 하면 나중에는 배당금만으로 생활비가 충당될 때가 옵니다. 미국에선 'Golden Goose'라고 하지요. 황금알을 매일 낳는 그런 거위를 가지시길 바랍니다.

박ㅇ엽

요즘의 주식, 매우 조심해야 하는 투기라고 생각합니다. 주식은 투자로 해야지, 투기로 하면 반드시 후회할 일이 생깁니다. 조심하시길.

정ㅇ옥

주식 문외한이라서 글 읽고 배워 봅니다~

최ㅇ도

인덱스 펀드를 추천해 드립니다.

김ㅇ운

좋은 회사를 보고 투자를 하면 좋은데 주식이 내렸다고 팔고 오르면 사고 투기가 됩니다. 한 십 년 정도는 보고 꾸준히 여유가 있으면 여윳돈으로 퇴직을 준비한다고 생각하시며 전망이 좋은 주식에 투자하는 것도 좋은 아이디어라고 사료됩니다. 어떤 회사가 좋은지는 본인이 연구를 해야 합니다.

👍 좋아요 공감

김ㅇ호, 원ㅇ석, B.G., 전ㅇ민, 황ㅇ식, 김ㅇ연, 김ㅇ희, 임ㅇ하, 김ㅇ균, 김ㅇ곤, 김ㅇ성, 송ㅇ규, 최ㅇ덕, 김ㅇ제, 김ㅇ진, 김ㅇ수, 임ㅇ수, 김ㅇ효, 윤ㅇ채, B.Y.K., 최ㅇ우, 이ㅇ강, E.J., 최ㅇ승, 김ㅇ의, 윤ㅇ자, 최ㅇ숙

57. 농아들을 위한 봉사 시절의 고백

2019년 3월 19일 · 🌍

　지난 3월 9일 토요일, 건물들이 동으로 길게 그림자를 드리우는 오후 3시경 서울성전(교회)에서 봉사를 마치고 제출한 카드를 찾으려고 보관대를 보고 있는데 누가 등을 두드렸다. 머리가 곱슬곱슬하고 쌍꺼풀이 진 눈이 크고 맑은 교회 회원이 나를 바라보면서 활짝 웃고 있었다. 그녀는 오른손을 왼 손바닥에 포개었다 내렸다 "안녕하세요?" 수화를 했다. 얼굴에 세월의 흔적이 완연하였지만 난 단번에 그녀를 알아보았다. 그녀는 양손의 검지를 서로 교차하여 돌렸다 "수화." 그리고 오른편 손가락들을 펴서 우측 머리에 얹어 오므리는 동작을 했다. "기억하세요?" 나는 오른손 손바닥을 모두 펴서 칼날처럼 세우고는 그대로 턱을 두드렸다 "예." 그녀는 활짝 웃으며 왼손으로 엄지, 중지와 약지 세 개를 폈다 "3월." 오른 손가락은 엄지와 중지를 펴고 가운데 검지만 구부렸다 "17일." 그리고 오른손 검지로 엑스 표시를 했다. "지부대회." 그녀는 3월 17일 일요일에 있을 서울중앙농아지부대회에 나를 초대하고 있었다. 나는 왼손 등을 반듯이 펴서 아래로 향하게 하고, 오른 손가락을 모두 펴서 날을 세우고는 왼손 등을 두드렸다.
　"감사합니다."

　내가 그녀를 처음 본 것은 신당동에 있는 농아 교회였다. 그때 나는 24세의 수화를 사용하는 젊은 선교사였다. 이곳에서의 선교 사업은 좀 특별했다. 복음을 가르치는 것도 중요하지만 더 중요한 것은 구로동의 공장 단지를 다니면서 직업을 찾아 주고, 직장 사장과 분쟁이 생기면 찾아가서 통역을 하여 오해를 풀어 주고, 심지어는 엄마와 말다툼을 하면 집에 가서 통역을 하여 중재를 해 주기도 했다. 서울성전에서 만난 그녀는 당시 중학교 1학년이었다. 나는 그녀와 또 다른 친구 한 명을 대상으로 수학을 가르쳤다.

공부를 가르치는 것도 때로는 선교사의 일이었다. 그리고 얼마 후에 초대한 친구는 침례를 받았다. 봉사가 복음으로 연결되는 이상적인 단계였다.

우리는 또 다른 봉사도 했다. 그분은 날염 공장을 하는 40대의 농아였다. 아내는 정상인이었고 역시 정상인인 8살, 6살의 두 딸이 있었다. 그들은 신당동의 가정집 겸 공장에서 흰 셔츠에 상모를 쓴 호랑이나 곰돌이 등을 날염하는 기술자였다. 기술이 좋아서 그 집은 늘 바빴다. 그곳에서 우리의 선교 사업은 날염 보조 직공이었다. 날염한 옷을 말리고, 실밥을 깨끗이 잘라내고, 가르쳐 준 대로 일정한 모양으로 개어서 종이 상자에 차곡차곡 쌓았다. 매주 월요일 저녁은 열심히 일을 빨리 해치우고는 가정의 밤(매주 예수그리스도후기성도교회에서 매주 월요일 저녁에 하는 가족 게임, 가족 공부, 가족 예배 시간)을 했다. 두 어린 딸은 그 시간을 너무나 즐거워했다. 그렇게 하면서 우린 우정 증진도 하고, 복음을 가르쳤고, 그 집에서만 무려 3명에게 침례를 주었다.

선교 사업 기간을 마치고 나는 전라도 광주의 대학교로 복학했다. 어느 날 고속버스를 타고 인천공항으로 가다가 중간에 휴게소에서 바람을 쐬고 있는데 난 놀라운 모습을 보았다. 농아 둘이 앉아서 수화가 아닌 문자로 대화를 하는 것이 아닌가? 1984년, 내가 농아 교회에 있을 때는 상상도 못할 일이었다. 지금 같은 이런 통신 수단이 없었으므로 참 불편했었다. 선교사인 우리도 마찬가지였다. 인천에 농아 노부부가 살고 계셨다. 손자 같은 우리를 많이 사랑해 주셔서 자주 놀러 갔다. 아파트 문 앞에 도착하면 초인종을 눌렀다. 하하하. 짐작하겠지만 그분들은 소리를 들을 수 없다. 그래서 소리 나는 초인종이 아닌 불이 깜빡이는 초인종이었다. 집안일을 하시느라 아니면 책을 보시면 한참 동안 초인종을 보지 못하였고, 우린 계속 대답 없는 초인종을 누르고는 했다. 그랬던 우리인데 20여 년이 지난 지금은 농아들에게는 천지개벽할 일이 일어난 것이다. 바로 옆에 있는데도 둘은 문자로 소통하는 세상이 온 것이다.

농아지부에서의 일을 회고해 보면 가장 긴장되고 흥분된 사건이 있었다.

어느 날 미국에서 오신 버틀러 선교부 회장님(Pre. David Butler)에게 전화가 왔다. "축하드립니다. 동해에 우리 복음을 듣고 싶은 농아들이 몇십 명이 있대요. 내일 바로 동해로 가시기 바랍니다." 강원도 동해. 한 번도 가보지 못한 그 아름다운 해변의 도시 동해. 나는 버스를 타고 가면서 꿈을 꾸는 듯했다. 신비로운 그 도시를 처음으로 가는 흥분도 있었지만, 수십 명의 새로운 농아들을 만난다는 것, 그것도 우리의 복음을 배울 준비가 된 그분들을 만난다니 기적이 아닌가? 선교사로 봉사하면서 다시는 경험해 보지 못할 값진 기회가 나에게 찾아왔다니? 나는 얼마나 행복하고 선택받은 선교사인가? 난 아직도 아주 작은 동해지부의 예배당을 가득 채우고 자신들의 언어로 쉴 새 없이 손짓을 하던 그 아름다운 광경을 생생하게 그리고 행복한 미소를 지으면서 기억한다. 우리는 그곳에서 보름인가를 머물면서 15명 정도에게 침례를 주었다. 침례 장소는 당연히 이 세상 문명의 손길이 전혀 닿지 않은 것 같은 동해의 푸른 바다였다. 위아래 흰색 옷을 입은 맨발의 우리는 그 하얀 모래밭과 파란색 물감을 바로 풀어 놓은 것 같은 자연으로 들어갔다. 그리고 새로운 세상에 발을 디딘 그들을 해변에 담그고 일으켰다. 그들은 그 순간 이 세상 누구보다도 가장 깨끗하고 거룩한 영혼들이었다.

글을 마무리하면서 난 고백할 게 있다. 선교사를 하면서 마음속으로 짝사랑하는 농아지부의 회원이 있었다. 24세의 젊은 선교사보다 4살 정도 어린 그녀였다. 선교사는 TV, 신문, 영화도 볼 수 없는데 하물며 연애는 천부당만부당한 일이었다. 선교사를 하면서 나는 그녀를 내 마음속의 심연에 몰래 깊이 감추어 두었다. 그리고 광주로 내려가는 고속버스에서부터 그녀를 꿈꾸기 시작했다. 그러나 난 용기를 내지 못했다. 정상인과 농아인의 삶에 대한 용기가 없어 그녀에 대한 연정을 마무리 짓지 못했다. 그녀도 지금 50이 넘고 60을 향해 가고 있을 것이다.

광주로 와서 대학을 다니면서 장애인복지관에서 수화를 가르쳤고, 공옥진 여사라는 유명한 춤꾼의 TV 공연을 통역하기도 했다. 공연장에 모인 수많은 관객을 바라보면서 수화 통역을 하는 도중 자꾸 농아지부의 그녀 얼굴이 스쳐 지나갔다. 집중이 안 돼서 공 여사가 뒤뚱거리며 해학을 하는 장면은 통역을 놓치기까지 했다. 관중들은 웃고 있는데. 그 후로도 그녀는 나의 삶 속에서 가끔 그렇게 스쳐 지나갔다. 농아 교회의 아름다운 소녀, 그녀의 마음속에도 혹시 나에 대한 여운이 남아 있을까?

💬 댓글 공감

장ㅇ호

독자는 잘 읽고 갑니다.

이ㅇ영

재밌네~~ 오랜만에 옛날 생각이 나게 하는 글이네~~ ㅎㅎㅎ

이ㅇ준

감회가 새롭구먼. 뭔가 머물고 있는 듯.

박ㅇ화

우와~ 멋집니다.

👍 좋아요 공감

정ㅇ자, S.P., 장ㅇ환, 김ㅇ경, 정ㅇ용, 김ㅇ동, 양ㅇ희, 박ㅇ원, 이ㅇ영, 오ㅇ희, 장ㅇ호, 김ㅇ빈, 김ㅇ룡, 박ㅇ욱, 송ㅇ규, 김ㅇ혜

58. 50대 후반 퇴직자의 재취업, 십일조의 마법일까?

2019년 4월 10일 · 🌍

우리 나이가 만 58세이다. 공무원이 아닌 일반 회사원이라면 이제 퇴직할 나이들이다. Lee는 나의 친구인데 그 역시 얼마 전에 회사에 의해 퇴직을 당하게 되었다. "이제나저제나 불안했는데 결국은 그날이 왔네. 허허허." 친구는 허탈하게 웃으면서 회사의 결정을 담담하게 받아들였다. 회사 퇴직 후 새로운 구직 활동을 하라고 급여의 절반 정도를 1년간 지불해 주는 것이 그나마 다행이었다. Lee는 부동산 일이나 하수구의 막힌 것을 뚫는 일 등 여러 가지 일을 알아보러 다니기 시작했다. 그리고 3월 31일부터 6일간 대학을 졸업한 아들과 중국 장가계에도 가고 그다음은 아내와 베트남 할롱 베이와 앙코르와트도 다녀왔다. 그러다 보니 3주가 금세 지나갔다. 여기저기를 다니면서도 마음이 그리 편치는 않았다. 나이는 60이 다 되었지만 여전히 팔팔하고 일이 필요한 시기였으므로 무엇인가 일을 해야 했기 때문이다.

무엇을 하나 염려하는 마음으로 귀국하였는데 갑자기 회사로부터 연락이 왔다. "다시 출근하실 수 있을까요?" 얼마나 놀랐는지. 퇴직을 시킨 회사가 자신을 다시 스카우트를 하다니. 말이 안 되었다. 지금 그는 강원도에 있는 회사의 지사장으로 근무하고 있다. 대형 승용차와 자녀 학자금, 억대의 연봉, 지사장 직함. 그에게는 파격적인 대우다. 계약은 2년여지만 회사에 대한 기여도가 커지면 실적에 따라 근무는 더 연장이 될 것으로 생각한다. 왜냐하면 이번에는 회사가 필요해서 스카우트를 하였으므로. 어떻게 퇴직을 당한 회사에 그런 좋은 조건으로 다시 스카우트가 될 수 있나? 신기하고 신통해서 물었더니 그는 그 근본을 신앙에서 찾았다.
"십일조의 축복인 것 같아." 십일조란 구약의 말라기에 근본을 둔다.

"만군의 여호와가 이르노라. 너희의 온전한 십일조를 창고에 들여 나의 집에 양식이 있게 하고, 그것으로 나를 시험하여 내가 하늘 문을 열고 너희에게 복을 쌓을 곳이 없도록 붓지 아니하나 보라(말라기 3장 10절)."

그는 한국 성전에서 기도를 했다고 한다. "하나님 아버지, 제가 십일조를 내는 것이 끊기지 않게 도와주십시오." 그는 이번 기적적인 일에는 십일조의 원리가 작동했다고 굳게 믿고 있다. 그의 재취업에 또 다른 재미있는 일화가 숨어 있다. 그 친구의 말이다.

"퇴직을 당하고 아내가 자주 당신은 그 회사에 다시 들어갈 것 같다고 했어. 그리고 교회의 자매들도 2명이나 '제 생각으로는 회사에 다시 복직하실 것 같아요.'라고 했지. 나는 물론 말이 안 된다고 생각했고. 아니 나가라고 해서 나온 회사인데 그곳에서 나를 다시 부른다는 것은 상상도 할 수 없거든."

그의 재취업 축복의 근원에는 충실한 십일조, 성전에서의 기도, 아내와 회원들의 영감 외에 두 가지가 더 있었다. 하나는 그의 베풂이다. 그는 전라도의 지사장으로 갈 때 회사에서 차가 나오자 원래 타던 자동차를 동생에게 줄까 생각하다가 그보다 더 어려운 이웃에게 주자고 결심했다. 그리고 곧바로 실천했다. 그런데 그가 퇴직할 때 회사는 그에게 그보다 4배나 비싼 자동차를 퇴직 선물로 주었다. 하늘에서는 선행의 대가를 그리 갚으시고 거기에 재취업이라는 선물까지 덧붙여 주신 것이다. 다른 하나는 직장 동료들과의 강한 유대이다. 이번에 그가 다시 스카우트가 된 것은 이사회에서 직장 동료들이 강력하게 그를 추천하였기 때문이다. 그가 평소에 직장에서 어떤 인간관계를 가졌는지를 가늠케 하는 대목이다. 이러한 여러 가지가 그의 재취업과 연결되어 있는데 친구는 그중 십일조 충실함의 공이 으뜸이라고 한다. 과연 50대 후반의 그가 퇴출을 당한 직장에 다시 복직된 것은 십일조의 마법일까?

💬 댓글 공감

최ㅇ

> 훈훈하고 감동적인 글입니다.

김ㅇ연

> 달필이 되셨군요. 좋은 간증의 맑은 영이 모든 것을 형통하게 합니다. 감사합니다.

박ㅇ엽

> 빙고!

김ㅇ수

> ㅎㅎ 드라마 같은 얘기 멋집니다. 십일조의 축복은 다양하게 오는 것 같아요. 저도 제 능력에 비해 많은 축복을 받고 있는 것에 늘 감사를 드리고 있습니다. 십일조를 내고 감사할 때 축복은 주어진다고 믿습니다.

김ㅇ연

> 정직한 십일조를 낼 때 삶에 불안이 없어집니다. 기도도 당당하고 떳떳하게 하게 되구요. 낼 수 있어서 너무 기쁘고 감사한 일이죠.

문ㅇ숙

> 김광윤 님!! 자신의 믿고 있는 종교의 원리에 따라 의롭게 하늘의 법에 따라 사는 모습을 연상케 하는 귀감이 되는 좋은 글 올려 주셔서 감사드립니다. 의로운 사람들의 선행은 천상의 소식을 듣는 것 같습니다.

정ㅇ경

> 1개를 잃는 것이 아닌 9개를 얻는 것. 이 원리는 십일조를 경험한 분들이 공통적으로 느끼고 현재 누리는 축복들이지요. 현장에서의 이야기 감사합니다.

박ㅇ준

> 하늘의 축복은 우리의 충실함에 그 힘을 끌어내립니다. 십일조의 법! 그것은 내 것이 아니라 주님의 것입니다. 그래서 그분께 바치는 것이 아니라 되돌려 드리는 것입니다. 우리는 십일조의 법을 통해 9개의 축복 속에 더 큰 1개의 축복을 하늘에 쌓는 것입니다. 충실함에 오는 축복을 함께한다는 것은 큰 기쁨이고 행복입니다. 드렸음에 더 많이 주심을 꼭 경험해 보시기 바랍니다.

장ㅇ

헌납의 법은 해의 왕국의 율법이라고 알고 있어요. 내가 몸담은 곳을 시온으로 일구신 부지 런함과 고결함을 배웁니다! 저도 제 능력보다 더 큰 축복에 살고 있거든요.^^

정ㅇ련

땅에서 하는 일을 하늘에서 보고 계신 분이 있으니 감사할 따름입니다.

👍 좋아요 공감

박ㅇ배, 배ㅇ준, V.J., 박ㅇ운, 황ㅇ철, 박ㅇ욱, 김ㅇ숙, 이ㅇ우, 임ㅇ수, 오ㅇ근, 하ㅇ숙, 김ㅇ진, R.R., 김ㅇ승, 김ㅇ기, 황ㅇ림, 박ㅇ수, 김ㅇ애, 장ㅇ환, 한ㅇ자, 박ㅇ원, 송ㅇ규, 김ㅇ룡, D.D., 이ㅇ영, 이ㅇ경, 오ㅇ숙, 이ㅇ주, 이ㅇ형, 김ㅇ희, 안ㅇ진, 강ㅇ숙, S.S., 김ㅇ수, 김ㅇ연, 김ㅇ균, 정ㅇ련, 장ㅇ률, G.E.F., H.C., 최ㅇ숙, 박ㅇ정, 조ㅇ준, 최ㅇ경, 권ㅇ업, 류ㅇ형, 최ㅇ, 안ㅇ선, 이ㅇ희, M.S.L., S.P., 조ㅇ현, 박ㅇ화, 김ㅇ빛, 이ㅇ숙, 신ㅇ복, 김ㅇ수, S.W., 김ㅇ경, 정ㅇ열, 장ㅇ희, 이ㅇ숙, 이ㅇ영, 예ㅇ, 김ㅇ완, 박ㅇ영, 이ㅇ솔, 최ㅇ덕, 정ㅇ영, 정ㅇ용, 최ㅇ현, 김ㅇ진, 정ㅇ숙, 이ㅇ득

59. 시애틀의 잠 못 이루는 밤

2021년 5월 17일 · 🌏

　친구를 만나러 갔었다. 마침 12월 말이라 부부들이 많이 모여 즐기는 시간이 있었다. 기타를 치면서 7080 노래를 부르면서 나는 처음 만난 친구의 친구들과 금세 친해졌다. 아름답고 사랑스러운 부부애를 지닌 시애틀의 그 부부를 만난 것은 얼마나 큰 복이었는지. 한국에서 독일어를 전공한 녀석이 미국에서 MBA도 하고, 컴퓨터 사이언스도 하고, 물류를 전공하는 학자가 되었으니 얼마나 훌륭한가? 한국, 유타를 거쳐 아름다운 항구가 있고 안개 자욱한 날이 많다는 시애틀에 사는 것은 어쩌면 녀석의 숙명일까?

　친구의 친구는 우리를 어떤 섬으로 데려갔다. 시애틀에서도 부자들이 주로 산다는, 도시 같으면서도 자연으로 덮인 숲속 그 섬에 데려갔다. 배를 타고 어느 변호사의 집으로 갔는데 집, 게스트하우스, 동물 농장, 캠핑장, 울창한 숲, 말구유와 윤기가 흐르는 눈이 크고 맑은 갈색 말, 드넓은 대지의 주인인 그 변호사와 저녁 늦도록 이야기를 나누었다. 그렇게 부자이면서도 어쩜 그리 겸손한지. 변호사에게 안내해 준 친구의 친구 역시 매우 겸손하였는데 집에 초대해서 바비큐를 해 주었다. 넓은 테라스 앞의 울창한 나무들이 기억난다. 한국인으로서 미국에서 치과 의사로 자리 잡은 그 역시 얼마나 대단한가? 그의 아내는 나그네들에게 얼마나 화사한 환대를 해 주었는지.

　섬에서 나올 때 여기에 오면 꼭 먹어야 한다고 친구 아내가 주먹만 한 아이스크림을 사 주었다. 배가 섬을 떠나 멀리 보이는 시애틀의 빌딩 숲을 향해 출항할 때, 아이스크림을 바른 혀의 달콤함과 시원한 바람이 가르는 바다의 선선함과 선두가 헤쳐 나가는 허연 물살들을 어제 일처럼 선명하게 기억한다. 영화 「시애틀의 잠 못 이루는 밤」에서 아내를 먼저 떠나보내고 실의에 빠진 샘은 아들 조나와 함께 시애틀로 이사한다. 한편, 완벽한 남친 월터와의 결혼을 앞둔 애니는 새엄마가 필요하다는 깜찍한 라디오 사연을 보낸 조나와 아내와의 행복했던 추억을 잊지 못하는 샘의 이야기를 우연히 듣게 된다. 샘의 진심 어린 사연에 푹 빠진 애니는 그가 자신의 운명의 짝이라는 강렬한 이끌림을 느끼게 되고 결국 샘과 조나를 만나기 위해 시애틀로 향한다. 크리스마스에 이루어진 시애틀의 로맨틱한 기적 이야기.

나는 오늘따라 갑자기 시애틀이 생각나 잠 못 이룬다. 새벽 2시 11분. 어쩌면 일요일을 이대로 보내기 싫어 월요일로 흘러가는 시간을 붙잡고 놔주지 않고 있는지도 모른다. 한국의 일들을 훌훌 털어 버리고 시애틀에 다시 가고 싶다. 친구들, 그 변호사, 그 목장, 그 게스트하우스에서 하룻밤을 보내면서 털보 변호사와 못다 한 이야기를 더 많이 나누고 싶다. 빌 게이츠의 아버지도 변호사였는데 그와 같은 사무실을 사용했다는 털보 변호사와 이야기를 나누면서 빌 게이츠 집안의 알려지지 않은 스토리들을 모두 녹음하리라.

육지 시애틀로 돌아가서 친구들과 다시금 기타 반주에 맞추어 흘러간 시대의 노래를 부를 수 있을까? 1967년 서울 동도중학교 심봉석 선생님이 지루한 아침 교무 회의 시간에 동그라미를 끄적거리다 연모하던 연인의 얼굴을 그리게 된 계기로 작사한 노래 「동그라미」를 다시 부를 수 있을까?

동그라미 그리려다 무심코 그린 얼굴
내 마음 따라 피어나던 하얀 그때 꿈을
풀잎에 연 이슬처럼 빛나던 눈동자
동그랗게 동그랗게 맴돌다 가는 얼굴

😊 댓글 공감

정ㅇ옥

광활한 미국 시애틀에 섬이 있나 봐요. 영화 배경을 통해 여행을 대신하는데 글을 통해 또 한 번의 여행을 해 봅니다.

김ㅇ경

제가 좋아하는 노래인데~

장ㅇ호

지난날의 추억이 곱게 밀려오고 늘 행복해하는 모습 사진을 통해 접하지만 같이 더덩실 춤 추는 날이 왔으면 싶다.

이ㅇ주

아이고, 그런 날을 기다려 보겠습니다. 여기는 정부에서 공식적으로 마스크를 벗어도 된다 고 했는데 한국이 어려워하니 안타까운 마음입니다. 조만간 나아지겠죠. 시애틀이 아름답 기는 하지만 고향 광주가 늘 마음에 있습니다. 7080 스타일의 찻집도 그립고요.

김ㅇ자

오늘도 재밌게 읽었네요. 동도중학교 울 동생도 같은 학교 나온 것 같으네. 하하. 시애틀 바 다, 해산물, 많은 식당, 바다 내음, 빌딩들. 그림 그리듯이 읽었네요. 친구 같은 분입니다. 바 닷가에 가서 기타 치며 노래 부르던 생각도 나고 좋네요.

박ㅇ화

시애틀에 잠 못 이루는 밤 영화가 참 아름다웠어요. 제 친구도 남편이 치과 의사이고 시애틀 에 사는데 친구분이 동일 인물은 아닌지요. ㅎㅎ

이ㅇ원

그때를 잘 표현하여 저 역시 그날이 그리워지는군요.

조ㅇ관

나이 들면 일찍 잔다던데. 추억이 꼬리를 무는 모양일세~~ 건강도 챙기시고.

김ㅇ애

시애틀 이야기~ 가슴이 저려 오네요. 한때 시애틀에서 살면서 그곳이 너무 아름답고 교회 친구들이 많아 잊지 못하는 곳이에요. 윗글에 나오는 등장인물들도 눈에 선하네요. 선생님 덕분에 행복한 추억들을 떠올려 봐서 감사해요.

60. 89세 그녀의 장수 비결, 탁구와 패션

2021년 1월 24일 · 🌏

90세가 다 되면 장수를 논할 수 있을까? 나의 처가 외할머니는 103세에 돌아가셨다. 90세에서 13년을 더 산 셈이다. 90세에 건강하다면 100세를 넘길 준비를 해야 한다. EBS에서 장수 비밀을 소개했다. 그게 88세의 윤정순 할머니다. 만으로 88세이니 우리나라 나이로 89살이나 마찬가지다. 그녀가 제시한 첫 번째 비결은 탁구다. 인터뷰 내용을 요약해 보겠다.

지금도 항상 탁구장에만 들어서면 마음이 설렌다고 말하는 그녀가 탁구장에 도착하자마자 젊은 남자들과 탁구 경기를 시작합니다. 이분을 만만히 보면 안 됩니다. 할머니는 지역 대회에서 우승을 할 정도로 누구와 시합해도 뒤지지 않습니다. 그녀를 만만하게 보고 덤비면 남자들도 먼저 지치고는 합니다. 이곳에서 그녀는 나무에서 노는 다람쥐처럼 신났습니다. "정말 여기 오면 항상 너무 신나요. 라켓만 손에 쥐면 와따여요. 정말 신납니다."라고 그녀는 말합니다. 윤정순 할머니는 13년 동안 하루 두 시간 탁구를 쳐 왔습니다. "탁구는 순간 집중력과 빠른 동작을 필요로 하므로 탁구를 계속하면 순발력, 판단력 등 신체의 모든 부분을 이용하기에 매우 유용한 운동입니다. 지구력이 좋아지고 팔과 다리의 관절 유연성이 좋아지고 근육도 좋아집니다. 다만 균형을 잃으면 낙상이나 골절에 유의해야 해서 나이가 들면 하루 30분에서 1시간 정도만 운동을 하시는 게 좋겠습니다. 관절염이 있으신 분들은 지병에 주의하면서 탁구를 해야 합니다."라고 연세대 의대 이덕철 교수님은 말합니다. 윤정순 할머니의 첫 번째 장수 비결은 바로 탁구입니다.

그녀는 또 다른 일로 바쁩니다. 화장대에서 화장을 예쁘게 하고 동대문시장을 자주 갑니다. "아이쇼핑이라도 해요. 패션에 좋은 물건을 사기도 합니다. 예쁘게 보이는 것이 못생긴 것보다 좋잖아요."라고 하면서 할머니는 나이가 들어도 예쁘게 하고 당당한 외출을 시작합니다. 동대문시장에 자주 가서 젊은이들이 사는 다양한 물건을 구경합니다. 그것이 취미입니다. 88세의 그녀가 젊은 사람처럼 귀걸이도 하고 식사도 잘합니다. 식사는 세 끼를 먹는데 3분의 2만 먹는 소식을 합니다. 잘 먹고 예쁘게 하고 다니고 탁구로 건강하니 표정이 늘 밝습니다. 그날 동대문시장 외출 후에 집에 와서 직접 만든 손가방에 그날 구입한 장식물을 답니다. 할머니는 말합니다. "예뻐 보이죠? 다음에는 또 다른 액세서리도 구입할 겁니다." 할머니는 취미가 부지런함입니다. 다양한 옷을 잘 정리하고 깔끔하다는 소리를 듣길 좋아합니다. "구질구질하면 인격이 아니죠. 매일 하루에 하나씩 옷을 갈아입습니다. 예쁜 옷은 사람을 당당하게 합니다."라고 말하는 그녀는 자신감을 입는 것입니다.

88세 그녀는 늘 자신감 있게 삽니다. 할머니는 패션을 중요시합니다. 머리도 보라색, 모자도 분홍색, 귀걸이도 여러 개입니다. 멋쟁이 패션이 그녀에게 중요한 영향을 미칩니다. 할머니는 자신의 패션 이야기를 하고 거리에서 칭찬을 받으면 스스로 변신하고 기분을 좋게 한다고 믿고 있습니다. 그녀는 그런 노력이 자신을 위해서가 아니고 남을 위해서라고 말합니다. 사람들로부터 관심을 끄는 패션이 바로 그녀의 두 번째 장수 비결입니다. 탁구는 외모를 젊어지게 하고 패션은 마음을 젊어지게 합니다. 그녀는 패션을 위해서 어디든 망설이지 않고 과감하게 달려갑니다. 패션을 사랑합니다.

전남대 미생물 전공 김진만 교수님이 소식, 운동과 패션의 연결 메커니즘을 과학적 원리로 설명해 주셨습니다. "소식, 운동은 장내 마이크로바이옴의 균형에 필수입니다. 그러면 즐거움을 유발하는 세로토닌의 90%가 장에서 만들어지는데 이게 뿜뿜 분비되어 예쁘게 하고 싶은 패션 감각이 살아나고 결국 인생이 행복해지는 거죠. 마이크로바이옴의 균형과 유지는 모든 질병과의 연관성 그리고 장수의 핵심 논제가 되고 있지요. 이분의 장내 미생물 균형은 최적일 것이라 확신합니다."

　장수! 몸과 마음이 건강하지 않게 나이가 들어간다면 그것은 자신, 가족, 사회에 커다란 부담을 주는 위험한 행위입니다. 그녀가 제시한 탁구와 패션 속으로 한번 들어가 보시죠!

💬 댓글 공감

H.H.

> 오늘도 잘 읽었습니다. 감사합니다. 건강한 장수는 모두의 염원입니다. 매사에 긍정적이고 나름의 기쁨을 갖고 산다면 건강에 큰 도움이 되겠지요. 넘치는 힘! 오늘도 멋지게! 좋은 사람! 좋은 글!

이ㅇ영

> 패피로 거듭나야겠군요~!

정ㅇ옥

> 60 후반에 들어서인지 공감되는 글입니다. 잘 읽었습니다.^^

박ㅇ화

> 대단한 분이십니다. 존경스럽습니다. 그분처럼 젊고 아름답게 살고 싶습니다. 좋은 소식 감사합니다!♡

👍 좋아요 공감

김ㅇ배, 김ㅇ의, 김ㅇ경, 김ㅇ균, 정ㅇ련, E.S.P., 류ㅇ한, S.L., H.K., 차ㅇ, 안ㅇ진, S.D.C., 전ㅇ민, 최ㅇ우, 김ㅇ곤, J.S.H., 박ㅇ화, 최ㅇ승, J.H.C., 김ㅇ희, 박ㅇ종, 윤ㅇ채, 홍ㅇ성, 이ㅇ영, 윤ㅇ주, 김ㅇ호, 김ㅇ일, 최ㅇ왕, 원ㅇ석, 김ㅇ연, B.Y.K., J.Y.K., 최ㅇ현, H.C.C., 김ㅇ희, 장ㅇ희, 최ㅇ숙, B.G., H.H.

61. 교사들을 위해 두릅전을 부치는 교장 선생님

2020년 6월 23일 · 🌍

김판용 교장은 전북 고창 해리에서 태어났다.

> "날만 새면 늘 짐을 싸고 고향을 떠나는 친구들이 많았습니다. 헤어지면서 그 아이들에게 편지를 써 주었습니다. 그렇게 떠난 친구들에 대한 그리움이 사무쳤습니다. 외로움을 많이 쓰다 보니 시가 되었습니다."
>
> – 『이삭빛TV』 –

어린 시절의 정서로 그는 성장하여 시인이 되었다. 전북대학교 국어교육과를 졸업했고, 1988년부터 교사로 활동하다가 1991년 『한길문학』을 통해 등단하는데, 김남주 시인이 추천했다. 당시에 쓴 시가 「까치밥」이다.

나는 늘 외로웠다 / 가지 끝에 붙어서 흔들리다가 / 속으로 우는 것은 내 몫이었다. / 손 닿지 않는 곳에서 / 손을 그리워하는 노래는 바람에 스치고 / 차고 매운 겨울이 와서야 붉게 맺혀 빛이 났다.

또한 그는 사진작가다. 카메라로 시를 쓰는 사람으로 알려져 있다. 카메라는 물리적 기계이지만 여기에 작가의 심장이 장착되어야 한다는 철학이다. 1990년대 초 필름 카메라인 니콘 FM2로 사진 촬영을 시작했다. 그는 바람도 사진에 새기고자(풍인,風印) 했다. 벚꽃 흐드러지게 핀 서도역을 걷는 청춘들, 새벽안개 자욱한 충남 부여 성흥산성, 유채꽃 환하게 핀 길 위를 지나는 휠체어 부부 등 많은 것을 사진으로 새겨 왔다.

그는 혁신적 교육가다. 전라북도 임실 지사중학교 교장으로 발령을 받자 가장 먼저 한 일은 교장실을 없앤 것이다. 교장실이 사라진 자리에 도서관과 카페가 들어섰다. 사무적으로 굳어 있던 교장실의 방문객은 사라지고, 도서관의 한구석에 책상도 의자도 없이 더부살이하는 교장실에 환한 미소와 찻잔을 든 교사와 학생들이 찾아왔다. 그 도서관에도 학교, 아이들, 풍경의 마음들을 새긴 사진들이 전시되어 있다.

> 불편하고 조심스럽던 교장실이 놀러 오고 싶고, 교장 선생님과 이야기하고 싶어지는 편안한 공간으로 변신하였습니다. 선생님들은 우리가 배려를 받고 있다는 감사함을 느끼고 있습니다.
>
> — 지사중 교사 —

그의 마음을 담은 사진들은 인문 계단으로 변신한 계단에도 이어졌다.

> 인문교육을 강조하는 지사중학교.
> 삶의 품격이 오르는 지사 인문학 계단, 우중충한 계단의 변신, 책도 읽고 편지도 쓰고 하고 싶은 이야기 낙서도 하고 친구, 선생님과 대화도 하고 10대의 감성을 고려한 인문학 공간이 되었습니다.
>
> — 2020. 5. 22. 『김판용 페이스북』 —

그의 책 읽기 혁신은 '밤샘 책 읽기'라는 유명한 전통을 잉태하기에 이르렀다.

> 오늘 밤 지사는 올빼미입니다. 전교생, 전체 교사가 남아서 밤샘 인문학 캠프를 진행하고 있어요. 첫 번째 '책, 강의로 풀다' 세션의 제 강의를 시작으로 책 속의 음식을 만들어 먹는 '책, 맛으로 읽다'와 밤을 새워 책을 읽는 '책, 올빼미 되다' 그리고 슬로우 리딩을 했던 도서를 다시 정리해 책으로 만드는 '책, 나도 작가다'로 진행이 됩니다. 저

> 녁 식사는 '책, 맛으로 읽다'가 책임을 졌습니다. 책 속의 음식을 만들
> 어 함께 나누는 아주 따뜻한 시간. 아이들도 선생님도 모두 즐거워했
> 답니다. 한여름 밤을 책으로 채우는 모두가 행복한 시간, 지사의 밤
> 은 책과 함께 깊어 갑니다.
>
> – 2019. 6. 28. 『김판용 페이스북』 –

독서왕은 해외 연수를 보내 주기도 하는 것은 교장이 주는 또 하나의 선물이다.

밤새워 책을 읽으면서 즐거워하고 행복해하는 사춘기 아이들, 상상하실 수 있나요? 그의 상상이 지나가는 자리에는 지루함도 놀이터로 만드는 마법이 존재했다. 교장의 정성이 교사와 아이들의 마음을 움직인 것이다.

> 오늘 앞치마를 입었습니다. 학교 앞 냇가에서 돌미나리를 캐고 뒷
> 산에서 두릅순을 따서 제가 손수 전을 부쳤습니다. 푸르스름한 미나
> 리전은 부침가루, 노릿한 두릅전은 우리 선생님이 농사를 지은 토종
> 밀가루 반죽입니다. 평소와 똑같은 시간표로 모든 수업을 아이들과
> 함께 쌍방향으로 진행하시고 온라인 세월호 기억식까지. 대단한 우
> 리 선생님들을 위한 작은 정성입니다. 쉬는 시간에 가진 작은 파티!
> 자연이 준 재료로 나눈 우리 지사만의 고소한 이야기입니다. 향긋한
> 전 냄새 느껴지시는지요?
>
> – 2020. 4. 16. 『김판용 페이스북』 –

그의 마음이 돌미나리 부침으로, 두릅전으로 다가가는데 안 열릴 마음들이 있을까? 중학교의 파괴적 교육 혁신은 바로 닫힌 마음의 파괴에서 시작된 것이다.

그의 혁신은 내부만이 아닌 외부의 자원을 활용하는 공유 교육 혁신으로

이어졌다. 김 교장은 하노이에 있는 한국국제학교 교육 과정 공동 운영과 섬진강 교과 통합 수업, 마을과 함께 하는 학교 축제 등을 진행하고 있다. 외부의 자원을 안으로 버무려 시골 학교의 한계를 극복하는 놀라운 순발력은 어디서 나온 것일까?

이제 하노이를 떠납니다. 13일간의 하노이 지사중학교에서 다시 임실 지사중학교로 돌아가는 길입니다. 하노이 한국국제학교에서 수업과 체험 활동으로 알차게 채워 간 두 학교의 교육 과정 공동 운영은 우리 교육사에 처음 있는 일이었고, 쯩부엉중학교와의 교류 학습까지 확장을 시킨 초광폭 행진이었습니다. 또 베트남을 배우는 기회였습니다. 수도 하노이의 역사와 문화 세계적인 명승지 할롱 베이, 짱안을 비롯해 베트남 주재 한국대사관과 우리 기업 방문까지 하였습니다.

– 2019. 11. 12. 『김판용 페이스북』 –

교장, 교사, 어린 학생들이 이처럼 놀라운 기적들을 만들어 가는데 이들을 눈물 나고 고맙게 바라보는 단체가 있겠지? 바로 동문회다. 이들이 후배들을 돕기 시작했다. 물질적인 도움은 김 교장의 혁신에 날개를 달아주었다.

임실지사중학교 총동문회가 18일 코로나19로 등교를 하지 못하는 학생과 경제적 어려움을 겪고 있는 가정을 위해 장학금을 기탁했다. 지원 대상은 전교생으로 1인당 10만 원씩을 재난장학금 명목으로 오는 20일 지급한다. 이희승 총동문회장(지사중 1회 졸업생)은 개교 초창기 오수천에서 모래를 퍼다 운동장에 깔고 삽과 괭이로 교사를 정리하면서도 학교는 학생들로 활기가 넘쳤다. 동문회장은 "이번 장학금 기부가 학교를 활성화하고, 학생들과 각 가정에도 도움이 됐으면 합니다. 코로나로 이 화창한 봄날 학교에 가지 못하는 후배들을 생각하면 마음이 아픕니다. 선배들의 이런 뜻이 오롯이 전해졌으면 좋겠

그는 아코디언을 연주하는 음악가이다. 정읍의 산야의 실록들처럼 싱그
럽고 파릇한 아이들의 청량한 목소리가 교장의 아코디언 반주에 맞추어 교
정에 울려 퍼진다.

"아빠하고 나아하고 만든 꽃밭에, 채송화도 봉숭아도 한창입니다. 아빠가
메어놓은 새끼줄 따라 나팔꽃도 어울리게 피었습니다."

권위는 까치밥으로나 던져 버리고 자유인이 된 김 교장의 파괴적 혁신이
내재한 교육 철학은 노래와 음률에 실려 수많은 학교로 퍼져 나가고 있다.

💬 댓글 공감

장ㅇ

눈물 나게 감동입니다. 자랑스럽고 가치 있는 것에 박수를 보낼 줄 아는 건 부자입니다. 덕
분에 행복합니다.

👍 좋아요 공감

오ㅇ근, 유ㅇ선, 최ㅇ우, 류ㅇ훈, 김ㅇ곤, 김ㅇ경, 윤ㅇ채, 이ㅇ우, 최ㅇ숙, 이ㅇ준, 배ㅇ준, 박ㅇ률, 이ㅇ납, 박ㅇ화, 박ㅇ엽, 김ㅇ란, 정ㅇ균

62. 한국어를 잊지 않으려는 미국인의 아름다운 노력

2021년 1월 22일 · 🌐

   한국에서 선교사로 봉사하고 돌아간 미국인 부부가 한국어를 사랑하므로 한국어를 계속 공부하게 도와줄 수 없느냐고 문의해 와서 갑자기 한국어 교사가 된 나의 노력은 지금도 계속되고 있다.

   수업하는 방법은 이렇다. "다음 주제는 낙엽입니다." 이런 식으로 페이스북을 통해 주제를 준다. 그러면 그분들은 대여섯 줄 정도로 한국어 문장을 만들고 그 의미를 영어로 적어 보내온다. 그러면 내가 한국어를 수정하여 보내고 그것에 대한 질문까지 답을 하면 수업이 끝난다. 일주일에 4회 정도 되는 것 같다. 이번 주에는 그분들의 글이 아주 아름다워 특별히 여기에 소개해 본다.

> 주제: 사랑의 표현
>
> 케이시 부부의 작문
>
> "진짜 좋은 책은 있고 "다섯 개 사랑의 언어" 부립니다. 이 책은 다섯 개 다른 방법들이 사람들은 그분들의 사랑을 표현에 대해 설명합니다. 스킨십, 봉사, 확인의 말씀, 선물, 시간. 다신은 사랑을 방문 있는 길을 준데 그러게 사랑을 받고 싶습니다. 내일 계속합니다."

   그리고 그 아래에 귀여운 멘트를 적었다. "제가 오늘의 숙제에서 많이 쉴 수 있는데 이해 바랍니다." ㅋㅋㅋ 한글 문장을 보니 다 이해가 되지 않아 그분들이 적은 영어 문장을 보았다.

"There is a really good book called The Five Love Languages.

The book talks about the five different ways people express their love. Touch, Services, Words of affirmation, Gifts, Time. The way you show love is the way you like to receive love. To be continued tomorrow."

영어를 보니 한글 문장이 이해되었다. 나는 한글 문장을 이렇게 교정했다.

"5가지 사랑의 언어라는 아주 좋은 책이 있습니다. 이 책은 사람들이 표현하는 5가지 방법에 대해서 설명합니다. 스킨십, 봉사, 긍정의 언어, 선물, 시간. 사랑을 표현하는 길은 사랑을 받는 길입니다. 내일 계속됩니다."

케이시 부부는 이 문장에 대해서 몇 가지 물어보고 이해가 되자 계속 이어서 주제에 대한 작문을 이어 갔다.

"저의 사랑의 언어를 결정하도록 책의 퀴즈를 했습니다. 제 제일 사랑의 언어는 봉사입니다. 저는 다른 사람들이 사랑하는 보기를 봉사함으로 의미입니다. 사람들은 저를 봉사할 때 저는 가장 사랑을 느낀다는 의미입니다. 예를 든다면 저의 가족은 저에게 선물을 주는 것보다도 우리 집을 청소하는 것으로 저는 더 사랑을 느낍니다."

역시 조금 이해가 안 되는 부분이 있어 그들이 보내온 영어 문장도 읽어 보았다.

"I took the quiz from the book to determine my love language. My top love language is service. This means that I show people I love them by serving them. It also means that I feel most loved when someone serves me. For example, I feel more love when my family cleans the house than if they gave me a gift."

그리고 또 한글을 교정해 주었다.

"나의 사랑의 언어를 정하기 위해 책에서 퀴즈를 냈습니다. 저의 최고 사랑의 언어는 봉사입니다.
이 말의 의미는 저는 다른 사람들에 봉사함으로써 그들에 대한 사랑을 보입니다. 이것은 또한 사람들이 저에게 봉사할 때 그들의 사랑을 느낍니다.
예를 들면 저는 가족들이 저에게 선물을 주는 것보다는 집을 청소할 때 더 많은 사랑을 느낍니다."

이렇게 수업이 끝나면 마지막 멘트를 남긴다.
"아주 잘했습니다. 한국 사람 같습니다. 오늘 성적은 A+입니다."
오늘의 한글 레슨을 통해 아름다운 그들의 사랑의 철학을 배웠다.

The way you show love is the way you like to receive love
(사랑의 언어를 통해 누군가에게 표현하는 것이 곧 그로부터 사랑을 받는 방법입니다).
주변에 사랑받고 싶은 사람이 있다면 아낌없이 사랑을 베풀자.

💬 댓글 공감

김ㅇ진

한국어 열심히 배우시는 부부 선교사님과 지혜롭고 재치 있게 한국어를 가르쳐 주시는 선생님 모두 참 감동적이네요.

박ㅇ인

번역하는 작업은 꼭 이런 방법이 가장 좋은 방법이라는 것은 없다고 생각합니다. 간혹 글쓴이의 뜻을 너무 의역을 할 때 독자는 너무 자유롭게 생각해서 잘못 이해할 수 있는 경우가 있지 않을까 생각됩니다. 간혹 직역도 좋은 번역이라고 생각됩니다. 김 선생님 정말 보람 있는 일을 하고 계시네요. 계속 글을 올려 주세요. 감사합니다.

이ㅇ재

김 선생님 훌륭하게 가르치시고 유익한 교류를 이어 오시는 모습이 매우 좋아 보입니다.

김ㅇ미

훌륭한 선생님과 제자입니다~ 좋은 교수법인 것 같아요~^^

K.T.

김 선생님은 너무 훌륭한 선생님입니다!!

유ㅇ진

"저는 가족들이 저에게 선물을 주는 것보다는 집을 청소할 때 더 많은 사랑을 느낍니다." 공감되는 말씀이네요~ 문득 "사랑은 좋아하는 것을 해 주는 것보다 상대가 싫어하는 것을 하지 않는 것이다."라는 말이 생각이 납니다. 이러한 사랑의 표현이 간단하고 쉬워 보이지만 쉽지 않더라구요. 많은 생각을 할 수 있는 이야기를 나눠 주셔서 감사드립니다.

정ㅇ나

상호 간 선한 영향을 주고받는 에너지에 아름다운 위로가 되는 글입니다.

👍 좋아요 공감

윤ㅇ채, 김ㅇ연, B.K., 김ㅇ균, 김ㅇ경, E.C., 김ㅇ희, 곽ㅇ화, 이ㅇ우, 이ㅇ주, M.T., 양ㅇ옥, 왕ㅇ식, 송ㅇ규, 유ㅇ진, B.L., 김ㅇ수, B.Y.K., K.T., 차ㅇ, 서ㅇ균, 이ㅇ호, 김ㅇ주, 윤ㅇ주, 김ㅇ미, 김ㅇ인, 이ㅇ옥, 윤ㅇ자, 김ㅇ배, K.H., 최ㅇ승, 김ㅇ호, 이ㅇ애, 이ㅇ납, 김ㅇ희, 김ㅇ제, 김ㅇ진, 김ㅇ, 박ㅇ인, 최ㅇ숙, 전ㅇ민, 윤ㅇ서

63. 미국 초등학교 일일 교사로 제기차기를 가르치다

2021년 7월 20일 · 🌐

2년 전 겨울이었다. 미국 유타주를 여행할 일이 있었다. 그곳에는 한국에서 복음을 전하는 봉사를 하고 돌아간 친구들이 많이 살고 있었다. 나는 그들을 천사라고 부른다. 자비를 들여서 학업을 중단하고 처음 들어 보는 분단국가에 와서 어려운 한국어를 처음 배우면서도 얼굴은 해바라기처럼 늘 화사하고 밝고 빛이 나는 젊은이들. 나는 그들과 그들을 지도하는 회장들을 보면서 감동의 눈물을 많이 흘렸다. 그들은 미국으로 돌아가서도 한국에 대해 애틋함을 갖고 있을까?

우리 부부는 한국에 있을 때 우리 집에 자주 와서 식사를 하였던, 그리고 우리에게 아주 좋은 인상을 남겨 주었던 한 미국인 여성과 그 가족을 방문해 보기로 했다. 그리고 한국에 대한 따스함의 온기를 그대로 지니고 있는지도 알아보기로 했다. 그녀의 이름은 '스콧'이었는데 아내는 그녀가 집에 와서 식사를 하면 늘 설거지를 하던 모습을 잊지 못했다. 스콧은 프로보시티의 시내에서 가까운 작은 주택에서 살고 있었다. 대학원에 다니는 남편과 커다란 개와 함께 사는 초등학교 교사였다.

우리가 가기 전에 그녀는 몇 번이나 무엇을 좋아하느냐 이런 음식은 어떠냐고 물었고 그녀는 스파게티 등 나름대로 최고의 음식을 간소하게 대접해 주었다. 우리를 맞이한 그녀의 눈에서 눈물이 그렁했다. 그리고 한국을, 한국의 친구들을, 한국의 거리를, 한국의 음식을 이야기하는 데 많은 시간을 보냈다. 그때 문득 아이디어가 떠올랐다. "혹시 우리가 스콧 선생님 초등학교에서 한국 문화 일일 교사를 할 수 있을까요?"
우리의 제안에 그녀의 갈색 눈동자는 환희로 빛났고 바로 다음 날 연락이 왔다. 교사들이 너무 많이 원해서 4곳만 선정하느라 힘들었다는 것이었다. 그녀의 목소리가 떨리고 있었다. 자신도 선생님들이 그렇게 호응할지는 몰랐다고 했다. 우리 부부는 갑자기 바빠졌다. 급히 솔트레이크의 서울마트로 가서 윷놀이, 제기, 젓가락, 초코파이 등등 한국 문화를 알릴 물건들을 100불이나 구입했다. 단단히 준비를 하고 며칠 후 스콧의 학교로 찾아갔다. 교정에는 눈이 쌓여 있고 그날도 계속 눈이 내리고 있었다. 40여 명의 아이가 방마다 우리를 기다리고 있었다. 이 반을 마치면 다음 반으로 뛰어가야 했다. 선생님을 가운데 앉히고 아이들을 줄 세워 세배를 드리게 했다. 아이들에게 세배하는 것을 가르치자 아이들은 키득거리고 난리였다. 선생님은 선물로 초코파이를 나누어 주었다. 팀을 나누어 제기차기 즉석 게임도 했다. 한 개, 두 개, 많으면 서너 개! 교실은 이미 한국의 설날 축제가 되어 있었다. 아이들은 젓가락질을 하면서 콩 모양의 초콜릿을 옮기느라 식은땀을 흘렸다. 빨리 옮기고 다음 아이가 릴레이를 해야 하는데 애가 타고 마음만 급했다.

아이들은 기아와 현대자동차를 알고 있었다. "우리 엄마 차인데요?" BTS도 잘 알고 있었다. "우리 누나가 그 그룹 엄청 좋아해요." 우리의 조국 한국은 어느새 그렇게 깊이 미국 아이들의 문화 속으로 스며들고 있었다. 스콧은 우리를 한국의 부모님이라고 불렀다. 한국의 엄마와 아빠가 자기의 제자들에게 자신이 그토록 그리워하는 한국에 대해 가르치고 있는 모습을 미소가 가득한 얼굴로 응시하고 있었다. 또한, 아이들이 손을 들어 화답하는 모습을 보고는 눈물을 글썽거리면서 함께 즐거워했다.

"아버님, 어머님. 우리 학교 선생님들과 아이들이 내년에도 그리고 언제든지 오시면 꼭 다시 와 달래요. 최고의 외국 문화 강의였대요. 저는 오늘 이렇게 즐거운 문화를 가진 한국에서 봉사하였던 것이 너무도 자랑스러워졌습니다."

이렇게 말하는 스콧은 헤어지면서 또 눈물을 흘렸다. 뛰어다니는 말만큼이나 큰 이 미국 따님의 사랑스러움을 어떻게 표현해야 할까? 어느 날 우리에게 다가와 우리와 하나가 된 스콧과 같은 미국인들이 오늘도 우리의 문화를 고향에 알리고 있다. 뿌리내리고 있다.

그동안 스콧은 아이를 갖고 싶었는데 오랫동안 그러질 못했다. 그러다가 우리가 귀국하고 나서 덜컥 하늘의 선물이 내려왔다. '니콜'이라는 귀엽고 아름다운 공주가 썰매를 타고 하늘에서 내려온 것이다. 남편은 대학원을 졸업하고 모 기업의 컨설턴트로 일을 시작했다. 그들 사진은 온통 미소로 치장되어 있어 행복이란 이런 것임을 보여 준다. 눈물이 많은 미국 따님은 우리에게 "아버지 어머니, 소식을 자주 보내 드리지 못해 미안합니다."라고 문자를 보냈다. 천사의 언어. 우리는 그 겨울 그 프로보의 초등학교에서 천사의 아이들을 가르치고 온 것이다. 다시 갈 날이 있겠지? 그러면 우리도 천사가 될까?

💬 댓글 공감

H.H.

그때 이야기가 생각납니다. 다시 오실 그날이 곧 오기를 기다립니다.

최ㅇ승

천사들만이 천사들을 만난답니다(내 말). 감동스럽습니다. 겁나게요.

이ㅇ영

미국 딸의 사랑스러움이 물씬 느껴집니다~! 우린 모두 생각과 행위에서 그리스도를 닮으려고 노력하는 천사들입니다.

조ㅇ관

사랑과 정이 가득한 국경의 존재가 의미 없는 사랑 마당이네요.

박ㅇ화

참 이쁜 미국 딸입니다. 행복한 이야기입니다. 멋진 이야기들이 우리 인생의 빛이 됩니다. 다른 사람을 위하는 것이 하나님을 위하여 일하는 것임을 느낍니다. 또한 봉사를 통해서 기쁨을 느끼는 것이 얼마나 값지고 소중한 일인지요.

강ㅇ인

미국에 한국 문화의 선구자 역할을 하셨네요. 이 복음은 세계를 하나로 연결해 주는 것 같습니다. 행복하셨겠어요.

김ㅇ자

좋은 내용입니다. 더 많은 한국 사람이 할 수 있을 것 같습니다. 저는 홍콩에서 봉사하던 딸의 교회 모임에서 김치 만들기 수업을 했는데 인기 짱이었습니다. 올케는 미국에서 한국말과 한국 음식 만들기 수업을 합니다. 토요일은 파머스 마켓에서 부침개와 깍두기 김치를 팔기도 합니다. 우리 학교들도 한국에 와 있는 외국 아이들을 위해 학교 체험의 기회를 제공할 수 있을 겁니다.

배ㅇ정

에세이 잘 읽었습니다. 좋아요. 아주 좋아요. 읽는 이도 마음이 행복합니다.

👍 좋아요 공감

김ㅇ균, 장ㅇ희, 김ㅇ권, 배ㅇ정, 박ㅇ희, 김ㅇ호, H.J.H., 박ㅇ환, 황ㅇ식, 최ㅇ우, 홍ㅇ성, 이ㅇ우, 김ㅇ곤, 하ㅇ숙, 김ㅇ경, K.H., 김ㅇ자, 차ㅇ, 조ㅇ현, 허ㅇ영, H.S.C., 김ㅇ연, S.S., 윤ㅇ채, 김ㅇ완, B.G., 박ㅇ화, B.Y.K., 윤ㅇ주, 유ㅇ선, 김ㅇ인, 정ㅇ련, 김ㅇ, 류ㅇ한, 이ㅇ영, 최ㅇ승, H.H., 김ㅇ수

64. 애완동물은 이제 물건이 아니다

2021년 7월 20일 · 🌐

　지금까지 우리나라는 동물을 물건으로 규정했다(민법 98조). 그런데 이제 동물은 물건이 아니라는 조항이 신설되었다(민법 92조 2항). 오스트리아는 1998년 세계 최초로 동물은 물건이 아니라는 법 조항을 신설했다. 독일은 동물은 인간과 동등한 피조물이라고 규정했다(동물보호법 제1장 1절). 스위스는 반려견을 키우려면 애견 학교에서 4시간 수업을 듣고 필기시험을 봐야 한다. 프랑스는 반려견을 학대하거나 버리면 2년 이하 징역이나 4천만 원 벌금형에 처한다. 우리나라도 이제 애완동물이 사람과 물건 사이의 제3의 지위를 얻게 되면서 선진국처럼 그런 절차에 들어갈 것이다.

　조금 전에 나는 하임(애견)을 데리고 산책을 다녀왔다. 사람과 개를 보면 짖어서 너무 시끄러웠다. 찾아보니 사회성이 부족해서 그렇다고 한다. 산책을 자주 시켜서 사회(사람과 동물)와 가까워지게 해 주어야 할 것 같다. 호주는 매일 반려견을 산책시키지 않으면 338만 원의 벌금을 낸다. 한국도 그리 변할지 모르니 지금부터라도 습관을 들여야겠다. 그런데 원래 하임의 주인인 아들은 지금 어디 있고 내가 당번이 되었나? 측은해서 그랬다. 어제저녁에 갑자기 애가 먹은 것을 토했다. 그러더니 저녁을 먹지 않았다. 말 못 하는 아이가 바닥에 고개를 푹 숙이고 있는데 무척이나 측은해 보였다. 그래서 잘해 주려다 보니 산책 담당이 되어 버린 것 같다.

　하임과 소통이 필요할 것 같다. 무엇을 필요로 하는지 무엇을 싫어하는지 서로를 이해해야 할 것 같다. 모 TV에서 할머니가 닭을 자식처럼 키우는 것을 보았다. 외출하면 닭은 할머니 어깨에 앉아 사방을 경계하면서 할머니를 보호한다. 누군가 접근하면 즉시 부리를 들이댄다. 또 어떤 할아버지는 소를 데리고 다닌다. 언제부턴가 동네를 산책하면 소가 따라다니기 시작했다고 한다. TV에서 보니 소는 할아버지 일거수일투족을 보면서 고목에 매미처럼 붙어 다닌다. 또 어떤 할머니는 어린 돼지를 데리고 다녔다. 꿀꿀거리면서 할머니를 따라 시장 곳곳을 다니고 있었다.

동물은 지능이 있고 영이 있는 것이 확실하다. 먹이를 발견하고 자기들끼리 신호를 주면 즉시 달려오는 새나 개미를 본다. 사람이 고등 생물이라고 하지만 동물들도 나름 지능을 갖고, 언어를 갖고, 사랑도 하고 성생활도 한다. 사람인 우리보다 고등 생물이 갑자기 나타나 우리가 지배되고 사육될 수 있다는 생각은 안 해 보는가? 알 수 없다.

동물은 존중될 필요가 있다. 지금 글을 쓰고 있는 나의 책상 아래에서 네 다리를 쭉 펴고 누워 있는 하임을 본다. 편안해 보인다. 아늑해 보인다. 보호받고 있는 것처럼 보인다. 반려동물과 우리는 이제 하나가 되었다. 법적으로나 감성적으로나. 하임아. 우리 서로 행복하게 잘 살자. 이 세상을 마치는 날까지.

💬 댓글 공감

김ㅇ자

집 앞 전봇대나 나무에 비둘기들이 오는데 수놈과 암놈이 짝 찾을 때 보면 대단하다 싶다. 싫으면 날아가 버리고 수놈은 잘 보이기 위해 몸을 부풀린다. 나~ 이렇게 크다고 말하는 것처럼. ㅋ 뽀뽀도 얼마나 다정히 하는지. ㅋ 개들도 냄새를 맡게 해 줘야지 한단다. 서로서로 냄새를 통해 친구들을 찾기도 하고 내 짝을 찾기도 한다.

김ㅇ경

유튜브 강형욱의 「개는 훌륭하다」를 보시면 개에게 지나친 사랑을 주면 사나워지더라구요~ 개는 개답게 키우라고 합니다. 참고하세요.

박ㅇ화

우리나라도 빠르게 선진국이 되어 가는 법이 제정이 돼서 기쁩니다. 생명이 참 소중합니다.

정○경

애완동물 이제 가족이지요.

김○진

애완동물도 좋은데 애완동물로 인해서 지나가는 사람들이 불편하지 않도록 주의할 필요가 있어요. 공원에는 많은 주인이 동물과 운동을 와서 운동하는데 강아지를 피해서 다니느라 신경이 많이 곤두섭니다. 특히 여자분들은 도망을 다니다시피 합니다.

안○선

저도 뉴스에서 들었는데요. 아직은 법을 만들어 가는 과정이라고 합니다. 야생 동물도 이와 준한다고 합니다. 그렇다면 가축은 어떻게 정의할까요? 똑같은 동물인데 말입니다~

조○관

국격이 그만큼 상승했다는 방증이네요. 우리들의 인식도 높여야겠구요. 배려하는 마음도 함께해야 하고요. 늘 좋은 소식에 감사하며♥♥♥

👍 좋아요 공감

최○칠, 김○수, 임○, 유○선, 김○숙, 김○배, B.Y.K., 하○숙, 박○화, 최○승, 이○옥, 김○희, 안○선, 송○규, 박○희, 김○호, H.S.C., 조○석, 황○식, 최○우, 김○연, 박○환, 김○경, 김○균, 김○자, 윤○채, 하○숙, B.Y.K., 김○배, 김○숙, 유○선, 임○, 김○수, 최○칠

65. 손해 본 아파트 월세

2021년 3월 30일 · 🌐

　지방 작은 도시. 대학교 정문 건너편에 서 있는 두 개 동의 아파트. 오래된 물건이었다. 『사랑방신문』을 뒤적거리다가 그 아파트가 장기간 임대를 마치고 분양하는데 대학교 앞이라 수요가 많고, 톨게이트에서 그곳으로 6차선 도로가 나고 있고, 소형 평수라 가격이 적당하다는 홍보 문구를 보았다. 그리고 투자성이 있어 보여 계약을 했다. 대체로 학생이나 20대들의 수요가 꾸준했다. 지난달에 그 집의 입주자가 계약 기간이 6개월 남았으나 빨리 나가려고 한다고 했다. 그녀는 대학과 다방 게시판에 공고하였고 바로 연락이 왔다. 침대 틀이 없는 곳도 있는데 여기는 있어서 좋고 남향이고 도로가 트여 있어서 집이 좋으니 살고 싶다고 했다. "좋습니다. 그러시죠." "그런데 월세를 조금 낮추어 주시면 어떤가요? 제가 이제 대학을 졸업한 사회 초년생이라서." 집을 칭찬하고 조심스러운 그의 태도에 내 마음이 움직였다. "얼마에 원하세요?" 그는 가격을 말했다. 사실 들어오고 나가는 사람들이 자기들끼리 인수인계를 하여 그동안 시세 등은 큰 신경을 안 쓰고 살아왔었다. 그전 입주자보다 3만 원을 더 싸게 불렀다. 호기였을까? 잠시 생각한 후 그렇게 하자고 하자 "어머나, 이럴 수가. 너무 고맙습니다." '짜식 남자가 무슨 어머나야.'라고 생각하면서 거래가 끝이 났다. 다음 날, 계약서도 아파트 관리사무소에서 사인하고 바로 광주로 돌아왔었다. 어제 전화가 왔다. "혹시 입주 청소는 하셨나요?" '조그만 아파트에 무슨 입주 청소. 그냥 조금 움직이면 될 건데. 게다가 싸게 주었는데 말이야.' 속으로 투덜댔다. "아, 예. 그러지요. 걱정하지 마세요." "아, 감사합니다." 그리고 오늘 청소를 하러 왔고 금세 끝이 났다. 청소를 마치고 1층으로 내려오는데 게시판이 보였다. 거기를 본 순간 난 잠시 멍해졌다. 대부분의 물건이 내가 준 가격보다 8만 원이 더 비쌌다. 1년 동안 합하면 거의 100만 원을 할인해 준 셈이었다. 그새 집

값이 오른 것이다. 계약 전에 그 게시판을 보았다면 하는 생각으로 뒷맛이 덜 개운했다. 하지만 한편으로는 대학을 갓 졸업한 그가 오버하며 기뻐하던 표정이 겹쳐 왔다. 그래서일까? 조금 사회적 책임을 수행한 기분? 사고의 전환을 하자 다시 기분이 나아졌다. 차에 올라 새로운 세입자에게 문자를 보냈다. "입주 청소는 되었습니다. 입주하시고 관리사무소에 등록하시면 전기를 연결해 줄 겁니다. 관리비는 전 입주자가 오늘 중 정산할 겁니다. 저희 집에서 좋은 일들이 많이 있으실 겁니다. 행복하게 잘 사세요." 광주로 가는 내 입속에는 전 입주자가 선반에 남겨 두고 간 초콜릿 사탕이 들어 있다. 달콤하다. 작년 계약 때 잠시 보았으므로 얼굴도 기억나지 않는 그녀의 배려가 고마웠다. 냉장고며 화장실을 너무 깨끗이 정리한 그녀 덕분에 내 일이 많이 줄었었다. 새 입주자 청년도 나중에 나갈 때 그녀처럼 아름다운 마무리를 한다면 더 바랄 게 없을 것이다.

도로변에 희고 보랏빛의 벚꽃이 화사하다. 내 마음에도 늘 환하고 밝은 은빛 꽃들이 풍성하게 만개하여 주변 사람과 더불어 늘 행복하면 좋겠다.

💬 댓글 공감

박○화

사랑과 이해, 봉사, 훌륭한 선택이십니다. 복 받으실 겁니다.

윤○자

선한 사마리아인이 생각나요. 착한 집 주인. 청소하시고 선반 위에 경견도 얹어 두셨을 것 같아요.

황○욱

손해 본 월세금은 다시 금복으로 돌아올 겁니다. 잘하셨습니다.

유ㅇ선

저도 원룸을 갖고 있는데 대개 학생이나 사회 초년생들입니다. 그래서 월세를 낮춰 주기 위해 보증금을 올려서 받습니다. 그러면 서로서로 윈윈이 되는 셈입니다. 물론 월세를 많이 받는 게 더 좋지만, 어느 정도 수익이 있으니 더 욕심을 내지 않으려고 합니다.

👍 좋아요 공감

정ㅇ자, 유ㅇ선, 홍ㅇ성, 최ㅇ철, 황ㅇ욱, 김ㅇ경, 황ㅇ식, 최ㅇ칠, 여ㅇ구, 이ㅇ영, 하ㅇ숙, 김ㅇ연, 장ㅇ환, 김ㅇ희, 전ㅇ민, 송ㅇ규, 김ㅇ대, 김ㅇ수, 박ㅇ자, 윤ㅇ자, 김ㅇ자, 윤ㅇ채, 김ㅇ, 김ㅇ라, 정ㅇ석, 양ㅇ욱, 김ㅇ희, 김ㅇ완, 박ㅇ화, 윤ㅇ주, 이ㅇ호, 최ㅇ도, 최ㅇ숙, 김ㅇ균, 김ㅇ호, B.Y.K., 곽ㅇ화, 정ㅇ옥, 최ㅇ승, 최ㅇ경, 원ㅇ석, 최ㅇ우

66. 사망한 아들의 대학에 장학 기금을 설립한 아버지 ...

2020년 5월 19일 · 🌐

 세계적인 반도체 기업들에서 핵심적인 역할을 해 온 과학자 신용인 박사는 암벽 등반 중 동료를 돕다가 불의의 사고로 20대 후반의 아들이 사망하는 사건을 겪게 된다. 신 박사 부부는 아들을 잃은 통한의 슬픔을 저술 작업과 장학 기금을 설립하는 등 수준 높은 차원의 지적 활동을 통해 벗어난다. 이와 관련된 내용은 『BYU NEUROSCIENCE』 2020년 겨울호에 소개되었다. 여기 페이스북 에세이를 통해 신 박사의 요약된 지난 스토리와 학술 잡지의 조각을 소개한다.

 "신용인 박사(67세)는 네덜란드 노트르담 이라스머스대학교 경제 경영대학에서 박사학위를 받았으며, 미국 유타대학, 포크랜드 주립대학, 오리건 Health and Science 대학 및 서울 대학 초빙교수 등을 역임했고, 한국 삼성전자의 전무이사, 미국 인텔사의 상급 매니저 등의 경력을 가지고 있다. 그는 인텔에서 펜티엄4 마이크로프로세서 개발팀을 이끌었고, 지난 2003년부터 삼성전자에 스카우트되어 반도체사업부 신규사업 개발 담당 전무를 맡으면서 '삼성전자가 훗날 무엇으로 먹고살아야 하느냐'라는 질문에 대한 답을 찾는 일을 하였고, 선발주자가 된 삼성은 이제 '위험 감수' 문화를 익혀야 한다고 역설하는 등 삼성의 혁신을 주장하기도 했다.

 그는 인기 경영서적인 『삼성과 인텔』의 저자이기도 한데 이 책은 인텔이나 삼성전자같이 성공한 대기업의 최고 경영자에게 매우 어려운 전략 중하나는 앞이 확실히 보이고 현재 잘나가는 기존 사업의 연속적인 이노베이션에 대한 투자와 불연속 이노베이션의 미래 사업에 대한 투자 사이에 어떻게 최적의 균형을 맞추느냐 하는 점임을 강조하기도 했다. 그리고 미래 사업 경영의 7대 대응책으로 시장 변화에 따른 내부 조직 변화의 유동성, 기술의 융합, 세계의 새로운 대박 아이디어 선점 경쟁, 천재 관리, 서비스를 포함한 사업화, 분산된 네트워크 조직 관리를 위한 원거리 경영, 적시 관리를 주장했다.

그의 아들 사무엘은 유타주 프로보에서 태어났으며 네덜란드의 니즈 메간과 오리건주 포틀랜드에 있는 학교에 다녔다. 한국의 서울국제고등학교를 졸업한 후 그는 미국 서부의 최대 사립대인 BYU에 입학하여 헤리티지 장학금을 받았다. 졸업 후 BYU 대학원에서 신경과학을 계속 연구하던 중 사무엘은 2016년 8월 13일, 오리건주의 캐스케이드 워터 폴스에서 암벽 등반 중 사망했다. 목적지에 도착하였지만 어려움에 부닥친 동료를 돕기 위해 다시 암벽을 오르다 당한 사고라서 주변을 더욱더 안타깝게 했다. 사무엘은 뇌과학 분야의 탁월한 논문들을 학계에 발표하면서 젊은 과학자로 왕성한 활동을 하여 미래가 기대되는 유망주 과학자였다. 신앙심도 경건하였던 사무엘은 '그리스도 안에 간증이 있다. 기쁨은 하나님의 구원 계획을 이해하고 우리가 이기심을 극복하고 진정으로 자신을 잊게 하는 데 도움이 된다.'라고 말할 정도로 깊은 종교적 통찰력을 지녔고, 이러한 신념을 생활 속에 실천함으로써 자신을 아는 많은 사람에게 사랑과 존경을 받았다.

신 박사는 숭고한 동료애를 보내고 세상을 떠난 아들을 기리기 위해 2017년 8월에 아들이 연구한 BYU 대학원 신경과학부에 Samuel lnjae Shin Endeded Scholarship / Mentorship Fund를 설립했다. 이를 통해 아들처럼 신경 과학 분야의 연구자들에게 그의 유산을 이어갈 수 있는 계기를 마련하였고, 지난 4년간 32명이 장학금 혜택을 받았고, 2020년 겨울 학기에는 8명의 학생이 장학금을 수여받았다. BYU의 신경과학과에는 사무엘신의 숭고한 헌신을 기념하기 위하여 학과 출입구 정면에 그의 사진과 그의 일생이 기록된 서적이 진열되어 있어 방문자들이 상시로 그를 추억하게 하고 있다. 신용인 박사는 사랑하는 아들을 잃은 슬픔을 저술 작업으로 승화시켰는데 이러한 노력을 통해 성경과 이스라엘과 미대륙에서 발견된 두 개의 경전의 연결고리와 각각의 특성을 연구한 『예수그리스도의 충만한 교리』를 출간하였는데 원본 『Plain Precious』는 미국 데저렛출판사에서 출판하여 유타주에서는 최고 인기 있는 책의 반열에 올랐다. 미국에서의 판매수익은 전액 Samuel lnjae Shin Endeded Scholarship / Mentorship Fund에 기부될 예정이고 한국에서의 수익금 역시 전액 우림 장학재단에 기부될 예정이다.

　사랑하는 아들을 잃은 슬픔은 겪어 보지 않은 사람들은 도저히 공감하기 어려울 것이다. 살아 있음이 더 고통스러운 부부는 수많은 잠 못 이루는 밤을 슬픔과 통곡의 고통보다 아들의 숭고한 헌신을 기리는 아름다운 저술 작업으로 그들의 시간을 재탄생시켰다. 신 박사의 저술과 장학 기금은 앞으로도 아들의 정상적인 수명의 수십 배로 세상에 존재하여 사람들에게 헌신과 숭고함이 무엇인가를 지속해서 전해 줄 것이다

💬 댓글 공감

김ㅇ완

감사합니다.

한ㅇ익

좋은 글 고맙습니다.

최ㅇ섭

훌륭하신 신용인 박사님의 책. 한국판이 나오면 사서 봐야겠네요.

이ㅇ준

신용인 박사님의 발자취 일부를 잘 올려 주어서 고맙습니다. 그 뜻이 많은 분에게 좋은 영향을 주겠네요.

최○현

고맙습니다. 꼭 책 사 보겠습니다.

박○배

참으로 가슴 아픈 일입니다. 두 부부는 서울의 분당 교회에서 주일학교 교사로 봉사하셨습니다. 저희 가족이랑 가까이 지내 왔는데 정말 훌륭하신 분입니다. 책이 나오길 기다리겠습니다.

김○희

아픈 마음을 승화하는 신 박사님 부부의 모습 감동적입니다.

곽○화

훌륭한 박사님의 가족사를 잘 풀어 글로 알려 주셔서 정말 감사드립니다. 한국에서 좋은 소식을 전달해 주셔서 존경스럽고 모든 글에 힘이 있고 또 기다려집니다.

박○화

넘넘 훌륭한 가족입니다. 아름다운 가족입니다. 아들을 잃은 슬픔을 승화시키시고 비범한 일들을 성취하셨습니다.

김○애

저는 신용인 박사님 부부의 결혼 전부터 지금까지 오랜 세월에 걸쳐 우정을 쌓아 왔어요. 참으로 신앙심이 강하고 의롭게 살아오신 분들이란 것을 알고 있어요. 아들 사무엘은 인물도 성품도 다 좋았는데 젊은 나이에 세상을 먼저 떠나보낸 부모의 마음이 어떨지 참으로 가슴이 아팠어요. 유타 알파인 그분의 집에 갔을 때 아들 사무엘의 방을 보여 주며 아들과 함께 살고 있다고 생각하셨어요. 아들 잃은 슬픔을 책을 쓰며 달라고 슬픔을 위안과 기쁨으로 승화시키셨어요. 신 박사님의 이야기를 잔잔한 감동의 수필로 써 주셔서 감사해요.^^

장○

자녀를 잃은 고통은 하늘의 의로가 아니면 힘들지요.

👍 좋아요 공감

윤○채, 이○신, 김○겸, 조○현, 이○우, 전○민, 안○선, 정○옥, 정○만, 김○숙, 김○승, 이○영, 김○경, 이○주, 오○숙, S.N., 김○의, 김○곤, I.S.O.L., 박○화, 김○현, 최○숙, S.S., 김○호, 안○진, 유○선, 전○진, 박○영, 이○솔, 황○철, 승○현, 최○, 최○경, 차○, 장○륜, 황○식, 최○우, 김○연, 송○규, 정○련, 최○철, 최○덕, 김○완, 김○진

67. 대통령 선거 논란 기본소득, 우리가 먼저 해 볼까?   ···

2021년 7월 23일 · 🌏

　오늘 어느 후보가 모든 청년에게 연 200만 원, 전 국민에게 연 100만 원을 기본소득으로 지급하겠다고 발표했다. 기본소득제는 일정액을 국민 모두에게 매월 봉급처럼 무조건 지불하는 제도이다.

> 　미국 알래스카주에서는 1976년부터 모든 주민에게 주고 있는데, 지난해에는 1인당 약 250만 원을 줬고, 스위스는 지난해 모든 국민에게 매달 약 290만 원을 지급하는 기본소득안을 국민 투표에 부친 바 있습니다.
>
> － 『한겨레』 2017. 1. 3. －

> 　충북 보은 판동초에서 전교생 41명을 대상으로 매주 2천 원을 지급하는 작은 기본소득제가 시행되고 있습니다. 학생들의 가정 사정에 따라 매점을 이용하는 것에 차이가 있는 것을 보고 매점이라도 공평하게 소비할 기회를 주자는 취지였습니다.
>
> － 『경향신문』 2020. 10. 22. －

　우리도 할 수 있지 않을까? 이번에 나는 『김광윤 박사의 페이스북 에세이 1』을 펴내는데, 500권의 출판비는 가족이 희사했다. 판매금 750만 원 중 교보문고나 출판사에 좀 나가면 500여만 원이 남을 것이다. 학생 1명에게 매년 3만 원을 지급한다면 170여 명에게 지급이 가능할 것이다. 그 학생의 생일날 지급하면 의미가 더 크겠지? 동양화 화가인 친구에게 그림을 희사해 달라고 부탁할 예정이다. 그림이 팔리면 또 지원 학생을 늘릴 계획이다. 혹시 독자분들 중에서도 상품이나 재능을 기부할 수 있지 않을까?

내가 왜 이런 일을 할까? 작은 회사를 하고 있어서 지인들이 사업에나 전력하기 어려운 세상에 웬 복지 실험이냐고 말한다. 그런데 요즘은 사회적으로 기여하는 회사(ESG Pieconomics, 사회적 가치를 키우면 이윤이 자동으로 따라온다)가 사업적으로 성공한다고 하니 그 말을 철석같이 믿고 시작한다. 조금 이기적인가?

폭염이다. 우리의 시도가 어느 산골의 작은 아이들에게 오아시스가 될지 누가 알까? 나의 밥그릇에 한 숟가락만 덜어 산골 어디의 그 아이에게 보내는 일은 평생을 경쟁 속에 살아온 나에게 그 자체가 오아시스일 것이다. 생각이 행동을 낳고 행동이 기적을 낳기를 기대해 본다.

💬 댓글 공감   ·

조○완

아름다운 세상을 상상하게 해 주셔서 감사합니다. 저도 작게나마 기여를 하고 싶습니다.

김○곤

멋진 기획입니다.

배○철

축하합니다. 응원합니다. 감사합니다.

박○화

베풀고 나누는 사회는 공평한 기회와 평화를 이루는 계기가 될 것입니다.

J.M.K.

아직은 아니지만 가까운 훗날 경제적 자유를 얻게 되면 저도 동참하겠습니다.

홍○성

멋진 생각 좋습니다.

백○화

좋은 일 행동으로 하셨네요. 백 가지 좋은 의견은 한 가지 좋은 행동만 못한데. 아름다운 일 하셨네요. 수고 많으셨습니다.

박○엽

좋은 꿈은 반드시 이루어질 겁니다. 파이팅입니다.

최○경

형태는 다르지만 이러한 기부로 삼 형제가 잘 자라 왔고 그중 한 명은 8자녀의 아버지가 되었지요~ 응원하고 동참할 수 있는 방법을 찾아보겠습니다.

👍 좋아요 공감

배○경, 최○경, 김○임, 정○원, 박○순, 백○화, 김○의, 김○영, 임○, 원○석, 김○균, 류○한, B.Y.K., J.M.K., 최○준, 김○리, 박○화, 김○수, 조○석, 서○경, 김○균, 안○선, 이○우, 최○우, 하○숙, 황○식, 김○경, 김○수, 김○곤, 최○철, 최○승, 곽○화, 최○숙, H.S.C., 김○희, 송○규, 김○곤, 김○배, 김○연, 조○완, 윤○채, 유○선, 정○옥, 김○완, 김○호

68. 하버드대 교수의 조언, 할머니가 손자를 똑똑하게 만드는 방법 ...

2021년 7월 23일 · 🌐

파괴적 혁신 등의 이론을 개발하여 노벨상에 근접했던 하버드대학교 크리스 텐슨 교수가 저술한 『당신의 인생을 어떻게 평가할 것인가?』 131페이지에 보면 그 답이 나와 있다. 연구원들이 출생 후 2년 반 동안 아이와 부모가 나누는 대화가 아이에게 미치는 영향을 조사했다. 아이에게 말을 많이 해 주는 부모에게서 아이는 4,800개의 단어를 듣고, 말을 아끼는 부모에게서 아이는 1,300개의 단어를 듣는다고 한다. 아이 엄마가 아이에게 들려주는 단어 수가 아이의 뇌 발달에 엄청난 영향을 끼친다는 것이다.

할머니, 할아버지로서 손주를 볼 때 말을 많이 해 주는가? 같은 말이 아닌 다양하게 다른 많은 단어를 사용해야 한다. 그것이 바로 '할머니가 손자를 똑똑하게 만드는 방법'이다.

뇌 신경 세포인 시냅스는 두뇌에서 신호가 하나의 신경 세포로부터 다른 신경 세포로 이동하는 접합부인데 시냅스가 발달할수록 신경 세포가 더 많이 연결되어 생각하고, 이해하고, 암기하는 등의 능력이 매우 빠르게 발달한다고 한다. 생후 3년 동안에 4,800개의 단어를 들은 아이는 불과 1,300개의 단어를 들은 아이에 비해서 두뇌 속 신경 세포의 연결이 3.7배나 더 빠르게 진행된다. 이것은 뇌세포에 엄청난 영향을 끼친다. 엄마는 물론이고 손주를 사랑하시는 할머니, 할아버지와의 대화에 더 많이 노출된 아이들은 거의 계산하기 힘들 정도로 영리해질 것이다. 아이들의 명석한 두뇌의 발달은 가족들이 아기가 만 3세가 되기 전에 거는 말의 양에 따라서 결정된다고 한다. 이렇게 가족으로부터 강한 어휘력과 인지력으로 무장하고 학교에 간 아이들은 처음부터 좋은 학교 성적을 거두고 장기간 좋은 성적을 이어 갈 수 있다고 한다. 약간의 투자가 이토록 엄청난 결과를 얻을 수 있다니 놀라울 뿐이다.

이제 정리해 보자. 우리는 아이가 유치원이나 학교에 가기 시작하면 무엇인가를 해 보려고 하는데 그보다 더 중요한 것은 3살 이전에 엄마나 할머니가 아이에게 얼마나 많은 말을, 얼마나 많은 단어를 들려주느냐에 따라 결정됨을 잘 이해하길 바란다.

나는 어린아이들을 참 좋아한다. 철모르는 아이를 안고 "앞으로 우리 한국 정치는 어떻게 될까?"라고 물으면 옆에 있는 어른들이 막 웃는다. 그런데 신기한 것은 아기가 무엇인가 듣고 있고 생각하고 있는 것 같은 기분을 나는 자주 느끼고는 한다. 아기를 안고 밖을 거닐면서 "와. 저기 하늘에 뭉게구름 보이지? 오늘은 날씨가 아주 맑지?"라고 물으면 아기는 무엇인가 배우려는 것 같고, 생각하는 것 같다는 느낌을 자주 받았다.

손주를 자주 보는 할머니, 할아버지들이 아기에게 말만 많이 해 주면 된다니 너무 쉬운 방법이다. 입을 열어야 할 때는 물건을 판매할 때나 복음을 전할 때만 적용되는 것이 아니다. 하하.

💬 댓글 공감

정ㅇ경

> 아~~~ 그렇군요. 말을 많이 하는 것의 효과. 꼭 해 봐야겠네요. ^^

조ㅇ관

> 말이 적은 남자들이 노력해야겠네요. 엄마 아빠들에게 유용한 내용이네요~~

김ㅇ숙

저는 지금 3개월 정도 된 제 손자를 돌보고 있는데 알아듣지도 못하는 손자에게도 아무 말이나 열심히 떠들어야겠네요~~~ 오늘도 또 많이 배우고 갑니다~^^

김ㅇ자

참 이야기도 잼나게 전하시고 짱입니다요.

안ㅇ선

어려서 어떤 환경이냐에 따라 다른 것 같습니다. 여러 민족의 다문화 가족을 이루고 살았던 한 자매님은 자신이 얼마나 많은 언어를 할 수 있는지 셀 수 없었다고 합니다. 자연스럽게 가족들과 듣고 대답을 하는데 다른 언어로 질문하면 그 나라 언어로 자연스러운 대화가 된답니다. 또한, 음악 속에서 자란 아이, 법 내용을 듣는 아이, 별을 보며 얘기 듣고 자란 아이, 백과사전의 사진이나 그림을 보고 자란 아이, 경전을 듣고 자란 아이 등등 그 가족의 문화와 전통이 내려간다고 생각됩니다. 간혹 전혀 안 가르치는 가정이라도 천재가 나오기도 하지만요. 최진규 님은 하늘에서 오는 빛을 어떻게 받느냐에 따라 결정된다고도 하더군요.

👍 좋아요 공감

조ㅇ연, 오ㅇ준, 김ㅇ균, 김ㅇ임, 최ㅇ서, 김ㅇ, 김ㅇ수, 박ㅇ화, 서ㅇ경, 안ㅇ선, 이ㅇ우, 최ㅇ우, 박ㅇ환, 송ㅇ훈, 윤ㅇ채, 조ㅇ희, 하ㅇ숙, 김ㅇ호, H.S.C., 김ㅇ수, 김ㅇ균, E.J., 김ㅇ자, 김ㅇ곤, 최ㅇ승, 윤ㅇ주, 김ㅇ인, 백ㅇ화, 김ㅇ진, 장ㅇ희, 정ㅇ련, 김ㅇ희, 배ㅇ철, 김ㅇ연, 류ㅇ한, 송ㅇ규, 김ㅇ배

69. 담배 가격이 한국의 10배인 싱가포르

2021년 7월 22일 · 🌐

코로나19 이전 싱가포르에서 무슨 행사가 있었다. 날씨는 무지하게 덥지만 도시는 깨끗하고 수많은 관광객으로 북적거렸다. 땅이 워낙 좁으니 바다 연안은 매립이 한창이었다. 바다를 메워 조금이라도 땅을 늘리려고. 도심은 고층 건물로 가득하고 밤의 야경은 홍콩을 방불케 할 정도로 화려하고 아름다웠다. 제주도의 3분의 2밖에 안 되는 작은 나라 싱가포르는 이렇게 놀랍게 천지개벽을 한 지 오래되었다.

국민소득이 5만 불로 세계 최고, 300억 자산을 가진 국민이 전체의 20%, 자동차 소유를 억제하기 위해 한국 소나타가 1억 8천만 원, 번호판값만 8천만 원, 술과 담배 가격이 한국의 10배, 껌은 아예 입국 시에 휴대하지 못하게 통제할 정도로 완벽한 청정 환경을 지향하는 나라. 일반 국민용 아파트 월세가 2백~3백만 원, 부유층의 사설 아파트는 월세가 5백~6백만 원, 부자는 단독주택으로 일반인은 아파트로 구분된 나라, 전 국민이 실업자가 없는 나라, 전체 공무원에게 1억 원 이상의 연봉을 지급하여 부조리가 없게 하여 전 세계에서 가장 청렴한 공무원 1위를 만든 나라, 1당만 존재하여 정당 간 알력이 없는 나라.

리콴유가 수십 년간 총리를 하고 사망한 이후, 그 아들이 총리를 이어서 하고 있지만 국민들을 잘살게 해 주고 있으므로 그들에 대해서 불만이 없는 나라 등등 여전히 충격적인 혁신의 나라다. 국민들은 경제적으로 풍요롭게만 해 주면 누가 정치를 해도 상관하지 않나 보다. 누구보다 깨끗한 도덕성을 가졌지만 살기가 힘드니 손가락질을 당하는 우리나라 문 대통령을 생각하니 마음이 아리다.

싱가포르는 중국계가 75%인데 모국어, 즉 제1 언어를 영어로 바꾸어 국제 무역과 금융의 중심지를 만들기도 했다. 그럴 리는 없지만 한국의 모국어를 영어로 바꾸면 이 한반도에 어떤 지각 변동이 일어날까? 그냥 그렇게 생각해 본다. 호텔에서 바다를 내려다보니 수백 개의 화물 선박들이 부두 근교에 정박해 있었다. 모두 싱가포르에 비용을 물고 무역 항해의 중간 기항지로 정박하고 있는 배들이었다.

우리의 자랑스러운 대한민국은 일본, 중국, 북한에 답답하게 막혀 있다. 언제, 어떻게, 어떤 파괴적 혁신을 하여 전혀 다른 꿈의 나라로 진입할 수 있을까? 36도를 넘는 폭염이다. 한반도에 우주의 열에너지가 폭발적으로 쏟아져 내린다. 그래도 이 작은 나라 한국을 나는 미치도록 사랑한다.

💬 댓글 공감

김○숙

정말 많이 배우고 갑니다.

정○경

이런저런 사건 사고가 많지만 우리나라 대한민국 저도 사랑합니당~~

조○관

하수도 처리한 물을 수돗물로 만드는 기술을 세계 최초로 만든 나라로 정수 공장을 관광 자원화한 나라. 인접국 말레이시아 물 의존 국가에서 물 독립을 진행하고 있는 나라.

정○옥

조카가 싱가포르에 살고 있는데 물가가 비싸고 이런저런 뉴스와 선생님의 글 공감합니다. 연봉에 맞는 일자리가 없다고 그리운 한국에 오고 싶어도 못 온다고 합니다. 대한민국~ 짝짝짝!

👍 좋아요 공감

여○구, 김○희, 최○승, B.Y.K., 김○배, 서○경, 김○수, 이○우, 김○연, 송○규,
H.S.C., 김○균, 최○우, 류○한, 안○선, K.S.C., 최○숙, 김○호, 김○숙, 박○환,
윤○채, 하○숙, 김○권

70. 가슴이 뜁니다

2021년 7월 22일 · 🌏

해쓰나비 독서토론회에 대학생 미남이 합류하여 훈훈해졌는데 독서에 대한 열정과 지식에 놀랐다. 나는 제주도에서 참여하였고 표선해변에서 이 글을 올린다. 진행해 주신 정소연 회장님과 참여하신 모든 선배님께 감사하다.

> "『타이탄의 도구들』 책은 세계 2,000개 신문에 시사만화 「딜버트」를 연재하는 스콧 애덤스 작가를 소개합니다. 그는 말합니다. '저는 피카소보다는 못하나 일반인보다는 그림을 잘 그립니다. 저는 코미디언보다는 못하지만 일반인보다는 유머가 있습니다. 두 가지를 결합했더니 진귀한 만화가가 되었습니다. 거기에 사업가의 경험을 더하니 세상에서 찾기 힘든 만화가로 크게 성공하였습니다. 누구나 조금만 노력하면 상위 25%에 들 몇 가지 재주는 있습니다. 이것을 결합하면 독특한 여러분이 될 것입니다.' 놀라운 내용이었습니다. 저는 수필과 소설을 일반인보다 조금 잘 씁니다. 생명과학과 경영학의 지식을 갖고 있고 현직 사업가입니다. 저도 이 몇 개를 결합하면 놀라운 발전을 이루어낼지 어찌 알겠습니까? 가슴이 뛰어 주체하기 힘드네요."
>
> – K.G.Y. –

> "책에는 글 쓰는 사람이 미래를 얻는다고 되어 있습니다. 성공자 중에는 말을 잘하고 잘 쓰는 사람들이 많습니다. 디지털 시대, 비대면 시대, 소셜네트워크 시대는 더더욱 그러할 겁니다. 마음을 사로잡고 설득하고 변화시키는 것은 글입니다. 가슴을 후벼 파고 함축적으로

감동을 전하는 훈련을 많이 합시다. 23페이지에는 승리하는 아침을 여는 5가지 의식에 아침과 저녁 일기가 강조되어 있습니다. 저는 아침마다 잠자리 정돈, 따뜻한 물 한 잔(음양탕), 반복하는 몸동작 운동(누워서 팔목 차기나 팔굽혀펴기 등등), 경전과 기도 명상, 어제와 오늘의 감사와 그 예상을 바인더에 기록하려고 노력합니다. 성공자의 승리하는 아침 패턴을 계속 이어 가겠습니다."

- C.S.Y. -

"164페이지에서 진정한 성공은 행복한 상태에 놓이는 것이라 합니다. 행복의 첫 단계는 자신에 대한 신뢰입니다. 루틴 생활을 계속하시면 직관이 만들어지고 자신을 신뢰하여 그리고 더 나아가서 타인까지 신뢰하게 되면서 많은 것을 성취하게 됩니다. 지금 너무 힘들어 보이는 실패는 곧 사라집니다. 타이탄들은 실패를 성공의 원동력으로 삼았습니다. 나쁜 일은 곧 사라지고 좋은 일이 문 앞에서 기다리고 있을 겁니다. 매 순간 살아 있음을 감사하세요. 나는 지금 왜 살아 있을까? 계속 질문하면 결론은 감사로 귀결될 겁니다. 상대의 가슴으로 깊이 들어가면 영혼으로 연결되어 결국 영원으로 가는 성공의 길에 들어설 겁니다."

- Y.J.W. -

"245페이지에서 기록을 강조합니다. 정리되는 삶을 안겨 줄 거라 합니다. 생의 중요한 부분들을 기록하도록 하겠습니다. 만델라는 감옥에서 고통의 시간을 준비의 시간이었다고 해석하였습니다. 그도 생각하고 새로운 꿈과 미래를 계획하고 자기 주관을 뚜렷하게 만들면서 인고의 시간을 보냈습니다. 247페이지는 그동안의 일반적 표준을 벗어나 변화하라고 합니다. 자신에게 숙제를 주라고 합니다. 5줄

가사를 만든다면 내일 아침까지 한 단어만 찾으면 명곡의 시작될 거라고 합니다. 머리의 지식이 아닌 가슴과 내면의 영감이 우러나오면 우린 기존의 틀에서 탈피하여 새로운 희망을 맛볼 겁니다."

– K.M.H. –

"책에서 아침의 명상 중요성을 강조하였습니다. 사람은 근육을 단련해 육체를 발전시킬 수 있고, 좋은 생각의 명상을 통해 정신 근육을 발전시킬 수 있습니다. 저는 아침 6시 경제 뉴스로 세상의 감각을 익히고 있는데, 그 후 5분 정도 명상에 잠기려 노력하겠습니다. 성공의 관점을 많이 생각해 봅니다. 경제력보다 긍정적인 인간관계가 중요합니다. 그것은 긍정적인 생각을 의미하는데 세상이 달리 보이게 하고 행복을 발견하게 하는 원천입니다. 인간관계 중 특히 가족관계가 성공적인 행복을 주는 핵심이라고 생각합니다. 부정적인 생각을 줄이고 긍정적인 생각을 늘리려면 가족관계를 강화할 필요가 있습니다. 저도 그 부분에 대한 긍정적 사색을 계속하겠습니다."

– P.S.G. –

멋진 시간이었습니다. 이 코로나19 시대에 어디 가서 또 이런 토론을 할까요? 책과 해쓴나비 독서토론회가 그 장이 되고 있습니다. 누구나 언제든지 문이 열려 있습니다.

💬 댓글 공감

임ㅇ성

항상 삶적으로 세상적으로 큰 본을 보이면서 행하시는 선구자적 생각과 행동에 깊이 감사드리면서 큰 지지를 보냅니다.

김○자

같이 가요. 먼저 부러요. 아침의 새벽을 열고 시작하니 이 얼마나 좋으랴. 잠자리 정리부터 음양탕 한잔과 발치기, 팔 굽히기, 기도, 경전 명상과 감사 일기, 진정한 성공과 가슴 깊이 느끼는 행복을 영원까지 연결해서 생각하고, 변화하려고 하는 노력, 희망, 소망, 사랑, 믿음 모두 감사합니다.

조○관

이제 기다려집니다. 김 박사님 글이요. 독자로서 중독되었다고나 할까요. 덕분에 많이 보고 느낍니다. 제주에서 즐거운 시간이 되시길~~^^

이○영

책에서 영감을 얻으셨군요~! 행복한 상태로 가만히 눈을 감으면 인생의 밝은 면이 펼쳐질 겁니다.^^

박○화

"사람은 책을 만들고 책은 사람을 만든다." 오늘 독서 토론 에세이를 읽으면서 떠오르는 좋은 글귀 함께 나누고 싶습니다. 감사합니다. 생각의 근육을 키우고 싶고 가족의 소중함을 느낍니다

👍 좋아요 공감

박○화, 임○웅, 이○우, 김○선, 김○균, 최○칠, 안○현, 서○경, 전○민, 최○우, 김○영, 홍○성, 원○석, 박○희, 이○옥, 김○연, 안○진, 김○균, E.R., 이○영, 김○희, K.S.H., I.K., 김○배, H.K., 류○한, S.K., S.L., 박○환, 윤○채, 김○호, H.C.C., 곽○화, H.S.C., 권○조, 김○희, 김○자, E.J., B.Y.K., 송○규, 김○곤, 박○조, 최○승, 임○성, H.H.

71. 카드로 결제하실 건가요?

2021년 7월 22일 · 🌐

원래 전라도 남쪽 출신인데 전주로 가서 대학을 졸업하고, 중학교 교사로 일하고 있는 P가 있다. 그는 학교에서는 실력 있는 교사이고, 대외적으로는 학생 캠프 등에서 전문 지식을 가진 유능한 인재이다. 기타와 노래 부르는 실력과 그의 또 다른 재능으로 많은 사람에게 웃음과 행복을 주는 귀한 친구이다.

몇 년 전에 우리가 함께 알고 있는 지인의 어머니가 돌아가신 장례식장에서 그와 자리를 함께한 적이 있다. 우린 대각선으로 마주 앉았고, 앞에는 종교를 가르치는 교수와 타이어 회사의 노조 임원으로 활동하는 후배도 같이 있었다.

"아주 재미있는 이야기 하나 해 드릴까요?"

그때 P가 소설 같은, 어쩌면 코미디 같은 이야기 한 토막을 들려주었다. 픽션이 아니고 실화이다. 우리가 귀를 쫑긋 세우자, 안경 사이로 눈을 한 번 깜박거리면서 씩 웃더니 드디어 그의 이야기가 시작되었다.

P는 건강 검진을 정기적으로 받는데, 어느 날 암에 대한 검사를 하게 되었다. 매년 늘 정규적으로 해 오던 검사로 현재까지 아무런 문제가 없었으므로 이번에도 그러려니 했다. 검사가 끝나고 며칠 지나 퇴근하던 길에 검사 결과를 통보해 주는 병원의 직원과 통화를 하게 되었다.

"결과는 어떻습니까?"

당연히 "별문제 없습니다."라고 할 줄 알고 가벼운 마음으로 물어보았는데, 이런? 전화 속 보이스가 자못 심각했다.

"내일 찾아뵙고 말씀드리겠습니다."

그러는 것이 아닌가? P가 운전하던 핸들이 순간 흔들거렸다. 몹시 불안해졌다.

"아니 결과는 어떤지 먼저 이야기를 해 주실래요?"

P가 재차 재촉하였음에도 불구하고, 이번에도 그는 "내일 찾아뵙고 말씀 드리겠습니다."라고 하면서 또다시 뜸을 들였다. 전화를 끊고 집으로 가는 내내 그리고 집에 도착하여 가족과 저녁을 먹고 TV를 보면서도 여전히 불안한 마음이 엄습해 오는 것을 어쩔 수 없었다. P는 안절부절 어쩔 줄 모르는 상태로 밤을 지새우다시피 했다. 거실 소파에 몸을 기댄 채로 아파트 창밖의 불빛들을 물끄러미 내려다보는데 지금까지 살아온 많은 일이 영화 속 필름처럼 지나갔다. 아직 확정된 무엇이 없으므로 아내는 물론 그 누구와도 상의할 일은 아니었다. 그 모든 답답함을 혼자서 속으로 억누르는데 위에서 신트림이 자꾸 올라올 정도였다. 긴장감이 극에 달했다.

그렇게 꾹 참으면서 다음 날을 기다렸다. 날이 새고 출근을 하고 초긴장된 마음으로 하루를 보내면서 오직 그와 만나기로 한 오후의 약속된 시간을 기다렸다. 그가 P의 직장으로 방문하기로 했던 것이다. 그런데 그토록 초조하게 기다리던 시간이 지났는데도 그가 도착하지도 않았고 가타부타 연락도 없어서 P가 급히 그에게 전화를 걸었다. 아, 그런데 그의 대답이 걸작이었다.

"제가 선생님을 뵈러 가다가 교통사고를 당했습니다. 치료도 받고 사고도 좀 수습하고 3일 후에 만나면 어떨까요?"

참 미칠 일이었습니다.

"그러시면 그냥 검사 결과가 어떤지 전화로라도 먼저 알려 주실래요?"

P가 그렇게 물었으나 이번에도 그는 직접 만나서 알려 준다는 것이었다. 화를 버럭 내면서 물어보려다가 교육자라는 품위를 지키면서 P는 3일을 3년처럼 또 기다렸다. 3일 후에 마침내 그가 나타났다.

"그래, 결과가 어떻습니까?"

야위고 초조한 얼굴의 P가 그에게 묻자, 그는 잠시 뜸을 들이면서 P의 눈을 심각하게 바라보다 드디어 입을 열었다.

"제가 찾아뵙고 드릴 말씀은 검사 비용은 카드로 결제하실 건가요? 현금으로 하실 건가요?"

황당한 P의 동그란 눈이 상상이 가는가? 성질 더러운 사람이라면 따귀라도 한 대 올렸겠지? 하하하.

그런데 여러분은 건강 검진을 하면 카드로 결제합니까? 현금으로 결제합니까? 하하하.

감동온도

1판 1쇄 발행 2021년 10월 21일

지은이 김광윤

편집 이정노

펴낸곳 하움출판사
펴낸이 문현광

주소 전라북도 군산시 수송로 315 하움출판사
이메일 haum1000@naver.com **홈페이지** haum.kr

ISBN 979-11-6440-852-8(03810)

좋은 책을 만들겠습니다.
하움출판사는 독자 여러분의 의견에 항상 귀 기울이고 있습니다.